———————— 阅读之前 没有真相

午 夜 文 库

黄帝的咒语

呼延云 著

新星出版社　NEW STAR PRESS

目 录

1	第一章 断死奇术
18	第二章 一颗头骨
34	第三章 邪尸之约
51	第四章 群起攻之
67	第五章 地穴论史
85	第六章 一根尺骨
101	第七章 杀气重重
125	第八章 断死要诀
151	第九章 停职审查
168	第十章 亲历断死
191	第十一章 一句谎言
209	第十二章 在劫难逃
237	第十三章 营救老马
259	第十四章 溪香密档
276	第十五章 蔚山原则
299	第十六章 尸体失踪
320	第十七章 活人解剖
337	第十八章 假作自缢
353	第十九章 真相大白
368	第二十章 雨后大地
394	修订版后记

第一章 断死奇术

> 邪魔中风卒死，尸多肉色微黄，口、眼合，头髻紧，口内有涎沫，遍身无他故。
> ——《洗冤录·卷之四（病死）》

午夜两点，黄静风推开太平间的玻璃门，看见那个人正在吻一具尸体。

靠着墙的冰柜上布满了铁锈。冰柜被肢解成无数个格子，其中一面恒温柜门大开着，冷冻屉被拉出大半，冒着滚滚的白色寒气，躺在上面的一具尸体被掀开蒙着的白色布单，露出挂着霜的脸孔。

一根大管灯悬在天花板上，放射出白得过分的光芒，以至于墙壁、地板，乃至那具被曝光的尸体都绿莹莹的。

这一切已经够诡异的了，现在居然还有一个人站在那具尸体前深深地躬下腰，脸几乎贴在尸体的鼻尖上，活像与它接吻似的，这就尤其不可思议了。

而且，明明听见黄静风走进来的脚步声，那个人却纹丝未动。

黄静风看着他。

很久很久，那个人把鼻子对准尸体微微张开的嘴唇，深深地吸了一口气，抬起头，又黄又瘦的脸上浮现出无比陶醉的神情。

"什么味道？"黄静风问。

"有点腥，有点苦，还有一点点甜……这是死亡的气息，就像雨后的大地！"那人扶了扶眼镜，络腮胡子里涌现出一丝笑意，大步走上前来，伸出手要与黄静风相握。

自从做了殡仪工，黄静风就基本不和人握手了，即便是老乡聚会上，他也有意不让自己那双触摸过无数具尸体的手碰到别人。

但是现在，既然对方这么主动，他就却之不恭了。

他紧紧地握住了那个人的手，还像补偿什么似的故意用了点力气，感觉到对方的掌心热烘烘的——看来这个深夜在太平间开尸体赏析课的家伙是人不是鬼。

"我叫段石碑。"长着络腮胡子的家伙微笑道，"你好像一点也不怕我。"

"我为什么要怕你？"黄静风问。

这个问题倒把段石碑问住了，他想了想说："三更半夜的，我没和你这个值班的殡仪工打招呼，就擅自来到这座位于医院地下一层的太平间，跟一具尸体亲密接触，你走进来看到了，不觉得吓人吗？"

"我刚才出去上了趟厕所。"黄静风说，好像解释一下擅离职守的原因，比解释自己的胆量更加重要，然后指了指堆在门后角落里的香烛、纸花和盛着纸灰的铜盆，"以往，也有死者的亲友来吊唁或瞻仰遗容什么的，只是他们很少来得这么晚，也很少像你和死者凑得那么近。"

段石碑点了点头："可是你不认识我啊，毕竟，初次见面，又是这种环境……你甚至不知道我是人是鬼。"

"反正你不是人就是鬼，对我都无所谓。"黄静风打了个哈欠，小小的眼睛里挤出疲惫的泪水，"抬尸体的跟送快递的差不多，无非发货地是阳界，到货地是阴间——而且我只要知道送货人是谁就行了，不需要收货人签字。"

"你干这行多久了？"段石碑问。

"半年多了。"

"工资高吗？"

"两千多吧——不算那些冥钞。"

段石碑一笑："看来你对这份工作还算满意。"

"人际关系比较简单是真的。"黄静风走到那个冷冻屉前，把掀开的白色布单重新覆盖在死者的脸上，然后问段石碑："你还需要再和他说说什么告别的话吗？"

"我不认识这个人——这具尸体。"段石碑说。

"哦。"黄静风把冷冻屉推进了冰柜里，那些白色的寒气也像长长的舌头一样缩了进去。

段石碑说："你就不想问我点什么？"

黄静风摇摇头："你想，我也许会问你：你是谁？你来这里干什么？你为什么要去亲或者吸那具尸体？可是这些其实都跟我没有什么关系。我只是个殡仪工，我来应聘这份工作纯粹是因为这份工作比较好找，没那么多人和我竞聘，应聘条件只要胆子大、有力气就可以了，更重要的是我服务的客户从来不跟我提意见——比如责备我抬他们的姿势不标准，或者他们的床板太硬、睡觉的房间温度太低——当客户不爱说话的时候，我想我保住这份工作的重要条件之一就是闭上嘴巴。"

段石碑眯起眼睛，狭窄的眼皮间放射出欣赏的光芒。"对不起，我没有恶意，只是想给你介绍一份兼职——无须竞聘、人事关系简单，客户很少提意见，不需要收货人签字。"

黄静风一副兴趣不大的样子："说说看。"

段石碑从黑色的风衣里掏出一份皱皱巴巴的报纸，打开，指着上面一张照片说："你还记得这个人吗？"

黄静风接过来看了看，照片上是一辆撞在树上的出租车，右前脸儿完全变了形，活像是刚出锅的一大坨金属麻花，透过脏兮兮的车窗，隐约能看见司机歪在肩膀上的一张圆滚滚的脸，闭着眼睛，神情十分痛苦。

照片的题目是——《今晨一出租车司机猝死街头》。

似乎有一点印象，又似乎什么印象都没有，黄静风摇了摇头。

"提示一下，上周五，早晨，在你们医院门口。"段石碑说。

啊，想起来了，是那辆险些撞到自己的出租车！

当时他刚刚下了夜班，走出医院大门，在旁边的早点摊上买了一份鸡蛋灌饼，一边啃着，一边揉着酸涩的眼皮过马路，就听见"嘎吱"一声，一辆出租车在距离他小腿不到两寸的地方停了下来，司机摇下车窗，探出头就骂："你找死啊！"

他冷冷地看了那司机一眼，说了一句话。

我说了什么来着？

"你说——我看你活不过今天早晨。"段石碑仿佛看穿了他的思绪，提示道。

哦，对，没错，我是对他说——"我看你活不过今天早晨"。

那个司机气得不行，掀开车门就要跳下来跟自己动手，多亏后座的那个急着赶路的乘客催他快走，他才骂骂咧咧地恨恨而去。

"我当时就坐在那辆车里，坐在车里的那个乘客就是我。"段石碑指了指自己的鼻尖，"而且，他撞到树上的时候，我还在车里。"

黄静风惊讶地看着他："你的意思是说——"

"我的意思是说,你的预言很准确,甚至可以说是精确。"段石碑说,"你说他活不过那天早晨,结果他开出去没有一里地就撞在了一棵树上,警察赶到时,他的身体已经冰凉了……"

"死因是什么?"黄静风指着报纸上的照片问,"总不至于是撞死的吧,看上去他没有外伤啊。"

"难道你不知道他的死因?那你凭什么说他活不过那天早晨?"

"嗨,纯粹是我一时生气,信口瞎说的。"黄静风说。

"这样啊……"一丝失望的神色划过段石碑的脸,他慢慢地转过身,向太平间的外面走去。当他把手掌贴到冰凉的玻璃门上准备向外推的时候,身后突然传来黄静风的声音:"我说,那个司机不会死于心梗吧?"

段石碑猛地回过头:"你说什么?"

"刚才我说,那时纯粹是一时生气,信口瞎说,也不准确。"黄静风的眼神有点恍惚,像是在整理混乱的思绪,许久才说,"虽然事情发生只有几秒钟的时间,我也只看了那个司机两三眼,但是有些感觉就像……就像天空中一下子打起了无数道闪电,却击中了同一棵大树,那棵大树就是我的判断:那个司机看上去体形肥胖,很不健康,一般人愤怒的时候,应该是脸涨得通红才对,可是当时他面色苍白,嘴唇发青,左手捏成个拳头死死地抵着胸口,额头上还有几滴汗珠——这大冷天的,他又是个开出租车的,差点儿撞上人就会出一身冷汗?不至于——而这些都是心梗即将发作的先兆。"

段石碑盯着他问:"就算是他的心梗要发作,你怎么敢断言他活不过那个早晨呢?"

"咱们站的这个地方叫太平间。在这里值夜班的人一向只读两种书，一种是佛经，一种是医学，说到底都是给自己找个东西壮胆，我选择了后者。"黄静风说，"报纸上说过，凌晨四点到早晨八点，好比在人体内突然吹响了起床号，交感神经猛地兴奋了起来，血压上升，心跳加快，血液黏稠度增加，极易导致粥样硬化斑块破裂，形成血栓，如果一个人本来就冠状动脉狭窄，那么血栓会阻塞冠状动脉，引发急性心梗。再说直白一点，心梗在寒冷的早晨特别容易高发，而那天又偏偏是个有点冷的早晨，那个司机已经有征兆了，所以我才说了那句'我看你活不过今天早晨'。"

"既然知道他要发生心梗，几步远就是医院，你为什么不建议他去医院看病呢？"

黄静风笑了一笑，笑得有点残忍。"我说了，他会信吗？"他伸出手，指着那一排冰柜，"这里面躺着的，生前恐怕也有不少人会告诉他们，少抽几根烟，少喝几瓶酒，开车注意限速，有病早点儿去看不要拖成大病……可是谁会听呢？该死就要死，拦也拦不住。"

段石碑长长地出了一口气。

他抬起头，看着天花板上那根长长的管灯，也许是使用时间过长的缘故，通体已经发黑，像一段在火中燃烧的大腿骨……滋滋滋，滋滋滋，明明是电感镇流器里矽钢片的共振，听起来倒仿佛是大腿骨上没有剔干净的脂肪在燃烧。

这么看起来，太平间的天花板原来比地面的颜色要深一些，比那排冰柜的颜色也要深一些，白的地方发灰，灰的地方发黑，黑的地方发墨绿，一起影影绰绰地悬浮着，想不出这是怎么一回事，难道是那些来不及飘出去的魂灵依附在上面？

"也许，就是这么回事吧。"他对着那些若有若无的悬浮物说了一句，慢慢地收拢了下巴，对黄静风说，"自我介绍一下，我的名字叫段石碑。"

黄静风面无表情地看着他，毫不介意他把自己的名字重复一遍。

接下来，段石碑说出了自我介绍的后半段话："我是一位断死师。"

"断死师？"黄静风咀嚼了一下这三个字，然后困惑不解地问，"——是什么啊？"

"人类有史以来最古老最隐秘的职业之一。"段石碑说，"大凡古老而隐秘的职业，总要认个古老而隐秘的大人物当祖宗，我们这一行也不例外，我们的祖宗是黄帝——就是写《黄帝内经》的那个黄帝……"

"不带这样的。"黄静风皱着眉头说，"所有中国人的祖宗都是黄帝，不能把这个祖宗霸占成你们一家的。再说了，我姓黄，认祖归宗的时候保不齐比你们还要近一些。"

段石碑有点不好意思："我还没说完呢，我们的祖宗是两个人，一个是黄帝，一个是岐伯，因为他们两位在《黄帝内经》中的一问一答，奠定了断死师这个职业的全部基础。"

"看来你们和中医也要抢祖宗。"黄静风说。

"准确地说是拥有同一个祖宗，但干的是不一样的事儿，中医负责治病，而我们只管断死。"段石碑干笑了两声，"你看过《黄帝内经》吗？"

黄静风摇摇头："比我老的书，我都看不懂。要是有人写个《黄帝时的那些事儿》，没准儿我倒会买一本。"

段石碑耸耸肩膀道："那我就大致和你说说吧。一直以来，人们都认为，《黄帝内经》是一本讲中医养生的书，其实，书中相当多的内容讲的是'断死'。

"比如，在《素问·玉机真藏论》中有这么一段话。"段石碑凝神片刻，源源不断地背诵道："大骨枯槁，大肉陷下，胸中气满，喘息不便，其气动形，期六月死，真藏脉见，乃予之期日。大骨枯槁，大肉陷下，胸中气满，喘息不便，内痛引肩项，期一月死，真藏见，乃予之期日。大骨枯槁，大肉陷下，胸中气满，喘息不便，内痛引肩项，身热脱肉破䐃，真藏见，十日之内死。大骨枯槁，大肉陷下，胸中气满，腹内痛，心中不便，肩项身热，破䐃脱肉，目眶陷，真藏见，目不见人，立死。"

阴冷的太平间里，看着段石碑的络腮胡子蠕动着，抑扬顿挫地背诵一句话一个"死"字的古文，不禁令人如置身古墓一般毛骨悚然。黄静风愣了很久，才说："您背得很好，但是我听不懂，您能不能给翻译一下？"

段石碑点点头道："可以。但是全文翻译太长了，我大致给你讲讲吧，这段话的意思是：一个人突然消瘦，形容枯槁，喘不上气，呼吸时身体颤抖，六个月内必死；如果这样的身形，胸中的疼痛牵引到了肩颈，一个月内必死，如果这样的身形，不仅胸中的疼痛牵引到了肩颈，还全身发热，肘部和膝盖的肉有所脱落，十天之内必死！如果有上述的一切表象，且眼眶下陷，腹中疼痛，眼睛失去神采，那么死亡就是转瞬之间的事情了。"

黄静风听得目瞪口呆。

"神奇吧，这样神奇的文字还有的是。"段石碑不无得意地说，"再给你背几段，出自《灵枢经·经脉》篇，这一篇讲的是十二经脉和十五络脉的同行部位及病变，所以有很多涉及断死的内容。比如'面黑如漆柴者，血先死，壬笃癸死''脉不荣则肌肉软，肌肉软则舌萎、人中满，人中满则唇反，唇反者肉先死，甲笃乙死''筋急则引舌于卵,故唇青、舌卷、卵缩,则筋先死,庚笃辛死''五阴气俱绝,则目系转,转则目运,目运者,志先死,则远一日半死矣'!"

又是一连串的"死",当然黄静风也依旧听不懂。段石碑看着他懵懵懂懂的模样,笑道:"这段话的大致意思,是说了几种死亡的征兆和时间,比如面色黑得像烧焦的柴火,是血脉枯竭的征兆,壬日病重癸日即死;口唇翻卷是肌肉死亡的征兆,甲日病重乙日即死;口唇发青、舌头上卷、阴囊收缩是筋绝的征兆,庚日病重辛日即死;五脏阴精的气断绝了,眼睛就会眩晕,什么都看不清楚,这时最迟一天半以后,人就会死。所以,明代御医王九达在点评《素问·决生死论》这一篇时,用一句话点明了断死师这一职业的功能和性质——'决生死,辨别孰为死,孰为不死也'。"

"孰为死,孰为不死……"黄静风呆呆地重复了一遍。

段石碑说:"那么,怎样才能做一个合格的断死师呢?《黄帝内经》中也提到了,《素问·脉要精微论》中说'切脉动静,而视精明,察五色,观五藏有余不足,六府强弱,形之盛衰,以此参伍,决死生之分'。说的是诊脉时观察病人眼睛的神气,观察五色的表现,发现病人五脏的有余和不足,六腑的强弱,形体的盛衰,就能决断生死。"

黄静风皱了皱眉头:"可是这些,不就是中医的'望闻问切'吗?"

"怎么说呢,中医是一种医术,更是一种文化、一种哲学,无所不包,博大精深,因此,学好了中医,不仅仅能治病养生,还能治国利民,性价比是非常高的。"段石碑认真地解释道,"所以,历史上的许多名医,既是治病救人的圣手,也是治国兴邦的官员，同时还兼任着断死师——只是对最后一个职业身份，他们不大愿意张扬就是了。而他们在不同的工作岗位上处理不同的事务时，往往会运用到相同的职业技能，比如'望闻问切'。好比你会用电脑，并不一定就是搞IT的，还可以做文秘、做媒体、做教师，甚至当自由撰稿人。"

黄静风似懂非懂地点了点头："照你说的，断死师这个职业还真的是具有悠久的历史传统，但我以前怎么没听说过啊？"

段石碑叹了口气："汉朝以前，一个医生往往兼任着祝由和断死师，诊所门口挂个牌子，从右到左会依次写上'疗疾病、祝由科、断生死'。都怪董仲舒那老小子弄个什么《举贤良对策》呈给汉武帝，把《论语》变成了指定教材。孔夫子不是说'未知生焉知死'吗？这话的意思是说：活人的事儿还没整明白，瞎鼓捣什么死人啊！从此，断死师就成了个只能干不能说的职业，清末民初，西方科技进入中国之后，更是被当成封建迷信，日益衰落，到了现在，跟祝由师[①]、郭先生[②]、赶尸术士一样，都接近失传啦……"

黄静风将信将疑道："难不成扁鹊、张仲景、华佗、李时珍他们都做过断死师？"

"岂止他们四位。王充、袁天罡、李淳风、李虚中、刘伯温、叶天士、薛生白，这些人也都是赫赫有名的断死师啊！"

这么多名字，黄静风只听过一个刘伯温。"好吧，既然是这样，那你给我讲讲他们做断死师的事迹好不好？"

"我来这里，不是给你讲故事的。想听故事，将来再说。"段石碑说，"现在我倒要考考你，你听我给你讲了这么多，能不能

[①] 用符咒禁穰之术来治疗精神疾病的医生。
[②] 在清扫凶宅前先做法驱除凶灵的风水先生。

下个定义——什么是断死师？"

午夜、太平间、茕茕孑立、形影相吊，突然冒出个人来和自己聊些玄之又玄的话，打发这周遭都是死尸的漫漫长夜，本是一件颇为有趣的事，谁知还有个课后作业埋伏在后面，黄静风有点郁闷，仔细想了想说："就是一种职业，通过望闻问切的方法，判断一个人什么时候死……"

"望闻问切，那是中医诊断的方法。"段石碑有点不耐烦，"现代意义上的断死师，在断死时采用的方法要比望闻问切更加丰富，这个我将来会慢慢地教给你，而且，一位优秀的断死师，绝不仅仅是判断出一个人的死亡时间那么简单，还要精确地预测出这个人死亡的地点和方式，这些将来我也会慢慢地教给你。"

"教给我？"黄静风一时间有点瞠目结舌。

段石碑点点头说："对啊，刚才我不是和你讲了，我要给你介绍一份新工作——就是把你培养成一位断死师啊。"

黄静风呆若木鸡，半响才结结巴巴地说："我……我行吗？"

段石碑笑道："从事任何一个职业，你觉得成功最需要的是什么？"

黄静风说："有一本书叫《成功来自细节》，成功大概就是把每个细节做好吧。"

"不，至少不完全是这样！"段石碑挥了一下手，"我来告诉你，做任何职业，成功最需要的是——天赋！"

"天赋？"

"对，天赋。"段石碑说得有点口渴，坐到一把椅子上，顺手拿起了不知哪位遗属祭拜死者时留下的苹果，在风衣上擦了擦，吭哧就咬了一大口。"做什么行业，你只要拥有超人一等的天赋，就一定会有超人一等的成就。好的警察，闭着眼也能从犯罪现场闻到凶手的气息；好的厨师，不用尝就知道哪道菜咸了哪道菜淡了；好的老板，往办公桌前一坐就能预料到今天生意会赚还是会赔……这些都不是后天勤奋的结果，而是一种天赋——没有天赋，你就是去演AV都演不出那种效果。"

"这个我十分同意！"黄静风钦佩地点了点头，"您的意思是说，我具有演AV——不是，做断死师的天赋？"

"凑合吧。"段石碑已经吃完了那个苹果，把苹果核哐啷一声扔进铜盆里，又拿起一只梨啃了起来，"至少在上周五的早晨，你在刹那之间对死亡表现出的惊人的感知力和洞察力，令我大吃一惊。我觉得你有做一个优秀的断死师的天赋，就在这医院附近转悠了好几天，都没有找到你，后来才想到你可能是上夜班的，才特地登门拜访，不过一进这里我就明白了你的天赋从何而来——"说到这里，段石碑将右手向那排冰柜一摆，"每天泡在死人堆里，时间久了，就算隔着一道车门，也能感觉到那个出租车司机行将就木吧！"

黄静风狠狠地想了一想，摇摇头说："我怎么没觉得我有你说的什么天赋呢？"

"不错啦。"段石碑把梨核哐啷一声又扔进了铜盆里，"别以为中国人多基数大，就什么人才都有，不信咱们数数在中国有几个够条件做断死师的：第一是不怕尸体的，这基本上就淘汰十三亿九千万了；第二是不怕我的，我的意思是在午夜见到陌生人出现在太平间而没有尖叫的，这又得淘汰九百九十九万；第三是能无意中说出一句话就断人生死的，这又得淘汰九千九百九十人吧——我数学不大好，还剩多少人？"

数学也不大好的黄静风掰着指头算了半天："好像……还剩十个人吧？"

"你瞧瞧！"段石碑一拍大腿，"我在十四亿人中找到你，这有多么的不容易啊！"

黄静风望着他，同情地点了点头："我能问个问题吗？"

"你说。"

"断死师这个职业，听起来还不错，历史悠久、色彩神秘，但是——他到底有什么用啊？或者我说得再直接一点，你说这是个职业，可我怎么觉得不是啊。比如你现在告诉我说，我过两天要死了，我不大嘴巴抽你一顿也就罢了，总不至于给你钱，再说声谢谢吧？"

段石碑眯起眼睛嘿嘿笑了两声："傻小子，给我们钱的，当然不是要死的那个人，而是盼着他死的那些人啊。"

"您能再说明白点儿吗？"

"这个世界上，总有人盼着别人死，比如儿子盼着老子死了能继承遗产，副职盼着正职死了好挪出坑来让他升迁……每个人的死，都像是在拥挤的公交车上让出了一个座位，旁边一大堆站着的人都眼巴巴地盼着呢，明白了吗？"

"差不多吧……我觉得你说总有人盼着别人死，这话有道理。"

段石碑一笑："你心里也盼着某个人死——对吗？"

地上的影子颤抖了一下。

尽管太平间设置在医院的地下室，尽管太平间只有一扇门通往外面，但是黄静风来这里工作的第一天，就发现了一件很奇怪的事情：夜最深的时候，冷不丁会有一阵很低的冷风从地面上掠过，起初他以为是一双手在脚面上拂了一下，定睛一看却只看到自己的影子，两三次以后，他看到有灰尘打着旋儿往门外滚，也听到极细切的飕飕声，才怀疑那是风的作用。他很好奇，这里怎么会有空气流动呢？就站在门口拦了一下那风，结果一阵眩晕，险些倒在地上。后来才从老工友那里得知，太平间里的风，阴气极重，是挡不得的。他问老工友：要是再有风刮起该怎么办，是缩到墙角还是坐在椅子上把腿尽量抬高？老工友说：你要一动不动，让那阴风感觉不到这屋里有活人，它就会自己走掉……

此时此刻，虽然没有阴风吹过，但他的影子还是轻轻地颤抖了一下。

"你心里也盼着某个人死——对吗？"

向着冰柜一瞥。

靠里面一竖排、最下面那扇柜门，严丝合缝地关着，没有一点空隙。

柜门右下角，嵌着一张标识牌，上面写着"T-B-4"。

黄静风粗粗地喘了一口气，瞪着段石碑说："你还是没有回答我的问题。确实，很多人都盼着别人死，但断死师又不是职业杀手，聘请一个断死师到底有什么用？难道做儿子的把你请到他老爹的病床前，让你看他老爹一眼之后，告诉他'你爸一个月之内必死'，然后人家就把钱塞给你？"

"我还是拿公交车举例吧，比如一个座位上坐着个老头，他的旁边站着四五个人，有的站在他对面，有的站在他侧面，都盼着他赶紧下车。如果老头起身之后往侧面走，无疑站在他正面的那个就能抢到座位，如果老头起身之后往正面走，那么站在他侧面的那个一屁股就可以溜到座位上去。在这种情况下，假如我们来告诉这四五个人中的某一个，那老头将在什么时间、选择哪条路径下车，他岂不是就可以挪动身体抢到最佳位置，在老头起身的一瞬间霸占那个座位吗？"段石碑撸了一把络腮胡子，"我告诉一个儿子，他老爸一个月之内必死，他就有充足的时间，在他老爸弥留之际篡改遗嘱，霸占全部财产；我告诉一个老公，他的老婆半年之内必死，他就可以抓紧给老婆上个保险，等老婆翘辫子之后拿着一大笔钱迎娶小三——你想想看，这些人哪个不得拿我们断死师当爷供着？"

黄静风点了点头，又摇了摇头："这个医生也会干啊，医生不是都会告诉家属——快点准备一下后事吗？"

"现在的一些医生，连救人都够呛，何提断死？！"段石碑轻蔑地一笑，"况且术业有专攻，隔行如隔山。你以为你上周五早晨梦遗似的流露出了一点天赋，就能做一个断死师了？做梦！一个合格的断死师，不仅要具备大量的专业知识，接受严格的观察力训练，更要反复地实践，你说这人三更死，阎王不能五更收，达到百分之百的准确率，才能吃这碗饭！"

他歇了歇，接着说道："再说了，一个医生即便是预测一个人将要死亡，也多半是那患者躺在病床上只有出没有进的气儿，而身边所有人都知道他快死了。断死师可不一样，断死师要能在各个地方：公厕、酒吧、人行道、过街天桥、自助餐厅、T型台下……预测出一个人的死亡，这个人可能是《健与美》杂志评选出的年度健美先生、电视台上夸夸其谈的营养学家、红光满面的企业老板、保健医生簇拥的高级官员，总而言之看上去完全一副健康长寿的样子，但是我们要从他的只言片语、举手投足中看出，死神的阴影已经从后面笼罩了他。"

说完这番话，段石碑像一个在宴席上酒足饭饱的贵宾，从椅子上站起身，抻了抻筋骨："时间不早了，我得回去了，那咱们就说好了，你跟我学做断死师，后天开始上课。"

也不知道什么时候"说好了"的，黄静风稀里糊涂地搔了搔后脑勺："后天在哪里上课啊？"

段石碑本来撑开嘴巴打个酣畅淋漓的哈欠,听完这话竟生生噎了回去,想了想说:"在一个环境跟这里差不多,只是所有尸体都是站着的地方——算是道作业题,你自己猜吧,猜不出来说明你对死亡的认识程度还不够,那就当今晚什么都没发生。后天早晨八点半,在离这里最近的上课地点,我等你,超过一分钟我就走。"

"我想你大概还留了一道作业题给我吧?"黄静风突然说。

段石碑刚刚撑开的嘴巴又闭上了,哈欠打不出和喷嚏打不出一样难受,所以他悻悻地问:"什么作业题?"

"你刚才说了半天断死师能做什么,可是我感觉,你只说了很小很小的一部分,断死师所能做的,绝不仅仅是决断一个人的死亡时间、地点、方式那么简单,一定还有一些不为人知的事情,但是暂时你还不想告诉我,让我自己琢磨——我猜得对不对?"

段石碑一笑,飘然向门口而去,推开玻璃门的时候还挥了挥手。

就在一瞬间,黄静风清晰地看到,一个灰色的旋儿贴着地面向段石碑的脚后跟追逐而去,并从他的两脚之间钻出了门。段石碑似乎也看到了那阵阴风,但毫不介意,就像散步的人遛着他的狗。

"我猜得对不对?"他又问了一遍。

然而段石碑的脚步声已经拾级而上。

现在,这太平间里又只剩下了他一个人——确切地说是唯一一个活着的人。

沿着冰柜走到最里面的一竖排,他坐下了,地板冰得屁股发烫,但他还是那么坐着。

我，黄静风，身高一米七八，瘦长的脸孔总是苍白的，有点歪的脖子习惯性地向后梗着，豆粒大的眼睛，睁开是白垩样的眼白，闭上是白垩样的眼皮，半睁不闭是白垩样的绝望，像现在这样，头枕在冰柜上，腰以下的两条腿叉开着，简直就像是一具刚刚被行刑队击毙的尸体。

断死？断死？难道段石碑看不出，我才是快要死的人吗？

很久很久，他慢慢地伸出右手，抓住身边一个柜门上的把手。

哗啦啦。

随着一股白色寒气涌出，标号为"T-B-4"的冷冻屉从冰柜里被拉了出来。

躺在冷冻屉上的是一具女尸，黄静风轻轻地掀开盖在她脸上的白布，露出了一张墨绿色的面庞。

黄静风端详着她，情不自禁地伸出了手，抚摸着她的面庞，梳理着她的长发，一不留神，两根从头皮上脱落的头发夹在了手指间。

"我猜得对不对？"他问。

她闭着眼，没有回答。

第二章 一颗头骨

> 狱事莫重于大辟,大辟莫重于初情,初情莫重于检验。盖死生出入之权舆,幽枉曲伸之机括,于是乎决。
>
> ——《洗冤录·序文》

看清楚了。即便从这个角度——没错,这就是一颗头骨!人的头骨……

蕾蓉将双手举到与右肩平行的位置,指尖向上:"老高,帮我换一副手套。"

死寂的验尸间里,犹如刚刚爆炸过一颗手榴弹,每个人的身体都僵硬着,一动不动,姿势以蕾蓉为"爆点"呈辐射状散开,半张的嘴巴、瞪圆的眼睛以及惨白的脸色,都足以说明刚刚发生的事情令他们何等的惊恐!

"老高,帮我换一副手套。"蕾蓉强调了一遍,口吻平静而严肃。

高大伦咽了口唾沫,走了上来,小心翼翼地摘掉蕾蓉手上那双沾着血的乳胶手套,扔进旁边的医疗垃圾收纳桶里,然后从桌上的浅蓝色塑料盒里,抽取了一副新的乳胶手套,给蕾蓉戴上。

整个过程大约花了半分钟。其间,蕾蓉看了一眼瘫坐在旁边椅子上的唐小糖,命令道:"小唐,报警。"

唐小糖哪里还动得了身。

不是快递员把包裹送来的时候，抢着闹着要先拆开看看的她了，蕾蓉想。

刚才一层传达室通知蕾蓉取一份直递的包裹①，蕾蓉正在做尸检，唐小糖蹦蹦跳跳地下去签收，然后把包裹拿进验尸室，看着贴在侧面的橘黄色单据念叨："怪事，没有写递件人，只写着收件人，物品类型上写着'工艺品'……到底是什么东西啊？"蕾蓉让她放到自己的办公桌上，一会儿再打开看。唐小糖眨巴着眼睛说："我可等不及，我现在就拆开，看看是哪个帅哥给你递的定情之物。"搞得蕾蓉哭笑不得。

这个唐小糖比自己小不了几岁，但心理年龄却像个还没断奶的娃娃，参加工作快半年了，看见尸体还是龇哇乱叫，解剖一具能吐好几天，所以蕾蓉关照她，尽量让她做些活体损伤鉴定之类"口味轻"的活儿，结果她又精力旺盛，不是把吸管插进酸酸乳里挤水玩儿，差点儿把物证污染了，就是在工作时间网购。饶是蕾蓉脾气再好，也少不得批评她一两次，每次她都眼圈红红地低声叫着"蕾蓉姐、蕾蓉姐"，蕾蓉也只能苦笑着摆摆手让她下次注意。

结果，包装盒一打开，唐小糖嗷的一声惨叫，把验尸间里所有的同事都吓了一跳，以为躺在不锈钢解剖桌上的那具尸体坐起来了呢。

蕾蓉走过来问她怎么了，她指着包裹哆哆嗦嗦地说："人头，人头……"

什么人头，明明是头骨，更规范的叫法是颅骨——连基本用

---

① 类似闪送，快递员取货后，不经集散点或物流中心，直接投递到收货人手中，但在送达时间上并无强制要求，收货也不需要取件码，本书中的"快递"指的都是这种方式。

词都不准确,真不知道她是怎么从学校毕业的。

叹了一口气,蕾蓉将戴着乳胶手套的双手,尽可能不碰包装盒边沿地伸进里面,慢慢地拢住端放在正中的那个头骨,当双手食指指尖刚刚顶住头骨的两侧,打算往上提起的时候,手腕却被高大伦轻轻地压住了。

"主任。"高大伦低声说,"还记得埃尼尔案吗?"

埃尼尔案是二〇〇六年国际法医年会上通报的一起案件:当年四月初,有个恐怖分子将一枚炸弹塞进一具尸体的胸腔,把尸体扔在富尔维耶尔山丘下面的树林里,然后打电话报警。正值里昂国际博览会要召开之际,警方如临大敌,迅速将尸体送到里昂医学院法医实验室,著名法医埃尼尔·斯科特手持解剖刀习惯性地要在尸体上切开一个Y字口的时候,触发了引线,结果把半个实验室都炸飞上了天。

于是,当年的国际法医年会上,不仅与会者集体对埃尼尔·斯科特的不幸罹难致哀,而且制订了"检验无名尸体前必须排除藏有爆炸物、生化武器等恐怖危险物的可能"的"埃尼尔原则"。

这一点,蕾蓉怎么会不知道。眼下,这颗装在盒子里的头骨内部很可能嵌入了一枚炸弹,只要往上提一点,比如五毫米,就有可能因为牵动了引信,轰隆一声巨响!

那么,两毫米如何?

蕾蓉的两个指尖轻轻向上一提,两毫米。

凭着在田纳西大学人类学研究所师从比尔·巴斯博士锻炼出的本领——要知道那老头儿可是把一堆骨头放在黑箱子里让学生摸,然后根据学生对骨头的名称、密度、重量的判断是否准确,来决定其毕业论文分数的——蕾蓉估计:指尖挟起的重量在五百克左右，这恰好是成人头骨的重量，如果里面加个炸弹，甚至于仅仅多搁了一枚鹌鹑蛋，都不应该是这么重，也就是说：头骨的纯粹度很高，中间没有任何夹心。

可以放心地将头骨从盒子里取出来了，蕾蓉这么想着，手一抬，那颗头骨就从包装盒里被稳稳地"提取"了出来，一瞬间，她清晰地听到了高大伦咽喉里传来的"咕噜"一声。

窗外，天色十分阴沉，好像用没涮干净的墩布墩过，连累得这验尸间里也晦暗不明。所以，中午蕾蓉来上班时就打开了头顶的白炽灯，现在是下午三点，每个人脖颈以上的部位都被灯光照得雪白，脖颈以下的躯干四肢则模模糊糊，只有被解剖到一半的那具尸体除外，尽管他的胸腔和腹腔血淋淋地大开着，但神情格外安逸，仿佛在嘲笑那些站立着的活人。

为了看得清楚，蕾蓉不得不把头骨端到了与自己视线齐平的位置。

凝视着头骨那黑洞洞的巨大眼窝，有一种在和亡灵对话的错觉：你要说什么？你是不是已经凄恻到无话可说？隔着乳胶手套，我的掌心也能感觉到你冰冷的温度，看着你白森森的骨质、你被拔掉牙齿后显得异常阴森的上颌，我感到不寒而栗……作为一位法医，我勘验过无数可怖的头颅，有从口鼻里往外爬蛆虫的，有被野狗啃成血葫芦的，有在河水里泡得浮肿变形的，有凶手为了加速其毁坏而洒上白石灰的，但是，像你这样"干净"的头骨实在罕见，不要说眼睛、鼻子、耳朵、嘴唇、皮肤、牙齿了，连毛发都没有留下一根，你被剔得如此彻底，简直可以直接拿去做标本。我知道，你这副模样绝对不会是自然腐烂造就的，大自然在吞噬有机体方面永远是拖泥带水的，这只能是某个魔鬼用刀子、钳子、锥子甚至勺子对你一点点削、拔、钻、挖的结果。当血淋淋的工具在你上面嘶啦嘶啦地一点点剔除时，你还有一丝一毫的痛感吗？

剔骨者。

何以这样残忍？我始终不能理解。不错，我是法医，我的职业就是解析一个人对同类到底能凶残到什么程度，但我还是不能理解……比如说，刮猪毛、剥鱼鳞、用牙签抠螺肉、把卤制鸭头上的眼睛挖出来吃掉，这些我都能接受，但是把这些做法施予同类，把一个有血有肉的生命像对待牲畜、家禽、水产品甚至无机物一样尽情摧残，这需要怎样的心态才能做到啊！

何况做得如此彻底。

你黑洞洞的巨大眼窝，失去灵光的骨殖像深不见底的枯井，让凝视者眩晕和恐惧，仿佛井底注定要躺下个一模一样的我：其实，这本没有什么好怕的，我、老高、小唐，还有这个世界上所有的人，不论男女，不论美丑，不论胖瘦，不论高矮，归根结底都要变成一把骨头，只是使我们白骨化的应该是大自然，而不是一双充满罪恶的手。

我凝视你太久了。回来吧，我的目光，还有我贴附在你坚硬质地上的魂魄。

……

怎么回事？

刹那间蕾蓉的汗毛竖了起来。

回不来了——

吗？

梦魇一般，想醒，却醒不过来，那黑洞洞的眼窝里仿佛有一双手，死死地抓住了她，不让她挣脱！

干什么你要？！

她奋力挣扎，但那双手却丝毫也不肯放松，拽着她一寸一寸地往眼窝深处扯去！

"主任！蕾蓉！"

她听得见高大伦焦急的喊声，但是那声音仿佛隔得很远，甚至有回音……

你这头骨！你这亡灵！你纠缠着我做什么？你难道不想让我为你洗清冤屈吗？！

手一松，头骨"啪"的一声坠落到地面，骨碌骨碌，一直滑到助理法医王文勇的脚下。

魔咒解除。蕾蓉坐倒在椅子上，浑身上下都被汗水湿透了。

"主任，你还好吧？"王文勇拾起头骨，放进包装盒里，关心地问，"我们看你把这个头骨一点点往自己眼前凑，跟吸铁石似的，都吓坏了。"

"没事……"蕾蓉摘下手套，右手的拇指和食指狠狠地挤压着鼻梁上方的睛明穴。

她想：也许是我最近太紧张了，真没想到"那件事情"竟然给我那么大的压力。

唐小糖看着蕾蓉，不知怎么的突然鼓起了勇气，拿起电话机，刚刚摁了三个带提示音的按键，蕾蓉脸也不转地说："小唐，错了。"

"没错，是一一○啊！"唐小糖一愣，"你不是让我报警吗？"

报警电话是应该拨打一一○，但蕾蓉再谦虚，也不能不承认一件事，年仅二十七岁的她是中国法医界的新秀，如果一个不具姓名的人快递一个装有人类头骨的包裹并在外包装上指名道姓地让她接收，那么，这断然不是一次错误投递或者请她鉴定考古成果，而是挑战——确切地说，是一次刚刚开始的重大挑战。

这种挑战，就不应该拨打一一〇了。

"直接打给市局刑事技术处，找刘思缈副处长！"蕾蓉一个字一个字地说。

二十分钟以后，刘思缈匆匆赶来，径直走到蕾蓉身边，叫了声"姐姐"，然后问了一句"你还好吧"。

蕾蓉知道她问的是"那件事情"，淡淡一笑。

刘思缈指着桌上的包装盒："这个？"

蕾蓉点了点头。

刘思缈立刻吩咐跟她一起来的两个警员之一："照相。"

快门一次次按下，闪光灯不停地闪烁，将包装盒的六面照下。这段时间里，刘思缈详细询问了蕾蓉头骨送来的经过，然后命令另一位警员按照单据上的快递公司名称，马上找到那个快递员。

包装盒拍照完毕，蕾蓉戴上乳胶手套，小心翼翼地将头骨再次从盒子里面取了出来，然后放在白色背景板前面，让那个警员继续拍照。而刘思缈看也不看头骨一眼，倒是拎起包装盒的一角，用放大镜上上下下、里里外外看了个仔细——刑事鉴识专家关注的永远是现场，对于那颗头骨而言，这个包装盒就是现场。

"有什么发现吗？"蕾蓉问刘思缈。

"没有。就是一个普通的五层瓦楞纸盒。"

蕾蓉指着头骨说："剔除得很干净，连牙齿都拔掉了，恐怕也很难找到什么有价值的信息。"

"奇怪……"刘思缈皱起了眉头。

旁边的高大伦、唐小糖和王文勇等人听不大懂她们的对话，凶手想方设法不让警方找到线索，不是件很正常的事情吗？这有什么好"奇怪"的？

刘思缈沉思了片刻，从随身携带的犯罪现场勘查箱里取出紫外光手电，然后再次拎起包装盒的一角，打开手电，紫色的光束在包装盒里面扫描一般细细地照着，边边角角甚至每个缝隙都不放过。过了一会儿，刘思缈关上手电，一脸失望的表情："还是没找到，看来我得把这个纸盒拆掉，看看夹层里面有什么东西没有了。"

蕾蓉点点头："包装盒你回头再处理。现在，先和我一起研究研究这个头骨吧。"

直到这时，刘思缈才好好看那头骨。"你不是刚收到吗？怎么这么快就做裸骨处理了？"

裸骨处理是指为了剖析死者的死因，而将已经白骨化的残骸，用蒸汽煮沸的方法除去残余的肌肉、软组织或其他腐殖物质，使骨头上的伤痕更清晰地暴露出来。

蕾蓉摇了摇头。

多年奔走于各个犯罪现场，见过无数可怖的尸骸，刘思缈还是吃了一惊："你的意思是：头骨递来时就是这个样子的？"

"为了不让我们提取到死者的DNA，凶手把这头颅当成羊蝎子一样剔了个干净。"蕾蓉捧着头骨给刘思缈指点着："头骨表面最多的是这种平行的、参差不齐的痕迹，这是锯齿刀刮蹭时留下的，颊骨上的切痕应该是单刃刀留下的，上颚留有残缺的牙根，牙齿应该是用钳子拔掉的，还有眼腔，这一轮痕迹比较粗，是勺子挖边沿的时候刮出来的……之后凶手用沸水把头骨煮过，才给我们递了来，他什么都没有给我们留下。"

刘思缈听得一阵阵恶心。"这头骨是男人的还是女人的？"

"女人的。"蕾蓉不假思索地说，"眼腔的上缘比较细薄，额部削尖，颅顶很平滑，没有厚重肌肉的附着痕迹——这些都是女人头骨的明显特征。"

"年龄呢？"

"看见这几道骨缝①了吗？"蕾蓉指着头骨上的几行痕迹，那些痕迹大多呈锯齿形，很像是一个笨拙不堪的裁缝，用粗糙的棉线把骨头缝在了一起。"这个头骨的骨缝清晰可见，颅骨顶部的冠状缝、矢状缝、后枕部的人字缝和两颞部的蝶颞缝都还没有愈合完全，说明死者还很年轻，在二十五岁上下。"

"除了这些——"

"除了这些，我们什么都不知道。"蕾蓉说。

"奇怪……"刘思缈又嘀咕了一遍。

"有啥可奇怪的？"唐小糖忍不住说，"天底下，哪个凶手愿意暴露自己啊，当然不能给咱们留一点线索啦。"

刘思缈冷冷地看了她一眼，唐小糖的脸一下涨得通红。

蕾蓉给唐小糖解释道："你说得没错，大部分凶手作案后，都要消灭证据，对警方避之唯恐不及。所以，一个把作案的物证寄给警方的凶手，从犯罪心理学的角度讲，是一种变态表现，他的犯罪动机除了谋杀受害人以外，更重要的是：通过在现场留下'提示'或遗留重要物证，把负罪感转移给警方——'我给你们提示了，你们却抓不到我，所以责任全在你们的身上'。而这个凶手给我们寄来头骨，却没有在包装盒上和头骨上给我们留下一点点线索，等于寄来一个没有谜面的'谜'，那么他的意图又何在呢？"

---

①人类的头骨由二十二块骨头构成，其中八块组成了头盖骨：额骨、一对顶骨、两耳处各一块颞骨、蝶骨、筛骨和枕骨。骨缝就是这些骨头的结合部分，人刚出生的时候，这些骨缝是由软骨组成，随着年龄的增长，软骨会逐渐变硬，也称之为"愈合"，骨缝也会变得越来越平滑，到老年的时候甚至完全消失。

唐小糖等人恍然大悟，原来刘思缈说的"奇怪"是这个意思，然而她还是不服气道："也有可能是哪个坏蛋和蕾蓉姐你过不去，故意从墓地里挖出一具死尸来割下头颅，清洗干净了寄给你吧？"

"你做法医多久了？"刘思缈突然问。

唐小糖愣了一下，她不想回答，但看蕾蓉的目光毫无回护之意，只好低声说："快一年了……"

"我说呢。"刘思缈毫不掩饰她的轻蔑，"一具埋在墓地里的尸体，白骨化的过程中势必会遭受昆虫的噬咬，怎么可能这样'干净'——除了人为制造的创伤痕迹，一点大自然的伤痕都没有留下？"

"而且我用戴着乳胶手套的手指，对头骨表面轻施压力后，有黏性反应，说明头骨的钙成分含量还很高，多孔特性没有改变——应该是一位刚刚死去的人的遗骨。"蕾蓉补充道。

这时，验尸室的大门被推开了，去找快递员的那个刑警在门口朝刘思缈点了点头。

刘思缈对蕾蓉说："找到那个快递员了，我去审一审，马上回来。"

片刻，她就折了回来，一脸愠色："这家快递公司也真是的，能不能招点脑子清楚的人！问他什么都不知道，就说上午有个人打电话让他取一个包裹递到这里来，是个大胡子，其他的再也说不出来了。那个大胡子在快递单据上留下的手机号根本就是个空号。"

"大胡子很可能是化装。"蕾蓉想了想问道，"快递员是在哪里取的货？"

"大胡子和快递员约在西丰路新华书店门口见的面，包装盒是在快递员来之前就装好的，快递员来了，贴上单子就送这里来了。"刘思缈说，"我把包装盒拿回处里提取一下指纹，再拆掉看看夹层，我不信那个大胡子给你递个头骨只是为愚人节预热。"

"你也查一查近一年本市失踪人口的记录——"蕾蓉说完又摇摇头，"不，半年就可以了，我想，凶犯不会让我去找一个埋得太久的人。"

刘思缈让两个下属把包装盒拿走先下楼，转身对蕾蓉苦笑了一下："本市常住人口两千万，半年内失踪的、女性、二十五岁上下，即便是拿这几个条件去套，估计也得有百十号人，这下又有的忙喽……姐姐，你送送我吧！"

蕾蓉一愣，刘思缈是有了名的"独"，今天怎么主动提出让自己送呢？

阴暗的楼道里十分安静，有人刚刚擦过地板，空中弥漫着潮湿的气息。

墙上挂着一幅幅画像，每一幅的下面都写着名字和简介，刘思缈一边走一边看：毒理学的奠基者马修·奥菲拉、血型分析的缔造者卡尔·兰德斯泰纳、世界第一个法医科学实验室的创建者埃德蒙·洛卡德、法医人类学的开创者克莱德·斯诺、"人体农场"的创办人比尔·巴斯教授、DNA鉴定的发明者阿莱克·杰弗里……望着这些面貌庄严、目光深邃，眉宇之间正义感充沛的法医学大师，一种崇敬的感情油然而生。

"有时候疲倦了，就到楼道里走一走，看看他们，就会觉得自己需要努力的地方还很多。"蕾蓉望着画像，嘴角浮起一丝微笑。

刘思缈咬了咬嘴唇，突然说："姐姐，我有一种不祥的预感。"

"谁平白无故接到一份快递，里面装着个头骨，恐怕都会有不祥的感觉吧。"蕾蓉说。

"不是。"刘思缈看着蕾蓉,"我说的不祥预感,不是指那个头骨,而是今天早报二版的那条新闻。"

那件事情。

你可以装作什么都没有发生,你可以把自己关在验尸房里埋头工作,但是外面的阴霾照样铺天盖地。

那件事情,蕾蓉只能用"莫名其妙"来形容。

上周五的早晨,在市第一医院附近发生了一起交通事故,一个叫穆红勇的出租车司机开车撞到一棵树上,交警赶来时,发现那司机已经死了。尸检结果表明,司机有严重的冠状动脉粥样硬化,死因系突发心肌梗死。

不巧,最近这个司机所属的出租车公司正在闹纠纷,而该司机恰好是要求降低"份子钱"的代表,还是态度最坚决、语气最激烈的一个,在这个节骨眼上猝死,一条该司机"是被出租车公司毒死的,法医收了黑钱,所以才给出虚假鉴定结论"的谣言不胫而走,引来一大群记者在媒体上指手画脚。万般无奈之下,有关方面只得安排本市唯一一家独立性质的法医鉴定机构——"蕾蓉法医研究中心"给死者做二次尸检。

蕾蓉亲自上阵。

解剖刀触及"花冠"的一瞬,发出轻微的"咔咔"声,一些碎屑被剥落而下,覆盖在血管壁上的物质宛如石膏,冠状动脉已经变成像骨头一样的管腔。

随即召开了记者招待会。

不大的会议室里挤了几十位记者,蕾蓉介绍了尸检的基本情况之后,就到了记者提问时间。

"蕾主任，刚才您说得比较专业，下面能不能用比较通俗的语言再讲述一下穆红勇的死因？"一位记者问。

蕾蓉点了点头："刚才我说过，穆红勇的冠状动脉硬化十分严重，导致动脉管腔变硬、变窄，无法容纳大量血流通过。你可以想象成一根使用多年的自来水管，内壁上生满了铁锈，所以本来就水流不畅，一旦猛烈摇晃水管，有可能就把铁锈摇下，导致水管彻底堵塞。据我们了解，穆红勇在出事前已经连续工作八个小时，过度劳累、心脏负荷极大，引起了他那已经非常狭窄的血管发生痉挛、收缩，将冠状动脉壁上的血栓块撕裂。撕裂的血栓块随即导致血块凝集，完全堵塞血管，使原本已经血流不足的心脏的情形更加恶化。'缺血'的结果使穆红勇的心肌坏死一大块，最终导致他的心脏电气生理传导系统崩溃，从而夺去了他的生命——从穆红勇的体内，没有检测到任何毒物反应，因此他死于心梗发作，而不是传言中的中毒。"

又一位记者举手提问："穆红勇的冠状动脉硬化到底严重到什么程度？"

蕾蓉打开一张幻灯片，用红外激光笔指点着说："这是征得家属同意后，给大家展示的穆红勇的血管管腔截面图，大家看见这些黄白色块状物了吗？这就是'斑块'，它们紧密地黏在血管内壁上，并向管腔内突出，这些斑块由细胞与结缔组织构成，中央是一些组织碎屑和脂肪——主要是脂肪，所以这些斑块被称为'粥样硬化块'。当粥样硬化块形成时，它像磁铁一样，会与邻近斑块融合，同时也自血液中吸取钙质沉积于上，结果越来越大，使血管壁变得又脆、又硬、又窄——从这张图片上我们可以看出，穆红勇的动脉硬化程度已经相当严重了。"

又有记者举手问道："那么，您认为穆红勇的死亡与最近和出租车公司闹纠纷有什么关系吗？据说他在死前刚刚和公司发生过言语上的激烈冲突。"

"据我们调查了解到的情况，你说的言语冲突发生在穆红勇猝死两天以前。"蕾蓉看了一眼那个面庞臃肿而眼睛奇小的记者，继续说，"两天前的语言冲突，从医学上讲不大可能诱发两天后的心梗，当然，我们也不排除穆红勇最近一段时间工作劳累，情绪不佳，对心脏健康会有一定的负面作用。"

这时本来轮到其他记者提问了，但小眼睛的记者却继续问道："如果出租车公司能够给员工每年按时体检，能不能避免这次悲剧的发生？"

蕾蓉摇了摇头："目前常规体检项目中，对心脏主要靠心电图来检测，而心电图一般只能检测出心律失常等显性的、处在发病期的心脏疾病，而对于隐性、慢性的心脏疾病的检出率很低，容易发生漏诊。从这个意义上讲，预防心脏病，关键还是要注意健康的生活方式。"

"谢谢蕾主任。"小眼睛的记者眯起眼睛笑了，"我明白了，穆红勇的猝死从某种意义上说是他自己的问题，对吗？"

"健康的生活方式，对出租车司机这一群体而言，尤其必要。"蕾蓉说，"他们每天坐在狭小的驾驶位上，几个小时保持同一个姿势，在行驶过程中时刻都要绷紧神经，饮食不规律，作息时间也不固定，几乎没有锻炼时间，很多人又有吸烟的习惯，因此，如果不及早调整生活方式，就会成为心肌梗死的高发对象。"

散会之后，蕾蓉匆匆赶回研究中心，有太多的工作需要她去做，在验尸室里熬了一个通宵，给几具死因不明的尸体做过尸检之后，她到一楼的休息室里想打个盹儿，眼皮闭上没五分钟，门就被推开了，唐小糖把她从床上拽了起来，将一份报纸铺在她面前，气急败坏地说："主任你看看，这上面写的什么乌七八糟的东西！"

蕾蓉看了一眼，不由得愣住了。

报纸上斗大的标题——《著名法医扬言：穆红勇之死纯属"自找"》。

下面洋洋千字的文章，从导语到结尾，充斥着对昨天记者招待会断章取义的报道，提出了对穆红勇之死的多个质疑，尽管那些质疑，蕾蓉昨天在会上全部给予了正面回答，可报道中只字未提，仿佛蕾蓉被问得哑口无言，匆匆结束了记者招待会就落荒而逃了似的。

居然还配了一张蕾蓉的照片：那是昨天记者招待会结束之后，一位熟悉的记者和她打招呼时，她的脸上露出礼节性的微笑。

这些"元素"凑在一起，就构成了这样的一个"事实"：蕾蓉不仅对穆红勇的死因没有给出合理的解释，而且幸灾乐祸，对他毫无同情，认为他纯属自作自受——在文章后面配发的短评中就有这样的诛心之语："在穆红勇不明不白的死亡面前，某些'科学家'没有站在正义的一方，而是甘心为利益集团驱使……我们不禁要问，当良知和道德彻底沦丧的时候，一个法医有什么资格再来裁断别人的死因？！"

记者署名叫"左手"。

唐小糖在旁边激动地说："主任，昨天记者招待会我跟你一起去的，你根本就没有说过上面的话，他们撒谎！"

蕾蓉淡淡一笑："为了谎言生气，不值得。"然后，她拉着唐小糖到洗手间洗了把脸，就回验尸室继续工作了，直到下午接到那个剔得分外干净的头骨……

"姐姐，也许你还不知道，今天的报纸、电视、广播、网上……几乎所有的媒体都在热炒这个事情，一片要求处理你、惩治你的声音，有些语言比早晨那篇报道还要恶毒一万倍。"刘思缈焦虑地说，"你怎么就一点都不着急呢？"

"着急有用吗？"蕾蓉说。

"啊？"

"要是没用，就不必着急。"蕾蓉把话题转移开，"你赶紧回处里吧，关于那个头骨，我才有一种不祥的预感呢，咱们得早一点找出递件人留下的谜面究竟是什么，否则，我敢打赌，今天接到的这颗头骨，只是一连串血腥的引子。"

刘思缈叹了口气，和蕾蓉并肩向楼下走："当初创建'蕾蓉法医研究中心'的时候，国内法医界颇有不同的声音。现在表面上偃旗息鼓了，但你可不能掉以轻心啊！"

蕾蓉没有说话，只是点了点头。

下到一层，推开嵌着玻璃的米黄色楼门，便见外面的天空有如一个胸腔积水的患者，阴沉得让人喘不上气来。

"我先回市局了。"刘思缈说完，向前走了几步，突然想起了什么，又回过头问蕾蓉，"你肯定穆红勇是死于心梗，而不是其他原因吗？"

"我肯定。"

"我总感觉，这是个阴谋，这里面有个圈套……"

"你也别想太多了。"蕾蓉劝她道。

"不是我想得多，而是有些情况你并不掌握。"

"什么情况？"

刘思缈盯着她说："有目击者说，穆红勇的车撞到树上的时候，车的后排本来坐着一个乘客的，但是当交警赶到事故现场的时候，车里面除了穆红勇的尸体，后排座位上却空空如也。"

第三章 邪尸之约

> 凡验尸，不过刀刃杀伤与他物斗打、拳手殴击，或自缢、或勒杀、或投水、或被人溺杀、或病患数者致命而已。然有勒杀类乎自缢；溺死类乎投水；斗殴有在限内致命，而实因病患身死；人力、女使因被捶挞，在主家自害自缢之类。
>
> ——《洗冤录·卷之一（疑难杂说上）》

蕾蓉愣了片刻，说："大概是那乘客有什么急事，或者怕受到牵连，就匆匆走开了吧。"

刘思纱摇摇头："撞车的力量非常猛烈，那个乘客很可能也受了轻伤，但他为什么不等待救援、不考虑向出租车公司索赔，就匆匆离去呢——穆红勇又不是他杀死的。"

蕾蓉说不出话来。

"我可是百思不得其解呢。"刘思纱拉了拉蕾蓉的手，"你先回去工作吧，只要你肯定穆红勇是死于心梗而不是谋杀，一切就都好办。"

望着刘思纱的车渐渐远去，直到消失在视线中，蕾蓉还站在楼门外的台阶上沉思着。很久很久，她才转过身，推开楼门，向研究中心里面走去。一抬头，正好看见门厅正中央竖立的南宋法医宋慈的半身铜像，她在铜像前站定脚步，端详起这位被称为"世界法医学之父"的巨人来。

青色的瞳仁如此深邃，伏犀鼻上两道弯弯的新月眉，在额上拱起一道凛然正气……

先生，你的《洗冤集录》比欧洲公认的最早一部系统法医学专著、意大利巴列尔摩大学教授费德罗的《医生的报告》早了三百五十多年，你所在的时代，中国的法医学达到了整个世界都无法企及的高度……

"蕾蓉法医研究中心"在行政关系上，隶属于中国警官大学法医系，是这个系的"科研教学基地"，但事实上，这是国内第一家从公检法体系中独立出来的、变隶属关系为委托关系的法医机构。蕾蓉在继续担任市局首席法医官的同时，兼任这一研究中心的主任——整个中心，只有她和副主任刘晓红是公务员编制，其他员工都是聘用的。

由于蕾蓉名气实在太大，研究中心在国内又有开先河的试验性质，因此得到了有关领导的高度重视和支持，也吸引了不少有志于法医事业的青年才俊加盟。

为了创办这个法医研究中心，用"呕心沥血"四个字来形容她付出的努力，也毫不为过。但是一路走来，反对声和质疑声，几乎从来没有停止过，但她还是克服重重困难，终于将研究中心创办起来了，可是，谁知道在这座小楼的外面，有着怎样的暗流在涌动……

难道刘思缈说的是真的？穆红勇之死，连同那个叫"左手"的记者写的稿子，都是阴谋，是有人故意设下的圈套？

不去想他了，每一步都如履薄冰的人，注定走不长远。

这么想着，蕾蓉向二楼的验尸间走去，那里还有许多具尸体等着她做尸检呢。

傍晚六点，是研究中心的下班时间。按照蕾蓉亲手制定的规章制度，工作人员将所有外科器具送入专用消毒柜消毒，尸检报告归档，医疗垃圾及污染物经过两道分拣，确认没有疏漏有价值证物之后，等待装车送往十八里乡生化焚化场焚化，未检验完的尸体装入冷藏橱柜，用机动消毒喷雾器对解剖台、病理取材台、移动式摄影台、电子脏器等进行清洗……然后蕾蓉带着高大伦等副手对病理实验室、血清实验室、毒物学实验室逐一进行巡视，直到确认每一项都达标，才留下几个值班人员，批准下班——按照蕾蓉的说法，世界上每天和死亡打交道的职业只有军人和法医，所以对法医行业也要采取"准军事化管理"。

蕾蓉在门口的紫外线消毒灯前消毒之后，往更衣间走去，正碰上唐小糖，这丫头一把拉住她的胳膊："姐姐，跟我一起去逛逛街吧，今晚美嘉欢乐影城有新的大片上映呢！"

蕾蓉一笑："约你看电影的男孩子能排出一里地了，你老缠着我干吗？"

"我是拉拉，行不？"唐小糖看了她一眼。

蕾蓉知道她是一片好心，怕穆红勇那件事搞得自己心烦意乱，所以想陪着自己散散心，于是点点头同意了，乐得唐小糖满腮飞红："那我下楼去等你哈！"

"哪里去？"蕾蓉一把扯住她，"你刚才碰了我，就得重新换件衣服，走，跟我到更衣室去！"

"古板……"唐小糖嘟囔着，老老实实地跟着蕾蓉往更衣室走去。

脱下白色防护服和罩衫，一股幽幽的体香在更衣室里弥漫开来，那香气自然而本真，令唐小糖脸上一阵发烫，她望着蕾蓉雪白的背脊被黑色文胸吊带勒出的两条浅沟，不由得轻轻一叹："真美……"

"嗯？"蕾蓉打开不锈钢烘衣柜，把经过臭氧杀菌和保温烘干后的衣服拿出来，一件件穿在身上。"你说什么？"

唐小糖笑道："姐姐，你要再不找个男朋友，简直就是犯下了暴殄天物罪啊！"

"别胡说。"蕾蓉从储物柜里拿出自己的拷包，习惯性地掏出手机一看（她要求所有员工在工作时间必须将手机寄存在工作间外面），竟有上百条短信，亲戚、朋友、同学、同行，都在关切地问她今天新闻中提到的穆红勇事件到底是怎么回事？对她有没有造成伤害？当然，也有几个不知名的手机号在用下流的语言对她攻击，不过，安慰也好谩骂也罢，在她眼里统统不过付之一笑，唯独一条短信引起了她的注意：

"蕾主任，稿子经过编辑后上版，有些地方可能造成误解，晚上能否请您共进晚餐，当面向您解释？"

署名竟是"左手"。

蕾蓉想了想，回复了两个字——"可以"。

片刻，时间和地点发了回来。

蕾蓉对唐小糖说："抱歉啦，我不能陪你逛街了，晚上有事。"

唐小糖老大不情愿地噘起嘴，但她深知蕾蓉说一不二，只好悻悻地先走了。

出了楼，打了一辆出租车，汇入都市晚高峰那缓慢而冗长的车流，望着道路两侧如拉链一般银晃晃的街灯，蕾蓉突然想起一件事情来，这件事说来很小，简直不值一提，但还是令她隐隐地感到不快——今天，那么多人发来问候短信，为什么唯独没有见到呼延云的名字呢？

走进"茂藏家"的大门，身穿和服的领位小姐轻轻一躬，抬起振袖带着客人往里面走去。穿过一个个全木质的榻榻米隔间，扑鼻一股淡淡的竹香，入耳是音量放得很低，但不失悠扬的夏川里美的歌声。终于来到了名叫"松岛"的包间门口，领位小姐拉开格子门，里面一个盘腿坐在食几前的男人连忙站起身，很臃肿的脸盘上有一双细小的眼睛——正是那个名叫"左手"的记者。

"蕾主任您好！"左手伸出了右手要与蕾蓉相握，蕾蓉没有伸出手，只是淡淡地说："堵车，来晚了，抱歉，您请坐吧。"

左手尴尬地后退到食几边，重新盘腿坐下，看蕾蓉不紧不慢地脱了鞋，走上榻榻米：这个女子，论相貌也许只能算中等偏上吧，梳着齐耳的短发，圆圆的脸上，一双漂亮的丹凤眼，却因瞳仁幽邃而显得目光深沉。尽管她丰润的红唇紧闭，尽管她的耳朵和脖颈上没有悬挂任何饰物，尽管她身上穿着的只是一件再平常不过的黑色针织衫，看上去是那么的朴素，但举手投足间的那种娴雅，那种充满了内涵的知性美，却无论如何也遮挡不住——就在这知性美的底处，黑色阔脚裤下露出一对裹着肉色丝袜的美足，令左手咽了好几口唾沫。

蕾蓉在左手的对面坐下，只见食几上已经摆满了菜肴。左手拿起酒壶要给蕾蓉倒酒，蕾蓉说了一句"我不喝酒"，便拿起装有松茸汤的小壶，将倒扣其上的青花小碗取下，浅浅地斟了一杯，慢慢地啜着，那意思再明白不过——我不是来喝酒吃饭的，还是早点进入主题的好。

甫一交手，左手便知道这个女人属于最不好对付的那一类。以往，大部分受访对象遭到批评报道之后，如果再次与记者见面，往往是劈头盖脸一顿臭骂，这种人其实不值得担心，气球只要放光了气，终归不过是一个干瘪的橡胶袋。而蕾蓉这样的人，犹如一枚哑弹，你不知道她什么时间、什么地点会爆炸，更无法预测爆炸的当量……

左手赔着笑道："蕾主任，十分抱歉，我原来采写的稿子不是那个样子的，您大概不知道，现在大部分都市类报纸都是编辑为王，编辑说了算，他们会根据记者采写回来的内容，找一个自己认为更容易抓读者眼球的角度，进行二度加工，所以上版后的稿件往往与记者采访的初衷大相径庭，甚至扭曲、歪曲了本意……"

一般这种情况下，受访对象都会很不耐烦地说："那好，你把编辑找来，我跟他说！"

蕾蓉却不，只淡淡一笑："没关系的，我有朋友是在媒体工作的，我理解。"

左手一愣，以为自己听错了："那……那可真是太感谢您了！"

"已经发生的事情，无论对错，都不值得再计较了。"蕾蓉十分诚恳地说，"你看在目前这种情况下，有没有什么方法补救一下呢？"

"您有什么建议吗？"

蕾蓉沉思了一下说："你来参观一下我们的法医研究中心，感受一下法医科学的最新发展成就，然后对我或者任意一个实验室人员进行专访，我们可以跟你谈一谈尸检过程中，哪类人群的心梗致死率比较高,然后在贵报上发表一篇篇幅稍微大一些的稿件,主旨还是提醒出租车司机注意身体健康,也把前一篇稿件中我没有'正面回答'的穆红勇的死因,进行一个全面的阐释。你看这样可以吗?"

左手皱起了眉头。

"怎么,这个方案有什么不合适的地方吗?"蕾蓉问。

"嗯……有一点。"左手慢慢地说,"蕾主任,我们报纸是一份以表达民意为核心价值观的媒体,时下,穆红勇所在的出租车公司正在闹纠纷,在这个关键时刻,如果刊登一篇您说的那样的稿件,很可能使司机们感到泄气、失望,这不利于他们维权——"

"表达民意,我也同意。"蕾蓉打断他的话,"但我是一位科学家,在科学研究中有一条铁的准则,假如试验过程中作假,那么试验结果就失去意义,通过弄虚作假伸张不了正义,反而会把民意引向歧途。你是一位新闻记者,应该懂得这个道理。"

左手笑着说:"蕾主任,虽然我没有当过法医,但这并不表示我对法医学一无所知,昨天在记者招待会上,您说穆红勇的死亡与他两天前和出租车公司吵架无关,这您可犯了个大错。"

这倒让蕾蓉颇为吃惊:"你能否提示我一下,我错在什么地方?"

"据我所知,很多冲突在当天不会显现后果,却能在几天后导致当事人的死亡。"左手说,"不久前,我还报道过一个案子,两个哥们儿喝酒,一言不合争吵了起来,甲照着乙的屁股踢了几脚,乙很生气想还手,却被店里的伙计拉住,乙觉得很憋屈,过了几天突然就死了,法院判甲要承担刑事责任,这不就是一个典型的案例?"

蕾蓉想了想道："你说的是不是发生在刘公口的三胖烤翅店的那起案子？"

"啊，您知道这个事情？"

"那个案子是我做的尸检。"蕾蓉说，"甲给乙臀部的那几脚，导致乙臀部的静脉内皮细胞坏死脱落，使流经受伤血管处的血液中的有形分子凝集形成栓子，栓子顺着血液循环的路径一直到达肺动脉，由于肺动脉的直径比栓子小，于是栓塞形成了，并引发了肺动脉和冠状动脉的痉挛，导致心脏停搏和周围循环衰竭，最终导致了死亡，所以甲当然要对乙的死亡负刑事责任——这和穆红勇的猝死完全不是一回事，目前法医学还没有研究证明两天前的争吵能导致两天后的死亡，穆红勇之死是一个因长期生活习惯不良导致的、由劳累和情绪不佳诱发的不幸事件，决不能单纯地归罪于和出租车公司闹纠纷。"

左手道："这么说，蕾主任您还是坚持认为：出租车公司对穆红勇的死亡不需要承担任何责任喽？"

蕾蓉口吻十分坚定："不需要承担法律责任。"

左手把身子往后仰了一仰，无奈地叹了口气，指指桌上的饭菜道："蕾主任，别光顾着说话，您也吃点东西吧。"

蕾蓉用筷子夹了一个阿拉斯加鳕鱼卷，放在口中慢慢地嚼着，鳕鱼、海苔加上醋饭的香味虽然令人满口生津，但她却无心享受佳肴，放下筷子道："左记者，术业有专攻，隔行如隔山，我还是希望你能到我们研究中心看一看、走一走，就能理解法医是一项多么复杂而又多么需要严谨态度来对待的工作。"

"说起您的那个研究中心，我想问一下，假如在死因鉴定问题上，您的同事和您有不同的意见，一般会怎样处理呢？"左手问。

他为什么问这个问题？

蕾蓉心中有点不安，但继续回答道："研究中心秉承科学至上的工作原则，科学面前人人平等，不光是对我，对任何一位法医的鉴定结果有不同意见，都可以提出质疑，在复检中会更换检验人员——当然，所有的争论要由我来做终裁。"

"这么说，在研究中心里，最后还是由您说了算喽！"左手笑了起来。

气氛有点不对。

很不对。

蕾蓉仔细地看了左手两眼：凭借多年验尸的经验，这个身材臃肿的男人如果此刻突然倒毙，应该是一具"邪尸"——邪尸是法医们的一句"行话"，意思是死者生前是罪大恶极的犯罪分子，被警方击毙或畏罪自杀后送来验尸。

说来也怪，有经验的法医不需要警方特别说明，一眼就能从一堆尸体中辨认出哪一具是"邪尸"，外行要是问起其中的"诀窍"，大部分法医会耸耸肩说："就是那么一种感觉。"当然蕾蓉不会故弄玄虚，她会耐心地告诉你分辨一具邪尸其实没有什么了不起的，看看它的上面有没有大量的疤痕、离奇的文身或吸毒留下的针眼，再看看致死伤口是不是器械造成，基本上就能判断个八九不离十。不过蕾蓉也承认，大部分时候，她分辨邪尸也是"一眼认定"，那种活着的时候为非作歹、作恶多端的人，生前就会有"挂相"，这种挂相会一直残余到死后，尸体上依然笼罩着那么一股子邪性，眼闭着、嘴张着也是一副做鬼也要做恶鬼的架势。

比如现在对面而坐的左手，就有这种挂相。他那臃肿的、坑坑洼洼的脸盘上一双比坑大不了多少的小眼睛，原本是笑眯眯的，但直到此时此刻，蕾蓉才发现他的笑容多么奸诈，肥厚的嘴唇随着嚯嚯嚯的笑声圈成一个奇怪的圆形，那声音像极了夜猫子叫，不由自主地流露出一种居高临下地看着猎物的优越感——他知道猎物的任何反抗和逃窜都是毫无意义的，早晚要成为自己嘴里的一块肉，但是他却不着急亮出利爪，他要尽情享受玩弄猎物的乐趣，直到猎物在精疲力竭之后，蜷缩成一团乖乖等死……

蕾蓉神色如常，但口气明显强硬了一些："我是目前国内最高级别的法医师，所以我做终裁是很正常的事情。"

左手昂起脑袋，看了看头顶上的木方格吊灯，有些昏暗的灯光照在他的大脸上。良久，他垂下头，把扔在榻榻米上的皮包拉了过来，取出一张照片递给蕾蓉："这个人，你还认识吗？"

照片上，一个谢顶的中年男人端坐在红木办公桌前，两只手交叉着放在桌面上，挤出一脸假笑。办公桌的一角摆放着地球仪，身后的书架上净是那种为了充门面而做的百科辞典或者类似的套装书，一看就是个老板。但是蕾蓉看了半天，却一点印象也没有，于是摇了摇头。

左手眯起眼睛，仿佛早就猜到答案似的一笑："那么，房莉莉这个人，你还有印象吗？"

口吻简直就像是在审讯，蕾蓉感到十分不快，但还是认真地想了一想，然后说："对不起，我毫无印象，她是谁？"

左手满脸的肉像被足部按摩师揉过似的，剧烈地褶皱起来，一副不可思议的表情："不会吧？她是你的初中同学，你怎么会没有印象呢？"

初中同学？一向认为自己的记忆力非常好，但此时此刻，在大脑的硬盘里却怎么也搜索不到这一数据，蕾蓉的眼睛里浮起了一层雾。

"真的想不起来了？"左手用指头轻轻地敲着食几，"我查过了，她和你是上一个中学的，只比你低两届。"

我的妈呀——蕾蓉差点脱口而出，我所上的初中，一个年级有四个班，每个班有四十个学生，同一个年级的同学我都不可能全部叫得上名字，别说低两届了！这就好像你跟周立波要奥普拉·温弗瑞的手机号他说我没有然后你责问他说你们不都是脱口秀主持人吗？！

蕾蓉有点生气了："我认识不认识那个房莉莉，和眼下咱们要商讨的这件事情到底有什么关系？"

左手嚯嚯地笑了起来："蕾主任，何必装腔作势，照片上的这个男人是穆红勇所在出租车公司的老总，同时也是房莉莉的亲叔叔，您怎么可能不认识他呢？"

电光火花似的一闪，蕾蓉猛地意识到左手今天请自己来，根本不是什么"解释"，什么"道歉"，他此前表现出的谦恭，纯粹是一种伪装，他是挖了一个陷阱引诱自己往里面跳呢！

饶是她修养再好，也忍不住愤怒得涨红了脸："请问你到底是什么意思？"

几乎就在一瞬间，身后格子门"哗啦"一声被人用力地扯开了！

蕾蓉吓了一跳，回头一看，竟是好朋友郭小芬。只见她呼哧呼哧地喘着气，粉盈盈的脸蛋上挂满了汗水，大概是一路奔跑的缘故，满头秀发像被狂风吹过似的散乱不堪。蕾蓉正要问她怎么找到这里来了，郭小芬上来一把抓住她的胳膊，只说了一个字——

"走！"

郭小芬是《法制时报》的记者，因为观察力敏锐、分析问题别有见地,撰写的罪案类报道多次获奖,因此在媒体圈享有盛名。左手一见她,笑容可掬道:"哟,小郭记者来蹭我这顿饭,可是左某的荣幸,坐下来一起吃点东西吧!"

"走!"郭小芬抓着蕾蓉的胳膊往外面拽,"快!"

蕾蓉情知不妙,她赶紧出了包间,穿上了鞋。

"等一等!"左手从食几后面站了起来,像在演川剧变脸一般,刹那间脸孔变得十分狰狞,"郭小芬,你这是什么意思?我请蕾主任吃饭,你搅得哪门子局?"

郭小芬左右看了看,发现右边紧邻的包间亮着灯,但关得严丝合缝的格子门里听不到一点点声音,一伸手"哗啦"将门推开了!

里面,坐着惊慌失措的一男一女,男的摘下耳机,女的手指停滞在笔记本电脑的键盘上。

"你干了什么,你自己最清楚!"郭小芬指着左手的鼻子怒斥道,"当记者当得你这么下作,真给这个行业丢脸!"

左手慢条斯理地坐下,依旧是嚯嚯嚯地干笑着,用筷子夹起一条很长的烤多春鱼,放在嘴里咯吱咯吱地咀嚼着,许多鱼子从嘴角溢了出来,好像他在吐白沫似的。

郭小芬拉着蕾蓉往料理店外面走,一边走一边责备道:"你怎么搞的,打你手机,给你发短信,你理都不理我?"

"我手机设静音了……"蕾蓉还是稀里糊涂的,"到底发生什么事情了?你怎么找到这里来的?"

"那个左手,是业内有名的流氓记者,为了炒作新闻,什么卑鄙下流的手段都敢用!你怎么能赴他的约?"郭小芬气冲冲地说,"我都下班了,突然在微博上看到直播左手对你的暗访,他身上肯定有无线胸麦,你和他的对话都传到隔壁包间,刚才你看到的那两个人就把你的话断章取义发在微博上,将你塑造成一个敌视弱势群体的坏蛋!"

"他为什么要这么干?"蕾蓉十分惊讶,"我没记得我得罪过他啊?"

"这里面肯定有个阴谋。"郭小芬说,"现在来不及追究这些了,咱们得赶紧离开这儿!"

蕾蓉还是一头雾水,她正想问郭小芬干吗走得这么急匆匆的,突然听见前面传来接连几声惨叫,还有"砰砰"的击打声和"噼里啪啦"的玻璃打碎声。郭小芬的脸色立刻变得惨白:"坏了,来不及了!"然后拽着蕾蓉要往回走。

不知出于一种什么情绪,蕾蓉一把甩开她的手,向前冲去,接下来就感到爆炸了!

连续三道凶猛的火光,像浑身着火的恶犬一般向她扑了过来,她敏捷地一闪,"砰、砰、砰"接连三声在身后的墙壁上炸开,一股巨大的热浪裹挟着汽油味险些将她撞倒在地!

低头一看,是有人把汽油装在啤酒瓶里点燃后扔了进来,如果躲得稍微慢一点,她敢说自己现在已经陷身火海!

透过已经被打得稀烂的料理店门板,她看到了一幕恐怖至极的景象:数十个蓝黑色的影子在暗夜中像坟地的鬼火一般蹿跳着,不知是人是鬼,一双双血红血红的眼睛,像一具具暴死的丧尸渐渐围拢了过来,嘴里发出奇怪的声音,只有用力去听,才能听到那是无数个喉咙交杂在一起发出的野兽般的嗥叫:

"打死她!"

"杀了她!"

"宰了她!"

"剐了她!"

还有些说不出是哭是笑的声音，嗷嗷地怪叫着，与料理店门口燃起的熊熊火焰一起，滚滚地向上弥漫开来，在半空铺出一片很大很大的铅灰色，仿佛是挥洒着什么传染力极强的病菌。

"快堵住门口！不能让他们冲进来！"胖胖的料理店老板拿着一把菜刀，声嘶力竭地指挥着员工往门口填塞各种物什，什么桌子、椅子、柜子之类的，然后又疯了似的喊着："哎呀不能用这些填！会着火的……快灭火！快灭火！"

站在原地，蕾蓉一动不动，凝望着眼前发生的这一切，双眸中一片火光。

"快走！咱们从后门出去！"郭小芬一边大喊着，一边抱着她往后拖。

"他们是谁？来干什么？"蕾蓉边跑边问。

"微博上写了你和左手会面的地址，我估计是看了以后来滋事的！"郭小芬说，"快，咱们从后门走！"

两个人穿过后厨，推开一道油腻腻的铁门，便来到了日本料理店的外面。这是一条黑咕隆咚的巷道，扑面一股呛鼻子的泔水味儿。

抬起头，能看到被料理店正门的火光染红的夜空，叫骂声虽然远了些，却依然令人心惊肉跳。

一路奔跑，终于快到巷子口了，空气变得清新了许多。总算逃过一劫，蕾蓉感到紧绷的神经放松了一些，深深地呼吸了一口气——然后，她看到了那条从巷子口外面蹿出的黑影！

呼！

耳畔听到一阵凌厉的风声。

黑影手持一根铁棍，狠狠砸向蕾蓉的面门！但铁棍太长了，棍头磕在了墙上，哐啷一声，居然震裂了黑影的虎口，疼得他

"嗷"的一声惨叫甩掉了棍子。

郭小芬和蕾蓉刚要跑,那人却张开双臂拦住她们,狞笑着,慢慢弯下腰,捡起那根铁棍,高高地抡起,龇开了白森森的牙齿——

蕾蓉把郭小芬挡在了身后。

啪——吭哧!

这回是很闷的一声,像是摔下了一个巨大的包袱,那个人没来得及哼叫,就直挺挺地栽倒,趴在了地上,铁棍子当啷啷地一直滚出了很远。

站在那人身后的一个矮胖子,一边掸着两只手,一边骂了句脏话。

"马笑中!"郭小芬欣喜若狂,冲上去抱住他的肩膀,"没想到你还有有用的时候!"

马笑中眨巴着眼睛,咂摸不出这是夸他还是骂他。

蕾蓉走上来道:"老马,你怎么会在这里?"

马笑中是望月园派出所的所长,与蕾蓉算是老相识了,大大咧咧地说:"小郭说你有麻烦,给我打电话,我就赶紧过来救驾。"

"就你一个人来的?怎么不多叫几个警员?"蕾蓉指着半空中的火光问马笑中。

"姐姐!"马笑中说(他叫的这一声用的天津腔,听起来是"结借"),"第一这不是我的管片儿;第二这种事儿,公安一出动就算是'群体性事件'了,肯定越闹越大,有些唯恐天下不乱的坏分子巴不得再在网上煽乎些什么呢。我刚刚跟管这片儿的糠大萝卜说了,找几个人过来,每人拎一酒瓶子一把烤大腰子,来了就搅局,不知道的以为是街溜子聚餐,喝高了打架呢,三五分钟就摆平了——姐姐，有人跟路边拉泡屎，你非跟他们掰扯要讲公德，那肯定把你越熏越臭，怎么办？你跟旁边再撒泡尿，外面人看了：哦！原来这就是个茅坑啊，都绕着走，事儿就算完了——您说我说得在不在理儿？"

蕾蓉惊讶地看了这个歪嘴巴的矮胖子一眼，心中着实有些佩服。

"这个人怎么办？"郭小芬看了看趴在地上的那个人，还有地上裂成两半的砖头。

马笑中蹲下来朝那人的脸上狠狠扇了两巴掌，听见那人的呻吟声，站起来道："没事儿，死不了。"

"快走吧，有什么话离开这里再说。"蕾蓉说。

三个人匆匆离去。

喧嚣声渐渐散去，黑暗的巷子里一片死寂。

很久，一个穿着黑色大衣的人慢慢走进了巷子口，看到地上趴着的那个人，蹲下身，把他扶了起来："你怎么样？"

"她们跑了……"那人说，"我被拍了一板砖，疼死我了，快送我上医院。"

身穿黑色大衣的人点了点头，把大衣脱了下来，垫在地面上，然后扶着他躺下，问他："伤口在哪里？"

"脑袋右边。"

黑色大衣站了起来，走出巷子口，从一户人家堆在门口的砖垛里搬了三块砖头，回到受伤的人旁边。

"你拿的什么啊？"伤者的眼角被头上流下的血浸了，夜色又浓，所以看不大清楚，但是一种第六感让他突然感到强烈的不安。

"没什么。"黑色大衣重新蹲在他身边，看了看夜空，出了一会儿神，蠕动的嘴唇仿佛在祈祷着什么，然后低下头，非常温柔地说，"你真幸福，能这么快解脱痛苦，你知道吗，一个人活得越长，痛苦就越多……"

第四章 群起攻之

  被踏要害处便死,骨折、肠脏出。若只筑倒或踏不着要害处,即有皮破瘢赤黑痕,不致死。
         ——《洗冤录·卷之五(牛马踏死)》

  下半夜的时候,蕾蓉突然醒了。
  掀开身上的薄被,从床上慢慢坐了起来,看着窗外的残月,稀薄的月光洒在床沿和地板上,笼了一层纱似的,她不禁想念故乡了:夜月红柑树,秋风白藕花,烟波含宿润,苔藓助新青……就算是在这样静谧的夜晚,独自坐在宝带桥上,也能听见澹台湖里鱼儿们的戏水声吧。
  多久了,没有在夜深人静的时刻醒来,并再也无法抑制翻覆的心潮。
  刚刚从学校毕业,到纽约验尸中心做实习生那会儿,白天跟着导师解剖一具尸体,夜里简直不敢躺下,因为只要躺下,就会产生一种自己躺上了验尸台,要被冰冷的解剖刀开膛破肚的错觉;为了避免粪便排泄物污染其他脏器,先要取出肠脏,然后用骨锯锯开肋骨,把肺、心脏、脾脏、肝脏取出,其间难免牵引到蜘蛛丝似的血管和黄色油腻的腹部脂肪,于是,戴着橡胶手套的指尖总残存着滑腻的吱吱响……实在累得撑不住,躺下了,也圆睁着眼睛，不由自主地把那血淋淋的解剖全过程在脑海里重播一遍，黑色的天花板在眸子里却是一片血红。倦意袭来，沉重如铁的眼皮闭上了，刚刚进入梦乡，电锯锯开头盖骨的刺啦刺啦声就在大脑皮层上响起，惊醒并吓出一身冷汗，成了再寻常不过的事情。

那时她还在美国，跟着大名鼎鼎的首席司法病理学家迈克尔·巴登博士实习，她最佩服的事情，大概就是上午做完腹腔解剖之后，博士能神色如常地吞下五分熟的烤牛肉——要知道她能在工作之后不呕吐一场，已经是天大的奇迹了。

直到一次午餐会上，她无意中听见一个女士，也许是马里恩·罗奇①，问迈克尔·巴登："难道您每天解剖尸体时，不会感到恐惧吗？"

"我是一个法医，我没有时间恐惧。"迈克尔·巴登说。

刹那间，蕾蓉明白了博士克制恐惧的法宝。

"没有时间"——这四个字中包含了太多的意义：须知死者的时间比生者还要宝贵！一个人死亡一小时后就会出现尸斑，如不及时检验就有可能和生前损伤形成的皮下出血混淆；四小时后会出现四肢肌肉僵硬，如不及时保存将无法考证死者死亡时的体位和姿势；八小时后苍蝇产下的第一批虫卵开始孵化，如不抓紧时间尸检，产生的蛆虫将无情地破坏尸体上的伤口……死神看着秒表一般，每一秒都试图夺取尸体上的犯罪证据，尸体每丧失一部分完整、证据链上就有可能出现一部分缺失，一旦错过的时间太多，死者的冤屈将会永远地沉入地下，而漏网的杀人者将会寻找着下一个可以屠戮的生命。要抓紧啊！要抓紧啊！要在第一

---

①美国作家。

时间赶到现场,要不顾蛆虫在手套上的蠕动,开始尸检,要在收集尸块甚至碎肉时睁大眼睛而不是战战兢兢,要尝试着拒绝在口罩内侧涂抹冬青油,这样才能分辨尸体上有价值的异味……这样紧张和匆忙,哪里还有时间恐惧呢?再说,又有什么值得恐惧的呢,每一个冤魂都期盼着法医帮他主持公道,就像患者哀求着医生替他解除病痛一样。

没有时间恐惧,更无须恐惧!

渐渐地,蕾蓉不再会夜间惊起了,她能够在下班之后,正常地进餐、休息、睡觉,躺在床上时也能很快地安然入眠,一整夜都不会醒来。

但是,今天晚上,她中夜惊醒,并再也睡不着了。这是怎么一回事呢?

的确,有一些令她忐忑不安的事情发生了,或者说,一些她完全不了解的事情,正像茧或者蛹里面包藏着的虫子渐渐长大,不知道最后会变态成个什么样的怪物。无论刘思缈还是郭小芬,不都说了"这是一个圈套""这是一个阴谋"吗?为什么自己如此迟钝,还是潜意识中不愿承认呢?

其实,从研究中心成立的那一天开始,反对声和质疑声就没有中断过,只是她习惯了不去理会,就当它们统统都不存在……但是她想不通,今晚见到的那些人怎么会那般疯狂?只不过是报纸上断章取义的只言片语,只不过是微博上颠倒黑白的直播,一切都是谎言,稍加分析就可以戳破的谎言,无聊到了自己不屑于驳斥,但是他们为什么如此轻信,如此狂躁,左手到底是给他们施了什么魔法,让他们如此前赴后继、奋不顾身?!

黑暗中那一双双红色的眼睛……什么情况下,人才会有红色的眼睛?结膜炎、角膜炎、严重失眠、心功能不全、脑出血、用力揉捏导致的小血管破裂。

还有呢？

还有，癫痫发作前的结膜充血以及——

以及他们已经不是人了。

比如，患上狂犬病的疯狗也会有一双血红的眼睛。

蕾蓉身上一阵发冷，她披上外套，却又不免觉得有些躁热。

这春末的怪天气。

她穿上拖鞋，轻轻地走到阳台上，夜风如洗，在身上掀起一阵阵冰凉。

为什么要置我于死地？

对，问题的核心就在这里！那些对我存在严重误解的人，叫嚣也好，在"茂藏家"门口滋事也好，归根结底不过是一种恐吓，然而在巷子口埋伏的那个人，才是真正想要我命的家伙！那么粗的一根铁棍，迎着我的面门打下来，如果不是马笑中及时出现，我的头骨恐怕会被当场打碎。这个人是谁？何以要向我下这般毒手呢？当时急于离开，也没有好好看看他的相貌，难道他是以前和我有过什么深仇大恨的人？

想了半天，蕾蓉也想不出哪个人和自己结下过以命相搏的仇怨。没错，用种种拙劣的手段伪造自杀假象，而被自己在尸检中慧眼识破的凶手，有很多很多，但是由于工作性质仅仅是刑侦过程中的一环，犯罪分子大多根本不知道他们"崴"在了谁的手里，更何况他们不是被"执行"了，就是在大牢里过下半辈子呢……

"我总感觉，这是个阴谋，这里面有个圈套……"

刘思缈的话再次回响在了耳际。

情不自禁地，蕾蓉把手放在地中海风情的铁艺镂花栏杆上，狠狠地一抓。

好吧！她下定了决心：既然有些事情总要面对，那就赶早不赶晚。明天一早，我就去一切事情的原点——穆红勇死亡的现场去看一看。

第二天，天蒙蒙亮，蕾蓉就出了家门，拦了个出租车向市第一医院驶去。

穆红勇死亡的地点在市第一医院往西的第二个红绿灯附近，那是一个路口，虽然时间还早，但旁边的街心公园里已经开了锅，站在树丛里吊嗓子的，拉着二胡唱京戏的，还有一大群跟着录音机里的《爱情买卖》跳舞的，把一地晨光践踏得活像蛤蟆交配季节的池塘。

下了车，蕾蓉顺着人行道往前走，在一棵粗大的槐树前停下了脚步。应该就是这棵树吧，树干的中腰位置，还裸露着一大块伤痕。

一时间，蕾蓉有点手足无措，接下来该干什么？就算是能耐再大的法医，在没有伤者、尸体或者残骸的地方，也不可能施展手脚，毕竟自己不是刘思纱啊，再说这里肯定被现场调查人员勘查过了，别指望再找到什么有价值的东西了。

想是这么想，但她还是蹲下身，仔细把那棵树以及树周围的土地看了一遍，除了一队晨练的蚂蚁，什么也没发现。她不由得叹了口气，站起身来的时候，发现不远处，一个穿着橘红色马甲的清洁工正在呆呆地看着自己。

她微笑着朝那清洁工点了点头。

清洁工面无表情，低下头接着挥舞她的扫帚。

蕾蓉突然想起，穆红勇猝死的那个时间段，与现在相仿，那么这个清洁工有没有可能看到什么呢？

于是她走了上去："您好，前几天在这里发生了一起交通事故，一个出租车司机开车撞在那棵树上，人死了，你知道吗？"

清洁工看了看她，从声音到眼神都像蒙了一层白翳："干啥呢？"

"我是问你在不在场，有没有看到当时的情景。"蕾蓉说。

"我不在场，我在马路那边呢。"清洁工指了指马路对面，很显然她对"在场"这个词理解得有些狭隘了，"我听见砰的一声响，车就撞树上了，一会儿就看见前盖子开始冒烟，又过了一会儿有个人从车上跳下来，穿过街心公园走了。"

"那个人长什么样子呢？"

"那我可没看见。"清洁工摇摇头说，"他衣领子立得老高的，走得特别快，一眨眼就不见了。"

清洁工说的，大概就是坐在后排的那个乘客吧，他在撞车之后为什么匆匆离去呢？

蕾蓉刚刚开始思考，清洁工就说："你是个记者吧？"

为了避免麻烦，蕾蓉点了点头。

"那我告诉你，别再管这个事儿了，这事儿邪得很呢。"清洁工突然放低了声音，目光躲躲闪闪的。

蕾蓉从口袋里拿出钱包，抽出一张百元钞票塞给清洁工："您拿去买早点吧。"

清洁工接过来，塞进马甲的内兜，然后凑近了一点说："这事儿，先前警察来调查，记者来采访的时候，我都没和他们讲，因为那时我不知道，事情过去两天，我在市第一医院门口打扫卫生时，听卖早点的何小庆说，那司机是被人活活咒死的！"

"被人咒死的？"

"你不信是吧？我知道你肯定不信，就连我也不信呢。"清洁工说，"可是何小庆跟我发誓他说的是真的。他说有个小伙子在他的摊子上买了个鸡蛋灌饼，然后过马路，在路中间差点儿被那辆出租车撞上，司机摇下车窗就骂街，那小伙子长了一张煞白煞白的脸，咒那司机说'我看你活不过今天早晨'，结果那司机真的就出事了。何小庆说：那个小伙子说不定是阴间来的判官呢，要不断人生死咋能这么准呢？"

蕾蓉怔住了，清洁工看她脸色十分难看，转身要走，却被她一把拉住："那个何小庆，在哪里卖早点？"

"市第一医院门口，就那么一个早点摊。"清洁工说完，忙不迭地溜掉了。

蕾蓉慢慢地走到医院门口，见到早点摊的前面排起了长队，一个大汉把面团抻成一条条放在油锅里滋啦滋啦地炸着，旁边应该是他老婆，一边收钱一边用竹夹子把油条放进塑料袋里递给顾客。

蕾蓉走上前去问那个大汉："何小庆在吗？"

"走了。"大汉头也不抬地说。

"去哪里了？"

"不知道，前两天撞鬼了似的，脸色特别难看，昨天傍晚跟我结工钱，就说要回家，没说其他的。"大汉抱怨道，"走得那么急，你看现在，搞得我们手忙脚乱的——你找他有啥事情吗？"

撞了鬼似的？

蕾蓉没有再理那大汉，目光朝马路挪去：那里，由东向西的车道上，在上周五的早晨，曾经险些发生一起交通事故，一个长着"煞白煞白的脸"的年轻人从那里走过，并对着穆红勇下了一个诅咒……这个年轻人是谁？

蕾蓉眼前浮现出幻觉：一道斜长的影子铺在马路中间，然而却没有投射影子的人。

迈着提线木偶似的僵硬的脚步走到了马路中间。

下完诅咒之后，那个年轻人去了哪里？

在一辆公共汽车呼啸着从眼前驶过之后，她看到了马路对面的公交车站。虽然时间还早，但是已经有不少上班族拥挤在站台，脑袋扭向同一个方向，看车子来了没有，他们的脸孔一律呈土灰色，神情也都像抽干了水分一样木然。蕾蓉过了马路，看了看那一溜站牌，琢磨不出那个年轻人坐上了哪辆公交车去了哪里，再一想他很可能根本没有坐车，而是步行回附近的住所了，一时感到有些气沮。看了看手表，觉得差不多该去上班了。为了避免路上堵车，她转身便向不远处的地铁站走去。

蕾蓉很少坐地铁，对"早高峰"三个字的理解并不那么透彻，所以，当地铁列车车门打开的一瞬，当被身后的巨大力量推搡进了车厢的一刻，她险些惊叫出来，因为在整个过程中，她的双脚竟然没有沾地，活像被凌空抛掷出了数米，而这种抛掷却是裹挟在一团团臭气烘烘的人肉中完成的！

呼——哧！

车门喘着粗气，烦躁地关上了。

空气顿时变得污浊起来……那种臭烘烘的气味，只有在解剖死亡四十八小时的尸体腹腔时才能闻到。

除了头部——确切地说是除了鼻子以上的部分，全身上下都像肉馅中的韭菜一样挤压在半空，这种感觉难受极了。蕾蓉努力地将脚尖向下探着，刚刚沾到地，车厢一颤，她又被猛地提了起来，然后就随着列车的疾驰向前面的肉体上压去，而背脊上又被压上了更多的肉体。在一片痛苦的呻吟中，她清楚地听到了自己的每一寸骨骼都被挤出咯吱咯吱的声音，胸口到咽喉更像被人用手死死攥住一般，根本喘不上气来！列车开得越来越快，压榨感也越来越强，这样下去很快就会毙命于窒息，她试图弯曲已经僵硬的胳膊肘和膝盖，只要稍微动一动，能证明自己还有挣扎的可能就行，但是没有用，四肢甚至四肢上的每一根汗毛都被周遭的更多肢体铁一样箍住，难分你我他的汗腻腻的肌肤涂了胶一样粘在一起，扯一扯就有撕裂般的疼痛……

一个婴儿的哭泣声在车厢里陡然响起，尖利刺耳的声音，仿佛一把把无形的擦皮器，在每个人的头皮上刮蹭着，加重了已经严重缺氧的人们的濒死感。

婴儿的妈妈不停地吓唬着、哀求着他停止哭泣，但是毫无用处。

吵死了！

只要能让他闭嘴，付出什么代价都可以。

就在蕾蓉感到极度烦躁的时候，不远处两个人的对话，突然传进了耳鼓，一个声音沙哑，一个声音年轻——

"哪一个？"

"婴儿。"

"哭的那个？"

"嗯。"

"时间？"

"一分钟以内。"

"这么肯定？"

"嗯。"

"方式？"

"我不会你们那专业词汇，大约是……群起攻之吧！"

"这么肯定？"

"嗯！"

后面还有几句话，却听不大清楚了，因为那个婴儿的哭声越来越大……声嘶力竭的哭泣声、人们的抱怨和咒骂声、头顶换气扇扇叶的旋转声，还有响亮的打嗝声和温婉的放屁声，混搅在了一起。而在这闭上眼有如阿鼻地狱一般的环境里，车厢电视突然又响起了"赶集啦""58同城"的吆喝声，更加悲催的是不知哪一位的手机响了，而他设置的铃声竟是令人闻风丧胆的《忐忑》——

"啊啊啊啊哦，啊啊啊啊啊哦唉，啊的滴啊的兜啊的逮个滴个兜，啊的滴啊的逮个兜！！！"

最后一个拖得无限长的"兜"，足以令全车厢的人毛发倒竖，婴儿被吓得嗷嗷嗷地叫起来，那已经不是哭泣了，而是任何生物被狼咬住喉咙后发出的最后的哀号！

啊！

一声惨叫！

一种巨大的恐怖感突然攫住了蕾蓉的心。

"我的孩子！我的孩子！出人命啦！出人命啦！我求求你们，求求你们啦！我的孩子，我的孩子——啊啊啊！"

在母亲撕心裂肺的嚎叫中，婴儿的哭声戛然而止，取而代之的是咔吧咔吧的骨头断裂声，以及咀嚼板筋时才会发出的咯吱咯吱声。

蕾蓉感到被挤压得密不透风的身体，刹那间松弛了一下，然后，犹如涨潮一般，一股更大的力量挤压得她差点儿把五脏六腑吐出来。车厢里爆发出天崩地裂般的惨叫，她睁开眼，看到周围许多颗人头也撑开了眼皮。

手机的铃声还在响——

"啊依呀依哟！啊依呀依哟！啊的滴个逮滴个逮滴个逮滴个逮个滴个逮滴个逮滴个兜！逮滴个逮滴个逮个滴个逮滴个逮滴个兜！"

列车突然减速了，原本身体向前呈扑势的乘客们都像被勒住了嚼子，齐刷刷地向后仰去，然后吭吭了两声，列车停下了，车厢门呼啦一声打开的时候，无数的乘客像呕吐物一般向外面狂喷了出去，中间夹杂着一个女人绝望的号啕……

蕾蓉定睛望去，发现车厢地板上躺着一个被踩得稀烂的婴儿。

外面的乘客开始往里面涌了！

蕾蓉见惯了尸体，但那大都是在法医实验室，从来没有这么近的距离目睹过一场死亡，愣了半秒钟，她猛然意识到了自己的责任，一边砸响了红色警铃，一边张开双臂堵在了门口，对着汹涌而上的人潮声色俱厉地喊道："出事了！请退后！退后！"

但是急着上班的人们还是不断往上冲，她用尽力气才顶住，这时有两个穿着杏黄色工作服的协管员上来了，张口便骂："喂！你搞什么破坏呢！快把门让开！"

蕾蓉大喊道："车厢里面死人了！帮我封锁现场！叫警察过来！快！"

一听说死了人，人群停止了涌动，两个协管员往车厢里一巴望，见一个女人守着地上的婴儿号啕大哭，知道真的出了事，一个帮着蕾蓉将车厢里的乘客疏导到其他车厢，另一个则风风火火地跑去值班室，不到半分钟，两个警察和值班站长一起冲了过来。

稍微看了一下现场，值班站长说："无论怎样，得赶紧让列车开起来，不然咱这边延误一秒钟，后面的车组运营就要重新调度，现在是早高峰，搞不好会出大乱子的。"一个警察说："把婴儿尸体抬出去，孩子他妈叫到值班室，详细问问是怎么回事。"

正在低头查看婴儿尸体的蕾蓉严肃地说："这是犯罪现场，怎么能轻易破坏？"警察一瞪眼："你是干吗的？"蕾蓉把工作证递给他，一看之下，那警察立刻肃然："原来是蕾主任，失敬失敬。"

值班站长和协管员一听都有点傻眼，才知道眼前这个女人不是一般角色。

蕾蓉给刘思缈打了个电话，刘思缈正在开会，但还是一两句话就把工作安排得明明白白："封锁车厢，车照开，回库后再让地铁分局的刑警做勘查。"

按照刘思缈说的，蕾蓉让那两个警察在车厢里保护现场，值班站长好说歹说，才把那个哭得嗓子都哑了的妈妈劝出了车厢。

"我的孩子啊！好惨啊！不知道哪个挨千刀的把他从我怀里扯到地上，那么多疯子，一人一脚，活活把他踩死了啊！"

已经走出很远了，她的哭叫声还是那么清晰。

蕾蓉看了看地上的婴儿尸体，不用做解剖，也能准确鉴定为挤压机械性窒息死亡：尸身上凌乱的各种鞋印印证了那个妈妈的话："一人一脚，活活把他踩死……"

蕾蓉叹了口气，走出车厢，车门依旧喘着粗气关上，列车开动起来，在身后掀起一阵热风。

一人一脚，活活把他踩死。

"方式？"

"我不会你们那专业词汇，大约是……群起攻之吧！"

当这段对话在脑海中突然浮现出来的时候，蕾蓉不禁一哆嗦！

难道刚才车厢里的人，是聚合到一起杀人——不可能！这太不靠谱了，那挤成沙丁鱼罐头似的人们，聚合在一起的唯一理由，就是上班不能迟到……再说对一个婴儿，能有什么深仇大恨？

所以，婴儿的惨死虽然已经够蹊跷的了，但比这还要不可思议的，是对话的那两个人，他们怎么能在事情发生前准确地预测到婴儿的死亡和死亡方式？！

蕾蓉把心定了一定，对值班站长说："带我去一下机房，调出刚刚出事这趟车乘客下车的监控视频给我看。"

值班站长点了点头。

这时，一个协管员带着个穿着很时尚的女孩子走了过来："站长，她说找你有事。"

女孩嚼着口香糖，一副满不在乎的神情："听说踩死了一孩子是吗？当时我就在出事的那个车厢里面，有个很怪的事情想跟你说一声，不过我说了你八成不信。"

值班站长道："你先说来听听。"

女孩说："出事前，我旁边有俩人对话，好像是预测到那孩子要死似的。"

站长正想轰她走人，蕾蓉却将女孩拉住道："我也听见了！你还记得那两个人长什么样子吗？"

"我描述不出来，但是要让我再看到，我肯定能认出他们。"

蕾蓉说："那太好了，你跟我一起到机房来吧！"

她们站在风箱声音奇大的电脑机房里，请工作人员调出列车进站后的监控视频。从视频中可以清晰地看到，出事车厢的车门打开的一刻，无数的人蜂拥着往外冲，画面一时间变得非常凌乱，所有人的面孔都像电视天线撞歪了一样扭曲变形。时尚女孩看得眼泪都流出来了，也没找到想找的人。

"会不会他们没有下车,后来被疏散到别的车厢去了?"值班站长问。

蕾蓉摇摇头:"他们要是真的能那么精确地预测到一个人的死亡,必然和凶案脱不了干系,为了防备警察的排查,他们逃跑还怕来不及呢——这样,调出同一时间南通道口的监控视频。"

这是要查看嫌疑人有没有从南通道口离开,但是在一大堆攒动的脑袋中,时尚女孩仍然一无所获,她失望地摊开了手。蕾蓉轻轻拍拍她的肩膀:"别那么着急放弃。"然后让工作人员再调出北通道口的监控视频出来。

"就是他们!"这回,图像刚刚播放出来,时尚女孩就兴奋地指着显示器说。

回拨、暂停。这回蕾蓉看清楚了——准确地说,其实也看不大清楚,只约略看出两张一掠而过的人脸。其中一个穿着黑色风衣,面孔被向上翻起的风衣领子和络腮胡子遮盖了大半,剩下的一小半还被墨镜挡住了许多;另外一个年轻人,个子比较高,脸白得一丝血色都没有。

——那小伙子长了一张煞白煞白的脸,咒那司机说"我看你活不过今天早晨",结果那司机真的就出事了……

难道他就是那个预测了穆红勇死亡的人?!

在短短数天,他就做了两次死亡预测,而且精准到令人不寒而栗的地步。

值班站长看蕾蓉两眼发直,以为她是嫌监控画面不清晰,苦笑道:"您也知道,公共设施的质量都一般——这视频监控系统也不例外。"

"不要紧。"蕾蓉说,"车厢里面的监控视频,你们这里没有吧?"

站长摇摇头:"那只有地面控制中心才能调取。"

"好,你让他们调一下出事车厢内部的实时监控录像,看能不能提取到这两个人的清晰相貌,提供给警方。"说完,蕾蓉又特别叮嘱道,"出了这么大的事情,记者肯定要采访的,你注意保密,特别是关于那两个人预测死亡的,绝对不能传播出去,否则会引起大范围恐慌——"她对那个时尚女孩说:"你也一样!"

时尚女孩点了点头。

事情到了这里,自己作为一个法医,已经介入得太多了,剩下的工作应该交给刑警们完成了。不知出于什么原因,蕾蓉拿出手机,对着电脑屏幕,把那两个人的照片拍了下来,然后和站长告别,沿着通向北通道口的楼梯,向地铁站的外面走去。

这时,整个城市已经清醒过来了。拥堵不堪的马路上,嘈杂的鸣笛声此起彼伏,但声音都懒洋洋的,不是催促,而是百无聊赖中的发泄。无论小轿车里的司机,还是公交车上的乘客,脸孔都一样的呆滞和木然,仿佛也在地铁车厢里窒息着。天空很亮,但是没有太阳,城市笼罩着病恹恹的铅灰色。

旁边有个报刊亭,一个中年人正在把新的报纸铺上摊。蕾蓉走过去说:"您好,我想向您打听个事儿。"说着把手机拍摄的照片递给他,"您看一下,这两个人您见过没有?"

中年人看了看:"见过啊,就几分钟前吧。"

"他俩往哪边走了?"

中年人把手一指,那里耸立着一排排浅灰色的六层小楼。

蕾蓉道了谢,向楼群深处走去,但是没走多远,她就在一个破烂不堪的圆形花坛边停住了脚步。这个建于二十世纪六七十年代的楼群,被苔藓、爬山虎和遮天蔽日的大树逐个层次地覆盖着,每个角落都是那么的阴暗、潮湿和死寂。她知道不可能找到那两个人了,尽管她那么真切地感到,他们就在这附近,就在某个楼门某个楼道某个房间里,透过窗户打量着她的一举一动。

　　她昂起头来,缓缓地扫视着,她想,如果他们在,一定会看到自己逼问的目光——

　　你们是谁?你们到底去了哪里?

第五章 地穴论史

> 凡因病死者,形体羸瘦,肉色痿黄,口眼多合,腹肚多陷,两眼通黄,两拳微握,发髻解脱,身上或有新旧针灸瘢痕,余无他故,即是因病死。
>
> ——《洗冤录·卷之四(病死)》

"你怕什么?我们又没有犯法。"

黄静风坐在台阶上无精打采地问,很长的两条腿呈"八"字形撇开。

这里是一栋老式楼房三层的楼梯拐角处。楼和人一样,上了年纪之后总散发着一股令人难以忍受的馊气,仿佛是置身于一百个湿淋淋的墩布中间,多待一秒都会让人觉得身上在发霉,所以黄静风很不耐烦。他实在不能理解段石碑为什么要七转八转带他来到这个地铁旁边的陈旧社区,还躲在楼道里不敢出去。

段石碑站在窗口,小心翼翼地向外面巴望着,目光阴冷。

今早八点半,不多一分不少一秒,黄静风赶到了距离医院最近的地铁站,正在张望,肩膀上被人拍了一下,他一回头,看见穿着黑色风衣的段石碑站在身后。

然后,他跟着段石碑走进了旁边一个自行车棚里。

"真没想到，你居然做对了我留下的作业题。"段石碑的络腮胡子里滑出一抹笑。

"你说'环境和停尸间差不多，只是所有的尸体都是站着的地方'——我想来想去，也只有这里最合适了。"黄静风说，"一具具运行着的棺材，里面挤满了看上去和死人脸色差不多的家伙。"

段石碑点了点头："今天是上课的第一天，你不需要行拜师礼，我也不和你讲什么课堂纪律，有用的教学都来自于实战，所以咱们去挤一挤早高峰的地铁。我希望你能在车厢里告诉我，你身边的人哪个将在最短的时间内死去，还有，他的死亡方式是什么。"

"这……这个……"黄静风有点瞠目结舌，"挖耳朵还得有个耳朵勺呢，你什么工具也没给我，什么招儿也没教我，我怎么能说得出、说得准呢？"

段石碑盯着他的眼睛说："因为我信不过你。"

"啊？"

"我给你讲过，断死师这个职业最需要的是天赋，在上周五的早晨，你确实在我面前表现出了对死亡惊人的感知力和洞察力，但我怎么知道你这天赋是一过性的还是持久型的，天底下哪个老师不希望做长线投资呢，所以我要再考察一下你的天赋，看看它有没有失灵。"

"随你的便。"黄静风无所谓地说。

于是，他们下了地铁，黄静风发现段石碑每走几步就会忽然把头埋得很低，也不知道什么缘故，反正他还是老样子，昂着个脑袋斜睨着往来穿梭的人们。在车厢里预测了那个婴儿的死亡后，列车到站，刚刚打开车门，段石碑就拉着他冲了出来，一路向出站口走去，脚下像生了风一样迅疾……

现在，他们待在楼道里，面对段石碑的躲躲藏藏，黄静风不得其解，问了几遍，段石碑也不作声，直到过了很久很久，段石碑才开口说话："咱们确实没有犯法，但是从古到今，断死师这个行业就远离警察。"

"有警察？"黄静风惊讶地站了起来，来到窗口往外面望去，枝叶繁茂的小区里，除了几只啄食的小鸟，一个人影都看不到。他回过头，发现段石碑一双眼睛盯着自己，不由得往后退了半步："你想干吗？"

"我有时候都有点妒忌你。"段石碑说，"就说断死师这一行需要天赋吧，却也没见过像你天赋这么高的人，说要谁死，谁就要死，分秒不差，我真好奇，你是怎么断定那个小孩要完蛋的？"

黄静风愣了半晌，才说："他吵闹得太厉害了，连我都想弄死他，别说车厢里那么多挤得上火的人了。"

"街头打架喊得最多的口号是'你信不信我弄死你'，但很少有谁真的把谁弄死。"段石碑摇摇头，"你给出的理由，我不能接受。"

"你是做什么职业的？"黄静风突然问。

仿佛猛打了一把方向盘，段石碑一时没搞明白，这个问题跟刚才自己说的话有什么关系。"我是一位自由职业者……怎么了？"

"反正你和我不是一个阶层的。"黄静风冷冷地说，"不然你就会明白，在我们这个阶层的人看来，死一个人是多么简单、随意、轻松而且无所谓的事情。"

楼道陷入了静寂，两个人都直眉瞪眼地看着对方，像是两种从未谋面的生物相遇了似的。

楼上传来吱呀一声,接着"啪"一下,可以想见是某个老太太听到楼道有响动,打开门看了看,觉得气氛不对,赶紧把门关上了。

这倒提醒了段石碑,此处不可久留,拉着黄静风赶紧往楼下走去:"实践课结束了,现在咱们得上文化课了,换个教室吧!"

黄静风说:"看你这样子,似乎也找不到什么合适的教室,这里离我住的地方不远,要不去那里待会儿?"

段石碑点了点头。

走进一座墙皮脱落、四壁斑驳的高楼,在电梯右边的拐角处,推开一道铁栅栏门,走下一段很长的台阶,穿过墓穴一般又黑又长的通道,终于来到了一扇黑黢黢的门前。黄静风很不耐烦地飞起一脚,将挡着门的一个拖着清鼻涕的小孩踹到一边,用钥匙开了门。

大上午的,屋子里几乎和楼道一样黑暗,他不得不拉开了灯绳,灯泡颤抖了老半天,才"砰"的一声亮了。段石碑环视着四周:木板床、洗脸盆、堆满书的铁架子、一台连商标都看不清的电视……大概是终年不见阳光的缘故,墙壁上竟长了一层细细的绿毛。

"怎么样,这地方和太平间相比,没什么两样吧?"黄静风问道。

段石碑走到铁架子边,翻起那堆书来:《鬼吹灯》《盗墓笔记》什么的,而其中翻得最烂的,竟是一本人民文学出版社出版的插图本《爱伦·坡短篇小说集》。他有点惊讶,拿在手中朝黄静风晃了晃:"你怎么还看这个?"

正在给他倒水的黄静风抬起头来:"我为啥不能看?"

段石碑一时不知道该怎么措辞，虽然爱伦·坡的小说中也充满了恐怖和悬疑的元素，但毕竟属于文学名著，阅读起来需要相当的鉴赏力，绝对不是通俗小说那么更适宜现代人的口味。他琢磨了半天，才说："爱伦·坡的小说段落长，文字拗口，故事讲得又有点啰唆，我以为你不会喜欢看这种书。"

"是吗？"黄静风把水端给他，"我觉得还好啊，论起死亡的内容，没有谁比爱伦·坡写得更好了。"

"这倒是。"段石碑接过水来啜了一口，在一把椅子上坐下，"好吧，下面我们开始上第一堂文化课，题目就叫《断死师的历史》。"

"咱能直接讲点有用的吗？"黄静风一屁股坐在床上，"我最怕什么事儿都从秦始皇开始捋了。"

"不会的，这次我从周王朝给你捋。"段石碑道，"上一次我和你说过，断死师是人类有史以来最古老最隐秘的职业，在《黄帝内经》中，黄帝与岐伯的一问一答，奠定了这个职业的全部基础。但事实上，断死师的前身不是中医，而是星官——就是朝廷里设置的观察星象的官员，也叫钦天监。古人认为，日月星辰的运行周期、路线和位置，与地面上人们的命运息息相关，所以，观乎天文，以察时变，可占吉凶之象。早在《周礼》一书中，就有记载，说一个叫保章氏的星官记录星辰日月的变动，'以观天下之迁'，当然这个保章氏只给周王室一家子服务。随着春秋战国时代天文学的发展，到了两汉时代，用星辰来预言帝王将相的死亡，已经成了很平常的一件事。汉惠帝二年，星官奏报：东北方向发生了'天裂，宽十多丈，长二十多丈'，不久就发生了周勃诛灭吕氏集团的政变。再比如汉景帝三年，星官奏报：北方的天空中出现长十余丈的红色人形，不久就爆发了'七国之乱'……"

见黄静风眼神发直,段石碑问:"你该不会不知道'七国之乱'吧?"

"我忘了。"黄静风有点不好意思。

"这个……汉武帝你总知道吧?汉武帝他爹就是汉景帝,汉景帝有七个叔叔或叔伯兄弟起兵造反,后来被镇压下去了,就是所谓的'七国之乱'。"段石碑说,"在星象学中,最重要的是看两个星球的变化:一个是木星,木星又叫'岁星',十一点八六年行一周天,古人取约数为十二年,以其位置来纪年,视其进退左右以占妖祥;另一个是太阳,每朝每代的皇帝都是被吹嘘为'授命于天'的天子,所以'日蚀则帝危'。除此之外,大概你也听说过,天上每一颗星,都对应着地上的每一个人,越是大人物,遇到病危的时候,越有明显的星象示警,比如霍去病病重,汉武帝听星官报告一颗巨大的流星坠入长安城,便知道自己的爱将恐遭不测;诸葛亮死之前,有星赤而芒角,自东北西南流动,投入蜀国的军营,也是一种征兆……不过,一来这种占星术的精准度不够高,二来适用人群太狭窄,除了帝王将相,惠及不到百姓,所以到了汉朝末年,随着一位具有开拓意义的巨人横空出世,一种崭新的断死方式逐渐形成,这个巨人就是大名鼎鼎的华佗。"

段石碑喝了口水,接着说:"你应该学过《扁鹊见蔡桓公》这篇课文吧?战国时期的神医扁鹊,发现那个讳疾忌医的蔡桓公病入骨髓的时候,立刻逃到秦国去。因为他断定蔡桓公命不久矣,果然,蔡桓公只活了五天就一命呜呼。你可千万不要小看这段史料,这大概是有据可查的第一个由医生做出的断死案例。从扁鹊开始,医生们已经开始承担起一部分断死师的职责。古人比咱们活得要豁达，生死之事看得很开。生了病，请医生诊治，医生发现病情太重，已经医药罔效，就会尽可能把患者'走'的准确日子告诉家属，好让家属提前安排后事，而患者可以走得顺顺利利，了无牵挂，也算是功德一件。在这方面，华佗以断死精准而天下闻名——"

"真的吗？"黄静风有点不相信的样子，"我只听说他救人很厉害，没听说过他还能断死啊？"

"听说？你听谁说的？大概又是古装电视剧里的胡扯吧？要不就是那些打着祖宗的幌子骗人的伪中医的吹嘘？"段石碑不屑地说，"华佗的事迹被记载在《三国志·魏志》中的《方伎传》里面，一共记载了他的十六条医案，其中有六条是断死而不是救命，你听说过这个吗？！"

黄静风大摇其头："我还真没听说过，估计也很少有人听说过。"

段石碑听出他话里有三分怀疑，索性站起身背诵了起来："县吏尹世苦四支烦，口中乾，不欲闻人声，小便不利。佗曰：'试作热食，得汗则愈；不汗，后三日死。'即作热食而不汗出，佗曰：'藏气已绝于内，当啼泣而绝。'果如佗言——这段话的意思是一个县吏四肢烦躁，口干，听不得人声，排不出小便，华佗说让他吃点热的东西，吃完出汗就会没事，不出汗三天后就会死，结果那县吏吃完热食没出汗，果然三天后就死了。"

他接着背道："督邮徐毅得病，佗往省之。毅谓佗曰：'昨使医曹吏刘租针胃管讫，便苦欬嗽，欲卧不安。'佗曰：'刺不得胃管，误中肝也，食当日减，五日不救。'遂如佗言——这段话的意思是一个姓徐的督邮得病，华佗来探望他，徐督邮说昨天一个医生用针灸扎我胃管，可是不但没觉得病情好转，反而咳嗽得坐卧不安。华佗说看你这样子那一针扎错了，误中肝脏，如果你每天的饭量都减少，五天之后你就会死。结果又被他说中了。"

他又背道："故督邮顿子献得病已差，诣佗视脉，曰：'尚虚，未得复，勿为劳事，御内即死。临死，当吐舌数寸。'其妻闻其病除，从百余里来省之，止宿交接，中间三日发病，一如佗言——这段话的意思是一个督邮病愈之后，请华佗来把脉，华佗说你身子还虚，千万别进行房事，不然会吐舌数寸而死，结果这督邮的老婆听说他病愈了，从百里之外来看他，晚上两口子亲热一番，过了三天，那督邮果然暴毙，舌头吐出好几寸长……"

想起那些上吊而死，送来太平间的尸体，一个个也是吐着长长的舌头，黄静风心下不由得一寒，嘀咕道："这哪里是华佗，整个一个乌鸦嘴嘛！看来他的医术也不怎么样，那么多患者他都居然救不了，只能看着人家死。"

"医生治得了病，却未必救得了命。命是什么？是一个定数，大限到了，神仙也拆不掉奈何桥。"段石碑坐下来说，"其他的医案我就不给你背了，总而言之，华佗是我国历史上第一位成就斐然的断死师，不过很可惜，他被曹操杀头之前，将用一生心血著述的《青囊书》送给一个牢头，让他传给后人，那牢头胆小怕事不敢收，气得华佗将《青囊书》一把火烧了，我相信里面除了记载着很多医术以外，一定还有不少断死的秘诀……他倒是有几个徒弟：樊阿、吴普、李当之等人，但只学习了他的医术，却于断死之术并不擅长，结果导致相当长的一段时间里，大约有几百年吧，竟没有一位像模像样的断死师出现。"

段石碑叹了口气，继续说道："直到唐朝初年，一切才有所改观。当时，星象学的发展已经接近顶峰，有两位重要的人物登上了历史舞台，一个叫袁天罡，一个叫李淳风，他们俩合作写了一本赫赫有名的预言集《推背图》，将后来历史上的很多大事都准确地预测出来，包括武后篡权、安史之乱、太平天国什么的……不过，他们做的更重要的一件事，是将命理学推向高峰，成为断人生死的重要根据。你算过命吗？没有的话，至少也知道生辰八字吧？古人以干支纪年月日时，每个人出生都有四个天干和四个地支，这就是所谓的'八字'，根据八字能推排出每个人相对应的星宿和神煞的位置，从而推断其人的命运。你看，星象学肯定了这样一件事：每个大人物的命运都和日月星辰相关；命理学肯定了另外一件事：每个普通人的命运都和出生时间相关。简简单单地掐指算一算八字，竟能算出人这一生的运数，你说神奇不神奇？"

"听你讲得这么头头是道，一定很懂八字喽？你能不能给我算算命？"黄静风插嘴道。

"先上课！"段石碑瞪了他一眼，"从唐初到开元年间，整个国家国势不断上升，无论政治、经济、军事、文化都可谓煌煌灿灿，安史之乱虽然'惊破霓裳羽衣曲'，但权贵们依旧醉生梦死，百姓们热衷于斗鸡走马。然而，一位伟大的智者却在这花团锦簇、烈火烹油的繁华世景中，看到了潜伏着的重大危机，他意识到：由于官僚阶层的空前腐败、藩镇割据的毒瘤无法铲除，不久的将来，国家必将走向大崩盘的悲剧。到了那个战乱四起、人人自危、千里萧条、白骨露野的时候，人们将不再专注于生前能有多少享乐，而会关注起自己死亡的时间和方式，于是，在这位智者的不断努力下，星象学、命理学和中医的诊断术结合起来，开创了一个精确断死的新时代——这个人就是被所有断死师视为一代宗师的李虚中。"

不知被这番话触碰到了哪根神经，黄静风坐直了背脊。

"李虚中是河北大名人，家里一共有六个孩子，他是最小的一个。从小他就聪明好学，尤其喜欢研究阴阳五行的学说。贞元十一年，他考上了进士，从此在仕途上一帆风顺，那时他只有三十五岁，但是已经拥有了惊人的才能，'以人之始生年月日所直日辰支干，相生盛衰死王相斟酌，推人寿夭，百不失一二'——这段话的意思是说：他只要了解了一个人出生的时刻，就可以推断出这人死亡的年头，一百次断死都不会错一次，非常的了不起。很多人想和他学习，可是不知道为什么总学不到真本领，钦天监的那帮星官对他嫉恨得要死，为了避祸，他申请到河南、剑南等地，当了许多年的外放官员。也就是在远离京城的那些年里，他了解到了底层民众的疾苦：关中大旱，饿殍遍野，贪官污吏还要征苛捐杂税，从累累白骨上榨油；藩镇割据，凶如虎狼的官兵们经常夜袭村庄，割下上千个平民百姓的头颅，虚报战功，向朝廷讨要封赏……李虚中屡次上奏朝廷，检举贪官，却都石沉大海，就在他感到绝望的时候，中国历史上极富戏剧性的一次改革发生了，那就是'永贞革新'。"

看着黄静风一脸的茫然，段石碑耐心解释道："唐德宗去世，太子唐顺宗即位，年号永贞。这位唐顺宗当了二十六年的太子，对国家存在的各种问题看得十分清楚，一朝权在手，便任命自己的老师王叔文、王伾和大臣刘禹锡、柳宗元一起，进行大刀阔斧的改革，主要是打击贪官污吏、削减藩镇兵权。可以说，这两种做法都触及了唐朝政权深处的沉疴，赢得了中下层官员、知识分子的共同拥护，李虚中也不例外，一道一道变法维新的奏章呈交上去，很快就被任命为监察御史。但就在这个时候，一件谁也没有想到的事情发生了，身体本来就不好的唐顺宗，由于中风，病情不断加重，无法亲自处理朝政。在他养病期间，宦官和守旧派大臣、藩镇节度使们一起突然向革新派发难，致王叔文、王伾于死地，并将刘禹锡、柳宗元等人流放，永贞革新就这样在不到半年的时间里彻底失败……"

段石碑继续说道："这个时候的李虚中，家里的五个兄长已经病死了四个，四个寡嫂和侄儿们，都要靠他那点可怜的俸禄养活，李虚中又是个正直廉洁的人，没有其他的收入，所以生活过得艰苦极了，曾经整整一年吃不饱饭，房屋破旧漏雨都无钱修补……但是古时候的士大夫心里老有个念想：自己过得再苦，只要国家能有一点点希望，就还能咬牙挺住，但不久之后，唐顺宗突然死去，这给李虚中以沉重的打击，他知道，唐朝失去了最后的机会。"

说到这里，也许是心中涌出一股情愫，段石碑竟说不下去了，停顿了片刻，才接着说："也许是极度悲愤的缘故，李虚中在唐顺宗迁殡于太极殿的丧礼上，做出了一件几近癫狂的事情，他扑到唐顺宗的灵柩上号啕大哭，说自己犯下了有生以来最大的一个错误，自己明明推断唐顺宗死于癸未，不想却驾崩于甲申，在场的官员们一听，无不大惊失色，尤其是宦官们一个个面如死灰。因为李虚中的意思是，其实顺宗早在前一天就已经被宦官们害死，拖到第二天才发丧，这简直是指着鼻子骂他们大逆！在场的那些守旧派大臣们，立刻站出来痛斥李虚中狂悖无礼，该当死罪！谩骂声有如潮水，席卷了李虚中。偌大的朝堂之上，李虚中看不到王叔文、王伾、刘禹锡、柳宗元这些昔日为了挽救国家命运而做最后一搏的战友，他们或死或贬，只剩孤零零一个自己……仇恨的怒火几乎要炸开李虚中的胸膛，他昂起头，用了一种谁也想不到的办法做出了史上最不可思议的反击——"

听着段石碑铿锵有力的声音，想起一群豺狼围着一头受伤的雄狮的情形,黄静风惊诧地问:"他用了什么办法?"

"他走到那些大臣面前,用平静的声音,一个一个地说出他们死亡的时间。"

"啊?"黄静风不禁叫了出来。

一时间,室内寂静如死。想起那些锦衣玉食的大臣,突然得知自己大限的时间,从此以后每一天都在战战兢兢地生命倒计时,珍馐佳肴吃起来味同嚼蜡,香车宝马坐上去如赴黄泉,无论多么好的日子也过得神不守舍……黄静风突然哈哈大笑起来,拍着大腿道:"绝了!李虚中这招真是绝了!"

段石碑淡淡一笑:"说到第九个人的时候,一群大臣竟齐刷刷地给他跪下,哀求他不要再说下去,李虚中轻蔑地看着这班贪生怕死的鼠辈,转过身去,沿着石阶傲然走下了太极殿,那一幕,千年之后依然令人神往,堪称是断死师最辉煌的一刻!"

一道很浅的光,从窗外射进段石碑的脸上,他的眼神有些飘逸,宛如魂魄被这道光吸到了千年以前的太极殿上一般。

瞬时之后,又黯淡下来。

"这次事件以后,唐顺宗的儿子唐宪宗即位,给李虚中封了个殿中侍御史的官,这个官只有七品,负责纠察朝会上有没有人礼仪不到位,纯粹是个没有实权的闲差,说白了就是故意冷落他。李虚中也无所谓,开始过他的'神仙日子',每天忙着把钟乳石、紫石英、白石英、赤石脂和硫黄撮合在一起炼丹,名叫五石散,这种魏晋时候就广为流行的'仙丹'吃后容易发烧,所以食用者喜欢吃凉东西、披纱衣,又叫寒食散,但看上去颇有仙风道骨的模样——现代科学已经研究证明,'仙丹'不过是一种含有重金属成分的慢性毒药,没过多久,李虚中因后背上长了个大疽,一病不起……"段石碑的语调变得缓慢而低沉,"弥留之际,好友韩愈去探望他，责备他说：既然你能断人生死，就应该知道人的寿命长短乃是天定，为什么要服用仙丹，妄求长寿，结果适得其反？！李虚中在病榻上笑了起来，说退之[①]你有所不知，我哪里是求长寿？我怎么会不知道那些仙丹是毒药，我这是求速死啊！那些大臣怕我给他们断死，不敢明着杀害我，但是暗中一定会想方设法将我置于死地，我死得越早越不会牵累家人啊！"

段石碑又一次站了起来，在这狭小的屋子里徘徊了一会儿，仿佛是要平静内心的波澜。良久，他重新坐下，长叹道："李虚中死后不久，大唐王朝也灭亡了，人们都说从此进入了一个'有断死而无断死师'的时代，意思是说：有许多术士模仿李虚中给别人断死，却很少能断得像他那样精准，术士们都很诧异，我们也都是按照生辰八字结合阴阳五行给人推断死亡时间的啊，为什么老是不准确呢？这个谜，直到清代的大医学家，也是著名的断死师叶天士出现，才得以揭开。"

"叶天士？"黄静风想了想说，"我好像听过这个名字……对了，是一个电脑游戏，好像是书剑恩仇录吧，要是能把叶天士收归一队，跟清兵打架的时候就能自动补血！"

段石碑一脸愕然，半晌才继续说下去："叶天士是中医温病学的开创者和奠基人，不仅创建了卫气营血辨证体系，而且强调辨舌验齿的诊断作用，有很强的开创意义。不过这个人性格古怪，狂放不羁。别的医学家都尊古，他却疑古，他常常说'著于香岩之前，大可付之一炬；著于香岩之后，只恐不堪卒读'——'香岩'是他的号，这句话的意思是，在他之前和之后著书立说的人，都不值一提。这么个人，哪里看得起李虚中，觉得史书中

[①] 韩愈字退之。

记载的'断死'奇术纯粹是杜撰和扯淡。直到发生了两件事,使他彻底改变了这一看法。"

听段石碑讲课,百转千回的,如同听单田芳说书一般,黄静风不知不觉已经入了巷:"哪两件事情啊?"

段石碑道:"散文家钱肇鳌在《质直谈耳》中记载了第一段故事:叶天士精于医,能断生死。尝以夏日往一镇中,人闻叶在,因谋托疾,以试其术。时某饭罢,跃匿而出,趋至叶所。佯曰腹痛。叶按之,曰:'肠已断,不可治也。'其人匿笑而还于市,言未已,委顿于地,遂死——意思是有个人听说叶天士来到镇上,想试试他医术真假,刚吃完饭就狂奔到叶天士住的地方,说自己肚子疼,叶天士一摸就说你肠子断了,没得救了。那人笑着到集市上说叶天士就是一骗子,我哪里有病,话音未落,倒地就死了。"

"啊,这么神!"黄静风十分惊讶。

"第二个故事更神,被诗人王友亮记载在《叶天士小传》之中。"段石碑背诵道,"叶尝徒步自外归,骤雨道坏,有舆人负以渡水。叶谓曰:'汝明年是日当病死,及今治尚可活。'舆人弗信去,至期疡生于头,舁至叶门求治。予金遣之,曰:'不能过明日酉时也',已而果然——意思是叶天士外出遇上大雨,路断了,有个人背着他涉水,叶天士对他说:你明年的今天会病死,现在我给你治疗还来得及,那人很生气,心说我背你过河你咋还咒我,扬长而去。等第二年头上长了痈疮,越来越大,找叶天士救治,叶天士说我无能为力了,你最多活到明天的酉时,结果精准绝伦,那人第二天的酉时果然一命呜呼!"

段石碑接着说:"叶天士家住苏州,当时和他住在同一个城市的,还有一位叫薛雪的名医,两个人在医学的观点上存在很大分歧，所以谁也看不起谁。当薛雪听说叶天士这两个事情之后，逢人便嘲笑道'不想叶天士竟成了断死师'。这话传到叶天士的耳朵里，他不但没有生气，反而心中一惊。他想，是啊，我怎么突然能断死了呢？这人爱钻牛角尖，就把对那两个人断死的经过仔细回想了一遍。第一个案例，时辰在正午，一摸那人的肚子，知道他吃得过饱，一听他的喘息，知道他狂奔而来，再一把他的脉搏，脉象十分反常，便推断他'肠已垂断'，所以才说他'不可治也'；第二个案例就更简单了，伏在那人背上，正好看得见他脑袋顶上生了一块疮，不治疗的话肯定要恶化，按照经验判断，一年内会要命的……叶天士想到这里，不禁拍案而起，原来'断死'的要诀就在这里！"

"要诀？"黄静风挠了挠脑袋，"我好像听明白了，又好像什么都没听明白。"

段石碑解释道："叶天士把要诀总结成了一句口诀——'断死之道，一病一境'。说白了，就是你要想精确地判断一个人的生死，只要诊断他患有什么疾病，并看看他所处的环境，就能八九不离十了。如果得的是急症，那么他死亡的时间是可以预估出来的；如果得的是慢病，那么看他所处的环境对病情发展的影响有多大就可以了；如果他没有得病，但是像地铁里的孩子那样陷入一种必死的绝境，那么他照样逃不掉死亡的结局。"

"就这么简单？"黄静风有点不大相信。

"听起来很简单，做起来可是极难极难的。"段石碑一笑道，"'一病'的诊断，在中医里包括望闻问切，每一条都够你学一辈子的；比这更难的是'一境'，不仅需要惊人的观察力、对世态万象的深刻理解，更需要敏锐的第六感……听说过八卦阵吧，休、生、伤、杜、景、死、惊、开，一共八门，你也可以理解为八种环境,你要在很短的时间判断一个人是不是步入了死门,还有没有从生门逃脱的希望,这可绝不是一件简单的事情啊!"

黄静风沉默了片刻道:"照你这么说,成为一个断死师可太难了。我连文言文都看不懂,哪里能学中医和你说的八个什么门?"

"六祖慧能说'不立文字,教外别传,直指人心,见性成佛',断死师也一样。"段石碑道,"我的意思是说,只要能从心底体悟到断死的精髓,加之你本身又有做断死师的天赋,再掌握一些基本的中医诊断——主要是望诊方面的知识,也能成就大器。"说着,他从怀里掏出一本书来递给他。"这是一本《黄帝内经》的白话版,其中涉及断死的内容,我已经用红笔勾勒了出来,你先专心致志地看一遍,遇到不懂的地方可以问我。记住,到需要你发挥作用的时候,被观察对象的脸色忽然潮红,眉心有点发乌,一颗小得不能再小的痦子颜色突然转暗,都可能意味着生死间的重大变化,一点点误判都会铸成无法挽回的大错,所以,你必须把要点牢牢记住,千万不可以马马虎虎,一定要认真认真再认真啊!"

黄静风接过书,觉得有点厚,心里便有些发憷,翻了翻,见画红线的地方并不算太多,松了口气,将书放到一边道:"你先把断死师的故事给我讲完吧。"

段石碑笑了一笑道:"自从叶天士发现断死的真谛以后,断死师们便严格按照'断死之道,一病一境'的原则,一面在中医诊断上下苦功夫,一面钻研风水、五行等涉及环境和情境的典籍,果然发现断死的精准度比从前提高了许多。不过,断死师这个职业有个古怪的规律,越到末世、乱世越能蔚然成风,赶上当今这种盛世,却往往无人问津……所以尽管叶天士制定出了'行业标准'，但很长一段时间却只在他居住的苏州那一带私下传授，直到太平天国以后，这个职业才真正由南到北地扩散开来，到辛亥革命时，出现了张其锽这样一位在历史上享有盛名的断死师。张其锽在湖南当过县长、军事厅厅长，辛亥革命后还当过一任广西省省长，精研断死之术。最负盛名的一次断死，是他和把兄弟吴佩孚在饭后闲聊中做出的，他说吴佩孚恐怕会死于己卯年，终年六十六岁，而更令人惊奇的，是他断定自己会死于丁卯年，终年五十一岁。要知道，'明于知人，暗于知己'是天下断死师的通病，即便是李虚中、叶天士这样的断死师，也从来没有准确地预测出自己的大限，而张其锽不仅预测了，还预测得十分准确。

"一九二七年恰恰是丁卯年，五十一岁的张其锽每天忐忑不安的，尽管知道自己寿数将尽，但谁也不甘心坐以待毙啊。"段石碑说，"当时他已经当上吴佩孚的秘书长，吴佩孚还直安慰他，说老弟你的身体没有疾病，又生活在我的中军大营里，好端端的谁能要你性命呢？可是这话说了没多久，北伐军和奉系的夹击就打得吴佩孚溃不成军。吴佩孚是个讲义气的人，危急时刻专门拨了一个排的兵力，作为张其锽的卫队，送他回广西老家避难，谁知路过湖北樊城的时候，遭到土匪的突袭，张其锽身中数枪，奄奄一息，挣扎着对他的弟子们说：今后招收徒弟，千万不要招和警察相关的人，否则这个人一定会成为我们断死师的劫数……说完就死了。"

"啊？"黄静风听不大懂，"为什么不能招和警察相关的人呢？"

"张其锽的弟子们当时和你一样的困惑，他们将老师收敛埋葬之后，就辗转去了上海，在那一带开馆授徒，希望能将老师的事业发扬光大。"段石碑说，"他们严格遵循老师的遗训，绝对不招收当过警察的人为徒，甚至连警察的亲属也不行——插一句，吴佩孚确实是已卯年死于日本医生之手，终年六十六岁——尽管弟子们小心谨慎，但事实证明，老师去世前的担忧绝对不是多余的：一个虽然不是警察，但后来从事的职业和警方密切相关的少年，最终成为断死师这一职业的掘墓人！"

话音未落，传来一阵激烈的敲门声。也许是门板太薄的缘故，那声音震得整个房间都在轻轻地摇晃。

刹那间，段石碑的脸色变得十分难看，他盯住黄静风问："你约了什么人吗？"

"没有啊。"黄静风一边说一边站起来，走到门口。

段石碑拿起那本白话版的《黄帝内经》，打开，摊在腿上，低下头，将身子侧向窗户的方向。

黄静风打开门，只见门外站着三个警察。

第六章 一根尺骨

> 凡验被杀死人，经日尸首坏、蛆虫咂食、只存骸骨者，原被伤痕，血粘骨上，有干黑血为证。若无伤骨损，其骨上有破损如头发露痕，又如瓦器龟裂，沉淹损路，为验。
> ——《洗冤录·卷之三（论沿身骨脉及要害去处）》

"什么事？"黄静风挡在门口，问那三个警察。

借着室内散发出的微弱光线，可以看清：站在最前面的是一个嘴巴有点歪的矮胖子，正是望月园派出所所长马笑中。另外两个一左一右跟护法金刚似的站在他身后的，是他的下属，年轻一点的叫丰奇，年龄大一点的叫田跃进。听完黄静风的问话，一向走到哪里都大爷不理二爷不睬的马笑中竟然耷拉下了脑袋，好像偷自行车被抓了现行似的，半天才伸手往左侧一指："你说。"

直到这时，黄静风才发现，在距离马笑中稍远的左侧，还站着一个人。

这个人面孔白白净净的，衣服的每个扣子——包括衬衣最上面的那个，都系得紧紧的，不知是怕外面的东西钻进来，还是怕里面的东西漏出去。也许是嫌这地下室的气味太难闻了，他用一张纸巾捂着鼻子，眉头拧成了一个"川"字。

听到马笑中叫他说话，他愣了一愣，瞪了马笑中一眼，无奈地放下纸巾对黄静风说:"我是管委会的,下个月开始,地下室一律不再出租给外来人口,你赶紧搬家。"

"啊?"黄静风像无缘无故被人打了一拳,"我交了半年租金的啊……"

"这我们管不着,你该找谁找谁去。"管委会的眼睛一偏,看见地下一层的住户们听到动静,纷纷从各自的房间里探出脑袋,索性往楼道的中间一站喊道:"都听好了,赶紧搬家,这个月底还不搬的,我们会强制执行!"

黄静风感到一股怒气直顶嗓子眼,扯着嗓门喊了起来:"过去我们一群人合租房子,你们说有啥治安隐患,赶我们走;现在搬到地下室了,你们连个理由都不给就又逼着我们搬家,还让不让人活了?!"

"嘿!"管委会的脸一下子涨得血红,"你这是跟我说话呢?"

黄静风脖子上梗起青筋:"你们知道现在房租多高吗?你们知道现在租房子多难吗?你们自己住大房子开好车,连个地下室也不给我们留吗?!"

"他这是跟我说话呢?他这是跟我说话呢?!"管委会的冲着马笑中喊。

马笑中倒实在,很客气地回答:"他是跟您说话呢。"

管委会的勃然大怒:"马所长,你就看着这个浑蛋对我大叫大嚷?"

马笑中能忍到现在,其实已经十分不易。早晨他接到分局领导的电话,管委会要清理住在地下室的外来人口,因为怕有人抗拒执法,所以要求每个管片儿的民警跟着配合他们工作。马笑中当时就明确表态"这生儿子没屁眼的缺德事儿还是您自己去吧"!赶巧那分局领导的老婆这两天就要分娩,一听这话,觉得太不吉利，当时就摔了电话。马笑中虽然是天下第一滚刀肉，但滚的都是刀背，一看顶头上司真的怒了，只好带着丰奇和田跃进过来了，心里那股腻味劲儿就甭提了，怎么想怎么觉得"为虎作伥"这个词儿就是给自己造的。这会儿听那管委会的叫嚣，马笑中干笑一声道："他又没犯法，我能咋地？再说这哥们儿挺客气的了，换成我，交了租金在这儿住得好好的，有人不问青红皂白逼我限期滚蛋，我早大嘴巴抽丫的了！"

管委会的听了这话，气得七窍生烟："马所长，谢谢你配合我的工作，我会记得你的。"说完照样用纸巾捂住鼻子，转身向楼上走去。

马笑中轻蔑地一笑，转过身对黄静风说："好汉不吃眼前亏，还是赶紧找地方搬家吧！"

余光突然一灼。

仿佛一只猎犬相隔百米也能嗅到猎物的气味，屋子里面，一种异样的情形或气氛，刺痛了马笑中最警觉的那根神经。他定睛望去，只见一个人斜侧着身子坐在椅子上，膝盖上摊开一本很厚的书，似乎正在专心致志地阅读。

一切都很正常，正常得那么反常。

"他是谁？"马笑中用手一指，口吻在一瞬间变得异常凌厉。

"朋友，来我这里玩儿。"黄静风说。

"朋友？"马笑中狐疑地看了他一眼，正要进屋里进一步查问，手机突然响了起来，一接听，话筒里传来郭小芬的声音："老马，你在哪儿？"

"地球。"

"别跟我胡扯，我有要紧事找你！"郭小芬说。

听她的口气，十分焦急，看来真有火上房的事情，马笑中赶紧问："怎么了？"

"电话里不方便说。"郭小芬突然压低了声音，"这样，你赶紧到蕾蓉的法医研究中心去，咱们在那里碰面，不要带其他人。"

马笑中挂断电话，又往屋里看了一眼。

那个人还静静地坐在椅子上看书，好像完全没有注意到有警察想闯入似的。

可疑程度下降了？

算了，回头再说吧。马笑中这么想着，心有不甘地带着两个下属，从地下一层上到楼外面，叮嘱他们道："我有事要单独走一趟，你们等会儿直接回所里吧。"

"是！"丰奇和田跃进说。

马笑中开着那辆老旧的普桑，一路往"蕾蓉法医研究中心"而去。以前因为办案的缘故，他来过两次，所以路还算熟，很快就到了。把车往院子里一停，下了车，进了楼，刚想直接上二楼，却在台阶前停住了脚步。他知道蕾蓉"规矩大"，对研究中心的管理十分严格，工作时间不一定能会客，再说郭小芬还没有到，即便是找到了蕾蓉恐怕也无话可说，便倒退了几步，在一楼大厅的长椅上坐了下来，等着郭小芬——他完全不知道，此时此刻，楼上到底发生着什么。

上午，蕾蓉回到研究中心，还没坐下来喘口气，就接到刘思缈打来的电话，装有头骨的包装盒上没有提取到任何指纹，而对失踪人口数据库的检索显示，本市在半年内失踪的二十五岁左右的女性人口有一百三十五人，"目前能做的，就是寻找这一百三十五人之中头部做过手术、拍过CT的，也就是在医院存有头骨资料的，以做排查"，可想而知，想通过这种手段找到那个头骨的主人,可能性微乎其微。

"那么,下一步该怎么办呢?"蕾蓉有点茫然。

"等。"刘思缈在电话那边无奈地说,"既然凶手递来了一个没有留下任何'提示'的物证,那么他的唯一意图,就是告诉咱们'发生了事件',接下来他一定会继续递来'谜面'的。"

"可是,如果那个疯子每次都杀一个人,然后切下尸体的一部分寄给我,那到什么时候我才能拼出一个完整的谜面?这个谜面又要以多少人受害为代价啊?"蕾蓉说。

正在这时,唐小糖突然急匆匆走了过来:"姐姐,有人找你。"

看她神色惊惶,蕾蓉和刘思缈说了句"回头再和你联系",就挂断了电话,一面跟着唐小糖往外面走,一面问:"谁找我啊?"

"四处。"唐小糖小声说。

蕾蓉一惊:四处?他们来找我做什么?

市公安局对其机构设置一直是保密的,但普通百姓也风闻了不少的"内部消息",比如二处主抓刑事侦查,三处管理网络安全,五处负责出入境管理,以及大名鼎鼎的专办大案要案的十三处,还有刘思缈任处长的十一处(刑事技术处)……而四处则籍籍无名,很少有百姓知晓,却让每一个在枪口面前不眨眼的老警察都闻之胆寒,因为它实在太特殊了。

四处的工作,简而言之,就是对警队内部的违规违纪违法行为进行纠察,说起来平平常常,但对于有着丰富侦查和反侦查经验的警员而言,任何针对他们的调查都有巨大的风险,且非常容易招致同袍的不理解。也正是因为这个原因,四处的行事非常低调:没有人知道其工作地点,没有人知道其联系方式,没有人知道其编制定额，没有人知道其工作方式——这里所说的"没有人"可是指市局内部，当然局里的几位高级领导除外——大家唯一清楚的，就是四处仿佛在每个警员的身后都安了一双眼睛，工作中任何不法行为，小到乱开罚单、丢失档案，大到刑讯逼供、贪腐纳贿，都可能招来四处的"谈心"，至于谈心之后是严重处分，还是撤职查办，那可就只有天知道了。所以，警察们只要听说"四处"两个字都胆战心惊，连赌咒都是"谁要是撒谎，明天四处找上门"。

蕾蓉忐忑了不过两秒，就平静下来。这两秒的时间里，她把自己工作以来所有的行为都回忆了一遍，没有半件亏心之事，那么，不管四处还是四十处，都坦然面对就是了。

推开会客室的门，里面空空如也。

人呢？

蕾蓉正在发呆，身后突然传来一个很沉稳的声音："是蕾主任吗？"

她回过头，面前站着一个中年男子，看上去四十出头的模样，中等个子，短发，一张红润的圆脸，两道浓眉下面一双精光四射的大眼睛，高挺的鼻梁，嘴唇上两撇十分端正的胡子，由于胸膛宽阔、胸肌发达，撑得上衣鼓鼓的——除了在军旅电影中，很久都没有见到这样英气逼人的男人了。

只是，他的眼睛有点红，看起来好像连续熬夜过。

看着蕾蓉怔怔的样子，他微笑着伸出手道："我是四处的，姓谢。"

蕾蓉伸出手握了一下："谢警官，您好。"然后往会客室里引进。谢警官点点头，走了进去，蕾蓉跟在后面，顺手关上了门。

谢警官在会议桌的一边坐下，蕾蓉坐在了他的对面。

"早就听说你的法医研究中心从管理到设备都非常先进了,刚才转了转,还真是不一般。"谢警官笑道,"本来还想多看看,结果被那个姓唐的小女孩发现,把我当成坏人,好一顿纠察啊!"

蕾蓉笑道:"抱歉,法医见惯了陌生的死人,对陌生的活人反而不大习惯。"

谢警官一愣,然后笑了起来:"应该说抱歉的是我,打扰你的工作了。是这样,这两天报纸、网络上到处都是蕾主任的名字,上面想了解一下到底发生了什么事。"

蕾蓉点点头,十分平静地把事情的经过叙述了一遍:从对穆红勇的尸检,到记者招待会上的发言,从左手在报纸上断章取义的报道,到昨晚发生在"茂藏家"的微博直播……没有任何夸张,更没有任何情绪,仿佛是一位目击者在说一件和自己毫不相关的事情。

"讲完了?"当谢警官发现蕾蓉已经闭上嘴唇的时候,有些惊讶。

"对啊,讲完了。"

一般来说,所有接受四处"谈心"的警务人员,都会迫不及待地替自己辩白,那些撇清自己的话像车轱辘一样说个没完,但是蕾蓉活像球场上的裁判,多一个字都没有。

谢警官想了想道:"蕾主任,穆红勇的尸检报告,您能否给我一份?"

"没有问题。"蕾蓉马上给办公室打了个电话,让小唐把穆红勇的尸检报告复印了一份,交给谢警官带走。

正在这时,谢警官的手机响了,他接听之后,神色突然变得十分凝重,然后对蕾蓉说:"蕾主任,我家中有点急事,要先走一步。"一边说一边往门外走去，蕾蓉连忙起身送他。谢警官请她留步，但蕾蓉坚持要送，这样边辞让边走的，到了楼梯口，谢警官说什么也不让她下去了，蕾蓉只好停住了脚步。

"小蕾。"谢警官突然换了个称呼，蕾蓉一愣。谢警官道："我听许多人说：你是个有理想的人，但这一评价未必是什么好话，你明白吗？"

蕾蓉有点糊涂，没有点头，也没有摇头。

"说你有理想，言外之意，多半是说你还不成熟，还有不切实际的想法，死脑筋，一根筋，等等。你要是能坚持到底，做出个样子来，那他们就给你鲜花和掌声，要是半途而废，那他们就给你挖苦和嘲讽。"

蕾蓉平静地说："我奋斗不是为了他们，所以，他们的鲜花、掌声、挖苦、嘲讽，都干扰不了我。"

"那么——"谢警官低下头，看着她的眼睛，"假如我们剥夺了你的全部意义呢？"

蕾蓉身子一震。

在幽暗的楼道里，她清楚地看到谢警官的眼睛里流露出一丝叵测的笑意。

假如，"我们"？

没错，他用的居然是"我们"！

好像一只绵羊突然露出了狼牙。

谢警官走下楼去，身影很快就消失不见了。

从头寒到脚，特别是脚踝以下，简直冻成了硬邦邦的冰坨。这到底是怎么回事？姓谢的和我有什么深仇大恨？要把我像猫爪下的老鼠一样玩来玩去？刘思纱提醒我了，郭小芬也提醒我了：这是个阴谋，这是个圈套，可是他——或者说他们，究竟想要干什么？剥夺了我的全部意义？具体一点，怎么个……剥夺法？

很久很久，她才动弹了一下麻木的身躯，准备回办公室好好想一想。

楼梯下面突然有人叫她的名字，她看了看，却看不清楚，模糊的一团脸像泡在水里。

"蕾蓉，你咋了？"那个人三步并作两步地冲上楼梯。

蕾蓉使劲闭了一下眼睛，再睁开："哦，是你啊……对不起，我可能太累了，没认出你来。"

"我在下面叫了你好几声，你都没反应。"马笑中一指一层的大门口，"刚才走的那个人是谁？是不是欺负你了？长相一看就不是啥好人！"

马笑中又矮又胖嘴还歪，所以他的逻辑是：只要不矮不胖嘴不歪的都属于"一看就不是啥好人"。刚才他一直坐在一楼大厅里等郭小芬，左等不来右等也不来的，正着急呢，看见蕾蓉和谢警官来到楼梯口说了几句话，谢警官一走，蕾蓉就面无血色的，他感觉不妙，赶紧上了来。

蕾蓉很勉强地笑了一笑："你怎么来了？"

马笑中还没回答，楼梯下面又传来一个声音："姐姐，是我叫上老马一起来的。"二人一看，正是缓步走上楼梯的郭小芬。马笑中突然发现，无论蕾蓉还是郭小芬，神色都十分难看，不禁想：这俩姑娘今天这是怎么了？都像是有一肚子苦水却又倒不出来似的？

登上最后一级台阶，郭小芬和蕾蓉对视了一下，竟然都不知道从何开口。

这时唐小糖急匆匆地走了过来："姐姐，四处那个人走了？"

马笑中是个警察，郭小芬是个长期跑法制圈的记者，哪有不知道"四处"的道理。一听小唐这话,都吃了一惊,不约而同地问蕾蓉:"四处的人找你做什么?"

"没什么。"蕾蓉遮掩道。

郭小芬看了她一眼:"姐姐,四处的人一向是无事不登三宝殿,今天却来找您闲聊?我不信!"

"只是上面想了解一下穆红勇死亡事件,真的没有别的了。"蕾蓉说,"好了,我今天特别忙,你和老马找我什么事儿,赶紧说吧。"

郭小芬刚要说话,值班室的大叔在一楼大厅往上喊了一嗓子:"蕾主任,这儿有您的快递。"

蕾蓉走下楼梯,对着值班大叔温和而又严肃地问:"办公室没有和您讲过吗?研究中心内要保持安静,不许大声喧哗。"

值班大叔很不好意思地说:"对不起,蕾主任,我听见你们在上面楼道里说话的声音,就喊了一嗓子,下次一定注意,一定注意。"

蕾蓉点了点头:"快递在哪里?"

值班大叔一指站在大厅门口的快递员,那小伙子穿得跟《七龙珠》里的超级赛亚人似的,工作装的口袋都往外翻着,头发像被谁拔起似的一撮撮向上,远处一看以为后脑勺藏着个光芒四射的太阳。蕾蓉走上前去,快递员递给她一个纸盒子和一支笔:"你签收吧。"

蕾蓉拿起纸盒看了一眼,也许是门厅光线不佳的缘故,看不清发货人的地址和姓名。唐小糖却不知怎的,突然从她肩膀后面探出个脑袋来:"姐姐,这纸盒上的字怎么和昨天那个纸盒上的一模一样?"

蕾蓉仔细看了一下,虽然字迹有些模糊,但确实与昨天那个盛着颅骨的纸盒上的字迹相仿。她立刻把纸盒放到传达室内，给刘思缈打了个电话，说了一下情况，刘思缈听完，说自己马上就过来，让蕾蓉先扣押那个快递员。

蕾蓉从传达室出来，快递员冲她嚷道："你签不签收啊？我还有好多快递要送呢。"

还没等蕾蓉说话，旁边的马笑中一指靠墙的那排长椅，对快递员厉声道："去！那儿坐着去！"

这气势，这口吻，快递员一下子就被镇住了，乖乖地坐到长椅上。

"有案子？"马笑中走到蕾蓉面前，低声问。

蕾蓉说："跟昨天一样，快递了一个包裹过来，不知道里面放着什么。"

"你在这里等思缈，给我找个空房间，我先突审一下送快递的那小子。"马笑中说。

值班大叔给马笑中找了个空房间，让他突审去了。

门厅寂静得仿佛突然陷入了午夜。蕾蓉站在宋慈的铜像前，一言不发地凝视着，唐小糖望着她，神情充满了忧虑。

不知过了多久，一阵异常急促的脚步声从外面传来，蕾蓉还没来得及旋踵，大门已经被推开了，只见刘思缈带着几个十分精练的便衣警察走了进来。蕾蓉一指传达室，刘思缈身后的一个警察马上蹲下身，打开一个手提箱，从里面拿出一个乌兹冲锋枪似的东西，用连接线与一个巴掌大小的黑匣子接在一起，然后将"冲锋枪"的银白色定位探头指向那个纸盒子。

"这是在干什么啊？"唐小糖走到蕾蓉的身后，低声问。

"摩尔危爆物品探测仪。"蕾蓉回答道，"探测包裹里有没有爆炸物。"

手持探测仪的警察转过身,朝刘思缈摇了摇头。

这就是说:排除了包裹内有爆炸物的风险。刘思缈立刻戴上塑胶手套,轻轻地拿起那个纸盒子观察起来。

很多刑警都会忽视重要证物的外包装,而刘思缈从来不会犯这种错误。给证物"打包"的犯罪分子往往有四种心理:一是有忏悔之意,比如给奸杀的少女遮盖上衣服;二是成就某种仪式感,比如变态杀人狂用保鲜膜包裹尸块后冷冻;三是割断证据链,比如二十世纪初盛行的"行李箱碎尸案",利用铁路运输将被害人移送到远离犯罪现场的地方;最后一种最为狠毒,是要将挑战警方的行为"正规化",比如眼下快递的包裹……而这四种中的任何一种,都有可能留下犯罪分子的指纹、毛发,所以,"就算是掩埋尸体的土,也要一粒粒地勘察"成为刘思缈不变的信条。

然而,现在,她一无所获,看不出这个包装盒上有什么更具价值的信息。她把盒子交给一个警察:"提取一下上面的指纹。"然后问蕾蓉:"那个快递员在哪里?"

蕾蓉说:"马笑中正好在这儿,就把他带到小屋去突审了。"

刘思缈脸色顿时一沉:"他一个片儿警,懂什么突审!"

蕾蓉知道她就是这么个脾性,淡淡一笑。

这时,几个便衣已经找到了马笑中突审的房间,将那快递员带了出来,快递员一见他们,吓得浑身筛糠似的哆嗦,结结巴巴地说:"我只是个送快递的,我啥也不知道啊!"刘思缈不知道他为什么这么害怕,身边一个便衣将他重新带回那小屋子继续审讯了。

被赶出来的马笑中倒是大大咧咧地上前,和刘思缈打招呼:"刘处,好久不见!"

"做好你职责范围内的事,不要越俎代庖。"刘思缈冷冷地说。

"是!"马笑中"啪"地敬了个礼,然后嬉皮笑脸地说,"其实,作为底层民警,对重大刑事案件进行初筛,也是我的职责,您说是不是?"

明明是"基层",偏偏被他说成"底层",这话就成了钩镰枪。

蕾蓉连忙打圆场:"思缈,老马也是一番好意——你刚才审出什么了吗?"

马笑中摇摇头:"我一直吓唬他来着,说你小子介入重大犯罪活动,马上就会来一个心狠手辣的女刑侦队长,不问青红皂白就给你上刑,那刑具都是高科技产品,弄得你死不了活不成的……"

刘思缈茫然地回过头,看了看一班手下拿着的各种刑事鉴识器材,方才明白:那快递吓得直哆嗦是看到了这堆"高科技刑具",不禁又好气又好笑。

很短的时间,负责审讯的刑警走出小屋子向刘思缈汇报:"那小子好像走路撞到鬼了,怕得不行,所以交代得也很痛快,说是个戴着墨镜、长着一脸大胡子的人早晨用平实路的公用电话亭叫的快递,约好今天上午九点半就在电话亭见面,交给他一个纸袋,说是工艺品,让他用快递公司的纸盒包裹,付了快递费,并安排他在下午送到研究中心来,其他的他就一概不知道了。"

"这个大胡子的相貌有什么特征吗?"郭小芬问。

"有两个。"负责审讯的刑警伸出两根指头,"一个是他戴着手套,另外一个是他说话的声音似乎有点尖细,不男不女的,这让那个快递员感觉很好笑。"

如果大胡子戴着手套,那么尽管收信地址是他亲笔写的,包装盒上也不可能留下他的指纹了。但是一个雄性激素如此发达，以至于满脸大胡子的人，为什么说话声音却"不男不女"呢？这当然很容易让人想到"化装"这两个字，可是化装和声音的反差如此之大，很容易被人注意，他为什么要用这种方式让人关注到自己"化过装"呢，郭小芬百思不得其解。

刘思缈对警员道："你带那个快递员去一趟平实路，让他指认一下那个电话亭，在附近察看一下有无监控，如果有，联系有关方面尽快拿到视频。"然后拿起包装盒，用裁纸刀裁开透明胶条，打开了盒盖，从里面拎出一个牛皮纸袋。纸袋的袋口也是用透明胶封好的，刘思缈轻轻摸了一下，又长又硬的一根东西，似乎是扳手或树枝，可是既没有那么重也没有那么轻。她把牛皮纸袋的外层又仔仔细细地看了一遍，确认没有什么线索之后，再一次拿起裁纸刀，小心翼翼地沿封口裁开，把里面的东西拿了出来——

很长的一根骨头。

仿佛是从白垩纪的地层里发掘出来的，周身浮动着一层灰惨惨的光芒。

所有人都不约而同地感到一阵目眩。一根骨头，代表着生命的一截，这一截在生命还未终止时，是隐藏在皮肤、血管、组织、肌肉最深处的支撑物，偶尔的折断和稍微的出露，都会带来酷烈的创痛，证明着生命中最坚硬的往往也是最脆弱的。而现在，它就这样单独、孤独、赤裸、凄惨地暴露在人们的面前，如此坦白而直率地告知：被它支撑的生命已经残缺或告终……骨头上面没有一丝血迹，却尽可以让人充分想见它曾经的鲜血淋漓——

在这个异常幽暗的下午。

明明知道没有机会，但还是要尝试一下。

刘思缈打算采用"凯瑟琳·弗林法"，提取寄件人在骨头上可能留下的指纹。这种以澳大利亚化学家凯瑟琳·弗林命名的方法，采用五氟化碘喷雾剂，可以让留在粗糙、多孔的表面上的指纹迅速显影。只是五氟化碘喷雾剂有毒，因此刘思缈亲自戴上一次性塑料护目镜和塑料面罩，走进验尸间，到验尸台上去做这项工作——验尸台上方的涡轮式换气扇可以将有害气体直接抽走，排出室外。

当刘思缈走出验尸间时，蕾蓉从她的神色中就可以看出：一无所获。

"我越来越困惑了。"刘思缈的眉头皱得紧紧的，"那个大胡子快递给你这根骨头到底想做什么？跟上次的头骨一样，虽然上面留下了不少粗野刮削的刀痕，但剔除得十分干净，而且用白水煮过，做过裸骨处理，我们不可能在上面找到任何有价值的信息，又是一个没有谜面的'谜'。"

"不。"蕾蓉突然摇了摇头说。

刘思缈望着她，不知道她是什么意思。

"这一次，他给我们留下了谜面，或者说，留下了谜面的一个片段。"蕾蓉从刘思缈的手中拿过那根骨头，"这是一根尺骨，就是人体前臂的两根长骨之一，从厚重程度上看，应该是男性的。你看这里，在尺骨的肘关节处有退化性关节炎赘疣，所以我判断死者的年龄在四十岁左右。"

"那又怎么样？"唐小糖还是糊涂，"这算什么谜面？"

然而刘思缈已经恍然大悟，原本弥漫着雾气的目光，刹那间熠熠如电。

"上次他快递给我的是一颗女性头骨，根据头骨上骨缝的弥合程度，我推断死者的年龄在二十五岁左右。而这一回他快递给我的是一根男性尺骨，我推断死者的年龄在四十岁左右。"蕾蓉望着唐小糖说，"他如果给我快递一块膝盖骨或者脊椎骨，我很可能会认为是上次那个女性受害者的一部分，而他这回快递的是一块可以辨别性别和年龄的尺骨，而且具有中年男性的明显特征，他就是想要告诉我：他已经杀害了两个人，并且还会不停地杀下去！"

第七章 杀气重重

诸尸应验而不验，或受差过两时不发，或不亲临视，或不定要害致死之因，或定而不当，各以违制论。

——《洗冤录·卷之一（条令）》

楼门突然被推开了。

一个年轻的警察走了进来，圆圆的脸上戴着一副眼镜，鼻头也是圆圆的，有点大的嘴巴不知是不是合不拢的缘故，总是咧着，看上去仿佛一直在笑。他看了众人一眼，径直走到蕾蓉面前问道："您是蕾主任？"

蕾蓉点点了头。

"我叫胡佳。"他伸出手与蕾蓉握了握，"我是区分局的，昨天晚上发生了一起案子，想请您帮忙做一下尸检，尸体已经运过来了。"

此言一出，蕾蓉便显得有些不快，但还是温和地问："你们局长没有说我上个月培训时提出的要求吗？"

胡佳一愣，然后嗫嚅道："没……没有啊。"

蕾蓉苦笑了一下。

一本《世界法医学简史》记录得很分明：在二十世纪之前，法医还没有真正意义上成为一门独立的"职业"，大部分是由案发地医院的医生兼任，尸体一经发现，直接送到医院解剖，所以他们的工作也被称为"手术室尸检"，直到伯纳德·斯皮尔斯伯里出现，这位大英帝国内政部的高级病理学家，提出了一个重要的理念——尸检应该在犯罪现场完成，这样才能结合现场状态对死亡原因做出更科学更准确的判断，因此被称为"现场尸检"。而今，比较规范的尸检应该分成两次完成，犯罪现场一次初检，再将尸体带回相关机构复检。但在我国，极个别单位在执行时却不规范，一来办案刑警嫌犯罪现场多了个法医碍手碍脚，二来部分法医也懒得外出，喜欢坐在解剖室里"坐以待尸"，这就导致许多本该在现场提取的法医学证据被遗失或破坏。

为此，蕾蓉多次呼吁，涉及凶杀案的犯罪现场勘查，必须有法医参与。在上个月市局举行的高级警官刑侦技术培训班上，被邀请授课的她还专门强调了这一点，谁知竟被当成了耳边风。

当然，这也和"蕾蓉法医研究中心"的性质有关。作为一家从公检法体系中独立出来的法医机构，许多警察觉得：如果请他们参与犯罪现场的勘查是把"外人"带进了门，可是一旦真出了搞不定的案子，又觉得还是蕾蓉做的法医鉴定最精准，这就造成了一个令她哭笑不得的现象："现场尸检"没人找她，"手术室尸检"每天各个分局的人排着队找她。这就好像我强调先淘米再煮粥，结果只让我管煮粥环节，一旦牙碜了却要我来负责。

这次也一样。

蕾蓉从胡佳手中接过标记有"JSH-SJ-46"的尸检申请表，看了一下公章，签上了自己的名字。

按照程序，这时，待检尸体应该已经由后门的专用电梯送到二楼的解剖间了，她抬腿就要往二楼走，马笑中却拦了一道，歪着嘴巴对胡佳说："你区分局的？我怎么从来没见过你？"

"分局上百号人,你怎么可能都认识。"胡佳说,依旧一副笑模样。

"你还真别说这话,分局就没有我马笑中不认识的人,食堂里的蟑螂我都能叫出它小名来。"马笑中大拇指一指鼻尖,"那你知道我是谁吗?"

旁边郭小芬吭吭地咳嗽。

胡佳扶了扶眼镜:"望月园派出所的马所长嘛,大名鼎鼎的,哪个不认得?"

"好了。"蕾蓉打断了马笑中的诘问,"你和小郭到底找我什么事情啊?要是不急就回头再说吧,我要工作了。"

正在这时,楼上突然传来一声杀猪似的尖叫,然后是擂鼓般咚咚咚的奔跑声,好多房间的门哗啦啦全打开了,有人大喊:"老高你冷静点!""老高你住手!"接着,一个长脸女人跌跌撞撞地冲下楼梯,一把拽住蕾蓉哀号起来:"主任救命啊!姓高的要杀人啊!"

"晓红,出了什么事?"蕾蓉一边问长脸女人,一边茫然地抬起头,目光与站在楼梯上面的高大伦撞了个正着。

高大伦手里握着一把刀,也许是身体在颤抖的缘故,刀刃放射出的逼人寒光也在不断抖动。

"老高,把刀放下!"蕾蓉厉声命令道。

老高皮包骨头的黄瘦脸孔上,嘴巴倔强地向外凸起,手中的刀握得更紧了。

赶过来的几个同事硬掰开高大伦的手指,把刀夺了下来。

"她……她欺人太甚!"高大伦指着刘晓红,嘴唇哆嗦着说。

"不就是撕了你一本破书吗!啊!你至于吗你?"刘晓红一边哭一边分辨着。

"你撕老高什么书了？"蕾蓉问道。

刘晓红只是哭，不说话，站在老高身边的王文勇道："她和老高吵架，把老高那本《洗冤录》给撕了……"

原来如此。

对于高大伦而言，那本书就是他的命啊！

蕾蓉责备道："晓红，不管因为什么事情，你也不该撕老高的书啊，你应该知道那本书对他很重要。"

王文勇走下楼梯，把事情的经过讲了一遍。就在刚才，有一具无名尸体送了过来，是区环卫局工人在凉水河大桥附近的一个涵洞里发现的，似乎是个流浪汉，全身又脏又臭，没人愿意做尸检，报到研究中心副主任刘晓红那里，刘晓红过来看了一眼，就捂着鼻子嚷嚷道"赶紧拉出去火化"。这时高大伦进来，说没人做尸检我来做，死了个人哪能不明不白的就给火化了？

"万一要是传染病咋办？"刘晓红眼睛一瞪。

"那更得尸检了，一旦发现传染病要赶紧上报给CDC[①]，才能及时采取防控措施啊。"高大伦扶了扶眼镜说。

刘晓红一听转身就往外面走，到门口时甩了一句："装什么逼！"

高大伦虽然视力差，听力却很好，一听这话就火了："你堂堂一个副主任，怎么能张口骂街？"

刘晓红说我骂你怎么了？啊？你就是该骂就是欠骂就是找骂！你一个聘用工天天搁这儿充什么大尾巴狼！啊？甭跟老娘这儿装逼，咱们这楼里也就蕾蓉把你当个葱花，你还真拿自己炝锅啊！

[①]疾病预防控制中心。

高大伦气得说不出话来，半天才想起该怎么反驳，从怀里掏出那本珍爱至极的清版《洗冤录》，手指颤抖着翻开一页，指给刘晓红看："你看第二卷'验坏烂尸'这一节，开篇就说'若避臭秽，不亲临，往往误事'，这是宋慈先生的教诲，咱们处处不如古人，至少在责任心上应该不输给古人吧！"

　　"少跟我扯淡！"刘晓红不耐烦地把手一扬，说来也巧，那本《洗冤录》本来就被高大伦翻得快要烂了，再被刘晓红的手背一打，凌空飞起，在空中竟然散碎开来，洋洋洒洒铺了一地，刘晓红一躲闪，高跟鞋又踩了几页，高大伦从不锈钢器材架上抓了把刀就冲了上来……

　　听完王文勇的讲述，唐小糖忍不住说了一句："这也太欺负人了！"

　　蕾蓉瞪了她一眼，吓得她赶紧低下头。

　　蕾蓉在创办研究中心的时候，有个重要的手续是刘晓红的老公审批通过的，条件就是把刘晓红弄到中心当个副主任。蕾蓉一口答应下来，从此刘晓红挂着副主任的名义，过着拿工资不干活的滋润日子，偶尔在会上指导几句"业务"，也是狗屁不通，惹得所里上上下下没一个人不腻歪她。她却毫不自知，走路趾高气扬，讲话颐指气使……不知道为什么，她很怕蕾蓉，似乎蕾蓉不用说话，只要在面前出现，她那气焰就矮了三分。

　　此时此刻，见蕾蓉并无回护自己的意思，刘晓红一眼看见穿着警服的刘思纱，扑上去就要拉她的胳膊，却发现这个面若冰霜的女警官目光冷得蜇人，手在半路改了方向，指着高大伦道："警官您都看见了，他这是杀人未遂啊，您赶紧把他抓起来啊！"

　　蕾蓉这时不能不说话了，她严肃地对高大伦道："老高，大家是同事，工作上有了矛盾可以协商解决，但绝对不允许实施暴力。"接着她又环视一圈,慢慢地道:"宋慈先生曾经讲过:法医检验是'生死出入之权舆,幽枉屈伸之机括','诸尸应验而不验,以违制论',这里强调的是法医工作者必须要有高度的责任心,不能因为一具尸体无名无姓、肮脏污秽,就拒绝检验。"

大厅里异常安静。

蕾蓉接着说:"对路倒①,如果没有外伤,传统习惯是送到法医机构之后,只做裸眼观察,就送去火化。但是在咱们研究中心,我要立下一条规矩:只要送来路倒,必须按照标准进行尸检,如果嫌脏嫌臭,没人检验,就由我亲自来做,我不在的时候,老高你来做,行吗?"

老高望着蕾蓉,使劲地点了点头。

刘晓红突然反应过来,蕾蓉这番话明着是批评高大伦,其实是给了他尚方宝剑。她的长脸顿时涨得通红,母猴一样的凸嘴巴鼓了两鼓,撒泼似的尖叫起来:"这不明摆着欺负人吗,啊?庇护杀人凶手是吗,啊?不拿我当领导了是吗,啊?欺负我们家没人了吗,啊?"一边叫一边倒退着,直退到楼门口,一把撞开大门冲了出去。

望着摇摇摆摆的楼门,蕾蓉皱紧了眉头。

刘思缈走上前道:"我带着那个快递包裹先回去了,有事你再叫我吧——你自己要注意安全。"

蕾蓉点了点头。郭小芬也走上前说:"蕾蓉姐,我和马笑中找你没有什么大事,改天再和你说吧,我们也撤了。"

马笑中一愣,正要开口,被郭小芬拉扯了一把,闭上了嘴巴,跟着她走了。

---

①指死于街头、路边的无名流浪汉。

研究中心的其他工作人员也都回到各自的岗位去了。

蕾蓉带着胡佳来到更衣间，套上经过消毒的蓝色手术服，戴上乳胶手套，然后一起走进解剖室。

"啪"的一声，打开了灯，墙上贴满瓷砖的解剖室，顿时被冰冷的白色光芒溢满。不锈钢验尸台上放着一具赤裸的尸体，白得发青。

空气中弥漫着浓重的来苏水气味，让人仿佛置身于福尔马林溶液之中——事实上这是组织防腐剂、清洁剂和尸体的"混合气味"。这时，作为验尸助理的王文勇推着病理取材台走了进来，上面放有解剖工具和用于存放组织的标本瓶。王文勇将系在尸体大拇指上的标签取下，与胡佳提供材料中的编码进行再次核对，核实无误之后，开始用移动式摄影台给尸体进行拍照，每拍照一个部位就向蕾蓉唱报：

"胸腹部——无外表损伤。"

"腰背部——无骨折迹象。"

"左手手臂——内侧有一蜈蚣样刺青。"

"右手手掌掌心——有氧化铁痕迹。"

"指甲——颜色正常，无脱落，甲沟无异物。"

……

蕾蓉根据他的唱报，逐一进行核实，然后用笔在一张《尸检体表检查表》上勾画着什么。

体表检验完毕，要对剖检结果——也就是死亡原因进行初判。蕾蓉自己当然会形成一个初判，但她更喜欢让助理说出自己的想法。

"颅骨全层骨折，凹陷深度不一，多处形成形状不一的碎骨片。"王文勇思忖了一下说，"我认为是外伤性硬脑膜外血肿导致的死亡。"

"凶器是什么？"蕾蓉问。

王文勇一下子愣住了，细细的小眼睛眨巴着，半天没说出话来。

"创腔内你没有仔细看吗？"蕾蓉的口吻中流露出一些不满，但发现王文勇有点紧张以后，立刻温和地说："创腔内有无异物，也是体表检验的重点之一，不应该留到剖检程序再处理。你看，这位死者的颅骨创腔内有大量的浅红色粉末样黏土类物质，且只有这单一一种物质，应该是……砖头类物体的连续打击造成的死亡。"

砖头类物体的连续打击造成的死亡？

自己刚刚说出的话，竟然在脑海中回音似的又响了一遍。

来不及想这是怎么回事，解剖室里必须集中精力。

"开始剖检。"她对王文勇说。

王文勇点点头，将验尸台上方的涡轮式换气扇打开，蝇聚般的嗡嗡声立刻在解剖室内响起。

蕾蓉拿起了解剖刀。

一次性刀片已经装在了纤细的刀柄上，宛如蛾子的残翼输入了一注月光。

常用的解剖术式有四种：直线切法、T弧形切法、Y形切法、倒Y形切法。由于死者的颅骨骨折，受到打击时连带颈部也有损伤，所以蕾蓉决定采用T弧形切法：即用刀从死者的左肩划过，直到乳头，再到右肩，然后在这个U字形刀口的最下端，沿胸腹正中线向下，绕脐左侧至耻骨联合上缘，切开皮肤及皮下组织——这样做的优点是可以最大限度地保持颈部外形完整。

刀尖稳稳地压在了左肩的皮肤上，正要向下划开——

"请等一下。"

蕾蓉惊讶地抬起头看着王文勇，王文勇一脸愕然，表示不是他在说话。

"蕾主任，打扰了。"原来是胡佳发出的声音，"我不大明白，既然我们警方已经初步认定这个人是死于颅骨骨折，刚才你们做体表检验的时候也确认了这一点，那么何必再做全身的尸体解剖，这岂不是会浪费时间吗？只做头部剖检不就行了吗？"

他为什么这样急躁？

解剖间是一个容易让人冷静的地方，这里是一个很大的空间，却又那么拥挤，填满了富有哲学意义的东西：生命的价值，死亡以什么样的形式到来，爱和恨，肉体的速朽与灵魂的不朽……总之大部分人来到这里都会迅速平静下来，被一种恐惧和伤感攥住心灵，因为毕竟我们每个人都无法保证自己绝对不会躺在那个冰冷的验尸台上。

但是胡佳似乎急于让自己尽快做出结论——更准确地说，是尽快做出"外伤性硬脑膜外血肿导致的死亡"这一结论，这是为什么？

蕾蓉冷冷地看了胡佳一眼，这个人挂着笑的脸庞泛着一层油光，把一切质疑都反射到不知什么地方去了。

蕾蓉用最简洁的话语解释道："仅仅根据一些体表伤口，就只做局部尸体解剖，容易导致误判。比如这个人，表面看是死于颅骨骨折，但也有可能是死于中毒，然后被抛尸街头，另有仇家看到了以为他醉酒，就用砖头连续打击他的脑袋，那么如果我不采取体内检查，进行代谢产物的检测，就可能使你们放过毒杀他的真凶，所以，尸体解剖应力求做到全面、完整、系统，决不能只管一点，不顾其余。"蕾蓉停顿了一下接着说："另外，研究中心有规定：在做尸检时，禁止谈论和工作无关的事情，有什么问题，请你留到尸检结束后再问。"

"哦。"胡佳在靠墙一张椅子上坐下。

"你是要观看解剖过程吗？"王文勇问。

胡佳点了点头。

这倒令蕾蓉有点惊讶，许多警察在尸检一开始就会溜出解剖室，他们可不想往后一个月连看见烤羊肉串都想呕吐。

不管那许多了，蕾蓉将刀尖轻轻一压，一滴血液立刻染红了刀刃……

更换了三枚刀片之后，剖检宣告结束——由于解剖中会切到骨头、软骨和组织，所以更换刀片是再平常不过的事情。

胡佳站起身问道："结果如何？"

也许是一种特殊的警觉，让蕾蓉在整个验尸过程中倍加仔细，不放过一点疑点，但是最终的结果并没有出人意料。蕾蓉一边清理电动开颅器一边回答道："外伤性硬膜外血肿，引发动脉性出血死亡。"

"凶器呢？"胡佳继续问。

蕾蓉指着玻璃皿内的粉末："创腔中提取的。结合颅骨碎骨片的大小和形状，我认为是砖头连续打击造成的。"

"好。"胡佳说着，将一份《法医鉴定尸检报告》递给她，"麻烦您能填写一下吗？"

蕾蓉看了他一眼："很着急吗？"

"很着急。"胡佳说，"请您多理解。"

蕾蓉摘下乳胶手套，扔进废料筒内，然后接过报告书，坐在书写台前仔细地填写了起来。

她能感觉到胡佳就站在身后。

这种被监视的感觉很不好,非常不好。

填写完毕,她检查了一遍,确认没有错误和疏漏,交给胡佳。

胡佳打开,径直翻到最后一页,微笑道:"对不起,蕾主任,您还没有签名呢。"

蕾蓉一愣。

她接过来看了一眼,果然,签名处空空如也,看来是刚才填写报告的时候过于紧张,以至于无论怎样细致,还是未免百密一疏。

她拿起笔,就要签字的时候,一种非常奇怪的感觉再一次攫住了她的心,那种感觉就像在接受左手采访中突然发现他的不怀好意,还有刚才听谢警官笑着问"假如我们剥夺了你的全部意义呢",甚至令她恍惚间看到那个拎着铁棍的黑影蹿出巷子口,迎头劈下!

一切都来得那么迅疾,那么诡谲,那么神秘莫测,那么杀气重重。

这是个阴谋,这里面有个圈套……想不通,想不懂,想不透。

想不明白,就不想了。

"刷刷刷刷"——她果断地在空白处签上了自己的名字,然后把报告交给了胡佳。

胡佳接过,说了句"谢谢",转身离去。

看着他的背影,蕾蓉忽然觉得,刚才应该留住郭小芬和马笑中,先听听他们说找自己究竟有什么事情……

郭小芬坐在马笑中那辆老旧的普桑里,一言不发,弄得马笑中心里一阵发毛,半天听她叹了口气,才赶紧找到话把儿:"到底咋了?"

"没什么。"郭小芬说。

马笑中有点不耐烦:"你风风火火地把我叫来,说是有要紧的事情和蕾蓉说,来了之后又什么都不说就走,乱打一一〇还拘留你呢,别说把我一个堂堂派出所所长当猴儿耍了。"

郭小芬看着外面那条没有太阳的街,也许是车窗疏于擦洗的缘故,一切行走着的人,脸孔都是模模糊糊的。

很久很久,她才突然问:"老马,你的胆子有多大?"

马笑中一愣,没料到她提出这么个问题,想了想才嬉皮笑脸地说:"看什么事儿了,娶媳妇的胆子我有,当陈世美的胆子我一点都没有。"

郭小芬看了他一眼,没有像平日里那样骂他不正经什么的,马笑中心里一沉,知道这回是真的有事了。"小郭,我外号滚刀肉,你说我胆子大不大?我这块肉不怕刀砍斧剁,但是你把我吊梁上我可受不了,有什么事儿你痛快说,行不?"

郭小芬说:"你把车靠边停下,我给你看个东西。"

马笑中把车停靠在路边,几个卖假首饰的小贩一看是辆警车,吓得把地上的摊铺一卷,一溜烟儿就跑了。

郭小芬从提包里拿出一张叠得七扭八歪的报纸,递给马笑中:"你看看 B4 版右下角的那条新闻。"

马笑中一面嘀咕着"我从来不看报纸",一面哗啦啦打开,找了半天才找到 B4 版,看了一眼,没看出什么,右手搔了搔后脑勺……

然后,他的右手像鹰爪一样"呼"地抓住报纸的边沿,指尖一下子把报纸抠破!

"这是他妈的胡扯!"马笑中气急败坏地拿着报纸在郭小芬的眼前抖着,"这绝对不可能!"

"胡扯不胡扯的，反正人是死了。"郭小芬说，"都市报记者只做了一个流氓斗殴致死人命案的报道，却不知道是你用砖头打死的人。"

马笑中瞪圆了眼睛，大吼道："老子再说一遍！老子只用板砖拍了他一下，绝对不可能打死他！你和蕾蓉亲眼看到的，咱们走的时候我给那家伙几个耳光，他还哼哼呢……"

"你是警察，你应该知道：有些致命性伤害要过一段时间才会造成死亡。"郭小芬说。

"我靠！"马笑中把报纸嘁哩喀喳撕了个粉碎，摇下车窗扔了出去，"去他妈的！"

郭小芬不再说话了，沉默地盯着他。马笑中把手放在方向盘上，大口大口地喘着气，屁股不停地扭来扭去，仿佛座椅上有一百颗钉子，这么折腾了好一阵子，力气像泄光了似的，他停歇下来，嘴里念叨着："放个蔫屁，熏死自己——这回死也是他妈冤死的。老子要是坐大牢了，不知道有没有人给我老娘做饭吃。过去在公安系统里我坏人没少抓，恶人也没少做，上上下下都不待见我，没准儿那帮孙子要落井下石，把我往死里砸呢。警察是当不成了，敢情皮这个玩意儿，披在身上不觉得什么，真要扒下来还他妈挺难受的。过失杀人要判几年，至少三年吧？三年，出来之后估计更找不着媳妇儿了，凑合凑合找个二婚的吧……"

"姓马的，我真看不起你！"郭小芬突然打断他说。

马笑中把脸一横："咋地，你要第一个落井下石？"

郭小芬说："你怎么就不用你那猪脑子好好想想，为什么我看到这个报道之后拉着你找蕾蓉？而不是去公安机关举报你？"

马笑中眼睛骨碌碌转了两转："你想拉着蕾蓉一起证明你们俩和这事儿没关系呗！让我一个人背黑锅。"

郭小芬哭笑不得："你这都什么逻辑啊？我要是拉着蕾蓉一起黑你，干吗还叫上你来找她啊？干吗还给你报纸看啊？"

"也是。"马笑中想了想，"难不成你想叫蕾蓉一起给我做证，我没拿砖头打死人？"

"不止这么简单。"郭小芬说，"老马你想想，假如有个人在咱们走后把那个人打死，不是想栽赃在你身上吗？如果意图栽赃，那么或早或晚，他一定会匿名向警方举报你的。联系到最近一连串的事情，我总觉得有张阴谋的大网已经罩住了咱们，并渐渐收拢……我找蕾蓉，一是想把这个事情告诉她，让她提高警惕；二来有一个更重要的目的，是想万一你被诬陷杀人的时候，只要蕾蓉出面，通过尸检证明那人不是被砖头砸死的，那全中国也没有人敢说你是杀人凶手。"

"对啊！"马笑中一拍大腿，"那你刚才怎么不跟蕾蓉说呢？"

郭小芬叹了口气，"你想想刚才那场景，先是'四处'的找蕾蓉谈话，也不知道谈的啥，然后是有人寄了块骨头给她，接着分局的又让蕾蓉做尸检，尸检还没做，刘晓红和高大伦又差点闹出人命来，内忧外患的，我看蕾蓉的样子，简直是焦头烂额，哪里还忍心把事情和她说啊……"

马笑中想了想说："小郭，那下一步，我该怎么办？"

"我也不知道。"郭小芬摇了摇头，"你做好思想准备，一旦被停职审查，一定要沉住气，不要胡搅蛮缠，你要坚信我们几个朋友会救你的。"

"好吧好吧！我先送你回家。"马笑中一打火，重新把车开动。一路上，二人无话。到了郭小芬居住的楼下，车一停，她拉开车门就往外走。

"小郭。"马笑中突然叫了她一声。

"嗯?"郭小芬回过头。

马笑中眯起眼睛:"你怎么了?看上去一副倒了血霉的样子,就跟是你把人砸死了似的……你甭替我担心,我这人比犀牛还皮糙肉厚呢。"

"别自作多情了。"郭小芬很勉强地挤出一丝笑来,"我才不担心你呢。"

马笑中把车开走了。

郭小芬慢慢地往楼上走,每一步都像灌了铅一样沉重。到了家门口,她摸索了半天才找到钥匙,懒懒地插进钥匙孔,一拧,门开了。走进去把门关好,望着因为工作忙碌而缺乏收拾的房间:没有叠的被子,凌乱的书桌,塞满衣服被撑得拉不上拉链的简易衣橱……她不禁叹了口气,又突然感到了一种异样——

好像少了点什么。

贝贝呢?

贝贝是郭小芬养的一只小猫,此猫又馋又懒,郭小芬一度想把它送人,可是每每想到在偌大的城市,孤孤单单的时候只有它可以依偎在身边为伴,又不忍心了……以往只要自己一回家,它就在脚底下不停地打转,一边转一边喵呜喵呜不停地叫着,今天怎么没有看到它?

郭小芬在卧室里看了一圈,床底下、衣橱后面都不见它的踪影,打开洗手间也没有,于是拉开了厨房门,看到橱柜门里露出一截毛茸茸的猫尾巴,不由得又好气又好笑,心想这小家伙受了什么惊吓啊,竟然如此的顾头不顾腚,走上去就要把它抓出来——

猛地!一双手搂住了她的腰。

啊!

郭小芬惊叫一声，本能地用右肘向身后狠狠地撞去！

哎哟！

这回是一声惨叫，一个人捂着右眼向后摔去，后背咣地撞在墙上。

"姚远？"郭小芬回头一看，竟然是一直在上海工作的男朋友，赶紧走过去扶着他的胳膊问，"对不起对不起，我以为是什么坏人呢……你说这两天要回来，也没有给我个准确的时间——怎么躲在厨房里啊？"

"这不是想给你个惊喜嘛……"姚远慢慢放开又痛又酸的眼睛，使劲眨巴了几下，眼泪顺着眼角流了下来。

"哟，咋还哭了？"郭小芬扑哧一笑。

"你还笑得出啊！"姚远埋怨道，"大老远地跑回来看你，结果你竟然用这种方式欢迎我，我好惨啊……快来补偿我一下！"说着就去抱郭小芬。郭小芬轻轻地挣开，淡淡一笑道："别闹了，天色不早了，我下楼去买点菜，等会儿做饭给你吃吧。"说完拿了个购物袋，开门下楼去了。

听着渐去渐远的脚步声，一片阴云蒙上了姚远的面颊。他怔了好久好久，直到大门重新响了一声，才打了个激灵，郭小芬提着一兜子菜走了进来，不由得一愣："你怎么还站在这里啊？"

姚远勉强地笑了笑："这不是想和你一起做饭嘛。"

"你奔波了一天，快点回屋休息吧，做饭的事情交给我就是了。"郭小芬说完。

"没事的，两口子嘛，饭就要一起做才好吃。"姚远上前又要抱她。

郭小芬用胳膊一撑，再次拦住姚远道："做饭就好好做饭，你要是不累，就帮我洗菜吧。"

哗啦啦，哗啦啦……

拧开水龙头，自来水流到盆里，郭小芬把菜花掰成一块一块的扔进去，姚远负责搓洗。很长一段时间，两个人都没有说话。洗菜声充溢着厨房，但这声音似乎纯粹是为了掩饰两个人之间的沉寂，因而又显得格外空虚，空虚得令人无法忍耐。

男人的耐心总是差一点，最先开口的是姚远："最近工作怎么样？"

"还不是老样子，采访，写稿，采访，写稿……"郭小芬说。

"后来你就没再去跑那些重大案件的报道了吧？上次那个案子可把我吓坏了，你居然被关在地铁施工的侧洞里，差点儿被活埋……"

郭小芬打断了他："事后，你还不是只陪了我两天，又匆匆回上海去了。"

"我那不是忙着公司的事情吗？不是想多挣一点钱早点儿把你接到上海去做全职太太吗？"姚远有些尴尬，缓了缓神，接着说，"小小，我这次回来可能就不走了……"

郭小芬一愣："为什么啊？"

"怎么，你不高兴？"姚远偏过头问她。

"你一去这么久，我都习惯一个人了。"郭小芬笑了笑。

姚远走到她身后，轻轻揽住她的腰，这一回，郭小芬没有抗拒，但也没有任何亲热的迎合。姚远觉得自己好像抱着一段冰，但还是温柔地说："小小，我知道我这一段时间有很多地方做得不好，公司的主要业务要转到这边来做，就把我派过来了，这下子我就能天天陪你在一起了，好不好？"

很久，郭小芬叹了口气。

姚远认为她宽恕了自己，于是把下巴颏搭到她的肩膀上：

"还有啊,小小,我妈妈说咱们两个人年龄都不小了,该考虑一下结婚的事了,你看咱们过两天把结婚证领了,下个月办个简单的婚礼好不好?"

郭小芬的身子一颤,拨开他揽在自己腰间的手:"是你想跟我结婚,还是你被你妈催着跟我结婚?"

"这有什么区别吗?"

"有。前两年我跟你说咱们结婚吧,你说还年轻不着急,然后把我一个人丢下跑到上海去了,后来跟着别人炒股,把咱们这几年攒下的钱都往那个黑洞里扔,我让你不要炒了,你根本不听,结果赔了个精光,弄得两手空空。现在回来了,你妈说让你赶紧结婚,你又想结婚了,连时间都定好了——难道我只是你的一件附属品,必须随着你摆布才行?"

姚远把脸一沉:"这不是在和你商量吗?你哪儿来的那么多怨气?"

郭小芬说:"不是我有怨气,是我觉得你太以自我为中心了。每次打电话、说事情,动不动就'我'想怎样,'我们家'想怎样,'我妈'想怎样,你是独生子,娇贵一些,我能理解,但是拜托你在和我对话时能考虑一下我的感受。就说结婚吧,这是我们女孩子一辈子的大事,你怎么能说得这样草率?房子是租的,家具是旧的,婚戒我不要,婚纱我也可以不穿,但总不能连婚纱照也不照一套吧?婚纱照从拍照到拿片要多长时间?至少一个月!你说下个月办个简单的婚礼,到底想多简单?叫一堆亲朋好友就在楼下吃烤串喝啤酒就把我打发了?我爸我妈要知道了会怎么想?!"

"原来是嫌我没给你买房买车啊,你大学时那点清高都哪儿去了?"姚远冷笑道。

郭小芬的神色一凛："这话说得没良心，从大学时谈恋爱到现在，我可曾跟你伸手要过一样东西？"

姚远的口气不禁软了下来："小小，这两年，北上广的生活成本越来越高，咱们何苦要在大城市里拼命呢，我想过了，结婚之后咱们把各自的工作处理一下，你跟我回我们家吧，虽然那不是啥大城市，但衣食无忧，什么都有，安安生生一辈子，多好啊！"

郭小芬慢慢地摇了摇头："如果是这样，当初我们大学毕业后直接找个小城市谋生多好，为什么要在大城市里奋斗，而且一奋斗就这么多年？不就是想努力拼搏，实现学生时代的理想吗？难道说放弃就放弃了？"

"理想？离你想的越来越远——这就是理想！"姚远不屑地说，"既然越来越远了，你不放弃它还在等什么呢！"

郭小芬看着姚远，不知何时降临的暮色，给他的侧脸蒙上一层晦暗的、仿佛用水泥涂过般的灰色，她不禁叹了口气道："我倒觉得，咱们两个人之间的距离是越来越远了……"

姚远渐渐龇出一排白色的牙齿，看得出他是在冷笑："从我回来到现在，你就一直不让我亲，不让我抱的，还没完没了的无理取闹，刚才这句话才说出了一点点真相，原来是变心了，心里有别人了吧？也好，也好，既然我是被放弃的那个，我走就是！"说完把手一甩走出了厨房，接着听见"哐当"的摔门声，以及下楼而去的重重的脚步声。

郭小芬靠着橱柜，垂下的手指上还沾着菜花的乳白色小颗粒，她想叫姚远回来，但又感到浑身上下散碎一般无力，只能任泪水无声地夺眶而出。

姚远刚刚下了楼，就接到公司副总王雪芽的电话："你在哪里？马上到国人大厦来一趟，二层，锦霞厅。帮我招待几个重要的客户，快！"

姚远不敢耽误，打了个车就往国人大厦奔去，正是下班晚高峰的时分，用了将近一个小时才到。他气喘吁吁地跑到二层锦霞厅，推开沉重的鎏金红木大门，扑鼻的檀香仿佛是从紫色地毯上蒸腾起来一般，叠级莲花瓣状的吊顶，被水晶灯照耀得珠光宝气，暗红色的墙纸上，明黄色的游龙戏凤图耀得人心醉神迷。一时间，姚远有点不知所措，直到王雪芽招呼了他一声，他才在大理石餐桌近上菜的位置坐下。

"我们公司小姚。"王雪芽指了指姚远，然后向姚远依次介绍道："这位是廖处长，旁边这位美丽的女士是他的夫人，接下来这位是市第一医院的院长助理张文质先生，这位是《燕都快报》的著名记者左手……"他介绍一个，姚远就从餐桌这边躬着个身子和人家握手。廖处长的手劲很大，笑呵呵的左手与他的手掌碰了一下就松开了，瘦小的张文质手有些凉，至于那个"夫人"，姚远一点也看不出她哪里美丽，只觉得她脑门很亮，长长的脸一直垂下来，到嘴巴的部位像吹糖人一样隆起老高，由于她眼睛总是望着天，而又看不出她究竟哪里值得高傲，所以更像一只被猴王宠坏的母猴子。

凉菜已经顺着桌沿摆了一圈，一个穿着旗袍的女服务员走上来问王雪芽："热菜您看是不是端上来呢？"

话音未落，母猴子已经抓起了筷子："上菜吧，我都饿了。"说着就夹了一块蓝莓山药咀嚼起来。

"晓红！"廖处长皱起眉头，"没看见上位还空着吗？高秘书还没到呢，你怎么就先吃上了……"

"还要等多久啊？我饿坏了！"刘晓红又夹了一大筷子塞进

嘴里，才悻悻地把筷子放下。

"上热菜吧！"王雪芽笑着对服务员说，转身又对廖处长道："高秘书来了，咱们再给他点菜嘛……嫂夫人今天怎么不大高兴啊？"

这一问像铁钩子，把刘晓红的舌头勾了出来："我们所里有一个聘用工，今天我指出了他工作中的一点问题，他居然拿着刀砍我，我是副主任啊！差点儿被砍死，你们说这世界还有没有天理了？！"

"嫂子消消气，喝点菊花茶。"左手嘿嘿地笑了两声，端起茶壶给刘晓红的茶杯里续水，然后好像很无意地问了一句，"你们蕾主任没有及时制止吗？"

刘晓红咕噜咽了一口茶水："还说呢，姓蕾的不但不给我撑腰，还帮着那疯子欺负我，我说报警她还不让！"

"蕾蓉也不太懂事了。"廖处长下结论一般的口吻。

听到"蕾蓉"两个字，王雪芽愣了一下，又迅即恢复了正常的神色。

"嫂子别着急，她嚣张不了几天了。"左手看着廖处长，一笑。

"谁嚣张不了几天了？"门口突然传来一个声音，众人不约而同向那里望去，只见一个戴着金丝眼镜的中年男人走了进来，保养得白净的面孔上一丝胡须也不见。

所有人都站了起来，有的说"高秘书好"，有的说"高秘书请这边坐"，还有的说"高老弟姗姗来迟，罚酒三杯哦"，热乎得活像是掀开了蒸馒头的笼屉。

高秘书在上位坐下，对刘晓红说："在门外就听见嫂子说话了，到底怎么回事啊？"

刘晓红又发了一遍牢骚，高秘书听完，沉思着，很久，才慢慢地对廖处长说："这个蕾蓉，我知道，是不是开法医研究中心的那个，我记得审批手续有一部分还是通过你的手办下的啊？"

廖处长神情十分尴尬。

"今天嫂子遇到的事情，性质恶劣。"高秘书说，"蕾蓉的那个法医研究中心，我知道，做出了一点成绩，但是也存在许多问题，时机适当的时候有必要好好整改一下。"

刘晓红咯咯咯地笑了起来。

廖处长赶紧举起酒杯："您说得对，您说得对！我和晓红一起敬您一杯！"

高秘书与他们夫妇磕了一下酒杯，浅酌一口，把头转向王雪芽："你找我到底什么事？"

这时热菜已经铺了满满一桌。王雪芽拿起公筷，给高秘书夹了一块宫保蜜汁虾球，笑道："今天请您来，一是久仰您的大名，早就盼望一见；二是想向您汇报一下我们公司准备重点发展的'健康更新工程'。"

"什么'工程'？"

王雪芽说："您知道，我们逐高公司是全国最著名的高端人群健康服务公司，我们倡导的是为这个社会的高端人群提供及时、有效的健康管理服务。由于高端人群事务繁重，饮食不规律，缺乏运动，所以容易导致各种慢性病上身。如果体检查出是早期发病，那么我们会提供食疗、理疗、运动处方以及名医上门出诊等一揽子健康恢复计划，但如果病情已经很严重了，那么我们会优先提供器官移植。"

高秘书产生了兴趣："哪些病会严重到需要器官移植啊？"

王雪芽说："比如应酬太多造成酒精性肝硬化，用肝移植可以彻底治愈；工作过度劳累导致心力衰竭型冠心病，药物治疗、常规心导管或外科手术治疗都没有好转，就要考虑心脏移植；长期大鱼大肉导致的尿毒症，唯有肾脏移植才是根治的方法。"

"这些不是到医院就能做吗？"高秘书扶了扶眼镜说。

"冒昧问一句：据您所知，器官移植面临的最大困难是什么？"

高秘书的神情中掠过一丝不快："我不大懂这个领域。"

"您谦虚了，相信您对医疗政策方面肯定比我们懂得多，我们知道的只是一些技术问题，而您掌握的是大政方针。"王雪芽敏锐地觉察到了他的情绪，"器官移植，最大的困难其实只有一个——供体。我国的供体奇少而需要移植的人太多，这是一个巨大的矛盾。有个统计数字：我国每年约有一百五十万患者需要器官移植，但每年器官移植手术仅有一万例左右，还不到1％，80％的患者在等待中死亡。为什么？就是缺乏供体——我前面说的一百五十万患者，还是亟待救命的，不包括那些为了保健需求而器官移植的人，更何况，有了供体也不一定能配型成功，一旦有排斥反应，那供体就算废了。再说有些疾病，比如肾脏移植患者，一生中恐怕还需要移植两次甚至更多。"

"那怎么办？"高秘书皱起了眉头，"说起来，我有个亲戚就是肾脏移植，现在还在医院里等供体呢。"

王雪芽马上对低头吃饭的张文质说："张助理，高秘书的那个亲戚，转到你们医院来吧。"

"嗯。"张文质应了一声。

高秘书很高兴："这么说，要谢谢王总啊。"

王雪芽连忙微微躬了一下身子说："应该的，应该的。"

高秘书说："回头你把方案拿来我看看——对了，我倒是很好奇，你们公司的供体又从何而来呢？"

"商业秘密。"王雪芽一边向他敬酒，一边露出诡秘的一笑。

结完账，和王雪芽一起送走了客人，已经是晚上十点了。

"小姚，你辛苦了。"王雪芽打了个哈欠，"我的代驾来了，用不用坐我的车，捎你一段？"

"谢谢王总，我想自己走一走。"姚远说。

望着王雪芽的奥迪车消失在夜色里，姚远慢慢地往家的方向走——那还是不是自己的家，他心里也不清楚，他甚至不敢保证郭小芬会打开门放他进屋，在这座有着两千万人口的巨大城市里，尽管各种灯火将街道照得明灭无定，尽管仍有无数的行人擦肩而过，但他依然感到无比的孤独和彷徨。

他在路边的一张长椅上坐了下来，弯着腰，很长一段时间就那么坐着，坐着……当他明显感到有一种下沉感，仿佛要沉入黑暗的地面时，他努力站了起来，然后看到了那个熟悉的背影。

高高的，长长的，穿着松松垮垮的衣服，走起路来一晃一晃的，冷漠而孤傲。

大学毕业三年了……难道真的是他？

当那个背影越来越远，也越来越淡，快要彻底融入夜色，更确切地说是被夜色吞没的时候，姚远不禁脱口喊了出来——

"黄静风！"

第八章 断死要诀

> 理有万端,并为疑难,临时审察,切勿轻易,差之毫厘,失之千里。
>
> ——《洗冤录·卷之一(疑难杂说上)》

黄静风转过身,眯起眼睛看了看,石头一样僵硬的脸孔,刹那间绽开了笑容。

他大步走过来一把抱住了姚远的肩膀:"姚远,好久不见了啊!"

姚远也十分激动:"我还怕认错了不敢叫你呢,没想到真的是你,你怎么在这里啊?"

黄静风摇摇头说:"先别说我了,说说你吧,毕业之后一直混得咋样?看上去似乎还不错啊。"

姚远摸了摸滚圆的下巴,苦笑道:"你看我这个发福的样子,有时候照照镜子都认不出自己了。毕业之后我一直在一个公司做文宣工作,后来被派到上海分公司,一待就是两年,今天才刚刚回来。"

"结婚了没有?"黄静风问道,"你女朋友好像姓郭吧?她可是咱们那一届'五朵金花'的第一名啊!"

这时候提到郭小芬,姚远有些尴尬,遮掩道:"老样子……

你大学毕业之后不是和高霞一起回家乡去了吗,临走时咱们在'有家烧烤店'喝的酒,还记得吗?"

"怎么会不记得,大学四年,我喝了你多少酒啊,每次都是你请客。"黄静风不好意思地嘿嘿笑着。

前尘旧事,一时涌上了姚远的心头。大学时代他俩不是一个系的。一天夜里,宿舍楼道里突然吵闹起来,姚远打开门一看,只见一个家里很有钱的同学,揪着黄静风的袖口骂骂咧咧的,黄静风拎着个大塑料袋,里面装满了空的易拉罐、塑料瓶什么的,青色的脸上没有表情。

姚远听了一会儿才知道,原来那个有钱的同学上厕所时,发现黄静风在垃圾桶边翻弄东西,把一些废品装进塑料袋,想起自己前两天晚上丢了一双鞋,便认定是黄静风偷的。

人越聚越多,不知哪个起哄,说要去黄静风的床铺"搜查赃物",姚远觉得很不合适,想阻拦,但黄静风丝毫没有反对或抗拒的意思,微微向天的目光里充满了蔑视,姚远也就不好多嘴了。

简陋得不能再简陋的铺盖被掀开了,床板下面也掏空了,什么都没发现。有些同学低声替黄静风打抱不平,那个家里有钱的同学脸上挂不住,说还要搜黄静风的柜子,黄静风依旧沉默不语。

拉开柜门,在破破烂烂的一堆日用品中,放着一本人民文学出版社出版的插图本《爱伦·坡短篇小说集》,书还很新。那个有钱的同学翻开一看,扉页上写着"姚远购于20×× 年 × 月 × 日"的字样。他立刻叫了出来:"姚远,这不是你上周咱俩一起逛图书城买的吗?"姚远接过来一看,果然是自己的书,昨天在自习室还看来着,后来就找不见了。

有钱的同学指着黄静风的鼻子说:"没冤枉你吧,说,你把我的鞋藏到哪里去了?"

"这本书是我借给他的。"

一句很平淡的话,从姚远口中说出,却像扔了一枚能把所有氧气都吸走的温压炸弹,刹那间,楼道里沉寂如死。

人们渐渐地散去,子夜的宿舍楼又恢复了安静,只有黄静风和姚远面对面站着。

"你为什么要帮我?"

"因为我怀疑那本书是我自己丢在自习室了,如果你拿走看,那不算偷,充其量是借——我不喜欢看别人被冤枉。"

"谢了。"

"你为什么大晚上的不睡觉翻弄垃圾箱。"

"我家里穷,把这些空瓶子收到一起可以卖给废品收购站换钱。"

……

"你好,我叫姚远。"

"黄静风。"

两双手紧紧地握在了一起,自此开始了一段友谊。

说是友谊,回忆起来却也没有什么轰轰烈烈感天动地的事,就是一个性格孤僻的人和一个性情随和的人偶尔混在一起,吃吃饭聊聊天什么的。那时的黄静风对什么都看不惯,却又懒得抱怨。照他的说法,学校以及学校周边小社会里种种不公道的事情,"比起我们乡下人受的苦来,都不算什么"。他在食堂吃饭一定买最便宜的菜,有人开玩笑说他吃得还不如牢饭。也许是营养不良的缘故,他的气色就没有好看过,非蜡黄即惨白,以至于大学四年里有三次谣传他得了绝症。

他的身边有时会出现一个黑瘦黑瘦的女孩，名叫高霞，是农业大学的，他的同乡，后来不知怎么又成了他的女朋友，但唯一的改变就是两个人在食堂吃饭时多添二两米饭……姚远家庭条件要好些，实在看不过去时，会邀请他俩一起到附近小店吃个烧烤什么的，在呛人的烟火中喷一些孜然味道的废话。

大三那年，姚远终于追到郭小芬以后，花前月下的，就和黄静风疏远了，黄静风倒也没觉得什么，他高傲而黯然的目光里常常给人这样一种感觉：生，死，病，苦……都是不可能改变也无须改变的事情，就像他身上那件松松垮垮的格子衬衫，就像他晃晃悠悠的背影，仿佛总是无所谓地走向自己潦倒不堪的宿命……

毕业这么多年了，他竟然还穿着那件格子衬衫，袖口的边都起毛了。

两个久违的朋友在小店买了几瓶啤酒，来到街边一张长椅上坐下，一边喝一边聊了起来。起初还东拉西扯地说一些老同学的近况，后来喝到舌头发直、眼神发虚的时候，姚远又问了一遍"你怎么来这儿了"？

黄静风狠狠地吞了一大口酒，突然大声说："不来这儿我又能去哪儿？没路走了——我！"

几个路人吓了一跳，慌慌张张地加快脚步走开了。

姚远赶紧道："静风你别激动，慢慢说。"

"大学毕业我不是找不到工作吗？本来还不甘心，后来一琢磨，我在城里没根没底的，学的又是个冷得不能再冷的专业，一咬牙一跺脚，就拉着高霞回家乡去了。我们那个村子，很偏僻，很穷，但真的是个山清水秀的好地方啊！插根苗就绿，吸口气都甜。我盘算好了，回去包个山种果树，收了果子拉到城里卖，也能挣点钱。高霞给我泼冷水，说咱们村子通向外面那条路破破烂烂烂的，怎么运啊？我一瞪眼说你要留城里就留，反正我是要回去的，她拉着我的胳膊哄了半天，她就是那样，总是让着我，什么都让着我……"黄静风停了片刻说，"谁知下了火车往家走的时候，竟发现路被修过了，很宽敞也很坑洼，上面一层黑了吧唧的东西，我还纳闷怎么回事呢，快到村口时，就听见放炮的声音，地动山摇的，好多大卡车轰隆隆地往外开，上面堆的是比山还高的煤，看得我眼都晕了。"

黄静风喝了一口酒，接着说："到家才知道，因为非法开采煤矿，把村子的地底下都挖空了，家家户户的墙上净是裂纹，房子都变了形，井里打不上水来，打上的全是些发黑的湿泥巴。这样下去，别说种果树了，能不能在村里住下去都是问题。可开采商的靠山硬，根本没人敢管。我实在气不过，拉扯村里几个年轻人组织了一个护村队，和矿上的人打起来了，谁知动手还没半个小时，就把我们抓起来了，一关就是三个月……

"姚远你知道，大学四年里，我从来都是逆来顺受的，心里再怎么不服，表面上从来都不会和人争的。可回到家乡以后，我发现我城里没有容身之处，家乡也没有立足之地，再不争就活不成了！"黄静风的眼睛红得像着了火，"我下定了决心，只要放出去，我就去上访，县里不行告到市里，市里不行告到省里——愚公还能把山移了呢，我就不信我告不倒他们！"

又是狠狠地灌了一大口酒，喉结汹涌了很久，才把酒咽下去，黄静风擦了一下嘴巴，就那么沉默着，直到双眸中的火苗渐渐熄灭，才接着说了起来："被释放那天，高霞来接我，眼睛红红的，我以为她是心疼我呢。一路上问她家里怎么样，她什么都不说。快要进村了，她让司机在一条沟边停下，让我跟着她走，我不知道怎么回事，就跟在她后面。深秋，落叶在沟里积得满满的，走起来一脚深一脚浅的，突然就看到几座新坟立在前面，不知咋的，我腿一下子就软了，扑通一声就坐到地上了。高霞哭了，指着坟地说：你全家人都在这里了……"

"啊？！"姚远禁不住叫了出来。

黄静风嘴角抽搐着，拿着酒瓶的手微微颤抖："一天夜里，山上又放炮，村里的房子一下子就震塌了十几座，我全家人都埋在里面，一个都没跑出来……"

姚远的眼睛瞪得圆圆的。

黄静风抬起头，大声地抽着鼻子，眼中一片水光。"那天，我在坟前哭得嗓子都哑了，然后就坐着，天黑了，越来越冷，身上冻硬了，高霞才拉着我走，我说去哪儿啊，我家没人了，她说还有我呢，你跟我回我们家去。在她家待了没几天，她拉着我回到城里，她怕我跟那帮开矿的人拼命呢……其实她不知道，当我坐在那几座坟前哭的时候，身体里的血就流光了，只剩下一个冰冷的空腔……我要是从一开始就跟大学时一样行尸走肉、逆来顺受，也许全家人遭难的时候，我还能和他们死在一起，现在全家人都死了，就留下我一个活着，这就是惩罚，最可怕的惩罚。我想过自杀，后来，当我发现自己已经对活着完全没有感觉，甚至不知道自己是活着还是死了的时候，我知道我不必自杀了，自杀对于一个死人来说，根本就是一件多余的事。"

月亮从稀疏的树枝间洒下一片清冷的光辉，照在黄静风的脸上，原本苍白的脸孔仿佛敷上了一层冰，看得姚远打了个寒战。

"我和高霞租了个地下室，各自找了份工作……"黄静风刚刚说到这里，姚远问："什么工作？"黄静风犹豫了一下说："在太平间做殡仪工……你不害怕吧？不怕，那就好，我反正不怕，我拿自己当个死人，死人没有什么可怕的……好像今晚，我就值夜班，我很喜欢值夜班的。"

"你在哪个医院上班？市第一医院，那离这里并不远啊，走吧，一起往那边走走。"姚远站起身说，"高霞现在怎么样？"

"她很好。"黄静风也站了起来，和姚远一起慢慢地往前走着，踩过一个又一个斑驳的树影。

这样走了大概有十分钟，一阵吉他弹唱声，突然飘过了耳际：

　　那是我日夜思念深深爱着的人哪，
　　到底我该如何表达，
　　她会接受我吗？
　　也许永远都不会跟她说出那句话，
　　注定我要浪迹天涯，
　　怎么能有牵挂……

路灯下，一个看不清面容的男歌手，靠着电线杆，一面弹着吉他，一面低低地吟唱着。他的歌声正如他的影子一样漫长、模糊而憔悴。

　　梦想总是遥不可及，
　　是不是应该放弃，
　　花开花落又是一季，
　　春天啊你在哪里？

他们站着，静静地听了一会儿。黄静风突然说："这个人大概和我一样吧。"

"嗯？"姚远有些不解。

"也是无家可归……"

一阵忧伤，犹如冰凉的夜风，袭上了姚远的心头："静风，你跟他不一样，你有高霞，只要这个世界上还有一个真心爱你的女人在等着你，你就不算是无家可归……很晚了，我要回去了，你也早点儿上班去吧，我们随时联系，还和大学时一样，经常出来喝喝酒。过去的事情也许不会过去，但明天总要继续。"

说完，他抓住黄静风的手，紧紧地握了握，然后拦了一辆出租车走掉了。

出租车消失在茫茫的夜色中。

黄静风低下头，看了看自己的手，掌心里还残余着一点点热度。

他笑了笑，摇摇晃晃地向不远处的医院小门走去。

一棵老槐树，像个苟延残喘的肺病患者似的深深地弯下腰，用黑暗而浓密的枝叶遮挡住一座小平房的门脸，门檐上吊着一只半明不暗的灯泡，走进去立刻感到沁人骨髓的寒气。把门的椅子上坐着一个五十多岁的老工友，见黄静风进来了，有点不耐烦："你怎么这么晚才来啊，说好十点交接班的。"

黄静风面无表情，在一个用铁夹子夹着的考勤本上签了名字。

老工友走了出去。

黄静风顺着南墙边的台阶一步步往下走，长了青苔的台阶有点儿滑。走到底，正面是一堵白色墙壁。左手边有一扇玻璃门，推开，便是医院的太平间。医院里死了人，或者医生要来这里办事，都是走南配楼的电梯直接下到这里，电梯门就开在玻璃门的斜对面。而他们这些殡仪工每天上下班却要像仓鼠一样从小门溜进医院，再从小平房下到这儿。对于患者，"死亡"这两个字是忌讳，对于医院，殡仪工也是一种忌讳，他们最好当自己不存在。

黄静风把太平间巡视了一遍。这里虽然是什么规矩都不再起作用的地方，却也是规矩最多的地方：比如过了晚上十一点必须熄灭一切明火，铜盆里的纸灰都不能有半点火星；比如看见一切没有关紧的东西，冰柜的柜门也好，桌子的抽屉也好，都要用手指而不是掌心轻轻推闭；还有不能贴着墙边走道，那是给死人的魂灵出出进进的专用通道……

巡视完毕，他一屁股坐在了冰柜最里面那一竖排的地板上。

死寂的太平间里，只有天花板上那根长长的大管灯在"滋滋滋"地吐着信子。

他伸出右手，抓住身边冰柜柜门上的把手，哗啦啦一声，将标号为"T-B-4"的冷冻屉拉了出来。

躺在冷冻屉上的女尸，面庞的墨绿色似乎又深了一点。

半闭半合的眼睑里，早已浑浊不堪的角膜像两个有点儿脏的冰球。

"我今天碰到姚远了。"黄静风突然说。

女尸神情冷漠，静静地听着。

黄静风长长地出了一口气，然后把头偏向女尸，道："他问你现在怎么样？我说你很好。我不会让任何人知道，其实你躺在这里。"

月沉日升。

靠在冰柜上睡着了的黄静风，是被交班的殡仪工叫起来的。太平间里的光与影看不出世界行进到了哪个时分，于是他擦着惺忪的睡眼看了一下手机上的时间，"哎呀"叫了一声，拔腿就往外冲!

一路狂奔到地铁站,下去一直坐到华贸站,冲到出站口,便见到段石碑正拿着一张报纸津津有味地看着,络腮胡子和黑色风衣一如既往地遮盖着小部分脸孔和大部分身材。黄静风气喘吁吁地说:"不好意思,我迟到了,睡过头了……"

"没关系。"段石碑看了看手表,"早高峰还没开始,大约半个小时以后,这里才可以做我们的实习教室。今天的课程是讲授断死师的基础技术——"

"那个故事,你还没有讲完呢。"黄静风说,"就是有个少年,成为断死师这一职业的掘墓人,被警察给打断了,你就没有继续讲了啊。"

被打断的,其实不仅仅是故事,还有黄静风的生活。

昨天马笑中匆匆离去之后,段石碑对黄静风说的第一句话竟是:"你得马上搬家。"

黄静风很惊讶:"为什么?"

"我跟你讲过,我们这个行业和警察八字不合,离得越远越好。既然警察上门了,就说明这里不适合你住下去了,搬吧。"段石碑从黄静风的眼中看出了犹疑,一笑道:"是怕钱不够吧?不要紧。我有套房子空着,是个一居室,离你工作的医院不算远,你搬过去吧,我不收房租。"

黄静风马上就搬了过去。那个一居室在一座破旧六层楼的顶层,朝南,充沛的阳光把室内照得暖融融的。黄静风对此很不满意,他说自己喜欢阴暗,而这屋子太亮堂了。段石碑说:"真正的阴暗在心里,任何阳光都照不到的地方。"黄静风对着大衣柜上的镜子,看了看自己那张毫无血色的脸,点点头说:"那就这样吧。"

约好了第二天在华贸地铁站现场授课，段石碑匆匆走了，没有把断死师的历史故事讲完，此时此刻黄静风追问起来，倒让段石碑颇感惊奇，没想到有人居然追着要听自己的评书连播，眉梢挂上了几分得意之色："回头一定把故事给你讲完，咱们现在先上技术课吧，等会儿地铁口就该涌出大批的上班族了。"说完带着他走到旁边一处白色石椅上坐下，从怀里拿出一本线装的册子，封面竖写三个大字《断死诀》。黄静风接过，见那纸张已然发黄，由右向左翻开第一页，上面深蓝色的竖体字好像是用油印机印上去的：

"断死之道，一病一境。故断死师必详查将死者所患之病，亦不可忽略将死者所处之境。所谓病者，急症也，沉疴也，体内有疾必彰于表，犹如树叶，秋深一刻而色陈一分，遂知天下寒也，是故《黄帝内经》曰：视其外应，以知其内脏，则知所病矣；所谓境者，情状也，形势也，行于高崖而以手掩目者，必堕，千夫所指犹倒行逆施者，当诛，是故《李虚中命书》曰：气数尽而人力不逮，置死地而万难后生……"

"看得懂吗？"段石碑问。

黄静风点了点头："差不多，昨天下午读了你给我那本《黄帝内经》，觉得过去学过的文言文有点回光返照的意思。"

段石碑说："那好，你接着读吧。"

翻开第二页，见是篇目，写着毛发篇、五官篇、躯干篇、肢体篇，行式篇等，黄静风指着"行式"二字问道："这俩字是不是印错了？"

段石碑道："没错的，这两个字的意思是人的行为和体态。比如一个少年如果双颧紫红，口唇又呈紫绀颜色，很可能是心脏不大好，这时如果发现他运动一会儿就蹲下很久，说话声音沙哑,就属于'行式有异',再结合对'一境'的分析,比如恰值寒冬,那么必是心脏病发作无疑,倘不救,顷刻即死!"

翻开第三页时,黄静风的指尖突然觉得有点沉,这一页好像比刚才那两页厚了不少,以至于他以为是几页纸粘在一起了,捻了几捻,却分毫不动,才知道这确确实实是单独的一页,定睛一看,上面写着些古怪的诗句,彼此之间有些极细的纹路,应该是可以移动拼接,重新组合的,颇像平板电脑上的拼图游戏。

黄静风正在困惑,段石碑笑道:"《断死诀》这本书,是我跟你说过的民国年间著名断死师张其锽所著。张其锽是个奇人,这书做得也神奇,内页是用了中国传统印刷术中的不传之秘'华容活字印',华容道你玩儿过吧?通过滑块把最上面的曹操移出。'华容活字印'就是将一页分为两层,上层是独立成块的字、词、句,嵌在下面一层的底板之中,通过滑块与后面一页的字句对接,形成全新的或更加完整的意思。断死之术,强调的是一病一境的统一,听起来很简单,其实很复杂,仅仅'一病'就包含着毛发、五官、躯干、肢体、行式这五个部分的观察和分析,缺一种都不能准确断死。我给你举个例子你就明白了。"

段石碑指着书说:"这一页是'五官篇',看见这一句了吗——耳鼻增大下颏突,唇舌肥厚眉弓隆。"然后手指一滑,下一页的字句顿时浮现出来:"这是'毛发篇'——毛发粗糙针变杵,颜面多皱痤疮生。"再一滑是躯干篇——"背部佝偻腰前凸,胸膛宽阔脖颈横",再一滑是肢体篇——"指肚变粗如浮肿,掌心多湿汗不停",再一滑是行式篇——"虽非贵人话语迟,常抚背脊连呼痛"。

段石碑的手有如在手机上玩儿切水果,每一下都五彩缤纷的,直把个黄静风看得眼花缭乱,段石碑刚刚停下,他就喘着气问:"这讲的是什么病啊?"

"肢端肥大症。"段石碑说,"多由垂体瘤造成。这口诀中说的就是常见症状:头骨增厚、手脚变粗等。"

"这些就能断死了吗?"

段石碑瞪了黄静风一眼:"跟你讲过多少遍了:断死之道,一病一境,刚才说的都是病,还没有说境呢!"他手指一滑,只见又一页字句呈现出来"郁郁寡欢愁容在,借酒浇愁更催命"。然后解释道:"这句话的意思是说,患了肢端肥大症的人,倘若再抑郁饮酒,便是往黄泉路上加速跑了。"手指再一滑:"这是断死结语,讲的是死亡的时间、地点与方式——卧床昏沉不及月,梦里魂断在三更。就是说符合上面一病一境的患者,一个月内必昏睡而死,且死于夜半三更。"

看着那些诗句的排列组合,仿佛将肢解的尸块重新拼成一个人形般精妙,黄静风不禁轻轻地念了一遍。

耳鼻增大下颏突,唇舌肥厚眉弓隆。

毛发粗糙针变杵,颜面多皱痤疮生。

背部佝偻腰前凸,胸膛宽阔脖颈横。

指肚变粗如浮肿,掌心多湿汗不停。

虽非贵人话语迟,常抚背脊连呼痛。

郁郁寡欢愁容在,借酒浇愁更催命。

卧床昏沉不及月,梦里魂断在三更。

"前五句是观病,第六句是查境,最后一句是结语——这是所有断死诀的体例。"段石碑说,"记住一两句并不难,难的是要把整本书都背下来,要把各种疾病的症状、情境的要点都记在心中,并能灵活运用。你看到面色发黑的人,就知道这是肾精亏损的表现,就应再看他的头发是否萎黄稀疏,再看他双目是否迎风流泪，再看他指甲根部有无月白……你看到一个人面部出现蜘蛛痣，就知道他有严重的肝病，再看他虹膜是否发黄，再看他身际有多少脱落的头发，再看他指甲是否圆隆外凸……——对应之后，便可将所患疾病判断个八九不离十。然后看他处境，是自救有方还是断无生理，即可根据结语，准确断死。"

这是一个古怪的早晨，华贸地铁站附近的所有景物，都有点肿胀：太阳比平时更粗更胖；堵满车辆的三环桥犹如快要胀裂的血管。各色玻璃幕墙上反射的阳光，给每个有机体或无机体都涂上了一层洗不去的油污。黄静风手捧卷册，眯起眼睛，看着来来往往的车辆和行人像糖炒栗子一样混乱和焦躁，不禁想起《断死诀》上的语言或者预言，心中顿时升起一种众人皆死我独生的优越感。

"时间差不多了。"段石碑看了看手表，慢慢地走到电梯口，指着下面那个昏暗的所在说，"即将迎来第一批早高峰上班的乘客，我要求你在人潮中随便挑一个，利用从下面坐滚梯上来这二十秒钟左右的时间，进行一个基本的判断，他可能死于什么病，死亡的时间大约是多久。"

啊？黄静风心里不由得叫了一声。拿到《断死诀》才这么短的时间，翻都没有翻上一遍，怎么能这么快就开始实习啊……看了看段石碑那张毫无表情的脸孔，他只好走到电梯口，望着下面，两只眼睛因为茫然的缘故，竟对了半天的焦，才看到一条硕大无朋的蠕虫慢慢地蠕动了上来。

那确实是一条蠕虫，黑乎乎的，由无数个垂头丧气的脑袋组成。它们先是绝望地蜂拥到电梯口下面，继而在一阵黏糊糊的推搡之后，自动地列队向上，向上，向上，向上……

没来由的，一种巨大的恐惧感突然袭上了黄静风的心头，他不禁后退了半步。

一只手撑住了他的腰,并轻轻向前一推。

段石碑在他的耳畔说:"不要怕。"

声音虽低,却浑厚而有力,刹那间让黄静风鼓起了勇气。是的,我一个在太平间值夜班的,死人都不怕,怕这些活人做什么!他站直了腰,凝了凝神,再一次定睛向下望去,然后那种恐惧感再一次袭上心头:这么多面庞浮肿、脸色惨白、眼圈发黑、嘴唇干裂的人,僵尸一样涌上来,到底要干什么?难道他们要在周而复始于阴间与阳世的穿梭中,把地底的戾气、疫疬统统散布给地面一息尚存的人们?!

"你在干什么?!"耳畔传来段石碑的怒喝,"断死的时候分心,等于拿死神开涮,是要命的事!"

黄静风像被鞭子抽了一下,脖子一梗,瞪大了眼睛朝下面看去:连成串的人头没什么区别,随便找一个,就像咒骂那个出租车司机,或者在地铁上猜中那个啼哭的婴儿一样,不是很简单的一件事吗,怎么此时此刻,却像给我一支枪一颗子弹让我随意瞄准射杀个人一般难受?该死!我怎么会做这种事……好吧,好吧,既然他妈的无可逃避,我就选一个模样长得最丑的吧!

就是你吧,那个穿着西装的家伙。一个大男人,脸却肥得像个女人的屁股,锃亮的头发一根根在地沟油里泡过似的,看着就恶心!

"你选了哪个?"段石碑问。

"刚刚上电梯的那个胖子。"

"衬衫领子是粉色的那个?"

"嗯。"

"你看中了他哪些地方?"

"什么?"

"那么多人你为什么偏偏选中他?"

"他看上去很恶心……"

"这不是理由——至少不是断死的理由!"

"我想想……哦,大概是因为他的头发……"

"头发?他的头发怎么了?"

"他的头发太黑了,黑得不自然。"

"啊?"

"像是染过的,而他看上去不过三十出头,就要染发,说明他可能有白头发,青壮年的白头发大多是肾气有亏,精血不足造成的。"

"很好,还有呢——电梯已经上到一半了!"

"他的下眼睑肿大,下巴暗红色,虽然很胖,颧面的颜色却黑而黯淡,这是肾精消耗,阴虚火旺造成的……"

"还有吗?"

"还有……啊,那个胖子发现我注意到他了!"

胖子的目光像长钉一样楔进了黄静风的双眸,那目光从惊讶到困惑,从困惑到犹疑,从犹疑到凶狠。

仿佛在瞄准镜里看到射杀对象发现了自己,黄静风的额头上沁出一层冷汗。

"集中精力!"段石碑又一声怒喝。

集中精力,集中精力,说得容易,可我现在的视线一片模糊……电梯在缓缓地上行,胖子恶狠狠地盯着我,咬牙切齿,他肯定发现我在预测他的死亡了,这跟杀他没有什么两样……怎么办?我该怎么办?

从地铁下面的甬道里生发的风,顺着电梯口涌了出来,那风邪得蜇人，黄静风感到全身瘙痒难忍，想抓挠一下，然而胖子的目光却将他死死钉住。

太痛苦了！

"不要怕！"段石碑严厉地说，"盯住他看，他的身上还有什么可供断死的特征！"

滚梯隆隆，由下向上，一片一片的登顶者擦肩而过，胖子离我只有五米的距离了，他抬起了手，他会不会迎面给我一拳？

四米！

三米！

"说啊！你的时间不多了！"段石碑焦急地说。

二米！

一米——

胖子一步踏上滚梯口，怒气冲冲地迎面走向黄静风，刚要开口说话，却突然畏缩了。

他看到了站在黄静风身边的段石碑。

这个穿着黑色风衣的人，冰冷的目光里充满了杀气。

胖子咽了口唾沫，下意识地摸了摸胸口和肚子，大概确认自己并没有缺少什么零件，悻悻地走开了。

段石碑把黄静风拉到地铁站口的背风处，搡了他一把："你怎么搞的？我以为你是那种眼前诈尸都不会害怕的人——"

"可是我不敢杀人，尤其害怕被别人发现我要杀他……"黄静风有气无力地说。

"断死不是杀人！"段石碑怒气冲冲地说，"断死只是一个职业，一种工作，我们跟新闻记者的唯一区别就是他们说新近发生的事实而我们说即将发生的事实！在某种程度上我们和体检医生没他妈什么两样！你看到地铁上来那乌泱乌泱的人了，他们每个都会死，无非是病死老死被车撞死被人勒死，无非是死于今天明天十几年或者几十年以后——你说出这个真理，有什么错？你倒是说说有什么错？！"

黄静风低头不语。

"这是个每个人都盼着别人早死的时代！"段石碑喘了口气，语气骤然沉重起来，"你工作着，别人要砸你的饭碗；你吃着饭，别人把三聚氰胺苏丹红拌给你吃；你走路回家，别人开车撞了你还要戳上你十几刀；你在出租的房子里躲着，别人要赶你出去让你无家可归横尸街头……既然每个人都盼着其他人快点死，那么我们帮他们搞清别人的死亡时间死亡地点和死亡方式，他们就不急不躁了，还会付给我们钱谢谢我们送来了这么美味的心灵鸡汤，这是多么好的事情！最最重要的是，他们不会盼着我们死了，他们会留我们一条活路，让我们给他们的冤家对头确定棺材的制作周期——断别人死是为了求自己生，你明白吗？你明白吗？！"

黄静风的眼睛渐渐明亮起来。

"刚才那个人，还有很多地方应该注意。"段石碑看出他有所领悟，口吻平缓下来，"他的脖子向一边倾斜，脑袋耷拉在肩膀上，这是肾气亏虚导致的头颈发软。他抬起手来的时候，手指甲向外翻卷，这是肾脏机能病变的症状。最重要一点，你被他的目光逼得不敢正视，因而没有发现：他的虹膜形状是棱形，四个角充满了深棕色的色素，这是肾脏中积淀了大量毒素的表现，因此可以基本断定，这个人患有慢性肾功能衰竭。"

在二十秒的时间里，居然看到了这么多东西，做出了如此精确的判断，黄静风半张着嘴巴，真心地佩服起段石碑来。

"不过，你那个关于他头发染过的发现，让我十分满意。"段石碑说,"这说明你的直觉很准确,符合做一位断死师的基本要求。"

总算听到师父一句表扬,黄静风有点小小的得意,搔着后脑勺说:"没啥,只是一个推理。"

"你说什么?!"

段石碑猝然发出的厉声责问,犹如在黄静风的脸上狠狠抽了一耳光!

半天,黄静风才低声说:"我说……只是一个推理。"

"混账!"段石碑咬牙切齿地说,"作为一位断死师,永远永远不许说'推理'这两个字!"

"为什么?"黄静风不解地问。

"回头再讲给你缘由,但是现在,你就把'推理'这两个字从人生的字典里挖掉,焚烧,灰烬扔进马桶里冲走——能不能做到?"段石碑恶狠狠地盯着他问。

"好吧。"黄静风点了点头。

也许是觉得自己刚才的话语火药味儿太浓了吧,段石碑对黄静风说:"你还没吃早饭吧,我带你去吃点东西。"

说着,两个人便一起往南走去,没走几步,段石碑突然停了下来。

"怎么了?"黄静风问。

"看见那个人了吗?"段石碑扬了扬下巴颏,"一个真正的恶棍!"

黄静风顺着他的目光望去,只见不远处的写字楼门口,一个五十岁左右,脸膛红红的男人正从一辆奔驰车里走下来,"砰"的一声狠狠地摔上门。他的眼睛很小,颧骨很高,紧闭的嘴唇微微上噘,流露出厌恶和烦躁,也许是经常皱着眉头的缘故,在眉心间竟形成了极深刻的"川字纹"。

"他是谁？他怎么了？"黄静风问。

"逐高集团的老总钱承。"段石碑冷冷地说，"他的公司专门为有钱人提供保健服务，背地里却做着买卖人体器官的不法勾当！"

虽然隔得很远，但钱承仿佛听到了什么，往右边看了一眼，见两个又瘦又高的人正向自己这边巴望，看上去像是两个无所事事的闲人，便走进写字楼，坐电梯上到二十六层——这一层是逐高公司总部。出了电梯门，他往里面走，员工们纷纷从工位上站起身向他点头问好，他理都不理。

进了总裁办公室，他刚刚往棕色真皮老板椅上一靠，就传来敲门声，他"嗯"了一声，便见副总经理王雪芽走了进来。

"钱总，我找您还是为了'健康更新工程'——"

王雪芽话说到一半，就被钱承打断了："我前几天不是告诉过你，这个工程我不同意！"

"可是，昨天我约了高秘书，他对这个计划明确表示支持。"

钱承本来就红彤彤的脸，顷刻间涨成了青紫色："出去！"

王雪芽一愣。

"我说了，你给我滚出去！"钱承一指办公室大门。

王雪芽站起身，向钱承点了一下头，慢慢地走出了办公室，并轻轻地将门关上。坐在门外写字台前的女秘书凑上来小声问："咋地，又挨狗熊训了？"

"狗熊"是公司员工给钱承起的外号，形容他粗鲁野蛮。王雪芽只是淡淡一笑，一直走出公司，下了电梯，来到大堂，在一张洛可可风格的贝壳椅上坐下，长长地深呼吸了几口，沉思起来。过了五六分钟，他似乎下了什么决心，从椅子上站起，目光却不由自主地被一个刚刚从电梯里走出来的女人吸引住了。

"蕾蓉！"王雪芽不禁叫了出来。

蕾蓉一转头，一抹笑容浮上了脸庞："王雪芽，怎么是你啊？"

"真没想到能在这里见到你。"王雪芽快步走上来一把抓住她的手紧紧握着，"我真是服了，高中到现在，你竟一点都没有变。"

"你也还是老样子。"蕾蓉把手抽出来，"我以为你还在苏州呢。"

"早就来这边了，在一家健康领域的公司给人家打工。"也许是刚刚发生的事情浮现在脑海，王雪芽苦笑了一下，"你呢？听说你现在当了法医？今天怎么会来这里呢？"

这就有点一言难尽了。蕾蓉今天来这里，其实是为了一笔投资。

"蕾蓉法医研究中心"的主要设备大多是从欧美进口的，做一例尸检花费极高，指望公家批的那点经费早就关门大吉了，主要的资金都是蕾蓉通过各种关系"讨来的"。比如今天她来光华公司，就与此有关。这家公司的前任总裁上个月突然死了，家人怀疑是他那二十七岁的儿子下的毒，请来蕾蓉做尸检。尸检结果表明，总裁死于大量慢性病药物的"混搭服用"，总算是给他儿子讨还了清白。子承父业，二十七岁的小伙子上台第一件事就是开出一千万的支票给蕾蓉。蕾蓉反复说明这样会让外人怀疑她和他串通给尸检作假，新任总裁才同意：一个月后以投资的方式，把这一千万资金转给"蕾蓉法医研究中心"公用。蕾蓉今天就是落实这件事。一切都很顺利，但是，当这位新任总裁恳请蕾蓉共进午餐，言语中还流露出爱慕之意时，蕾蓉赶紧告辞，并坚决制止他把自己送到楼下。

蕾蓉正在琢磨怎样回答王雪芽,却被他抢先一步说:"这里不是说话的地方,咱俩去那边的星巴克坐着聊吧。"

星巴克外面的凉伞下,两个人点了咖啡,面对面坐了下来。中学时代,蕾蓉回到故乡苏州读过几年书,她和王雪芽一直是同桌,王雪芽不止一次给她递过"纸条",现在说起来,都觉得那是一段很有趣的回忆。高二时,家人帮蕾蓉落实了户口,她转学到本市,王雪芽将她送上火车,临别时发誓一样说了一句话:"明年我考到清华,天天到你家蹭饭吃去。"

命运像是陀螺,总不会沿直线行走。王雪芽没有考上清华,在南京上的大学,一直和蕾蓉通信,毕业之后在苏州一家生物科技公司工作。蕾蓉赴美留学之后,就和他疏于联系了,逢年过节才会发条短信问候。

"说真的我一点也不喜欢这个混凝土森林。"王雪芽指着附近的高楼大厦,"哪里比得上咱们苏州的灵秀啊!"

蕾蓉笑道:"苏州这两年不是也盖起了很多高楼吗?"

"是啊!"王雪芽叹了口气,"对了……你怎么还没结婚?"

"啊?"蕾蓉有点惊讶。

王雪芽眨了眨眼睛:"你的手上可没有戴婚戒啊——别忘了我一直是个推理小说谜。"

"你别忘了我是法医,天天戴着戒指怎么工作啊。"蕾蓉笑道。

王雪芽有点沮丧地说"啊,这么说你已经名花有主了,我是空欢喜一场喽。"

"别胡说了。"蕾蓉微笑道,"你爸爸妈妈身体还好吗——"

话音未落,王雪芽突然站了起来。

蕾蓉一惊,手中的咖啡差点儿洒出来。

王雪芽走到旁边的那一桌,对一个正在看报纸的人说:"你在拍什么?"

"啊?"那人抬起头,一脸的困惑不解。

王雪芽"哗啦"一声掀开报纸,将遮盖在下面的一支微型摄像机夺了过来:"装什么装?以为我没看到?!"

那人跳起来就要抢,被王雪芽迎面一拳打翻在地上!

那人一骨碌爬起来,指着王雪芽道:"你敢打人?"

"打你了,怎么着?!"王雪芽骂道,"死看不上你们这种偷鸡摸狗的勾当!"

旁边的马路牙子边停了一长溜的出租车,等生意的司机们无所事事,正聚拢在一起聊着什么,见这边上演了全武行,纷纷凑过来看热闹,有个脸很长的随口问了一句"咋打起来了",那记者眼珠一转,大声喊道:"我是《燕都快报》的记者,前不久出租车司机穆红勇被出租车公司害死了,有个叫蕾蓉的女法医在做尸检时故意造假,掩盖真相,还说穆红勇之死纯属'自找'——大家应该都知道这个事情吧?"说着用手一指蕾蓉说:"这女的就是蕾蓉!我采访时抓到了她的造假证据,她就唆使旁边那男的打我,还抢走了我的摄像机!"

出租车司机们一阵骚动,那个脸很长的走上来恶狠狠地问蕾蓉:"他说的是真的吗?"

蕾蓉说:"他在说谎。"

"我说谎?"那记者像猴子一样跳过来,"你是不是蕾蓉?你有没有给穆红勇做尸检?你是不是说过他不是死于出租车公司迫害?"

蕾蓉说:"是的,但是——"

"大家听见了!大家听见了!"那记者高高扬起手臂,"就是她,这个有钱人的帮凶!这个让穆红勇含冤而死的凶手!"

蕾蓉看了他一眼,平静地说:"你怎么能这样无耻呢?"

那个长脸司机冲上来就要打蕾蓉,被王雪芽一把搡开!长脸司机气急败坏地喊道:"弟兄们上啊!"其他的出租车司机呼啦啦冲了上来,王雪芽用身体挡住蕾蓉,和他们搏斗着,并大声喊:"蕾蓉你快走啊!"

数十个蓝黑色的影子在暗夜中像坟地的鬼火一般蹿跳着,一双双血红血红的眼睛,像一具具暴死的丧尸渐渐围拢了过来,嘴里发出奇怪的声音……

一瞬间,蕾蓉搞不清眼前是华贸写字楼还是"茂藏家"日本料理店,搞不清此时此刻是白天还是黑夜,她有点眩晕,她搞不清这是怎么一回事,唯有耳畔传来的野兽般的嗥叫清晰可闻:

"打死她!"

"杀了她!"

"宰了她!"

"剐了她!"

铅灰色的人,铅灰色的声音,铅灰色的脸孔,铅灰色的躁动……正如那天晚上茂藏料理店门口燃起的熊熊火焰,在半空弥漫出很大很大片的铅灰色一般。仿佛是挥洒着什么传染力极强的病菌。

应该做个尸检了,给这铅灰色的世界。

蕾蓉没有注意到,那个长脸司机从地上捡了根钢筋,狞笑着从侧面走近了她。

"呼"的一声!

钢筋像铅灰色的闪电一样砸了下来!

王雪芽已经被打得鼻青脸肿,但"保护蕾蓉"这个念头居然让他长了后眼一般，及时觉察到了可怖的突袭，猛地扑过来右臂一挡——

咔！

可以听见钢筋砸在胳膊上的声音。

王雪芽一声惨叫，倒在了地上。

蕾蓉扑过去抱住了他，她能感觉到他的身体因为巨大痛苦而微微颤抖。

"吱——咔！"

一辆别克GL8商务车，仿佛从其他空间穿越过来一般，突然开到面前停下。"哗啦"一声，车门被拉开，跳下两个穿着灰色夹克衫的青年。长脸出租车司机还要上前打蕾蓉，其中一个青年一掌挥出，长脸司机倒着飞出去三五米，倒在地上嗷嗷惨叫。

其他的出租车司机顿时吓呆了，不敢再上前一步。

两个青年走到蕾蓉身边，将夹克衫掀开一角，亮出里面的证件，然后低声说："蕾主任，我们是市局的，您跟我们走一趟吧！"

蕾蓉担心王雪芽的伤情："能把他先送到医院去吗？"

两个便衣警察对视一眼，点点头同意了。

蕾蓉扶着王雪芽上了别克，正要在他身边坐下，一个警察拦住了她："您到后面坐。"

蕾蓉一愣，弯着腰钻到后面一排坐下，那个警察立刻坐到了她的身边。

别克车开动了。

一种异样的感觉，突然袭上了蕾蓉的心头，就像在解剖台上看到尸体的右脚大拇指轻轻动了一下——这辆别克车为什么来得这么凑巧？这两个警察让自己上车时，为什么没有说一个"请"

字？为什么他们对自己丝毫没有其他警务人员表现出的敬意？为什么他们要把自己和王雪芽分开，并要求自己坐到后排？这不像是请她协助办案，更像是监视，像是软禁，像是把她当成一个犯罪嫌疑人拘押。

这不对，很不对……

蕾蓉用余光看了一下身边的那个便衣警察，然而看到的只是一张毫无表情的脸。

第九章 停职审查

> 慈四叨枭寄,他无所长,独于狱案审之又审,不敢萌一毫慢易心。
>
> ——《洗冤录·序文》

蓝色别克GL8商务车把王雪芽送到医院后,一直开了二十分钟,钻进了一座很旧的写字楼的地下车库。有那么一瞬间,蕾蓉怀疑自己是不是被绑架了,为了试探,她把手机拿出来假装发短信,她想如果对方是绑架者一定会阻拦,但是没有,身边的便衣男青年就像根雕一样纹丝不动,这倒令她更加不安起来。

前面铅板似的尽处,似乎是一堵墙,但是当车开到近前时,那堵墙竟缓缓地向上提起,露出一条异常明亮的甬道,门口有持枪的武警在站岗。车子继续往里开,便见一道道毫无粉饰、严丝合缝的灰色砖墙,将这地下广场隔成一个个监牢似的单间。单间有大有小,门的规格却是统一的,门里面一律的幽暗,偶尔有星星点点的光芒,曲尺一样的水泥通道将一切变得愈发像一个巨大的迷宫,整个迷宫异常安静,偶尔见到一两个穿着警服或便装的工作人员从这个门走出,又消失在另一个门里,看不清任何脸孔。

车子在一个房间门口停下,蕾蓉下了车,便被带进屋子,里面有三个人坐在一张桌子的后面，桌上点着一盏台灯。便衣男青年一指面对桌子的一张木头椅子，蕾蓉在上面坐下。那便衣男青年随即在她身侧站立。

这不是审讯吗？

桌子后面的三个人似乎在等着蕾蓉质问和发怒，但是他们有点失望，蕾蓉神情沉静得像午后坐在了公园的长椅上。

片刻，一个审判员模样的人用还算温和的口吻说："蕾主任，我们是四处的，请你来协助调查一些情况。"

"假如我们剥夺了你的全部意义呢？"

谢警官的话语，以及他眼睛里流露出的一丝笑意，此时此刻，异常清晰地出现在了脑海。

蕾蓉定了定神："我会配合你们做好调查工作。"

审判员模样的人说了一个日期："当天晚上你做什么去了？"

蕾蓉想了想，那天，她应左手的邀请去"茂藏家"日本料理店赴宴，上了圈套，后来在胡同口又遭到袭击，多亏马笑中及时赶到才解救了自己和郭小芬。

于是，她便一五一十地把情况说了一遍。

"这么说，当时马笑中用砖头砸那个袭击者时，你是看得一清二楚的喽？"审判员说，"事后你为什么不报警呢？"

蕾蓉有点奇怪："反正那个袭击者的袭击失败了，我还报警做什么？再说马笑中本人不就是警察吗？"

"你没有理解我的意思。"审判员模样的人用一种似笑非笑的声音说，"我是说，既然你看到马笑中用砖头砸人并造成了严重后果，为什么不举报他呢？"

蕾蓉吃了一惊："他是为了救我啊，在那种情况下我认为他的处置措施是正确的，况且能造成什么严重后果？马笑中只是拍了他一下,临离开时我们还确认过,那个袭击者只是受了轻伤,没有任何生命危险。"

"没有生命危险?"审判员模样的人刹那间变得异常严厉,"那个人已经死亡!"

"这不可能!"

"怎么不可能?"审判员模样的人狠狠一拍桌子,"实话告诉你,有个人当时看见你们的一举一动,并马上向公安机关报案了,他不认得你,可是以前因为小偷小摸被望月园派出所处理过,所以认出了马笑中。马笑中已经被我们拘押起来,并供出当时你也在场。你还说什么'确认过',难道你不知道钝物打击会造成延迟死亡?身为警务人员,马笑中知法犯法,草菅人命,你知情不举,纵容包庇——你们简直是警界的耻辱!"

这机关枪一样咄咄逼人的责骂,足以使许多人张皇失措,但蕾蓉倒出奇地镇定:"如果可以,我希望你们能让我亲自给死者做一下尸检,我不相信马笑中那一下子能把人打死。"

"我看,没有必要多此一举了吧。"一个有点耳熟的声音突然响起。

蕾蓉定睛一看才发现,坐在审判桌靠里位置的那个人,竟是昨天来找自己做尸检的胡佳,由于台灯光线的缘故,他的脸一直被遮挡在灯影里。

胡佳扶了扶眼镜,嘴角挂着一抹得意的浅笑:"昨天你不是已经得出结论了吗——砖头连续打击造成的外伤性硬膜外血肿,引发动脉性出血死亡——尸检报告上面可还签着您的大名哟。"

蕾蓉在刹那间恍然大悟。她望着桌子后面的三个人说:"我的尸检结果无误,那么,希望你们仔细调查一下案情,我可以肯定:那个袭击者不是马笑中杀的,应该是有人在我们走后砸死了他。"

"犯罪现场我们已经勘查过了,死者确实是马笑中所杀。"最先说话的审判员道,"现在我宣布:停止你一切公职,接受组织审查,在审查未结束之前,暂时先拘押在这里。"他把桌子上的一张纸一推:"请你在拘留证上签字。"

蕾蓉摇了摇头:"我不会签的。"

胡佳冷笑一声:"签不签也要拘留你!"然后朝她旁边的便衣男警扬了扬下巴颏,蕾蓉明白什么意思,站了起来,跟着男警走了出去。谁知在门口与一个匆匆走来的人撞了个满怀,那人刚要说对不起,一看蕾蓉,愣住了。

蕾蓉认出他就是那位谢警官——

"假如我们剥夺了你的全部意义呢?"

想起自己遭逢的一切,很可能都出自此人的"手笔",蕾蓉的目光显得格外冰冷。

被便衣男警带进一个独立的房间,铁门在身后喀啦一声关上,蕾蓉坐到墙角的椅子上,看着黑暗吞没了自己的身体,沉思起来:还有三例尸检没有做,其中一具是火场中发现的,这种尸检的最大难度是搞清生前烧死还是死后焚尸,心血管及深部大血管内的 HbCO 检测、烧伤周围的组织酶活性是重要的鉴别标志,也不知道小唐和王文勇他们能否做好;下周要去警官大学做一场外源性 DNA 污染的讲座,看来去不成了,这太糟糕了,从最近招聘的一些法医系毕业生来看,他们对如何针对微量检材实施模板 DNA 提取和纯化,还不如对 Kitty 猫的哪只耳朵戴蝴蝶结更了解;不知道刘晓红上班没有,真希望她不要动用私人力量给研究中心造成什么破坏,自己已经是尽最大可能地迁就她了;还好,研究中心的资金今天上午落实到位了,这真是不幸中的万幸啊……

蕾蓉苦笑了一下。

她忽然意识到,自己想了半天,都是工作上的事情,竟和眼下的处境毫无关系,难怪唐小糖总说自己是"埋头傻干",一点错都没有。

既然要"傻",就不妨傻得彻底一点,就像高大伦一样。

还记得第一次与他见面是在一次学术研讨会上,自己正在做报告,他在听众席上突然嚷了起来,说你这个"最新研究成果"不过是抄袭宋慈的《洗冤录》,又说从某种意义上讲,西方法医近百年的学术成果统统没有达到中国南宋年间的水平……在座的法医们与他争辩了起来,他结结巴巴地旁征博引,逐一辩驳,很快竟驳得在场的众人哑口无言。

蕾蓉走下讲台,看着这个长着皮包骨头的黄色脸孔,尖嘴巴倔强地向外凸起,像极了刚出土的兵马俑的人。她问道:"看来你熟读《洗冤录》喽。"

"当然!"

"《洗冤录》卷二第五节,疑难杂说下,有个案例,说的是检验水中尸体是生前溺水还是死后投河的,你记得吗?"

高大伦道:"把水从颅骨的囟门倒入,看看有没有泥沙从鼻孔流出,如果有,就必定是生前溺水,因为生前溺水的人,由于挣扎呼吸,鼻孔里必然吸入泥沙,而死后投入水中的人就没有这种现象。"

"你对解剖学了解吗?"蕾蓉问。

"我是法医系毕业的,你说我了不了解?"高大伦道,"我在学校学了那么多,又做了许多例尸检,结果发现统统没有超越《洗冤录》的知识范围,这足以说明我国传统文化的伟大——"

蕾蓉打断他道:"既然你学过解剖学,我问你,从口鼻部吸入的泥沙,能进入颅内吗?"

高大伦一愣。

"口鼻部吸入的泥沙,应该进入消化道和呼吸道,很难进入颅内,更何况,如果是死后投尸入河,尸体腐败后,水中泥沙也可以从自然孔道进入颅内,所以倒水入颅的方法并不能准确判定是否生前溺水死亡。"蕾蓉继续说,"同样是这一节中,还记载了一个'苍蝇破案'的案子,你知道吧?"

高大伦点点头:"有人被杀了,提刑官让附近居民把家里的镰刀都拿来,布列地上,时方盛暑,一群苍蝇都飞集到一把镰刀上,于是这把镰刀的主人低头认罪。这说明我国古代法医昆虫学的研究达到了很高的水平,苍蝇对空气中 $0.04\mathrm{mg/L}$ 的血腥有反应,所以才齐聚到凶器上。"

"刀上有血,就是凶器吗?"蕾蓉问道,"这位提刑官做出的是一个假言推理,推理的前提为'刀上有血就是凶器',可这一前提是不充分的,刀上的血也有可能是动物血或者刀的主人自己的血啊——你怎么能肯定这不是一起冤假错案呢?"

高大伦半张着嘴巴,说不出话来。

"《洗冤录》第三卷第十七节'验骨',相信你也熟悉。"蕾蓉道,"其中有这么几句:'男子骨白,妇人骨黑'——意思是女人生前行经,血渗入骨,所以骨头呈黑色,现代科学已经证明这是错的;还有'男子左右手腕及左右臁朋骨边皆有捎骨,妇人无',意思是男人左右手腕旁有尺骨,左右胫骨旁有腓骨,女人没有,但事实上,尺骨也好,腓骨也罢,男女一样都有;还有'大小便处各一窍',这是一个典型的'眼见为实'造成的错误,现代解剖学早已证明,对于骨骼而言,无论大小便,都只有一个骨盆出口，而不是两个孔……"

在周围一片低低的蔑笑声中，高大伦的额头上沁出了汗珠，他终于明白，眼前这个女法医，单论对《洗冤录》的研究水平，也远远在他之上。

"从科学的角度讲，一堆谬误；从逻辑推理来看，不够严密——《洗冤录》怎么能和现代法医的成就相比？"蕾蓉严肃地说，"一个科学家应该不唯古，不唯上，只追求真理，你在二十一世纪还把十三世纪的科研水准奉为圭臬，这怎么行呢？"

高大伦转过身，默默地走出了报告厅。

回到宾馆，他买了张当晚的火车票，准备回到自己那个小城市去，继续做一个籍籍无名的法医。收拾行囊间，脑海中浮现出一幕幕场景：因为一心钻研《洗冤录》和法医技术，他被同事们嘲讽为"食古不化"，提干、涨工资，领导从来不考虑他，家人为了"避晦气"甚至不愿意给他洗衣服，一把年纪连对象都找不到……

心中正在酸楚，手机突然响了，接起一听，话筒里传来了蕾蓉的声音："你愿意来我的研究中心工作吗？"

高大伦简直不敢相信自己的耳朵！

他打了车赶过去，一下车，便见蕾蓉站在门口等着他，将他带进楼里，看到门厅正中央竖立的宋慈半身铜像，他激动得双眸一片水光。

"很久没有人真诚地面对先贤的研究成果了。"蕾蓉微笑道，"也许很多人拥有二十一世纪的科研技术，但却缺乏十三世纪科学家们的执着，这是我请你来工作的唯一原因，希望你能真正领悟宋慈先生的治学精神，把古代法医成果与现代法医实践结合起来，相信一定能取得更大的成就。"

从此高大伦就成了"蕾蓉法医研究中心"的一员。他还是老样子，经常为了工作上的事情和蕾蓉争论，动不动就引用《洗冤录》里面的话来证明或反驳，下了班抱着一堆专业书籍和期刊回家，孤单的背影常常让蕾蓉感慨，他大概是要回到古墓里去了……

如果说高大伦是个迷《洗冤录》的痴子，那么王文勇就完全相反，古灵精怪的。他本是区法院的法医师，精通毒物分析学。有一次法医界组织年底联欢活动，他和一个同事演出样板戏《智取威虎山》选段，他演杨子荣，同事演座山雕。那同事想跟他开个玩笑，"对黑话"那一段的第一句应该是座山雕问："脸怎么红啦？"结果同事上来就问："脸怎么潮红啦？"台上台下都是一愣，王文勇眼珠一转接了一句"安眠酮吃多啦"，会场里一片爆笑。座山雕接着犯坏道："怎么又蓝啦？"王文勇马上说："亚硝酸盐中毒啦！"台下笑声更大了，座山雕没想到这个杨子荣这么难对付，接着发难："怎么吐白沫啦？"王文勇一笑："盐吃多了渴，喝了一罐有机磷农药啊！"会场里顿时一片掌声，因为王文勇把各种毒药的中毒症状背得如此熟练，竟可以顺手拈来应景做台词，这后面的功夫可大了去了。

晚会结束，蕾蓉立刻抽调了王文勇的档案，发现他不光业务能力强，而且还是个"多面手"：演讲比赛得过冠军，长跑拿过市里第三名，参加医古文翻译大赛获奖……于是蕾蓉请他吃饭，想将他延揽到自己手下，谁知他一坐下就说："蕾主任，您的法医研究中心缺人不？缺人的话，我去你那里，你要不要？"

比起王文勇，唐小糖能到自己身边工作就更有戏剧性了。

蕾蓉与林香茗、刘思缈并称中国警官大学史上的"三杰"，因为他们都从这所学校毕业，都不到二十八岁就名满天下，成为中国刑侦领域的精英，而且都被母校聘为客座教授，但待遇迥异：林香茗一来授课，教室里的女生挤得像春运似的；刘思缈一场讲座，能把一屋子男生盯出干眼症；蕾蓉上课，教室却总是空出一大半座位，因为她讲课比较枯燥，充满了专业术语，所以一点儿也不讨学生们的喜欢。

唐小糖是个例外。

几乎是从蕾蓉第一次上课开始，这个像金吉拉猫一样美丽可爱的小女生就坐在头一排，托着下巴痴痴地望着自己，弄得蕾蓉都不好意思了，只有绝对地不看她才能把课讲下去。

但是蕾蓉也注意到，这位女学生从来不记课堂笔记。

下课后，蕾蓉把她叫住了："好脑筋不如个烂笔头，你要把我讲的知识点都记下来啊。"

唐小糖脸涨得通红，点了点头。

下一次上课，唐小糖的桌子上果然放了个笔记本，蕾蓉一边讲课，一边用余光观察她，发现她确实在本子上勾勒着，但每一笔的笔画似乎都过长。

下课后，她走下讲台，直接把笔记本拿过来，上面竟是一幅自己的铅笔画像，画得栩栩如生，而且在边沿还绘了一圈长着翅膀的小天使，把她画得跟圣母玛利亚似的。

蕾蓉哭笑不得，板起脸把唐小糖批评了一顿，谁知这妮子不但不反省，还笑眯眯地说："蕾老师，你是我的偶像嘛，我因为给你画像没有好好听课，你给我单独补课好不好？"

蕾蓉甚至一度怀疑过唐小糖家境贫寒，才想方设法"攀"上自己，争取毕业后通过自己的介绍找份好工作，但是后来一了解，却大跌眼镜。这女孩的父亲是上海市公安系统的高官，家境极好，根本不存在什么"就业难"的问题。去年唐小糖毕业，径直找到蕾蓉，要来她的法医研究中心工作，蕾蓉说我这里工资很低，也不够稳定，你完全可以找一份更好的工作……正说话间，手机响了，竟是唐小糖的爸爸打来的，直接下达命令："蕾蓉，我把女儿交给你了，你给我带好她。"

蕾蓉十分无奈，只得把唐小糖收入门下。

蕾蓉很快就发现，这个胆小、懒惰、业务上毫无上进心的女孩也不是全无用处：第一她多才多艺，对自己奉若神明，端茶倒水从不间断，如果自己在聚餐中对哪道菜多夹了几筷子，第二天她就会亲手烹饪这道菜带给她当午餐，味道比饭店做得还要好；第二是她有一种惊人的本领，总能把时尚和法医工作巧妙地结合起来，这对每天坐在解剖房里两耳不闻窗外事的法医们而言，实在是多了一扇缤纷的窗口。

今年春天就有这么一起案子，有个女孩死在家中，同居的男友有谋杀嫌疑，但他坚称自己是清白的。尸检中找不到任何创口，毒物分析检测也毫无发现，蕾蓉正在绞尽脑汁地思考，翻看现场照片的唐小糖来了一句："哟，这女孩是个'假潮'！"

"什么假钞？"蕾蓉很惊讶，"现场没有发现假钞啊。"

"不是'假钞'，是'假潮'，指那些假装新潮的人。"唐小糖笑嘻嘻地说，"本来没钱又想成潮人，就只能买一些山寨品，过过时尚达人的瘾，比如这个女孩用的卫生棉，表面上看是梦博托的，意大利牌子，其实是仿制品，梦博托的包装上要有一层细细的天蓝色鱼尾纹，这个只有底色没有纹路，所以是假货，不知道从哪里淘换来的劣质品呢。"

蕾蓉眉头一皱，拿起女孩在医院抢救时的医生记录，症状一栏上清晰地写着：发烧、喉痛、呕吐不止、意识模糊、大面积皮疹……

这不是中毒性休克综合征的典型表现吗？

她立刻检查了死者的阴道，阴道内繁殖了大量的金黄色葡萄球菌，与死者居住地卫生间提取的卫生棉条进行比对，确认这是一起罕见的因为使用劣质卫生棉条，导致阴道内常态菌迅速滋生，导致血液中毒而死亡的事件……

想起高大伦、王文勇和唐小糖，还有研究中心里其他并肩奋斗的同事，蕾蓉感到心里有些沉重，她站起身，铁门上方的孔眼里露出的光芒，细密地洒到她雪白的脸上，令她的迷茫结成了网：不知道自己会被停职审查多久，这段日子研究中心一旦遭遇什么麻烦，已经习惯了自己羽翼庇护的他们，能不能闯过一个个难关？一开始也许没有问题，他们会按照自己制定的规章制度，继续一步步推进工作，时间一长呢，老高会不会偏执病发作？王文勇能不能经受住外面的诱惑？小唐会不会懒散懈怠……

正在这时，锁孔丁零当啷一阵响动，门开了，胡佳一脸不快地出现在眼前，低声说："你可以走了！"

蕾蓉一愣，觉得这拘留时间也未免太短了，一面往外走一面问："怎么，你们把问题搞清楚了？"

"搞清楚？还早着呢！"胡佳冷笑了一声，"你好好反省，不要乱说乱动，更不要做其他没有意义的举动！"

蕾蓉想了一想才明白，他的意思是让自己不要逃跑。

她看了他一眼，走上停在门口的蓝色别克GL8商务车，原来押送她的两个便衣还是坐在车里。

车子开出"四处"巨大而神秘的办公场所，开出黑暗的地下车库，一直开上了城市的主干道。蕾蓉对身边的便衣说："能把我送到研究中心吗？我要处理一些工作。"那便衣点点头，吩咐司机把车开到研究中心去。

下了车，蕾蓉往里面走，推开楼门，她的心中突然产生了一种不安感：楼里太静了，不是那种工作纪律所要求的安静，而是被挖空了肚肠只剩下空荡荡腹腔的死寂。

怎么回事？难道研究中心被查封了，人员都遣散了？我一个人的问题为什么要连累大家？

正在不知所措的时候，突然听见会议室传来一个女人的声音："怎么，还要我挨个点名吗？！"

这是刘晓红的声音……看来所有的人都被集中到会议室去了。

蕾蓉悄悄地走到会议室门口，从开了一条缝隙的门里望去，只见里面坐满了人，一个个都脸色晦暗，低头不语。

椭圆形会议桌的上首位置坐着几个人，蕾蓉只认得其中一个是廖处长，刘晓红就坐在他旁边。廖处长清了清嗓子说："蕾蓉犯的错误是严重的，正在接受相关部门的审查，我们不希望因人废事，不希望你们这个研究中心因为一个人触犯了法律而整个垮掉。希望你们积极主动地与蕾蓉划清界限，以饱满的热情投入到新的工作中去——"

"我先来表个态吧！"出人意料的，唐小糖先站了起来。

"好！"廖处长欣慰地笑道，"我们欢迎小唐姑娘发言。"

"这个研究中心创办的时候，我大学还没毕业，因为是蕾蓉姐学生的缘故，所以经常给她帮忙，眼睁睁看着她为批文跑断了腿，为租房磨破了嘴皮子，为筹款求了很多人，引进人才上更是不遗余力。为了办起一个国内一流的法医研究机构，用呕心沥血形容她，一点也不夸张。就说设备这一项吧，从脏器秤到取材箱，从病理蜡块柜到帕金埃尔默气相色谱仪，哪一件不是她亲自去挑选购置的？这楼要是个燕窝，那都是蕾蓉姐一根一根绒羽衔起来的。研究中心成立最初那半年,她夜里十二点前就没有下过班,公家法医机构不接的坏烂尸体,都往我们这里送,蕾蓉姐从来没有拒绝过一具,我们闻到那气味都吐了,她做尸检时连在鼻子下擦清凉油都不肯,说是怕影响嗅觉,嗅不到毒物的气味……"

唐小糖望着廖处长轻蔑地说:"你们说蕾蓉姐犯法什么的,我不信,你们要霸占这研究中心,尽管霸占好了,但是要让我跟蕾蓉姐划清界限,办不到!"

会议室里一阵骚动。

"你……你!"廖处长知道这妮子背景深,最好不要惹她,于是咽了口唾沫,阴沉着脸说,"高大伦,你的态度呢?"

所有的目光都投向了坐在墙角的高大伦。

他原本畏缩着身子,像要把自己变成一棵草似的,听到廖处长点了自己的名字,愣了一愣,抬起头来,看到刘晓红眼中得意扬扬的目光。他外凸的尖嘴巴颤抖了一会儿,低下头小声说:"我服从上级的决定。"

"你说什么?"唐小糖简直不敢相信自己的耳朵,"老高,你往日的骨气都到哪里去了?!"

"好哇!"廖处长不禁拍了一下桌子,"高大伦同志给我们做出了表率——晓红啊,我听说前一段时间老高和你为了工作上的事情发生了些小矛盾,现在你已经被任命为研究中心的主任了,希望你要和包括老高在内的所有同志搞好团结啊!"

本来以为一向又臭又硬的高大伦会当众给自己难堪,现在竟第一个"服软",而且论资格论能力,他都可以起到一定的"带头作用",刘晓红喜不自胜地说:"这个一定,一定!"

"老高,你还有没有良心?当初是蕾蓉姐亲手把你从一个县公安局的普通法医提拔到现在的位置上的,你怎么能忘恩负义?!"唐小糖愤怒地斥责道,"大家不要像他一样软骨头,跟我走,咱们离开这里,再建一个研究中心,等着蕾蓉姐回来!"

"不,你应该留下。"

门口突然传来了蕾蓉那一贯温和而坚定的声音。

所有的人都哗啦啦站了起来,投向她的目光有的欣喜,有的羞愧,有的惊讶,有的犹疑,还有的畏惧。

唐小糖几乎是扑了过去,抓住她的胳膊不停地摇晃:"姐姐,他们还你清白啦?我就知道你肯定没事的……"

蕾蓉笑了一笑,拍拍她的手背,然后环视了一下在场的所有人,缓慢地说:"我现在还在停职审查阶段。虽然不是这里的主任了,但我还是诚挚地恳求大家留下来,留在这里好好地工作。法医工作很累、很苦,被很多人说成'最脏最累最晦气的职业',可是他们并不知道,死亡,是一件很严重的事情,假如每个生命都是一个彩色的头像,那么死亡则把他们变成了脱机状态的灰色,而不明不白的死亡则是彻底的黑暗,我们也许不能像医生一样让垂死的生命重放光芒,但至少可以让这个世界黑暗得不那么彻底——法医就是和黑暗锱铢必较的那个人,所以,我们决不能放弃,就算,就算……"

她没有再说下去,美丽的睫毛黯然地一垂。

就算你们剥夺了我全部的意义。

她转过身,孤单地走过楼道,沉稳而单调的脚步声顺着楼梯上了二楼。

满满一会议室的人,许久,都像冻住了一般,一动不动。

蕾蓉来到自己的办公室,找了个大提兜,开始整理自己的一些东西往里面装,收拾得差不多的时候,她突然感到背后有人,一转身,便见高大伦一脸羞惭地站在门口。

"主任,我对不起你。"他的神情十分痛楚,但又不知道该怎么说,半天才嗫嚅道,"我只是不想再回到那个小县城去了……"

"老高,你真蠢!"

"啊?"高大伦一愣,蕾蓉从来不会用这样的口吻跟同事讲话,更不要说骂别人"蠢"了。

"难道你就没有想过,我走之后,研究中心该怎样才能继续正常运转吗?"蕾蓉走到他面前责备道,"假如你们都头脑一发热,跟着我走掉,一来我连自己会怎样都不知道,更不可能照料你们;二来这个研究中心必然会土崩瓦解,那么我们先前奋斗的一切都将以失败告终,这才是我最不想看到的啊!所以你、小唐还有文勇这些骨干必须留下来!我以为你是深谙这个道理才主动表态,忍辱负重地留下,谁知你竟完全不懂,居然来向我道歉,这不是愚蠢,又是什么!"

高大伦呆呆的。

"还有,那两个装有人骨的包裹,一直是我的一块心病。它们是专门快递给我的,我走之后,那个递件人是会收手还是会继续递来包裹呢?老高,我走之后,你在日常工作中要特别留心。"

"你放心。"高大伦想了想,石头一样硬硬地接了一句,"不懂的,我问你。"

目光交汇,心领神会。

蕾蓉微笑着点了点头。

不知什么时候,唐小糖和王文勇也来到了门口。

"好了,我要走了。等审查结束再回来。"蕾蓉往外面走去,王文勇一把抢过她手里的大提兜,三个人一起送她下了楼。

几乎所有的员工都站在一楼门厅,仰望着蕾蓉一步步走下台阶。

蕾蓉笑道:"这是干什么?我又不是不回来了,大家赶紧忙工作去吧。"

但是没有一个人离去,每一注目光都依依不舍。

蕾蓉知道那些目光里都包含着怎样的情谊。这个非官方、非公办的法医研究中心,从创建的那一天开始就命运多舛:一些公立法医机构接连跳出来论证其非法性,法制口的记者们挖空心思地找寻蕾蓉利用尸检赚钱的证据……就是在这样困难的条件下,蕾蓉从来没有发出过一声抱怨,默默地带领着大家一路闯了下来,渐渐获得了社会的认可。她在全体同事的心中,除了是一丝不苟、业务精专的领导者,更是恬静的姐姐和知心的朋友,无论生活上遇到坎坷,工作中遭受挫折,都可以从她那里获得帮助或汲取勇气,她稳健的步履,使所有的追随者坚信:前途是光明的,路向是正确的。

然而,现在,领路人却要走了。

蕾蓉对每个人微笑,却没有和任何人握手话别,只是在走过宋慈的铜像之后,回眸深深地凝视了一眼,就毅然决然地走出了楼门。

慢一点,再慢一点吧,离开的步伐越坚定,远去的步履就越踟蹰,其实心里有那么多的不舍啊!多少个日日夜夜,为了尸检中发现隐藏极深的微小创口而惊喜,为了解离试验中小唐忘记用生理盐水洗涤血痕纤维而生气,为了显微分光镜故障查不出特征性吸收线而急得满头大汗,为了《司法鉴定检验报告书》中的一个措辞与老高争论不休,再苦再累也甘之如饴……如今,这些都成为过去。

傍晚的街道,街灯还没有点亮,一道道低矮的红色砖墙看上去有些冰凉，上面陈年累月的划痕多么像逝去时光的留痕。

不管多么留恋，研究中心也不再是我的孩子了。

现在倒是应该想想怎么营救马笑中。

街边一个报刊亭，今天的各种晚报已经摆了出来，蕾蓉心里烦乱，想转移一下注意力，就买了一张《燕都快报》，拿在手中只看了一眼，竟瞬间石化！

《著名女法医指使手下殴打记者》！

斗大的标题直戳她的双眸，底下还有一行副题——《涉嫌参与故意杀人案已被停职审查》。

还配发了一张王雪芽把那个记者揍倒在地的照片，看来当时附近还藏着一个他们都没有发现的摄影记者。

他们到底想干什么？这样穷追不舍地要置自己于死地？！

街灯亮了，昏黄的光芒投射在蕾蓉的脸上，五官具有折角的影子，令这张永远温和的面容突然变得凌厉。

不能任由他们这样下去了。

她拿出手机，坚定地拨通了呼延云的电话号码。

第十章 亲历断死

> 律云：见血为伤，非手足者其余皆为他物，即兵不用刃，亦是。
>
> ——《洗冤录·卷之四（验他物及手足伤死）》

"下去！"

刚刚钻进出租车里坐定的蕾蓉一脸愕然。

"我说了，你给我下去！"司机连头也不回，两只细小的眼睛从后视镜里恶狠狠地瞪着她，"你不是那个说我们出租车司机都该死的法医吗？"他从档把间隙里拎出一张纸，竟是蕾蓉的照片复印件，"看见没有，本市出租车司机人手一张——爷们儿虽然想挣钱，但绝不挣你的臭钱！你给我滚下去！"

蕾蓉没时间解释，跳下了车，从挎包里取出一条米色纱巾围住半张脸，重新打了一辆车："师傅，去市第一医院，我有急事，麻烦您快一点！"

车子开动了。

没有驱赶，没有责骂，也许，这就够了。

蕾蓉把身子往座椅上一靠，一种异常的疲惫感像子弹一样击倒了她，她看着车窗外面那个渐渐黯淡下去的都市，想起了刚才给呼延云打的电话，本来她想把自己的困境跟他讲一讲，请他帮自己想想办法，谁知没说两句，就感到他的声音有气无力的，似乎遇到的麻烦比自己还大，便问："你怎么了？是不是出什么事了？"

"嗯。"呼延云犹豫了一下，苦涩地说："姥姥病危……"

"什么？"蕾蓉眼前一黑，深呼吸了几口才说，"你怎么不早一点告诉我啊？"

"你已经够难的了，我不想让你再分神。"

蕾蓉这才明白，这几天暗暗责怪呼延云没有关心自己，原来是一场误会："你在医院是吗？我现在就赶过去！"

……

人潮，车流，汹涌成一片浑浊的湍急，视线模糊起来了，记忆却像被雨水冲刷过的青石板，渐渐清晰……

"嚓嚓"。

一把不锈钢大勺子从削了皮的苹果上挖了一层苹果泥下来，轻轻地塞进了自己的嘴里。

吞下去，从舌尖到嗓子眼都是清爽的香甜。

"看咱们蓉蓉，最乖了。"一张慈祥得像烤面包似的圆脸蛋出现在眼前，笑眯眯地说，"再来一口好不好？"

那就是姥姥，没有血缘关系却抚养了她整个童年的姥姥。

蕾蓉从小就不知道自己的爸妈是谁，甚至于很长一段时间不知道每个人都应该有个爸妈。她只认识姥姥，还有那个长得很丑的、经常和自己抢东西吃的弟弟呼延云——现在他正扒着姥姥的膝盖，眼巴巴地看着她又挖了一勺苹果泥递给姐姐。

五岁的蕾蓉已经听过"恐龙让梨"的故事，觉得该轮到弟弟吃一口了，所以摇了摇头，但姥姥还是把苹果泥塞进了她的嘴里:"嘴要壮一点,才能不生病。"

呼延云"哇"的一声大哭起来,鼻涕比眼泪流得还长。

"这咋又哭了?"姥姥的河北农村口音像苹果一样敦实可亲,看着她稀疏的眉头无奈地皱起,蕾蓉有点想笑。

"你就给呼呼吃一口嘛。"坐在门口的藤椅上,一边喝着小酒一边拈着花生米往嘴里塞的姥爷说。

姥姥家位于万东路一栋非常非常破旧的老楼的一层,门口有一株遮天蔽日的大槐树,树冠向街道中心探出,像是一个弯下腰正在给孩子们讲故事的老爷爷。姥爷整天价坐在树下面听话匣子,童年的调频没有97.4兆赫和飞鱼秀,唯有侯宝林的《卖布头》和马连良的《空城计》翻来覆去地播着,但姥爷眯着眼睛摇头晃脑的样子,仿佛永远也听不厌。

"蓉蓉身体不好,就得给她多吃。"姥姥一边说一边拉着蕾蓉往外面走,"你看着呼呼,我带蓉蓉去一趟'核桃社'。"

"核桃社"里并不经常有核桃卖,这个奇怪的名字成了萦绕在蕾蓉心头的一个谜,多年以后,她才悟出"核桃社"也许就是"合作社"的意思——姥姥的口音造成了误解——其实就是街道里的国营小商店。

牵着姥姥温软的手,在洒满阳光的胡同里走着,是一件非常舒服的事。蕾蓉喜欢眯起眼睛看墙头的残砖、屋顶的碎瓦,还有在砖瓦上随风飘扬的衰草,她觉得那里面都藏满了故事,不然阳光照在上面怎么像浮着一层金色的胡须呢?

于是拉着姥姥的胳膊求她:"讲一个吧,讲一个吧……"

"好,那我就讲一个这蜡烛巷的故事吧。"姥姥裹过脚,后来虽然放开了,但胖乎乎的她走起路来还是一拐一拐的,所以讲出的故事也磕磕绊绊的。"从前啊,好早以前了,这蜡烛巷里住着个奶奶，姓李，也就是李奶奶……"

故事讲完了，蕾蓉什么也没记住，就记着"核桃社"的售货员把一个包着糖果的牛皮纸包递给姥姥了。

姥姥弯下腰，拿出一块黄油球递给她说："你先吃一块好不好？"

蕾蓉摇摇头："带回去跟呼呼一起吃。"

回到家，一看见牛皮纸包，呼延云两只小眼睛就放光，抢过去谁也不给，姥姥好说歹说也没有用，最后生气了："你姐姐想着你，你咋就不能谦让点儿？"

"她不是我姐姐！"呼延云突然喊了一句。

"她不是你姐姐是谁？"姥姥愈发生气。

"她是寄养在咱们家的，不是亲的——大家都这么说的。"呼延云的小嗓门凶恶而尖细。

姥姥抓起床上的笤帚疙瘩就是一顿暴揍，打得呼延云哇哇大哭。

蕾蓉呆呆地站在屋角的衣柜边，那是整座大房子里最阴暗的地方，她希望自己小小心灵里淌出的血滴，能不被人注意地流光……和邻居的孩子们一起玩儿的时候，她听他们无数次笑话她"寄养的、不是亲的"，他们嘴角弯刀似的古怪笑容常常令她受伤。她问过姥姥这是为什么，姥姥总是生气地说："别听那些坏孩子胡说八道！"今天，当呼延云说起这句话的时候，她确信那是真的——小孩子也许很多事情还不懂，但是对真假却有着惊人准确的判断力。

姥姥不是亲的，姥爷不是亲的，弟弟也不是亲的，也就是说：自己连残砖、碎瓦、衰草都不如，她没有凭依，她没有根……

从此，蕾蓉更加谦让，更加屈己从人，从来不主动伸手要什么、请求什么，相反当别人向她索取甚至抢掠的时候，她总是默默地忍受。

每当大人们夸她懂事时，姥姥——只有姥姥才能发现她双眸中淡淡的哀伤，那是为了不丧失最后一点尊严，而拒绝一切施舍的隐忍，这对一个只有五岁的、体弱多病的女孩而言不是太残忍了吗？于是经常出现这样的情境：蕾蓉和姥姥一起逛街时，只要朝好吃的、好玩的、漂亮衣服多看了两眼，第二天早晨，就会惊讶地发现这些东西就在枕头边放着。她听着姥姥在外屋踩着缝纫机踏板缝衣服的"哐哐"声，泪水无声地滑下面颊。

但是无论怎样，"不是亲的"这四个字对一个孩子心灵的杀伤力实在太大了，许多年过去，伤口竟没有愈合。

小学的"借读生"身份，让蕾蓉一直感到低人一等的自卑，活得像教室角落里的一只仓鼠。上初中以后，也许是正在发育的身体感受到了青春的气息，也许是病梅般的曲折迎来了叛逆的时期，总之蕾蓉不再像以前一样乖了，每天和学校里一群不三不四的小男生混在一起，被姥姥发现之后，好一顿训斥。姥姥没有上过学，文化水准只限于会写自己的名字，所以批评人也就那几句"你现在不学好，将来可怎么办"之类的，蕾蓉甩都不甩她，顶起嘴来那话跟小飞刀似的，经常把姥姥气得心口疼。

熬夜看言情小说、打电子游戏的唯一后果，就是学习成绩和视力一起，直线下降。姥姥觉得这样下去不是办法，就带她到附近的中医院去埋耳豆。

一位脸很长的老大夫眯着眼睛，用镊子把几颗中间粘着黑色小豆豆的白色胶布，一块块贴在蕾蓉的耳朵上，治疗就算完成了。蕾蓉感到十分惊讶，一边按照他教的，按摩贴着耳豆的穴位,一边好奇地问:"这真的能治近视吗?"

老大夫笑道:"这耳朵上啊,有好多好多穴位,埋耳豆就是把药豆贴在和疾病有关的穴位上,引导你每天按摩,就能慢慢把病治好了。"

"这么神啊。"蕾蓉还是不相信的样子。

"老祖宗神的东西多了,现在丢得没剩下几个了。"站在旁边的姥姥突然感慨起来,"过去在农村,哪儿有医生啊,有个头疼脑热的,家里的姑嫂们拿个锥子放点血,用艾灸烤一烤,至多请个游方郎中埋个羊肠线,可别说,好多病真就那么给治好了。"

"您老圣明。"老大夫笑着说,"这中医的妙处,那可真是说也说不尽啊!"

两个老辈儿人的絮叨,却得不到年轻一代的认同。第二天蕾蓉一进教室,就有那嘴上不积德的同学说:"你这时尚耳钉咋都是不透明的啊?"引得全班同学哄堂大笑。

"这是治疗近视的。"蕾蓉低声说道,仿佛做了什么天大的错事。

"治疗近视?去做激光手术啊,去买个治疗仪啊,哪儿能把膏药往耳朵上贴啊?"一个同学很不屑地说。

"我姥姥带我去中医院做的。"蕾蓉还在辩解,"还专门找了个老专家呢。"

"什么你姥姥啊,又不是亲的,叫那么热乎干啥?"邻座一个同院长大的同学瞥了她一眼,"说白了就是舍不得给你花钱嘛!"

蕾蓉狠狠地将耳朵上贴的胶布一张张撕下,疼得像把穿过耳垂的耳环拽掉似的……

这天放学后,她跟同学们到游戏厅刷夜,一直到第二天早晨才回家。一进门,平时懒懒散散、四平八稳的姥爷几乎是冲到了她面前:"你这一整夜去哪儿了?把你姥姥都要急疯了,满世界去找你,你知道不知道?!"

"打游戏嘛,有什么好紧张的……"她嘟囔道。

"打游戏也不能不回家啊!"姥爷气急败坏地说,突然又发现了什么:"你耳朵上贴的耳豆呢?怎么一个都不见了?"

"撕了。"蕾蓉冷冰冰地说。

"为什么要撕啊,那不是给你治近视用的吗?"

"治近视?治近视为什么不给我做手术、买治疗仪?"蕾蓉搬出同学的话来顶嘴,"不就是为了省那俩钱吗?至于吗你们?"

姥爷愣了一愣,生气地说:"你这孩子,说的什么话,你姥姥和我几时亏待过你了?"

蕾蓉心里一阵慌,她知道就算全世界所有人都亏待过自己,姥姥和姥爷可是从来没有的。但是少女的脾气就像被狠狠抽了一鞭子的马,一旦发作就会不顾一切地往前冲,不管悬崖有多远。她大吼道:"你们没亏待过我?那是我从来没跟你们伸手要过!从小我老实,我好孩子,我乖,你们就都来欺负我,反正又不是亲的——"

话还没有说完,她就看到了站在门口的姥姥。

她不知道姥姥已经回来了多久,但是从姥姥的目光中,她知道她听到了一切。

也许,就是在那一瞬间,蕾蓉发现,童年时看到的那块可爱的大面包,在时间的烘焙中,面包皮脆了、裂了,愈来愈多的皱纹使她显得那样的憔悴无力,甚至于在听到自己无理取闹的吵嚷时,也没有愤怒,没有委屈,只有一种垂垂老矣者面对年轻生命时必然的退缩,仿佛在祈求她的原谅……

蕾蓉看不下去了，夺门而出！

三天后，呼延云找到了离家出走的蕾蓉，把她带回了姥姥家。一进门，只见满屋子的亲戚，围着坐在正中间的一男一女两个陌生人。聊着什么。

屋子很阴暗，看不清任何人的面孔。

"蓉蓉，这是你爸爸妈妈，从苏州来接你回去的。"姥爷对她说，"东西都给你收拾好了，准备出发吧，火车可不等人啊。"

那种感觉，非常古怪，好像猛地被连根拔起，根须上连块土都抖落干净。这两个人——爸爸和妈妈，据亲戚们说童年和小学时代都曾经来看望过自己几次，但自己却一点点记忆都没有。难道是这些根本没有血缘关系的亲戚们把自己卖掉了？蕾蓉抓着呼延云的胳膊，低声地问："姥姥呢？我要找姥姥……"

呼延云摇了摇头："我不知道啊……"

这时，妈妈上前对蕾蓉说："咱们走吧，得赶火车呢。"

"不……我要找我姥姥。"不知道为什么，蕾蓉一下子就哭了。

有个亲戚过来要拉蕾蓉，呼延云一把打开他的手，挡在蕾蓉身前怒喝道："没听见吗？我姐姐说要见我姥姥，没见到之前，谁也别想把她带走！"

最后解困的还是姥爷，他的眼睛和国字脸膛一样红红的："蓉蓉啊，你姥姥这几天找你找不到，累着了，在医院打点滴呢，一时半会儿赶不回来，你先跟爸妈回苏州吧，将来有的是机会回来看她呢，好不好？"

"我不！"蕾蓉号啕大哭着，泪水像决口一样涌出。从小到大，她从来没有求过别人什么，现在求他们让自己见见姥姥，却没有人能满足她这个小小的愿望……她突然感到，从小扎在心口的那四个字——"不是亲的"，其实根本就是自己骗自己。她有亲人，姥姥就是她的亲人，在万东路，在大槐树下，在蜡烛巷的胡同里，那双温暖的手牵着她走过了多少洒满阳光的日子！

然而，现在，她要离开了，却不能对姥姥说一声谢谢……

把行李放进出租车的后备厢，和亲戚们挥手告别，爸爸和妈妈拉着她坐进车里。车开动了，转过街角，蕾蓉向窗外望去，那十几年来日日相伴的一幕幕景象难道就此诀别了吗：红门灰墙的德寿堂药店，儿时一生病，姥姥就背着她去那里抓药；新大祥百货商场，姥姥经常带她去里面买橡皮、转笔刀，商场里洋溢的竹席清香特别醉人；还有大川胡同，她和小伙伴们总在胡同口的两根电线杆下拴起皮筋踩一踩二，现在，那里空荡荡的，只有一个站着的姥姥……

姥姥！

没错，那是姥姥，她就那么站在胡同口，松树皮一样的脸上老泪纵横，她没法接受面对面的骨肉分别，所以一直等在这里，看自己即将远行的外孙女最后一眼。

蕾蓉的手指死死地抠住车窗，她至今都无法忘记自己从心窝窝里发出的哭泣，那种哭泣十分嘶哑，洇了血似的。有些离别和死亡根本没有什么两样，都是剜心剔骨，都是痛彻心扉……

空白。

回忆在刹那间出现了一个断档，那是因为眼前连续的街景被一处 Space 键似的空地隔断了，新大祥百货商场自从多年前被拆迁后，那片地就一直空着。出租车向南拐进万东路，姥姥家的屋子没有开灯，一片漆黑，老爷爷一样弯着腰的大槐树不知哪一年被拔掉了，树坑的位置用水泥填平。再往前是万东饭店、古都茶庄和中医院，其间穿插着几条深深的胡同，暮色渐深，宛如把它们一俱沉在海底，稀释成一片性状模糊且千疮百孔的沙堡……

又经过了几条街，市第一医院就在眼前了。

最近一次来这里，是几天前查看穆红勇的死亡现场，结果一无所获，只从一个清洁工的口中听说：穆红勇是被一个长着"煞白煞白的脸"的年轻人诅咒而死，自己追踪到地铁，目睹了一个孩子被聚众踩死的惨剧……那时她完全不知道姥姥已经住进这座医院，更不知道自己还未破解诅咒杀人之谜，就被撤职查办。

下了出租车，蕾蓉快步走进医院一楼的急诊大厅。灯火通明的大厅挤满了人，呻吟声呼唤声询问声责备声汇成一片，医生和护士不停地穿梭于病床之间，一会儿给这个量量体温，一会儿看看那个的输液还差多少，家属们一堆一堆围在病床周围，神情或者焦虑或者麻木，眼睛都一样的红色，不知是哭的还是熬的。

蕾蓉一眼就看见了姥姥，她躺在墙角的一张病床上，眼睛闭得紧紧的，胖脸蛋已经脱了相，腮帮子都往下陷，嘴角上的一颗痦子显得格外大。不知是痛楚还是感到无所凭依，她的一只皮包骨头的手从被子里伸出来，抓着床边一根铁栏杆。在她的身边簇拥着一大家子人，呼延云正在给她掖被角。

"呼延。"蕾蓉跑了过来，"姥姥怎么会病成这样？"

呼延云抬起头，娃娃脸上浮现出一丝苦笑，然后低声告诉她，上个月的一天，姥姥在阳台上浇花，不知怎么就滑倒了，然后总说腰疼，一开始大家没有当回事，后来发现她站都站不起来了，赶紧送到骨科医院，医生检查后说是腰骨裂了，建议打一针骨水泥，因为患者多，约的是上周治疗，结果还没等到治疗，姥姥突然就发高烧，昏迷不醒，市第一医院离家近，就送到这里，各种检查做了个遍，医院说是长期卧床，导致的吸入性肺炎……

近几年，蕾蓉由于工作忙的缘故，很少去姥姥家，很多在场的亲戚都不大认得了。她在呼延云身边坐下，把一大堆检查的单据和结果拿在手中一张一张仔细地看。看完后一声长叹："怎么不办个住院手续呢？老在这里待着算怎么回事，这里病人多，交叉感染不是会更麻烦吗？"

"都在这里住了三天了，其他病人住的时间更长呢。"呼延云说，"我们问过医院了，说是没有床位。我了解了一下，床位紧张是真的，但不是因为住院患者多，而是原来的住院处压缩了一半面积，改建成一个什么'健康更新中心'……对了姐姐，这几天你到底出了什么事？"

蕾蓉低声把整个事情的经过讲了一遍，等她讲完了，呼延云沉思良久，才慢慢地说："姐姐，你给出的线索太少，仅仅是一些片段，我不可能做出什么推理，但咱俩可以一起分析分析其中的疑点。"

蕾蓉点了点头。

"首先，是穆红勇之死，抛开那些故弄玄虚的'诅咒杀人'，这其实就是一场出租车司机因为劳累和争吵引发的心梗。坐在车里的乘客匆匆离去，也可以有合理的解释，比如他不喜欢和交警打交道，比如他急着上班……总之他不想牵涉进一桩不明不白的命案中。"

蕾蓉点了点头。

"不过，如果地铁里孩子被踩死的事，真的是同一个长着'煞白脸'的青年所为，那么，这个事件和上一个事件相比，最显著的特点是——升级。"

"升级？"

"对。"呼延云说，"穆红勇事件中，'煞白脸'只是诅咒了一句'我看你活不过今天早晨'，而在地铁事件中，他不仅对时间，而且对死亡方式有了准确的预测,更重要的是,这回的预测居然是通过一问一答的方式进行的,更像是师徒授课,煞白脸说的那句'我不会你们那专业词汇',尤为惊心,预测死亡的人居然是一个群体,居然还有专业词汇——"

看着蕾蓉惨白的脸色,呼延云不敢再继续这个话题了:"接下来,我分析一下第二个事件群,就是左手等媒体对你的发难、在日本料理店外遭到袭击、马笑中打伤的人被杀,以及你现在遭到停职审查。我把这几件事说成是一个'群',因为它们的目的相同,就是在公众中塑造你的负面形象,在警队内部打击你的威望,简单一句话——多角度、多层次地彻底摧毁你的意义。"

"假如我们剥夺了你的全部意义呢?"

谢警官的话再一次回响于耳际,蕾蓉怔了片刻道:"他们为什么要这么做?"

"表面上看,是他们不希望你继续执掌法医研究中心,但一场权利斗争犯不着这么大张旗鼓,所以我认为,他们是根本不允许你再在法医界立足。"呼延云说。

"为什么?我还是不懂他们为什么要这样做!"蕾蓉的情绪有些小小的波动。

就在这时,一直沉睡的姥姥突然睁开了眼皮,抓在床栏上的手摸索着:"蓉蓉……是蓉蓉吗?"

蕾蓉连忙抓住姥姥的手,她感到姥姥的掌心一片冰凉:"姥姥是我,我看您来了,这几天工作忙,一直没顾得上过来。"

姥姥的嘴唇颤抖着,很久才说出这么一句话:"咱不受人欺负,记住没?"

"哎!"蕾蓉应了一声,鼻子一阵发酸。她知道刚才和呼延云的对话,老人家多多少少听见了一点,所以替自己担心着呢。

呼延云用手指拢了拢姥姥蓬乱的头发:"姥姥,您好好歇着,我和蓉蓉在这里守着您呢。"

姥姥看了看这两个自己一手带大的孩子,闭上了眼睛。

"这样不行,还是得给姥姥找个正经的病房住下。"蕾蓉边说边拿出手机搜索联系人名单,很久才找到一个老同学的电话。打过去讲了半天,挂掉后对呼延云说:"她是这家医院院办的,答应帮忙,挤出个床位来,我把你的手机号给她了,回头她会跟你联系。"

呼延云点了点头,为了怕姥姥听见担心,把蕾蓉拉到一边说:"接着刚才的话题。关于整个事件的幕后黑手是谁,以及他们为什么要这样做,现在我还分析不出来,不过既然你已经被停职了,也许暂时可以告一段落了——不过我最担心的,是第三个事件群……"

"第三个事件群?"蕾蓉说,"你是指连续给我快递人骨那件事?"

"嗯。"呼延云的面色十分凝重,"这件事,你有没有想过其本质是什么?"

蕾蓉说:"那个送出快递的人用这种方法告诉我,他已经连续杀害了两个人。"

"不是的,姐姐——并不是每块人骨的后面都有一个受害者。"

陡然间,蕾蓉睁大了眼睛。

每一次收到骨头,所有人——包括她、刘思缈和郭小芬在内,都认为又有一个人遇害了,因为每根骨头代表着生命的一截,生命终止方能剔肉出骨,但是呼延云这一句话让她有醍醐灌顶之感。"你是说,事实上并没有人真的遇害,某个人只是在跟我做一场惊悚游戏？比如第一块头骨和第二根尺骨都是从医学院校的解剖用尸上截下来，处理之后快递给我的？"

呼延云沉默片刻道："还不好说……即便真的是这样，你也不可以掉以轻心，我刚才的话被你打断了——我最担心的，是第三个事件群和第二个事件群合二为一，也就是说，快递人骨的家伙就是让你被停职的幕后黑手，那么你的处境将相当困难和危险。"

"因为他们真的杀了一个人，对吗？"蕾蓉指的是马笑中打伤的人被杀，"但那也有可能是针对马笑中而不是针对我的啊……"

"那天晚上，老马的到场是一个偶发事件，他是被郭小芬叫过去的，如果没有这个偶发事件，那么结果会是什么？"

蕾蓉打了个寒战，如果那天老马没有出现，那么她和郭小芬一定会被袭击者用铁棍打死。

"明摆着，事情从一开始就是针对你的，有人收买了那个伏击者杀害你，而马笑中的出现打乱了他们的计划，但那个幕后黑手不甘心，干脆用砖头将伏击者打死，嫁祸给你们。"呼延云说，"仔细分析一下，不难发现，迄今为止，这个幕后黑手对付你的方法可以归为两类，一种是嫁祸，一种是攻击。日本料理店遭到袭击，可以算是攻击，而其他的种种，媒体发难也好、把马笑中打伤的人砸死也好，都可以归为嫁祸。所以，假如快递人骨也是这个链条的一部分，我认为最大的可能是——嫁祸给你。"

"嫁祸，怎么嫁祸？难不成说我杀了人再把骨头快递给我自己？"蕾蓉十分困惑。

呼延云看了她一眼，没有说话。

蕾蓉思索了片刻道："你这一番分析，我倒是知道下一步该怎么办了。我打算先去调取公路和地铁的监控视频,查找到穆红勇出事那天的出车行程,以及那两个人到底是在哪一站下的地铁。另外就是打电话给本市的各个医学院校,看看有没有解剖后的尸体遭到偷窃——"

"不行!"

呼延云突然大声说了一句,一个拿着输液瓶的护士刚巧走过,吓了一跳,差点儿把瓶子摔在地上。

蕾蓉连忙把他拽出急诊大厅,来到医院的大门外面。

"呼延,你怎么了?"蕾蓉轻声问道。

"没啥,我只是有些烦躁。最近这几天,姥姥的病让我心烦意乱,毕竟她年事已高,要是就这么去了……唉,我一想起自己二十多岁的人了,没个固定工作,社会闲散人员一枚,一天到晚的混来混去,除了让她老人家操心,一事无成,就觉得特别难过。"呼延云说。

蕾蓉安慰他道:"别这么说自己,你至少有脑子。"

呼延云瞪了她一眼:"骂我呢?"

"我说的是真心话。"蕾蓉叹了口气,"你知道吗?现在全市出租车司机人手一张我的照片,见到我就拒载。从什么时候开始,大家变得这么狂躁不安,毫无理性,很轻易就相信一些彻头彻尾的谎言和谣言了呢?"

呼延云叹了口气:"先不说这些了。刚才我之所以大声制止你要开展调查的行为,是出于一种直觉。你不觉得吗?迄今发生的所有事情,都是一个模式:人家甩饵,你上钩。左手这么干,胡佳这么干,如果那几块骨头真的是要嫁祸于你,那毫无疑问也是诱饵……姐姐,接下来的日子,恐怕每一步都是斗智。这种复杂的局面下,一动不如一静,你回家把门一锁,手机一关,天塌下来有楼上的顶着，等一阵子也许真相自然而然就浮出水面了。否则你非要沿着诱饵去追根溯源，保不齐什么时候又上了人家的钩。"

蕾蓉向四周看了看，见左右无人，用低得不能再低的声音说："呼延，地铁里的孩子被踩死之前，那两个人的对话，让我想起中学时——"

"姐姐！"呼延云打断了她的话，"那只是巧合，都过去了！"

"我也希望是巧合……"蕾蓉长叹一声。

呼延云有些不忍："总而言之，你最近宜静不宜动，遇事能推就推，能躲则躲，乖乖地当几天蜗牛。我这一阵子得照顾姥姥，等她的病情好一点了，我再集中精力把害你的那个混账王八蛋揪出来！"

"那么，马笑中怎么办？"蕾蓉说，"我很担心他。"

呼延云一笑："姐姐，马笑中是何许人也，全宇宙头号刺儿头，他要真急了眼，犯起浑来，紫禁城也能撞塌一个角。你就把心放在肚子里。对老马的案子，思缈不会袖手旁观，肯定要复勘犯罪现场。再说了，实在不行还有我呢。"

最后一句，算是给蕾蓉吃了定心丸，她看了看表说："时间不早了，我先回家了——你好好照顾姥姥。"说完就向急诊大厅外面走去。

心潮起伏，思绪万千，游走的步伐难免纷乱，忽然见到前面半开着一扇小门，里面发出隐隐的绿光，十分瘆人，连露出墙头的松枝也染得鬼魅颜色，心中便是一惊。记起上小学时，因为肚子疼，姥姥带她来这里看病，看完之后却迷了路，在医院里绕来绕去，突然她看到一扇小门，牵着姥姥要往外走，姥姥一把拉住她说，这小门走不得，面朝西南，在奇门遁甲中属于死门，旁边就是太平间，除了死人、家属和工作人员之外，从这个门往外走会伤元阳的……

没有什么文化的姥姥讲了这么一通很有文化的话，所以蕾蓉记得极牢，如今想起，这小门莫不就是"死门"吗？

四下里寂静无人，黑得像旷野中的一段墓道。蕾蓉不由得一阵心慌，加快了脚步，却觉得身后有人在跟踪自己，便走快了一些，谁知身后的脚步声也加快了，而且在一步步逼近，她很想回头，却又不敢，正慌张时，平白起了一阵旋风裹住她的脚踝，她低头一看，竟发现一个绿色的影子已经从后面叠住了自己的影子！

她咬了咬牙，猛地转过身。

不由得一愣，身后没有任何人，倒是一辆奥迪A8缓缓地停在了身旁的道路上，车窗"刷"的一声摇下，露出了王雪芽惊喜的脸庞。

"蓉蓉，我看着背影像你，没想到真的是你！"

蕾蓉的精神原本高度紧张，这时见了旧友，顿时松弛下来。"你怎么在这里啊？"

王雪芽指了指市第一医院说："公司准备和这所医院开展'健康更新工程'的合作项目，明天就要召开新闻发布会了，我来落实一下有关事宜。"

"健康更新"这四个字让蕾蓉想起，姥姥住不进病房似乎就与此相关，心中有些不快。王雪芽见她手中还提着一个蛮大的提兜，便说："我送你回家吧，这附近不好打车，你拿着东西坐公交也不大方便。"

蕾蓉想起刚才身后的脚步声，心有余悸，便默默地拉开车门，坐到了后排。

王雪芽把车开动了,不知有意无意,一曲赵咏华的《旧爱》忽然从车内音响中袅袅地飘扬了出来,声音深沉而哀怨:

> 我专心的想你,
> 从认识那天想起。
> 想你最喜欢的颜色,
> 最喜欢的衣服。
> 想你快乐时的表情,
> 忧伤时的眼睛。
> 记得都是一些,
> 微不足道的小秘密。
> 不像是别人谈的,
> 一场轰轰烈烈的爱情。

车子在昏暗的街道上缓缓行驶,仿佛在沿着音符寻找一条迷失很久的路。

"蓉蓉。"王雪芽突然说话了,"我看报纸上写的,你不再在那个法医中心任职了,是真的吗?"

蕾蓉"嗯"了一声。

"太好了。"王雪芽说完这话,怕她误会,连忙补充道,"我的意思是说,我们公司过去的工作重点主要在上海,今年把我调过来,就是准备开拓这边的市场,现在我每天忙得晕头转向,需要一位优秀的助手,你愿不愿意来帮帮我的忙?年薪你开个数,我绝不还价。"

蕾蓉一笑:"你们公司是保障活人健康的,要我这个法医有什么用。"

"这你就不懂了吧,你说为什么有人要找我们公司?归根结底还不是因为两个字——'怕死'!可是要论及死法,那可多了去了。我们能尽量推迟他病死或者老死的时间,可是有一点是不属于我们业务范畴以内的,那就是他被人杀死。"

这话让蕾蓉不由得一愣。

王雪芽笑道:"屁股底下坐着一堆人民币,那就跟坐在一排喂了剧毒的尖刀上差不多。最盼着他们早死的,说出来都让人悲哀,就是他们的直系亲属,因为他们死了,那遗产才有的分啊!所以如果我们公司聘请到你做顾问,他们就会觉得安全感多了一层保证,因为身边那些有非分之想的家伙,不敢下毒,不敢伪造'自杀'的案子,这些伎俩统统逃不过你的法眼——你说你对我们有没有用?"

蕾蓉沉默不语。

"你再好好想想,我可是真心邀请你的。"王雪芽道,"对了,我们公司明天在大德酒店召开与市第一医院进行战略合作的记者招待会,你也来吧,了解一下我们公司的战略构想和发展方向。"

蕾蓉还是没有说话。

到家门口了,蕾蓉要下车时才发现王雪芽的右臂一直是半架在方向盘上,想起今天上午他为救自己勇挡钢筋,不禁问道:"你伤得很重吗?"

"没大事,为了救你,这条命豁出去都值。"王雪芽笑道,"明天我在会场等你,一定要来哦!"

第二天上午十点,蕾蓉来到了大德酒店,记者招待会在二层的萃华厅举行。她在厅门口正遇上王雪芽。王雪芽请她随便坐,便忙着和几位嘉宾寒暄去了。

蕾蓉穿过大厅内密密麻麻的人群，在中间部分找了个位置坐下。望着写有"逐高公司与市第一医院战略合作签约仪式"字样的背景板，一种无聊感涌上心头，就拿出手机来看微信……磨蹭了足足有半个小时，《星球大战》的主题曲在会场里轰然响起，大厅内猛地暗了下来，聚光灯齐刷刷地照在主席台上，坐在蕾蓉身边的一个男人大声咳嗽着，像被骤然亮起的光芒呛了喉咙似的。

主持人走上了台——居然就是王雪芽。蕾蓉第一次发现，当老同学西装革履地走在聚光灯下时，还是蛮帅的。

"请到场的嘉宾落座，请到场的嘉宾落座。"王雪芽说了两三遍，蕾蓉才听见身后蜂聚般的嗡嗡声渐渐平息了下来。然后，王雪芽开始致开场词，那些包装盒一样的套话她并没有在意，倒是有几句话引起了她的注意——

"就像生物链的最高端往往都是濒危动物一样，高端人群在夜以继日的操劳中，往往想不到、来不及关注和保障自己的健康，于是相当一部分人过早地倒在了前进的路上，不仅是重大损失，更令人扼腕叹息。今天，我们与市第一医院开展战略合作，就是要彻底终结这种现象！"

接下来，王雪芽开始逐个介绍到场嘉宾，每点到一位的名字，就有某个坐在嘉宾席的人物站起来，半扭个屁股向后排的人们挥手致意。当王雪芽念到"逐高公司总裁钱承先生"时，坐在她身边的那个刚才咳嗽的人竟站起了身，当聚光灯像套圈一样打到他身上的一瞬间，蕾蓉看出这是个五十岁左右的人，脸膛红红的，高高的颧骨和细小的眼睛给人一种刻薄的感觉，他神情很不耐烦，甚至有点痛苦，似乎觉得自己被介绍是受到了侮辱，只点了点头就坐下了。

也许是他没有坐在嘉宾席，也许是他毫不掩饰对这个隆重仪式的厌恶，蕾蓉竟对他产生了一点点好感。

然而对他的折磨还没有结束，刚刚介绍完嘉宾，王雪芽就宣布："有请钱承总裁上台致辞！"

一片掌声像开场的锣鼓，催促着演员必须走上舞台。

钱承慢慢地站了起来，佝偻着背脊，一步一步向主席台走去，走得有点摇摆，像喝多了酒的醉鬼似的。

蕾蓉感到有些诧异，就在这时，她听见身后传来两个人极其低切的对话声，一个声音沙哑，一个声音年轻。

"时间？"

"一分钟以内。"

"地点？"

"主席台。"

"方式？"

"心梗！"

"这么肯定？"

"嗯！"

"凭据？"

"你给我的书。"

"五官？"

"面红耳赤瞳孔睁，舌苔焦黑冷汗生。"

"毛发？"

"皮肤瘙痒毛发脱，颈有圆斑色青铜。"

"躯干？"

"胸口憋闷似炙烤，背脊内佝如弯弓。"

"肢体？"

"腿脚抽搐手无力,四肢末梢俱湿冷。"

"行式?"

"喜躺喜坐不喜动,气促气短语不灵。"

"情境?"

"情急事躁肝火旺,嗜烟酗酒房事猛。"

"断死!"

"一步三摇如大醉,勉力一挣立毙命!"

有如刀尖抵在心口,你却动弹不得,任由它一点点刺入肌肤,最后一刀极狠也极猛,直插进心脏!

蕾蓉听得心惊肉跳,通过声音,她百分之百地确认,对话的正是地铁里预判婴儿被乱脚踩死的二人,她咬紧牙关,猛地回过头,不禁毛骨悚然:身后的两个座位空空如也,根本无人!

到底是怎么回事?!

蕾蓉的头脑一片混沌,她正在茫然不知所措的时候,更加可怖的一幕发生了——

已经走上主席台的钱承,刚刚转过身,面对台下的来宾,脸上的肌肉就剧烈抽搐起来,他的五官扭曲着,像皮下游走着几十条毒蛇!唯有一双眼睛瞪得要爆裂一样,张开的嘴巴使劲往外呕吐着什么,半截血红的舌头伸出老长,仿佛被一支无形的铁钳夹住往外拔似的!

大约三秒。

他佝偻的背脊像断了弦的弓一样猛地往上一挣,全身在瞬间挺成了笔直的一块,直挺挺地向台下栽去!

"砰"!

仿佛砍倒了一棵大树。

会场里一片死寂,所有的人都被眼前的一幕惊得目瞪口呆。

第一个反应过来的是王雪芽,他跳下主席台大喊:"钱总你怎么了?"一大堆服务员和保安人员也潮水似的涌了上来,顷刻间就将倒在地上的钱承围成了水泄不通的一个圈子。

然而他们所有人都慢了一步。

在圈子合拢前,冲上来的蕾蓉已经蹲在了钱承的身体前,她摸了摸钱承的颈动脉,扒开他的眼皮看了看双侧瞳孔,接下来将右耳贴在他的胸口听了听心音。

"蓉蓉,你看看采取什么急救措施啊?"王雪芽焦急地说。

"不用了。"蕾蓉摇了摇头,"他已经死了。"

第十一章 一句谎言

　　万一致命伤处不明，痕损不同，如以药死作病死之类，不可概举……

　　　　　　　　　　　——《洗冤录·卷之二（复检）》

　　段石碑和黄静风匆匆走出大德酒店的大门，扑面是黄澄澄的一个城市。正是沙尘弥漫之日，冲鼻一股浓浓的土腥味儿，仿佛黄土埋过了头顶似的。

　　然而段石碑使劲吸了两下鼻子之后，却说："有点腥，有点苦，还有一点点甜……这是死亡的气息，就像雨后的大地！"

　　黄静风昂起头，望着头顶的太阳，仰天大笑起来："好啊！好啊！"笑声像一只归巢的老鸹，惨白的脸孔因狂喜而变得狰狞，裂开了无数的口子似的。

　　"看得出，你很开心。"段石碑说。

　　"我开心，开心极了！"黄静风说，"那个贩卖人体器官的奸商钱承，居然被我诅咒死了，哈哈哈哈！"

　　"诅咒也是武器，甚至是最最可怕的武器！"段石碑眯起的眼睛里放射出冰冷的光芒。

　　"我只是感到解气、解恨！"黄静风说，"你知道像我这样的人，从生下来到现在受过多少的欺负吗？小时候，村长儿子放狗咬我我都不敢躲，上学时，有钱的同学诬陷我偷东西我一声都不吭，找工作那面试官看我的目光还不如看一个乞丐……只要身在底层，那他妈的你连晒太阳的资格都没有！所以我租了地下室，所以我找了份见不得活人的工作，可是结果呢，那些人一道命令，我差点无家可归。都是人，都活在这个世界上，凭什么他们就可以高高在上，凭什么他们就可以任意地欺凌别人，还不会受到任何惩罚？！现在好了！现在好了！就像你给我讲过的那个李虚中的故事一样，我早晚要站在他们面前，一个个地说出他们死亡的时间，让他们活剩下的每一天都在倒数自己的死期，吓也吓破他们的胆子！"

在漫天的黄沙中，黄静风就像一个快要瓦解的陶土罐子，身体因为狂笑而不住地颤抖。不知过了多久，他忽然安静了下来，双眼眺望着阴沉沉的天空，不知道在想什么，过了半天才说："师父，我又见到那个女人了！"

"谁？"段石碑问。

"一个名叫蕾蓉的女人。"黄静风声音低沉地说，"我恨她，我早晚要宰了她！"

"为什么？"段石碑很惊讶。

黄静风沉默不语，段石碑拍拍他的背脊："咱们边走边说。"

黄静风慢慢地把自己大学毕业后返乡，全家遇难身亡的经历讲了一遍："我女朋友高霞，是个非常非常好的女孩，她和我一起背井离乡，来到这里，租了那个地下室，想和我好好过日子。刚来那几个月，我精神失常，什么都做不了，她就打着两份工养我。我抽烟，她买给我，我借酒消愁，她也买给我，我哪里知道，就为了满足我这俩麻醉药的嗜好，她是把自己的午饭钱省下来啊！等我好一点了，她跟我说：家乡有句话，一棵苗也能种田,只要你还没死,你那家就算还在,回头等我怀上了,给你生个娃,咱们家不是就活下去了么……"

说到这里,黄静风使劲擦了一把眼睛,接着说:"上上个月,一个周末,高霞上街买菜,一辆奔驰车突然开上人行道,撞在她身上,把她卷到车轮底下,死了,可是警察告诉我,奔驰车车主不承担主要责任,因为车只是'碰'到了她,只擦破了她一点皮,高霞是死于惊吓导致的心脏病突发,我眼睛红了,说你们不能这么向着有钱人啊!他们说尸检报告是一个叫蕾蓉的法医做的,她在国内是权威,根本没人能推翻——我当时就断定她肯定是收了那奔驰车主的黑钱!这几天你看报纸了吗?有个叫穆红勇的出租车司机因为劳资纠纷,被活活气死,结果那个蕾蓉也诊断是心梗,我倒真想把她的心挖出来,看看是红的还是黑的!"

"蕾蓉,蕾蓉……"段石碑低头念叨着这个名字,"你说的莫非是开办法医研究中心的那个蕾蓉?"

"对!就是她!"黄静风咬牙切齿地说,"昨天晚上我到医院上班,太平间不是要从医院西南角的那个小门进吗?我在那里突然发现了蕾蓉,一个人,还提着一大兜东西,我把别在腰里的一把刀拔了出来跟在她后面,准备到了没人的地方给她一刀,谁知突然开了辆奥迪车来,把她接走了——不过她躲得过初一躲不过十五,我早晚要了她的命!"

他们刚好走到一处石廊旁边,段石碑看连接柱子的长椅上都是浮土,便吹了吹,拉着黄静风坐下,听他的气喘均匀了些,才慢慢地说:"静风啊,你今天叫我一声师父,我很感动,你是我这么多年来正式收的第一个弟子,有些话,还是早点儿跟你说的好,中听不中听的,为师是一片真诚,你尽量体味。"

黄静风看着他那藏在一蓬大胡子里的脸孔,捉摸不透他要说什么。

"你刚才提到蕾蓉,我便问问你,你可知道中国推理界有所谓'四大'之说?"

"听说过,但是具体名字大多叫不上来,只知道有个'名茗馆',好像很厉害,因为我有时候买几本推理杂志,看见每次搞推理大奖赛什么的,都要请他们来做评委。"

"名茗馆么,那是警官大学的一个学生社团,确实非常厉害,不过——"段石碑伸出一根小手指头,"他们在'四大'里只能算是这个,垫底的。剩下的三家:课一组就不必说了,那是公安部直辖的大案侦缉组;九十九么,跟他们待那地方一样,雾都重庆,神神秘秘,云里雾里的看不清楚,只知道他们专攻不可能犯罪;还有一个就是溪香舍,那是江南推理精英创办的社团,其历史可以追溯到二十世纪二三十年代,以'灵动如蝉翼、细腻如烟雨'的'会诊式推理'而闻名,势力之庞大、影响之深远,长江以南,除了四川一域,莫不唯其马首是瞻!这么说吧,就算台湾省刑事警察局,简称CIB的,他们判定的案子,溪香舍一纸质疑的传真发过去,他们也要重新勘查。"

"啊?"黄静风惊讶地张大了嘴巴。

"厉害吧,而溪香舍上一任的舍主,就是蕾蓉。所以,除非你想豁出命去和她拼了,否则真的不要杀她,那样等于是和溪香舍为敌,根本逃不掉的。"段石碑说,"撞死你女朋友的那个奔驰车主,咱们找时间断死他就是了,何必和一个女法医过不去?"

"不行!"黄静风的神色刹那间阴沉下来,"师父,你何必怕她……你又怎么会这样了解溪香舍?"

"上次,你让我把断死师的历史故事讲完,当时要抓紧时间实习断死师的基础技术,所以我没有讲,今天倒是个好时候。"

段石碑长长地出了一口气，然后慢慢地说，"我跟你讲过，民国著名的断死师张其锽去世之前，曾经立下遗嘱，今后招收徒弟，千万不能招和警察相关的人，否则这个人一定会成为我们断死师的劫数……谁也不知道他为什么做出这个推断，但是后来证明，这个推断非常的精准，精准到令所有的断死师都毛骨悚然。"

段石碑道："张其锽死后的当年，即一九二七年，位于上海市爱文路七十七号的断死师总部来了一大帮警察，以'封建迷信、妖言惑众'的名义将其查封，一干人等只能流落街头，以卜卦算命度日。转年过去，有人怀旧去那里一看，发现早已有人入住，再一看新主人的面孔，不由得怒上心头，他正是当初被逐出师门的一个小徒！

"那是往前十五年的事，那时张其锽在苏州开设一馆，专门招收天下有志于承续断死奇术的青年为徒弟。有一日，一个身高五尺九寸的魁梧少年上门叩访，张其锽看他面貌长方，高鼻梁，宽额头，两只深黑色的眼睛炯炯有光，十分喜爱，便问他家世履历，他说他姓霍，本是安徽怀宁人士，父亲亦商亦农，父母都仙逝后，他就搬到苏州来投奔在东吴附中教书的朋友，闲极无聊，想学点东西，因此来拜师。张其锽和他聊了几句，发现他天资非凡，便欣然将他收下，并经常带他到葑门附近的城墙上散步，远瞻灵岩天平的秀美山光，近赏绕城葑溪上的帆影点点，在这如画的景致中传授他断死秘诀，霍姓少年的过耳不忘令张其锽十分高兴，以为找到了自己真正的传人。"段石碑长叹了一声："唉！谁知道仅仅半年以后，张其锽便发现了这少年居心不良，将他逐出师门！十五年后的今天，这少年已长大成人，竟勾结警察想要灭绝断死师这一职业，你说可恨不可恨？！"

黄静风琢磨了片刻，觉得不大对头："师父，我咋觉得您的话虎头蛇尾，那少年怎么居心不良了，您没有讲啊？"

段石碑支吾了两声，还是把黄静风的问题囫囵了过去："断死师们咽不下这口恶气，聚集在一起，向上海市警察总厅状告姓霍的非法侵占私产，要讨回爱文路七十七号的房子。谁知警察总厅当即把他们全部拘押了起来，晓事的再一仔细打听，才知道姓霍的已经成为一位大名鼎鼎的侦探，而且充任警察总厅的高级顾问一职，根本就是蛇鼠一窝，断死师们怎么可能有赢的机会？于是，大家只能用事实来说话了。恰巧在这时发生了震惊上海滩的'催命符'一案——"

"等一下！"黄静风打断了他，搔着后脑勺想了想道，"上海、大侦探、警察总厅顾问、催命符、姓霍——天啊，你说的莫非是霍桑先生？！"

"他不值得你叫先生。"段石碑冷冷地盯了他一眼道，"他只是一个借用自己那点小聪明巧取豪夺的无耻小人！"

黄静风有点尴尬地说："师父您别生气，我上大学那会儿读过群众出版社的《霍桑探案集》，那是我们学校图书馆借阅量最大的一套书，翻得稀烂，是霍桑的好朋友包朗给他写得对不对？您一说'催命符'我就想起来了，原来那篇故事写的是断死师和霍桑的一场决斗啊，只是时间太久，我记不起来后面的情节了……"

"无聊的事情最好不要记。总之我要告诉你，正是霍桑，偷偷学习了断死奇术，而又用这一方法对付断死师，让流传了上千年的国粹几乎失传！他后来组建的溪香舍，依旧对断死师剿杀不断！"他昂起头，逼视天空的目光恨恨然，"鸡窝里不小心孵了一只鹰蛋，一旦发现，就应该早一点打碎，绝对不能心慈手软，否则必成大患！"

黄静风听了这许多，只觉得是买了一个很大的豆包，然而直到最后一口都没有吃到豆馅，他断定段石碑是藏起了什么不肯讲，然而又不好逼他讲出，于是把话题岔开道："师父，刚才出了饭店，你为什么又把那句话说了一遍啊？"

"哪句话？"

"有点腥，有点苦，还有一点点甜……这是死亡的气息，就像雨后的大地！"黄静风说，"我第一次在太平间见到你的时候，你就和我说过这句话，那天在地铁里断定那个小孩要被踩死，出来后您又说了这句话，今天断死成功，您也说了这句话，可是今天天气不好，土腥味很重，一点点甜好像是没有的。"

"哈哈哈哈！"段石碑大笑起来。笑声停下的一刻，他压低了嗓音说："这句话是断死师之间识别身份的暗语——死亡是血腥的，是苦涩的，然而对于大多数活着的人来说，这世界上少了一个人争抢土地阳光石油总是件好事，甚至死者的亲属，也未必就不会庆幸，所以有一点点甜的感觉。"

"那么，为什么说死亡的气息就像雨后的大地呢？"黄静风还是不大懂。

段石碑刚要回答，眯起眼睛想了想，又微笑道："这个，留给你自己去体味吧，悟透了这句话，你就是一个真正的断死师了……今天跟你说了这么多，主要的意思就是劝你不要去惹那个蕾蓉，君子报仇，十年不晚。"

"好，师父，我听你的。"黄静风望着远处大德酒店顶层的欧式长窗，恶狠狠地说，"我就让她多活几天！"

此时此刻，大德酒店的萃华厅已经乱成了一锅粥：与会嘉宾、看热闹的闲人，以及拿着长枪短炮的各路媒体记者，被警察堵在厅门口，可他们还是像涨潮一样往里面涌着。市刑侦总队一处二科科长林凤冲在接到报案的第一时间就赶到这里，带着一干手下正在做现场勘查，蕾蓉则蹲在钱承的尸体旁边进行现场尸检。

刚才林凤冲刚刚走进萃华厅时，一见蕾蓉，眼睛一亮，走上来高兴地说："蕾主任，您在这儿，那可太好了！帮我们做一下尸检吧。"

旁边一个副手拽了一下林凤冲的衣袖，低声说："局里已经发通知了，她停职审查呢……"

"放屁！"林凤冲不屑地说，然后对蕾蓉做了个"请"的手势。

蕾蓉点点头，立刻套上白大褂，戴上乳胶手套，开始进行尸体外表检查，旁边一个刑技人员拿着相机咔嚓咔嚓地拍照。过了一会儿，林凤冲在她的身边蹲下，低声道："据您看，钱承是死于什么原因？这是个大人物，处理不好又是一堆麻烦。"

蕾蓉皱着眉头说："他倒下时我在现场，很像是心梗发作，目检我没有发现尸体上有任何创口，必须要解剖后才能找到死因。"

正在这时，身后突然传来一声呵斥："谁让你碰尸体的？！"

林凤冲和蕾蓉一回头，见刘晓红正叉着腰，圆规一样兀立着，脸拉得老长。

林凤冲站了起来："我让蕾主任做尸检的，你有啥意见？"

"当然有！"刘晓红说，"难道你没接到局里通知？蕾蓉已经被停职审查了！"

林凤冲刚要说话，蕾蓉拉了他一下，淡淡一笑道："我确实越俎代庖了。晓红你做尸检的过程中，遇到什么困难或问题，随时和我电话联系。"说完慢慢地走出了萃华厅。

望着蕾蓉的背影,林凤冲心中一阵酸楚,旁边的刘晓红却冷言冷语道:"拍马屁也要趁马腿还没断的时候吧?"

一个下属匆匆走了过来:"林队,有个很重要的情况……"然后压在他耳朵边说了几句,刘晓红竖直了耳朵也没听清半个字,却见林凤冲脸色突然变得很难看,然后和那个下属匆匆走进了大厅东侧的贵宾室。

贵宾室里,几位警察正分别为一个西装革履的中年绅士、一个记者和一个穿着马甲的摄像师做笔录,林凤冲站在旁边听了一会儿,越听眼神越发直。

等笔录做完了,汇总到他这里,他只大致扫了一遍,就自言自语了一句:"这怎么可能?在钱承心梗发作之前,他们同时听到有人预测他马上要死?"

一个下属说:"是啊,我们也都很纳闷,起先这仨人分别找我们反映情况时,我们还以为是串通好的恶作剧,可一查他们的身份,都是有头有脸的人,而且不存在勾结的可能,做笔录时也是分开做的,除了一些细节之外,其他的基本情况——比如预测者是两个人、你问我答说了一首奇怪的诗词什么的,都高度一致,看来是真的。不过对于那俩预测者的相貌、年龄、性别、坐的位置,由于现场很乱,光线太暗,三个人的说法不一,只说那两人大约坐在钱承的附近。"

"我不相信什么死亡预测!"林凤冲咬咬牙说,"如果那两人真的预测准了,只有一个解释——钱承就是他们俩害死的!"

"嗯,我也是这么认为的。"那个下属道,"找到会场上拍摄的录像就妥了。"

说得容易,办起来却难。把场务叫过来一问,林凤冲和下属都傻了眼，因为钱承的古怪脾气，他从一开始就坐在普通位置上，没有坐到贵宾席，所以打在贵宾席的聚光灯并没有照到他，摄像机里自然也没有他的影像，这却如何是好？

正发愁间，担任主持人的王雪芽灵机一动道："我介绍嘉宾的时候，聚光灯曾经短暂地照在他身上，应该能拍到坐在他周围的人究竟是谁。"

录像资料立即被调取了过来。

将一切无关人等隔绝在贵宾室外面——包括王雪芽。林凤冲和几位警官开始查看录像资料，刘晓红也硬闯了进来，考虑到她是本案的法医，林凤冲也就没有驱赶她。

视频从王雪芽登上主席台开始，一路下来，致开场词，介绍出场嘉宾，当王雪芽念到"逐高公司总裁钱承先生"时，聚光灯的光圈立刻向后面一扫，在套住钱承的同时，也照到了坐在他身边的那个人——

"蕾蓉？！"刘晓红惊叫了出来。

林凤冲和其他警察也都愣住了。

贵宾室里陷入了死寂，片刻，刘晓红对林凤冲说："你是不是找蕾蓉来问一下怎么回事？"

"什么怎么回事？"林凤冲道，"蕾蓉坐在他旁边又怎么了？"

一个警察对林凤冲说："头儿，我看，您还是给蕾主任打个电话问问吧，她既然坐在钱承旁边，应该听到那两个预测者的对话，没准儿还看到了他们的相貌呢。"

林凤冲老大不情愿地拨通了蕾蓉的手机，蕾蓉接听后，他又不知道该怎么张口，想了半天才说："蕾主任，我们调取了现场视频，发现钱承上台前，您就坐在他的身边，您当时有没有听到旁边有什么……有什么奇怪的对话呢？"

蕾蓉犹豫了一下，然后低声说："没有。"

她在撒谎。

一个很少撒谎的人倘若说了个谎言，就像把薄薄一层纱布覆在伤口上，丝毫掩饰不住渗出的血水。

林凤冲心中不由得一颤，拿着电话的手慢慢地放了下来。

"她怎么说？"刘晓红问。

林凤冲没有直接回答她，只是说："你尽快把钱承的尸体带回研究中心做尸检吧。"

已经回到家的蕾蓉坐在床上发了一会儿呆，觉得身心俱疲，便把手机调了静音，躺下昏昏睡去。梦里一直在费劲地解开缠绕在身体上的无数个绳结，那些绳结都很陈旧了，却系得异常结实，而且越解就勒得越紧，紧到她窒息般痛苦，于是便在这痛苦中醒来，慢慢地从床上爬起。写字台上的座钟显示是下午四点，她望着窗外弥漫着黄沙的天空，头脑里也像煮沸的开水一般混沌。

余光一瞥，看到枕边的手机一亮一亮的。

她拿起一看，不禁吃了一惊，竟然有九个未接来电，都是高大伦和唐小糖打来的，还有两条他们分别发的短信："有急事，请速回电话。"

她思忖了一下，给高大伦先回了过去，那边几乎是在第一响之后就接听了，声音压得极低："主任吗？你在哪儿？"

"我在家，刚才在睡午觉，所以没有接听你的电话。"蕾蓉说。

高大伦的口吻有些焦急："我和小唐一直在找你……上午在大德酒店是不是突然死了个名叫钱承的人？"

"是啊，我也在场。"蕾蓉把情况大致讲了一遍，"我临走的时候跟刘晓红说了，尸检中遇到问题和困难可以随时和我联系，那么，尸检结果怎样？"

高大伦说："体表没有发现机械性损伤，体内检材未发现毒物反应，初步认定是自发性气胸引发的死亡。"

自发性气胸是一种因肺部疾病使肺组织和脏层胸膜破裂，肺和支气管内的空气逸入胸膜腔导致的恶疾——可以简单地将其理解为胸膜破了个口子，空气钻了进去，胸腔里的压力猝然增大，使肺、心出现功能障碍，发病症状非常像心梗，比如胸痛胸闷、满色惨白、呼吸困难等，如果抢救不及时，死亡率很高。

蕾蓉想了想说："钱承以前得过慢性支气管炎或者肺气肿吗？"

高大伦说："我们调查过他的病史，他因为长年抽烟，患有严重的慢性支气管炎。"

严重的慢性支气管炎确实能引发自发性气胸，这也确实是使一个人猝然倒毙的充分理由，但要说从外观上就能预测出一个人会因气胸在一分钟内死亡，这不大可能，何况那两个人预测他是因心梗而亡，现在证明，他们说对了死亡，却没有说对死因，这又是为什么呢？

"给钱承的尸检是谁做的？"蕾蓉问，假如是刘晓红做的，那么这一结果就值得商榷了。

然而高大伦的回答是："我和王文勇一起做的。"

高大伦和王文勇两个人一起做的尸检，可靠性还是很有保障的，蕾蓉正在思考着还有没有其他的可能，忽然听到话筒那边传来唐小糖急躁的声音："你老说这些没用的干吗？赶紧说正事啊……哎呀你还是把电话给我吧！"然后就听到唐小糖的声音："姐姐，刘晓红要害你！她跟警方说你是凶手！"

蕾蓉一听，啼笑皆非："这话从何说起？"

唐小糖急匆匆道："她说是案发现场有人听到有两人预测了钱承的死亡，而且那两人就坐在钱承旁边，然后警方调取了视频，发现坐在钱承身边的就是你——预测死亡什么的，说出来谁也不信，唯一的解释就是预测者即杀人者，所以她说很可能就是你和同党杀死了钱承。说完这些屁话，她又说还有一个'铁证'，就是尸检没有发现疑点，既然钱承是被杀，而尸检又找不出用了什么凶器下了什么毒药，这种'阴性解剖'的结果全中国只有你才能做得出。"

"阴性解剖"是指法医在对尸体进行了系统解剖后，依然没有发现死亡原因，一般来说，在尸检中占到10%以上，本是正常现象。因为自己是国内最好的法医，就说只有自己才会做出手脚导致"阴性解剖"——这算什么逻辑？！

然而，还是不能掉以轻心，最近发生的一连串事情，都是针对自己来的，莫非这一次也不例外？

难不成，他们已经知道了什么？

蕾蓉片刻的沉默，却令电话那边的唐小糖焦急万状："姐姐，该怎么办啊？"

"沉住气。"蕾蓉虽然思绪万端，但还是保持着一贯的冷静，"靠着一些想当然的猜测，他们动不了我。"

"那好，你的手机可要保持开通啊！万一有什么事我们好随时能告诉你！"唐小糖说。

挂断电话，蕾蓉来到窗前，她本来想推开窗户，换一换空气，抒发一下胸中的憋闷，但看到漫天如瘟疫般的沙尘，又无奈地将伸出的双手垂了下来……你这昏黄而迷乱的世界，宛如一张古老的相片，看不出任何影像，只有一些模糊的擦痕，难道多年前的那些往事，真的如梦中的绳结一样，永远要缠绕在我的身上吗？不，不！我用了十几年的时间来摆脱它们，为此我付出了无数的努力，我绝不能功亏一篑！

她的手抠住冰凉的窗棂，被天光染得黯然的侧脸，刹那间闪过锋利如刀刃般的棱角。

此时此刻，蕾蓉法医研究中心（目前为止还没有人提出这个名字应该随着蕾蓉的离去而更改）里正战火纷飞。起因是刘晓红提出应该把蕾蓉拘押起来详细审问，而前来拿尸检结果的林凤冲听说此言，指责她居心不良，存心陷害好人。刘晓红被戳到了痛处，蹿起老高，指着林凤冲的鼻子又一句一个"啊"的骂个不停，唐小糖坚决和林凤冲站在一条战线上，高大伦沉默不语，王文勇则两边劝架。

所有无能的女人最初和最后的办法都是去找个男人，刘晓红也不例外，拿出手机给老公打了个电话，把事情添油加醋地一讲，很快，命令下来了：林凤冲撤出这个案子，换一个"可靠"的同志来办理此案。

林凤冲接到被"撤"的命令，又和刘晓红吵了几句，怒气冲冲地下到一楼，坐在门厅的长椅上，等待接替他办案的警官来办理交接手续。唐小糖劝了他几句，见他依旧愁眉不展，心中感到格外落寞，正不知道下一步该如何是好，忽然听见一声刹车声。

她透过玻璃楼门向外望去，见是一辆崭新的警用帕萨特。车门打开，下来了两个人，一男一女，都穿便装。那男人看上去三十多岁，两道剑眉下有一双英气逼人的眼睛，那女人——确切地说是个女孩，十八九岁的年纪，皮肤有点黑，单眼皮，黑漆漆的瞳仁亮晶晶的，微微上翘的嘴角显得很高傲。

他们推开楼门走进来的一刹那，林凤冲吃了一惊，站起来与那男青年握了握手："天瑛，怎么是你？"

楚天瑛是邻省公安厅刑侦处处长，在警界以年轻和卓越的办案能力而享有盛名。去年他为了一起特大密室杀人案来本市协查，被市公安局局长许瑞龙一眼看中，非要把他挖到自己门下，一边工作一边培养，省厅却死活不肯放，双方为了这个人才没少费口舌，直到最近，才把楚天瑛调进了市局。今天，当受到了上级的压力要求临阵换将时，许瑞龙综合考虑了一下，觉得楚天瑛的工作能力强，加之初来乍到，人际关系简单，不容易被人抓住小辫子，于是派他来代替林凤冲。

而且，许瑞龙还给他派了一位无论从哪个角度说都令人惊羡的"助手"。

唐小糖发现，林凤冲对楚天瑛十分客气，但是对跟在他身后的那个女孩，似乎更加恭敬——尽管这种恭敬里有那么一丝无奈："凝姑娘，你好。"

唐小糖一惊，难道这女孩就是大名鼎鼎的名茗馆馆主爱新觉罗·凝？

名茗馆原本是警官大学的一个推理小说爱好者团体，不定期的活动内容只限于赏评最新出版的推理小说，直到第五任馆主林香茗出现，他认为"严密的逻辑推理必须源于实践并用于实践，才是正确的和有价值的。所以，与其把有限的精力用在研究推理小说中的侦查模式上，不如对现实中发生的案例进行实战推理"。基于这种观点，他利用学校获取内部资料的便利条件，要来了市局的《每周重大刑事案件案情汇总报告》，组织成员通过犯罪现场勘察报告、证物鉴定、法医报告，推理出真凶——接二连三地先于警方侦破了几起大案，使名茗馆一跃成为国内最具影响力的推理咨询机构之一。

名茗馆的现任馆主就是爱新觉罗·凝,目前正在市公安局实习,许瑞龙安排楚天瑛做她的实习老师。楚天瑛对此很不满意,因为带着这么个声名赫赫的"实习生"一起办案,案子破了大家会说是凝协助有功,案子破不了大家会说他实在没用,更何况去年来本市侦办特大密室杀人案时,他听说凝陷害自己暗恋多年的刘思缈,只是没有得逞,所以心里一直存着个疙瘩……但既然是局长的指示,他无论如何都必须接受,因此今天才带着她一起来到了法医研究中心。

林凤冲把案情向楚天瑛详细介绍了一遍,并把在大德酒店萃华厅拍摄的现场图片、视频、目击者笔录什么的都转交给了他,临走时特意强调说:"天瑛,蕾蓉是国内最优秀的法医之一,无论业务还是人品,都是一等一的,你可不能眼睁睁看着她被人冤枉啊!"

楚天瑛没有说话。

办完了交接,林凤冲离开了研究中心,楚天瑛把会议室临时辟为自己的办公室,开始和凝一起审阅与案件相关的材料。

窗外的天空刚刚擦黑,刘晓红推开门进了来,用领导视察的口吻说:"你们辛苦啦,下班了,我先回家了,有什么事情随时给我打电话啊——"

"站住。"楚天瑛冷冷地说,"你是研究中心的主任,在受害者的死因没有查明,前任主任又有犯罪嫌疑的情况下,这么急着下班,合适吗?"

刘晓红以为自己要求换掉林凤冲,新来的这个必定是和自己一头的,谁知眼前的这个警官似乎更加不好打交道,一时竟不知如何是好,嗫嚅道:"那我也不能不回家了啊。"

"你做好今天不回家的准备。"楚天瑛还是冷冷地说,"案情复杂,我要连夜处理。你先出去,有什么问题我叫你,你再进来。"

刘晓红完全被他的气势震住了,退了出去。

楚天瑛看门关上,指着桌上那一大堆材料问凝:"你有什么感觉?"

凝沉思了片刻,道:"就算钱承不是蕾蓉亲手杀害的,他的死也一定与蕾蓉有关。"

楚天瑛站了起来,在会议室里慢慢地踱着步。他和蕾蓉因为工作的关系,打过几次电话,也见过一两次面,虽然接触不多,但觉得她是一个非常沉稳、大气和聪慧的女人,从感情上他根本不相信蕾蓉会杀人。可是如果理性地分析,他不能不认可凝的意见——就算蕾蓉没有杀人,也一定与钱承之死有关。首先,预测死亡是一件过于离奇的事,除了预测者就是杀人者,根本无解,而三位现场目击者都看到和听到,坐在钱承附近的两个人说他要死,视频显示坐在钱承身边的正是蕾蓉本人,而蕾蓉却断然否定此事,如果不是心虚,她为什么要撒谎?另外,要说创造一种让尸检变成"阴性解剖"的杀人方法,恐怕国内还真没有几个比蕾蓉更有能力的——偏偏她就在事件现场!

当然,上述这些都只是推测,而不是证据,不可能据此拘捕蕾蓉,可是质疑的铁锹一旦落下,只要没有遇到证明清白的石头,就会挖掘个不停,早晚会把堤坝掘出一个口子,早晚会将受质疑者卷进凶猛的旋涡,那么,该怎么办呢——

"啊!"

一声凄厉的惨叫,在寂静的楼道中乍然响起。

"怎么回事?"楚天瑛一边说一边向门口走去。

谁知门先他一步打开了，露出了刘晓红那张苍白的脸，她嘴唇哆哆嗦嗦地说："您……您能出来一下吗？"

楚天瑛赶紧向外面走去，凝跟在他后面，看着刘晓红的背影筛糠一样瑟瑟发抖，他们俩不约而同地感到奇怪，她到底是看到了什么可怖的事，吓成这个样子？

走到楼梯口，向下望去，借着门厅那明晃晃的灯光，他们看到了宛如恐怖电影般的一幕——

七八个法医研究中心的工作人员，僵立在原地，呆呆地望着地板正中央的一个东西。

那个东西是从一个匣子里掉出来的，正好滚落在唐小糖的脚下，把她吓得瘫坐在地，面如死灰。

那是一段人体的躯干。

第十二章　在劫难逃

> 先打量顿尸所在，四至高低，所离某处若干。在溪涧之内，上去山脚或岸几许？系何人地上？地名甚处？若屋内，系在何处及上下有无物色盖簟？讫，方可异尸出验。
> ——《洗冤录·卷之二（验未埋瘗尸）》

楚天瑛望着门厅里恐怖的情境和被这恐怖情境吓坏了的人们，头脑里一片茫然……自己来法医研究中心不是侦办钱承死亡疑案吗？不是要勘查蕾蓉的涉案程度到底有多深吗？怎么却赶上了这么一宗血淋淋的人体躯干包裹案？！

大约有三十秒，甚至更长时间，他的大脑里一片空白，眼前的一幕也像 DVD 机卡碟了似的久久定格着。

"好，请抓紧时间。"旁边传来一个女孩子挂电话之前的结束语。

楚天瑛竟然完全没有听到她刚才打电话说了什么，甚至都忘记了身边有这么个女孩子存在。

他转过头，看到了爱新觉罗·凝那张在刹那间变得异常坚毅的面容：有点黑的脸蛋稍稍拉长，嘴角微微下撇，散发出一丝冷意，两道柳叶眉傲慢地开敞，一双单眼皮覆遮的眼睛熠熠生辉，仿佛是一位突然遭遇敌军袭击却临危不乱的将军。

"这个是谁送来的?"她指着门厅地板上的那块躯干问。

鸦雀无声。

"这个是谁送来的?!"她又问了一遍,语气严厉了许多。

"是,是我……"

一个声音从墙角传了出来,那是一个穿着灰色工作服、戴着橘红色头盔的快递员,他带着哭腔给自己辩驳着:"我真的不知道里面装的是什么。"

凝看了他一眼,对值班室的大叔道:"你先把这快递员带到值班室,一秒钟也不要离开他,不许他打手机,不许他擅自行动,一切等调查清楚再说。"然后又昂起下巴问:"哪位是王文勇?"

王文勇冷不丁听到自己的名字,吓了一跳,慌忙举起了手。

凝点了点头:"高大伦是哪位?"

高大伦梗了梗僵硬的脖子:"我是。"

"久仰二位的大名了,请你们马上对这截躯干进行检验,搞清楚切割工具、切割时间和受害人基本情况,然后立刻向我报告。"

两个人赶紧戴上乳胶手套,推来移动式取材台,把那段躯干放到上面,运到解剖室做检验去了。

刘晓红早就吓得半边身体都酥了,这时才反应过来,觉得自己的权力好像被剥夺了,刚想冲着那个看上去乳臭未干的小毛丫头吵闹几句,可是一看旁边楚天瑛惊诧的神情,不由得闭上了嘴巴。

不知道为什么,凝的决断似乎给坐倒在地上的唐小糖鼓了些勇气,她慢慢地站了起来,看着从台阶上走下来的凝,脸上有点发热,低声说:"虽然早有心理准备,但是刚才打开那个匣子,还是一下子吓着我了……"

凝一下子捕捉住了这句话的要害:"早有心理准备?什么意

思?"

唐小糖说:"这已经是第三次有人投递这种包裹给蕾蓉姐了,第一次投递了颗头骨,第二次投递了一根尺骨,蕾蓉姐走之前,让我们倍加小心,说没准还有第三次,所以今天包裹来了,我一看是递给她的,就亲手打开,谁知道竟是这么一段还流着血的躯干……"

凝的眼睛一亮:"这个事情发生多久了?"

唐小糖掰着指头算了一下说:"今天是三月十一日吧,第一次接到那颗头骨是三月八日的事情。"

"你们报警了吗?警方是怎么处理的?"

"当然报警了,蕾蓉姐直接给市局刑事技术处刘思缈副处长打的电话呢,刘副处长前两次都是亲自来做的勘验,不过好像没做出什么结论。"

听到刘思缈的名字,凝不禁一愣,然后用眼角余光扫了脸涨得通红的楚天瑛一眼,冷冷一笑道:"刘副处长是何等人物,一片纸灰都能挖出罪犯的踪迹来,怎么会做不出任何结论呢——头骨和尺骨如今都在哪里?"

"都在研究中心的冷冻室里存放着呢。"唐小糖说。

正在这时,玻璃大门突然被推开了,四个一看就是学生模样的人走了进来,为首一个小伙子笑嘻嘻地对凝说:"怎么样,我们没来晚吧?"

凝没有搭理他,对着一个面皮白净的瘦削女孩说:"张燚,该带的东西都带来了吗?"

张燚点点头,把手中那个装有刑事勘查工具的黑色皮箱往上提了一提。凝说:"好,你现在开始对地上那个匣子进行检验,搜索一切微量证据,里里外外都不要放过。"

她又给一个胖子下命令:"王捷,犯罪嫌疑人是用快递把罪证送到这里来的,快递员已经被控制住了,在值班室,你马上审讯,重点是罪证的传送过程和时间,要精细到分钟。另外,快递员本身也有可能是罪犯,你要准确判断。"

王捷眨巴着小眼睛刚刚转身,凝又对第一个说话的小伙子道:"周宇宙,你围绕这个研究中心的外墙做外扩型搜索,有些犯罪分子会在案发后回到犯罪现场,对于快递而言,每个递出者都想看看收到礼物的人脸上惊喜的表情,所以我们也许有机会面对面对他表示感谢。"

周宇宙点了点头,快步出了楼。

还剩下一个女孩。

这女孩留着齐耳的短发,看上去很文静,眉清目秀,戴着一副金丝眼镜,只是嘴巴有点大,然而闭得却很紧。

"潘亦欣,你还是做我的剖绘参谋。"凝对她说,然后又把目光投向唐小糖:"小唐,你跟我们去会议室,把从三月八日第一次有人投递头骨至今的全部情况完整地和我们讲述一遍——"

"等一下!"

刘晓红实在忍受不住了,凝这样排兵布阵,完全视她如不存在,一种被层层扒光衣服般的羞辱感袭上心头。她跳下几层台阶,涨红了长脸对凝大喊道:"你凭什么给我的员工下命令,啊?这里的主任是你还是我,啊?你到底是干什么的,啊?"

凝连正眼都没看她,就往楼上走,经过楚天瑛时,随口甩了一句:"你去给她说。"

楚天瑛低声说:"我怎么和人家解释?我们是来办钱承死亡一案的,根本就不应该随便接手这个投递包裹的案子——"

"钱承那案子,再多的努力也不能让死人活过来。可是这个投递包裹的案子,也许是一起连续杀人案,如果不及早遏制,可能会有更多的活人死去,哪个轻哪个重,你分不清楚?"凝把眼一瞪。

一锤。

"即便是这样,这个案子也应该打电话给警局,请他们派其他刑侦人员处理,而不是你们这些小孩子——"

"这些都是名茗馆最优秀的成员,他们每一个的办案能力都丝毫不亚于你。"

又是一锤。

自己就像个在灶台上空烧的水壶,四壁已经红脆不堪,却在凝的一次次重击下龟裂瓦解。

最后,努力一下,最后的努力!

楚天瑛咬了咬牙,恶狠狠地说:"我是你的实习指导老师,你必须——"

"楚老师。"凝冷冷一笑道,"当血淋淋的案子就在眼前发生的时候,一个刑侦人员不应该有丝毫的惊恐和慌张,而要像猎犬看到猎物一样猛扑上去,死死咬住不放,哪怕猎物是一只老虎——刚才你那个肝胆俱裂、手足无措的样子,怎么教我?拿什么教我?你要么就老老实实配合我办案,要么就收拾行囊连夜回省厅去,或者随便找个靶场放几枪练练心理素质吧!"

说罢带着潘亦欣和唐小糖走进了会议室。

完美绝伦,没有一星半点的错误——警察到达犯罪现场以后,指挥长应该在最短的时间组建起一个刑侦战术小组,包括法医、现场勘查人员、外围搜索人员、审讯员等,这个团队的全部重心就在于做好三项工作:搜索疑犯、提取证据和保护证据,尽管楚天瑛完全不知道那个"剖绘参略"是什么职务,但从凝的整个安排来看，其有序和高效是显而易见的，自召团队，根本摒弃他人介入的霸气，更可见名茗馆名不虚传……尤其令楚天瑛触目惊心的是，面对突发事件，凝表现出的冷静和沉着，比起自己的三十秒思维空白，简直判若云泥，但是——

但是楚天瑛就是浑身发冷。

为什么会这样？他不知道，他没有感冒没有发烧现在是阳春三月也并没有闹什么倒春寒，可是他冷得每个毛孔都从里往外冒寒气，他想也许我不是冷而是畏惧，刚才地板上那一截淌着血的躯干把我吓到了，可是曾经多次涉身犯罪现场的我，不是见过比这血腥恐怖得多的场景吗？为什么这一次的惊吓竟是如此的严重？到底是什么吓到了我？是那截躯干，是爱新觉罗·凝，还是我对自己命运的一种不祥的预感？

楚天瑛呆呆地伫立了不知道多久，直到张燚和王捷完成了工作，上楼去向凝汇报时，经过他的身边，他才茫然地跟着他们走进了会议室——仿佛他才是唯一的实习生。

明亮的会议室里，钱承命案的资料都已经被堆到了墙角的一张茶几上，活像被逐出家门的小媳妇。椭圆形的会议桌上摆了一大堆楚天瑛先前没有见过的资料。凝正在iPad上用雪白纤细的食指划动着一张百度地图，那个叫潘亦欣的女孩静静地在Thinkpad上勾勒着一个表格，坐在她们对面的唐小糖似乎刚刚讲完了话。

张燚说："对包装躯干的匣子检验完成：匣子是珍珠板材料制成，电话咨询市局材料科，说这是极普通的礼品包装匣，各个小商品市场都有，很难查到来源。匣子结合部用透明胶条密封，所以密闭程度很好，内外无指纹，残存血液均系躯干流出，匣子的外层用快递公司专用纸盒包装，包装得很严实，里面没有提取到其他微量证据。"

王捷道："快递员说，该快件是下午一点半在莲玉街乐乐熊西饼屋门口收到的，因为今天有沙尘，送件人用纱巾裹着脸，戴着一双手套。快递员问他是什么，他说是送给朋友的生日礼物，快递员还以为是刚刚从西饼屋取出的蛋糕呢。"

这时，高大伦和王文勇也走了进来，汇报对躯干的检验结果：躯干系从脐部被切断，断面切割整齐，创口较锐，骨面锯痕明显，应该是高速度电锯切割而成，腹腔内的脏器已经被掏空，肚脐下面的一道刀痕显示这是做过剖腹产的女性尸体，从骨性标志看死者的年龄在三十五到四十岁之间，从尸体腐败程度推断，死亡时间应该不超过四十八小时。"另外，对体液中的化学离子浓度检测表明，这截尸段似乎在冷柜里保存过。"王文勇说。

一直埋头制表的潘亦欣抬起头，将笔记本电脑的显示屏掉转给凝看。

凝看了一遍以后，指着显示屏对唐小糖说："你看一下，有错没有？"

于是，这样一张表格映入了唐小糖的眼帘：

弧矢七分析基础资料表

时间	地点	犯罪嫌疑人描绘	犯罪行为	物证概况	法医分析
3月8日下午3点	西丰路新华书店门口	留大胡子，戴手套	投递装有尸骨的包装盒	女性头骨一枚，用普通五层瓦楞纸盒包装，只在外层留有快递员指纹	头骨经过裸骨处理，表面有大量切割、刮蹭痕迹，无残留DNA证据，死者年龄在25岁左右，死亡时间不长

续表

时间	地点	犯罪嫌疑人描绘	犯罪行为	物证概况	法医分析
3月9日上午9点半	平实路公用电话亭	留大胡子，戴手套	投递装有尸骨的包装盒	男性尺骨一根，外层用牛皮纸袋包装，纸袋内外均没有提取到指纹，最外层用快递公司专用纸盒包装，只有快递员指纹。	尺骨经过裸骨处理，无残留DNA证据，尺骨肘关节处有退化性关节炎赘疣，死者的年龄大约在40岁，死亡时间不明
3月11日下午1点半	莲玉街乐乐熊西饼屋门口	送件人用纱巾裹脸，戴手套	投递装有尸骨的包装盒	珍珠板材料匣子内，装有人体躯干一段。匣子结合部用透明胶条密封，内外无指纹，最外层用快递公司专用纸盒包装，没有提取到其他微量证据。	系高速度电锯从脐部切断，腹腔内脏器已被掏空，肚脐下刀痕显示为做过剖腹产的女性尸体，死者年龄在35到40岁之间，死亡时间不超过48小时

"没有错误。"唐小糖说。

凝让她先离开会议室，然后冲着潘亦欣点了点头，潘亦欣将一根数据线接在电脑和会议桌上的投影仪之间。

张燊把会议室的灯关掉，人们在黑暗中坐下。

凝"啪"的一下扳动投影仪的开关，一道蓝幽幽的光柱投射在白色幕布上，呈现在所有人面前的是一张本市城区图。

"开始弧矢七分析吧。"凝说。

"定位点会不会太少了一些？"张燊说，"符合基本信度的常规分析也至少需要五个同一类型的行为或案件，现在只有三个。"

"相对短暂的时间内连续杀害三人以上就可界定为Sericl[①]，

---

① 连环杀人。

难道我们要再等两个人体残骸送上门来，凑齐五个再分析？"凝有点不满，"不能再等了，现在就开始！"她边说边打开了一个软件，瞬间，无数纵横坐标轴在那张本市城区图上覆下了一张巨大的、网眼细密的渔网。然后她对潘亦欣说："把图表上的数据用蓝牙传输到我的电脑上——"

"等一下。"坐在角落里一头雾水的楚天瑛忍不住说话了，"你们到底是要分析什么？什么是弧矢七？"

名茗馆成员们齐刷刷地转过脸来，惊讶地望着他，仿佛他在苹果专卖店门口排队却在问乔布斯是谁。

凝的面孔在电脑显示屏的光芒中绷紧了数秒，才放松了一点："楚老师，对于缺乏动机、纯粹以嗜血为乐的连续变态杀人案，我国警方的传统侦破方法是什么？"

"根据犯罪现场的勘查情况，确定犯罪嫌疑人的基本特征，然后根据特征展开大规模摸排工作——"

"摸排工作？"凝一声冷笑，"就说眼下这起尸骸投递案吧，你怎么勘查犯罪现场？你怎么分析犯罪嫌疑人特征？你打算排查多少人？"

尸骸是投递过来的，不要说案发现场，连分尸现场都无法锁定，现场勘查根本就无从谈起——更何况尸骸早已被罪犯精心处理过，DNA比对结果要明天才能出来，以我国警方DNA数据库那点可怜巴巴的库存，压根儿就别指望查出尸源……要说摸排犯罪嫌疑人，恐怕本市常住的两千万人口都是排查对象。

见楚天瑛沉默不语，会议室里突然传来凝的声音："楚老师，您是不是跟蕾蓉、刘思缈一样，觉得这案子根本就破不了？"

声音甜美，而愈显恶毒。

楚天瑛把头一昂问道："那么，你有什么办法吗？"

凝示意潘亦欣发言。

"一九七七年到一九七八年间，洛杉矶地区的桑加百利山上发现数具女尸，尸体惨不忍睹，表明她们生前遭遇到性攻击和残忍的折磨，之后被扼杀抛尸，这就是犯罪史上臭名昭著的'山坡扼杀案'。"潘亦欣说，"警方根据尸体上的擦痕、抛尸现场的残留物，认定被害人一定是在犯罪人的家中遇害的。于是警方开始调查每个被害人被诱骗的地点，以及她们的尸体被抛弃的地点，计算两者之间的距离，然后根据维恩图表分析，在地图上划定出一个个罪犯的活动圆圈，圆周代表罪犯的移动范围，半径代表罪犯的移动距离，再将这些圆圈的重合区域进行向量分解，最终划定了一个环绕三平方英里的区域——圆心恰恰是一个汽车装潢店。店主安格鲁·布诺是一个看上去十分老实本分的人，倒是他的堂弟肯尼斯·班池在接受盘问时显得很慌乱，当警方准备对他进一步调查时，他却忽然离开了洛杉矶。直到一九七九年一月，搬到华盛顿的班池因杀害两名妇女被捕，才供出是他和堂兄布诺一起制造了'山坡扼杀案'，布诺是主谋，杀人地点正是布诺的汽车装潢店。

"一九七九年七月二十五日，亚特兰大警方发现了一具失踪的十三岁男孩的尸体。搜索现场时，在这具尸体的五十英尺外发现了另外一具被肢解的尸体。同年十一月，又发现了两个被害的黑人男孩。随后，一九八〇年三月十二日，一个十一岁黑人男孩失踪；五月五日，一个十二岁黑人女孩在上学途中失踪，五天后尸体被人发现，此后又陆续有孩子被谋杀……警方对此一筹莫展，万般无奈之下，亚特兰大市长请求白宫给予援助。白宫请来切特·德特兰警官负责此案的侦查工作。德特兰在亚特兰大地图上标注了每一个被害人的家庭住址、被害人最后被看见的地点以及抛尸地点,他注意到这些地点聚集分布在十二条亚特兰大的主要街道,当将这些街道连接起来之后,其中心是帕涅罗帕路一户住宅,住宅的主人名叫韦恩·威廉斯。尽管当时的警方认为犯罪地理模式是不存在的,并嘲笑德特兰的工作毫无价值,但是还是加强了对韦恩·威廉斯的监控,一九八一年五月二十二日凌晨,韦恩·威廉斯在杰克逊路大桥上向河里抛尸时被捕。

"还有发生在俄罗斯的'罗斯托夫森林恐怖事件',从一九七八年到一九九〇年整整十二年之间,罗斯托夫纪念堂地区的森林地带先后发现了五十三名青少年及幼童的尸体,尸体均遭到鞭打或其他惨无人道的虐待——"

"打住!"楚天瑛实在受不了有人用如此平静的口吻讲述连续变态杀人案,他看了看那个名叫潘亦欣的女孩,怀疑她到底有没有感情。

"怎么,楚老师听不下去了?"凝问道。

"不是,我搞不懂你让她给我讲这些有什么用?"楚天瑛说。

凝一笑,又向潘亦欣做了个手势,请她解释。

于是,潘亦欣继续用背书一样的语气说:"犯罪心理学研究证明,大部分犯罪分子在实施犯罪活动时都会遵循'就近原则',也就是心理学中的'最小努力原则'——当面对多个效果相似的预定目标时,人们多是选择付出最少努力就可以获取的最近目标。对于任何个体而言,选对了方向和路线,行动就会轻而易举,否则就会难如登天,犯罪者更是如此,他们基本会在相对靠近自家的区域或者自己熟悉的地域内实施犯罪,距离近,时间上就有优势,可以使捕猎的成功率更高,而且便于逃跑、摆脱追踪、掩盖藏身地。统计学研究表明:90%的凶杀案件发生在距离作案人住处不到二点五公里的范围以内,94%的强奸案发生在犯罪人主要活动空间的零点九公里以内，64%的纵火犯的作案目标大多在离家一点六公里范围内——"

凝一挥手，打断了潘亦欣，然后笑着问楚天瑛："楚老师听明白了吗？"

楚天瑛瞪着眼睛，一言不发。

"任何一种犯罪，都不会缺少犯罪地点，比如凶杀现场、抛尸地点、藏匿凶器处……当然还包括装有尸骸的包裹递出地和目的地。"凝解释道，"而一个系列案件，往往会呈现几个、十几个甚至几十个地点，再配合时间点，犯罪人活动的时空分布图就会栩栩如生地呈现在我们面前，上面的作案时空点看似具有随机性、偶发性和移动性，然而，我们一旦准确地串并案件，将其作为一个'整体图'，就能看出犯罪人无意中呈现的犯罪目标取向特点、犯罪活动的范围、路线的走向及其相关的行为规律，最终帮我们锁定他的藏身之地——这就是犯罪地理剖绘学。"

"犯罪地理剖绘学。"楚天瑛情不自禁地念了一遍。

"犯罪地理剖绘学，属于行为科学的一个分支，在这个学术领域，国内的领军人物是名茗馆前任馆主林香茗。"凝冷笑了一声，"只可惜，自从林香茗因为一点儿破事被捕以后，行为科学在警队中的普及工作就完全停顿下来了，这真是因小失大的愚蠢行为——"

楚天瑛一下子站了起来，愤怒地说："林香茗那是一点儿破事吗？那可是——"

"楚老师不要激动，坐下，坐下嘛。"凝嫣然一笑，向下压了压手掌，"我觉得过去的事假如妨碍到未来的事，那前者永远都是不值一提的小破事。"

不知是一种什么神奇的力量，居然压抑得楚天瑛慢慢坐下了，但他还是愤愤地说："就凭你在地图上勾画几下，就能找到犯罪嫌疑人？那今后干脆让国家测绘局兼职做刑警得了！"

凝耸了耸肩："也好，那咱们就眼见为实吧，小潘，图表上的数据传输到我的电脑上了吗？"

潘亦欣点了点头。

凝在iPad的屏幕上轻轻点击了几下，投影仪直射的幕布上，先是三个星星一样的光点在本市城区图上闪烁起来，然后那张地图迅速收缩空间，一直到仅仅囊括了三个光点的区域内才停了下来，街道、商场、饭店、住宅区等也都相应地放大，变得愈加清晰。然后那三个光点膨胀成一个个圆形或椭圆形的光斑，接下来，地图上像被迪厅的镭射灯扫射一般，打出了无数条不停地颤抖和变幻的变形线，最终，三条压过光斑的直线渐渐清晰起来，并以每个光斑的中心为结合点，连接成了一个不等边三角形。

"这就是'弧矢七'，由加拿大温哥华地区的环境犯罪学研究有限公司研发，是国际刑警学会认可的用于锁定犯罪嫌疑人地理位置的软件系统。使用者只要将犯罪地点以街道地址的方式输入，该系统就可以依据相应的运算法则进行分析，最终输出犯罪嫌疑人的可能居住地址。"凝解释道，"我们把尸骸包裹的快递送出地址输入，就形成那三个光点，根据统计学得出的罪证移动平均值，电脑以每个光点为圆心，分别画出了一个半径为二点五公里的圆圈，就是那三个光斑。接下来电脑开始做'忽略性扫描'，就是你们刚才看到的变形线，那是系统在避开公园、公建、停车场等嫌疑人不大可能居住地点，最后，确定了这个不等边三角形。"

说着，她拿起一支激光笔，笔尖射出的红点在幕布的图示上划动："这个不等边三角形是怎样构建起来的呢？它依据这样一些定理：系列犯罪行为的第一次一定是在家附近，所以罪犯的住所应该在以西丰路新华书店为圆心的半径二点五公里范围以内；由于罪犯每次都化妆、注意不在投递物上留下指纹，所以这是一个头脑聪慧的有组织力罪犯，他的第二次投递会刻意避开住宅，选择相对较远而又在心理层面上熟悉的地方，这个地方可能是他的工作单位，就是在平实路的公用电话亭为圆心的半径二点五公里范围以内；第三次投递，就是我们刚刚收到的那截躯干，十分残忍，暴露出凶嫌的变态趣味，他要在血腥的投递中品味成功的乐趣，所以心态十分放松，看，他这一次选择'发货地'的莲玉街乐乐熊西饼屋恰好位于街心公园附近，我敢断定他把那个装有尸骸的包裹交给快递员之后，到街心公园喂鸽子去了呢⋯⋯这三条线把三个圆心联结起来，这个区域就是罪犯日常生活的主要活动空间，我再说得明确一点：'弧矢七'的犯罪地理剖绘表明，这个系列包裹投递案的实施者应该是一个家住西丰路附近，工作地点在平实路附近，而喜欢到莲玉街一带休闲娱乐的人。楚老师，你只要按照这三个标准去排查，相信可以大大节省警力——"

乒里乓啷！

一把椅子摔倒的响声，打断了她的话。

王文勇站了起来，他的脸在投影仪射出的光芒中像被火烧着一般，惊恐万状地指着幕布上的图示："老高，你看见了吗？你看见了吗？"

高大伦扶了扶眼镜，看着那张犯罪地理剖绘图，看了半天，依旧丈二和尚摸不着头脑："看啥啊？"

王文勇大步走上前去，用指头嘟嘟嘟地戳着幕布上的三个圆心："你看这儿，西丰路新华书店！还有这儿，平实路的公用电话亭！还有这个莲玉街的乐乐熊西饼屋！你还是什么都看不出来、想不起来？！"

高大伦瞪着那张幕布，眼睛都快瞪出水儿了，还是摇了摇头。

"西丰路新华书店！旁边这儿是什么？江南梦小区！这是罪犯住的地方——难道你忘记了吗？去年冬天我们还到江南梦小区去过，去蕾蓉家给她过生日！平实路，平实路！这是罪犯的工作地点，咱们这个研究中心就在平实路上！还有莲玉街，那条街上的万达广场不是蕾蓉经常去逛吗？！"

屋子里的空气都凝结了，连爱新觉罗·凝都惊骇得喘不上气来：按照"弧矢七"给出的结论，恐怖包裹的投递者竟是蕾蓉！

"胡诉扯！"

高大伦怒吼一声，冲上前去"呼啦啦"一把扯下了幕布！会议室里腾起一片灰尘，在投影仪的光柱中仿佛坍塌了什么似的。

不知过了多久，当楚天瑛再一次被搞得头晕目眩之时，又是凝先他一步掌控了局面："王捷，你和潘亦欣去找一下唐小糖，调查一下每次快递收取包裹的时候，蕾蓉都在哪里。"

王捷和潘亦欣立刻站起身往外走，王文勇也跟了上去。

凝厉声喝道："王文勇，你要去哪儿？"

王文勇愣住了，回过头说："我想跟他们一起了解情况。"

凝冷冷一笑："你哪儿都不能去。"然后对王捷说："你让周宇宙回来，让他把这个研究中心的电话线切断，所有的人都集中到一个房间里，暂时监管，手机统统收缴，不许上网，不许离开研究中心半步——"

"要是有人非要离开呢？"王捷低声问。

"抓！"凝恶狠狠地吐出一个字，转过脸微笑着问楚天瑛。"楚老师，我这样处置，合适吗？"

楚天瑛今晚完全不在状态，感觉自己就是一个提线木偶，被凝牵着走，但略一思索，不能不承认，凝的处置相当果断明快。无论蕾蓉是不是犯罪嫌疑人，既然犯罪地理剖绘图将犯罪嫌疑人的目标指向了她，那么她的这些旧同事必须隔离审查，为了避免消息走漏，切断与外界的一切通信联络也是应该的。

于是他说："就这样办吧，另外，我调市刑警大队的人过来协助调查。"说着拿出了手机。

凝一把将他的手机夺过。

"你！"楚天瑛有点被激怒了。

凝微笑着竖起右手的两根手指，在楚天瑛的面前轻轻地摇了摇，然后抬起头对张燚说："给我调警官大学刑侦专业的特训班过来！"

楚天瑛整个脊背一片冰凉：原来她连我都不信任。

十五分钟以后，身穿学员服但个个荷枪实弹的警官大学刑侦专业特训班学生，已经将这座小楼里里外外箍得铁桶一般。

这个班由本市各个分局选派的二十六岁以下优秀刑警组成，在警官大学接受为期三个月的高级培训，并非普通大学生，而是实实在在的编制内警员。

特训班班长郭炜按照凝的命令，布置好研究中心内外的警力，然后走进会议室，正赶上几个人在争吵。

"抓！这还有什么客气话好说，啊？王子犯法与庶民同罪，何况一个蕾蓉，啊？我赞同把她抓起来！"刘晓红说。

楚天瑛拍案而起："凭什么抓蕾蓉？她犯了哪条王法了？"

"她杀了人，切割了尸体，又把骨头、尸块什么的快递给自己,让所有人都看到,这不是严重的变态杀人案吗?啊?她还不该抓吗?"刘晓红高声叫嚷道。

刚才王捷和潘亦欣一起查询了研究中心的考勤记录——蕾蓉虽然是主任,但是也自觉地执行着考勤纪律——在快递员接收包裹的时间段里,蕾蓉一律没有上班,问唐小糖她当时在哪里,唐小糖生气地说"我有什么权力查问主任的时间安排"。由此倒是确认了一件事,那就是蕾蓉每每在"犯罪时间"里去向不明,这极大地增加了她的可疑程度。

"你说蕾蓉变态杀人,我不认同。"凝突然说话了,"我倒觉得,她这几次投递都别有一番深意。"

楚天瑛问:"什么深意?"

"我们可以设想一下,蕾蓉第一次投递的时间是三月八日下午三点,如果我没记错,那天全国各大都市报都在重要版面位置刊登了《著名法医扬言:穆红勇之死纯属"自找"!》一稿,这对蕾蓉是非常不利的,在舆论越来越能左右当局决策的今天,她很有可能会受到撤职查办,为了保住位置,她接连投递了两块人骨给自己,当然要让研究中心的所有同事看到,甚至要把刘思缈拉扯进来,制造出一种'本市正在发生连续变态杀人案'的假象,为了破获这种重大案件,上级领导当然不敢在这个节骨眼儿上撤她,这样她就可以顺利地执行自己的计划——"

"计划?"楚天瑛琢磨了一下,猛地抬起头来,"你是说杀害钱承?"

"对啊,刚才咱们看的新闻发布会现场视频,当钱承倒下去的一瞬间,蕾蓉那么快地冲上去,为什么?"

这一次,刘晓红的反应倒很快:"为了能掌握尸检的主动权!"

"没错。"凝点了点头,"蕾蓉的计划本来是杀死钱承后,马上离开会场,她是国内一流的法医,她制造的杀人方法,虽然会留下痕迹,但恐怕其他法医很难发现,按照警方的工作习惯,最终会将钱承的尸体送到研究中心来,请蕾蓉做终极尸检,到那时蕾蓉只要消除杀人痕迹,然后对外说是做了个'阴性解剖',查不出死因,那么钱承之死必然会不了了之——但这一切计划却被打乱了,因为目睹马笑中杀人没有举报而被撤职,蕾蓉失去了从容抽身的机会,她必须在钱承倒下的第一时间,上去消除杀人痕迹,以确保万无一失。"

"那她为什么还要投递第三个包裹?"楚天瑛问。

凝毫不犹豫地说:"她的目的,就是从各个角度给警方施压:钱承命案没有破,连续杀人案又出现新的、更加惨烈的情况,这就迫使警方'不得不'尽快将她请回研究中心,一来她可以恢复权力和地位,二来毕竟夜长梦多,早一点给钱承验尸,才能更加彻底地消除杀人的痕迹。"她突然若有所悟地用手指敲了敲桌子,自言自语道,"也就是说,蕾蓉杀死钱承后,虽然冲上去假装尸检,却并没有处理得干净彻底……"

"等一下,你们是不是忽略了一个问题。"刘晓红说,"蕾蓉投递的那些恐怖的人骨和躯干都是哪里来的?你还说她仅仅是为了杀钱承而造的假象,我看她就是一个变态杀人狂!"

凝鄙夷地看了她一眼,说出了一句呼延云对蕾蓉讲过的类似的话:"并不是每具尸骸后面都有一个受害者。"

"啊?"满屋子的人一头雾水。

"尸骸就是尸骸,尸骸代表着死人,但这个人是怎么死的,可就说不定了。"凝对王文勇说,"你们研究中心地下一层是冷冻库吧?里面存放着各种待检的尸体吧?蕾蓉要是想做顿人肉叉烧包，材料都是现成的吧？"

"这不可能！"

高大伦突然说话了："你不要小看我们研究中心，我们这里是有制度的。尸体运进来，每具都要拍照、记录尸况，存档，任何人想从冷冻库里将尸体调出做尸检，都要经过包括蕾蓉在内的两人以上签字，所以根本没有你说的那种可能！"他突然激动起来，"而且，我们法医不是虐尸狂，损害尸体违背法医最基本的职业道德，我们不会做那样的事的！如果你不信，可以到冷冻库去查验，看看有没有尸体被切了脑袋或截取了躯干！"

不知为什么，这个长得像兵马俑一样土里土气的人，让凝有点敬畏，也许是他脸上凸出的颧骨显得格外刚硬吧，凝没有接他的话。

高大伦倒来了劲，愤怒地指着凝的鼻子说："你们从傍晚折腾到现在，弄一个谁也看不明白的幻灯来，居然指认蕾蓉是快递那些尸骨的人，还说是她杀害了钱承，简直胡说八道！你说蕾蓉是为了保住职位和杀人不被发现才这么干，放屁！你知道蕾蓉是什么样的人吗？你让她为了救人让出职位，她毫不犹豫，可你给她一个亿让她杀条狗，她都不会！平白冤枉好人，还有没有天理了？陷害人也是要坐牢的，你这个小姑娘应该把心思放正些！"

这么训斥爱新觉罗·凝，凝竟不生气，看了高大伦一眼说："你刚才提到蕾蓉干这一系列事情的动机，其实我听过一个传说，足以证明蕾蓉就是本案的真凶，只是这传说过于离奇和惊悚，还是不和你说的好……"

高大伦正要继续争辩，郭炜上前对凝说："下一步该怎么办，你早点儿拿个主意。"

此时此刻，凝的心中也是起伏不定，她相信"弧矢七"的分析结果，觉得应该马上缉捕蕾蓉，但是心理分析在国内还当不了法庭证据，何况蕾蓉在警界的名气实在太大，一旦弄错了，会给自己带来天大的麻烦，她有勇气指认蕾蓉，却没有胆量承担后果……看着地上那块被高大伦扯掉的幕布，她一遍又一遍想着自己的分析有没有错误。

这时，刘晓红指着桌子上那一堆手机说："我能打个电话吗？"

刚才，凝已经命令把研究中心所有人的手机都收缴上来，堆在桌子上。她想了一想，点点头说："打吧，就在这里打。"

刘晓红拿起手机就打给自己的老公，汇报了一下今晚的事情经过，然后挂上电话。没过三分钟，手机响了，刘晓红一接听，直接递给楚天瑛。

楚天瑛一愣，不知道为什么要让自己接，把手机放在耳边，话筒里传来一个声音："我叫胡佳，四处内检二科副科长，那个蕾蓉是我们重点调查对象，你可以先行拘捕，我马上和上级汇报，出了任何事情由我来承担。"

楚天瑛还是要争取一下："胡科长，我觉得拘捕蕾蓉的证据不足——"

"咔嚓"一声，那边的电话已经挂上了。

看着楚天瑛绝望的表情，凝的嘴角浮现出一丝冷笑，对郭炜说："奉上级指示，立刻拘捕蕾蓉！"

郭炜带领的抓捕小队，在半个小时以后赶到蕾蓉家的楼下，黑黢黢的夜色宛如泼了墨一般，看看手表，已经快十一点了。有人提出是不是要按照习惯，在楼下布置一道岗，以防蕾蓉逃跑，郭炜道："我先把话说清楚，蕾蓉是国内大名鼎鼎的法医，咱们来是请她回去协助调查,所以,都给我放恭敬点儿。"

不过,郭炜还是让那个警员在楼下盯住蕾蓉家的后窗。

一行人登上二楼,楼道里的感应灯亮了。他们敲了几下门,没有人回应,郭炜犹豫了片刻,果断地说:"用万能钥匙把门打开!"

门开了,黑洞洞的房间,扑面而来的是一股独居女子特有的香气,然而郭炜也明显感觉到,这是一所空宅子。

难道蕾蓉没有回家?

警员们把各个房间都打开看了一看,包括可以藏人的衣柜、床下,都空空如也。郭炜来到阳台,发现推拉窗是从里面反扣的,打开扣锁,探出头去问了问在下面蹲守的警员,那警员说没有看到任何人出来。

也就是说,蕾蓉确实没有回家。

她去了哪里?

两个警员戴上手套,把屋子仔细搜索了一遍,没有发现任何与案情有关的证物。

郭炜叹了口气说:"咱们先撤吧,留下两个人在外面守着,等蕾蓉回来再请她过去就行了。"说罢拔腿就往外走,经过客厅时,小茶几上一只小瓷碗吸引住了他的目光。

更准确地说,是小瓷碗里还剩下半碗没有喝干净的牛奶。

郭炜端起碗,看了看,然后用舌头舔了一下里面的牛奶。

温的!

他猛地抬起头,两道尖利的目光立刻将整个房间仔细地扫描了一番:房间里的一切井然有序,呈现出女主人爱好整洁、一丝不苟的生活习惯,但是有个地方明显反常:摆放整齐的鞋架旁边,一双拖鞋一只底朝上,另一只甩在门后的墙角,这分明是因为匆匆离开,情急之下顾不得收拾造成的!

"坏了!"他不由得叫了出来,"蕾蓉逃跑了!"

出租车在市第一医院门口停下,蕾蓉下了车。

今晚,本来难得的闲逸。以往总是忙碌到很晚才下班的她,突然清闲下来,却感到百无聊赖,想着钱承的死,以及唐小糖提醒自己小心被刘晓红陷害,有些心神不定。唐小糖说让她保持手机开机,以便随时联系,她想能有什么了不得的突发事件,索性把手机关了,上网看了看刚刚更新的美剧《双面法医》。睡觉前她有个习惯,就是要喝一杯热牛奶,这样又能安眠又能润肤。等她把牛奶沏好了,不知心里哪条虫虫作祟,竟把手机打开了,很快就收到了一条短信,发短信的号码完全陌生,短信上只有四个字——

"快走,往南。"

蕾蓉大吃一惊!

她不知道发短信的人是谁,但短信的意思很明白,让她尽快逃走,而且发短信的人指出的路向无疑是正确的:往南。就是让她回到无锡或苏州去,在那里,溪香舍的实力足以给她提供保护。

情势,真的严峻到这个地步了吗?

啜了几口牛奶,蕾蓉下定了决心:走!而且要快!发短信的人既然能说出"往南"二字,无疑是了解她的,而且也知道哪里对她最安全。

她收拾了一下,就匆匆下了楼,本来想马上离开,又觉得这么走太窝囊了,至少也要看一看是不是真的有人要害她,以及害她的到底是哪一股力量吧。于是她在小区的花园里找了个隐蔽而又视角很好的位置，静静地看着自己家的楼门，当看到大批警员涌进楼道的时候，她全身的血都凉了。

她差点儿想走上前去投案，堂堂正正地接受调查。可是一想到胡佳对自己的构陷，以及马笑中现在身陷囹圄，又悄悄地离开了小区。

她想，离开本市前应该办两件事，一是和呼延云打个招呼，拜托他营救马笑中；二是去看一下姥姥，谁知道这一别会不会成永诀呢……本打算给呼延云打个电话，看看他在不在医院，这样两件事情可以合成一件办，但是考虑到自己逃走后，按照警方的工作习惯，第一要做的必定是监控她的手机，所以不但不敢打电话，还把手机卡取出，掰坏后丢进路边的垃圾桶里，然后打车来到了市第一医院。

昨天她托付在医院院办工作的老同学给姥姥找个床位，老同学很给力，已经将姥姥从急诊大厅迁到了住院部二楼的病房里，这时早就过了探视时间，但是只要有陪床的家属在，打个招呼就还能进去，恰好，呼延云的大舅正在楼道里抽烟，看见蕾蓉，就把她迎了进去。

"姥姥的情况怎么样？"蕾蓉问道。

大舅的双眼红通通的，不知是哭的还是熬的："今天上午突然便血，医生说得输血，不然人扛不住，可是输血之后，她浑身起了好多荨麻疹一样的疙瘩，痒得不行，医生又不敢随便给用抗过敏的药，折腾了一晚上才刚刚睡下——老太太这次可遭罪了。"

蕾蓉怔怔地站了一会儿，问道："呼延不在吗？"

"他和他妈昨天陪床整整一夜，今天接着在医院待了大半天，我怕他们这样下去也会熬出病来，让他们先回家睡一觉，明天再过来。"

蕾蓉点点头:"那我先去看看姥姥吧。"

大舅一指左边的病房:"在最里面那个床上,轻点儿,千万别再吵醒她。"

蕾蓉慢慢地走进了病房。早已熄灯的房间里黑黢黢的,约略能看出并排摆放着四张病床,一股酸奶和消毒水掺在一起的奇怪味道充入鼻孔。她摸索着来到姥姥的病床前,借着一注月光,看到姥姥那张脱了相的脸蛋上,腮帮子已经深深地凹陷了下去,也许是输血后过敏的瘙痒难忍吧,她那皮包骨头的右手还停在左手手背上,保持着搔抓的样子……病痛的折磨让她在睡梦中也皱紧了眉毛,呼吸声像在"哟,哟"的呻吟,听在耳中,揪心一样疼。

姥姥,蓉蓉要走了,你还能像许多年前那样,站在胡同口,悄悄地目送我离去吗?

蕾蓉捂住嘴,大颗大颗的泪珠滚下面颊,为了不发出哭声,她把悲伤使劲吞咽着,肩膀颤抖得像在寒风之中。

忽然,一双手轻轻地揽住了她的肩膀。

她转过身,泪光中,依稀可见的是郭小芬那美丽而忧伤的面容。

两个人静静地待了一会儿,才走出了病房。

在楼道里,蕾蓉擦干了泪水:"小郭,你怎么来了?"

"最近出了好多的事情,我心里很乱,想找呼延聊聊,听说他姥姥病了,他陪她在这里住院,就赶了过来,谁知他不在,倒是碰上了你。"郭小芬苦笑了一下说,"姐姐你还好吧,我看这几天的报纸上,连篇累牍的净是攻击你的文章,说你涉嫌杀人被停职审查、还指使人殴打记者什么的,今天上午,逐高集团总裁钱承猝死,有些报纸说你也在场,说你成了'富豪的保健医生'……"

对钱承的死，蕾蓉不想说什么："老马有什么消息吗？"

郭小芬摇了摇头："我托市局的朋友打听，只知道他被四处审查了，再也没有一点音信。"

看着她神情黯然的样子，蕾蓉说："小郭，你最近遇到了什么事？感觉特别憔悴。"

郭小芬用雪白的牙齿轻轻撕咬着下嘴唇的一块皮，很久，才慢慢地说："我男朋友来了……"

"哦？"蕾蓉望着她，不知道该接什么话好。

"我们是大学同学，谈恋爱好多年了，前两年我想嫁给他，可是他非说要创业什么的，跑到上海去了，跟着别人炒股，赔了个精光，为此我们不知道吵了多少架，每一次争吵就像往感情的酒坛里兑水。到如今，我对结婚的事情已经没什么感觉了，他前两天突然回来，逼我和他结婚，我拒绝了，两个人闹得很不愉快。我不知道这样下去该怎么办……"

"不要过分苛求他。"蕾蓉劝她道，"也许他已经很努力了。"

"我没有苛求他，我从来没要求他多挣钱、发大财，是他自己想要的太多，才让我们之间的沟壑越来越大，越来越深。"郭小芬痛苦地说，"男人总说他们所作所为的一切是为了女人，可是他们从来也没有问过女人到底想要什么……"

一个查房的护士走了过来，蕾蓉拉着郭小芬走出病区，来到宽敞的楼层阳台上，望着外面沉沉的夜色，呼吸着浮尘依旧的空气，两个人都感到难以言说的苦涩。

"你还爱他吗？"蕾蓉低声问。

郭小芬沉默了片刻，慢慢地说："要说一点感情都没有，是不可能的，但是要说爱，我找不回从前的感觉了。他跟我说，让我结婚后跟他一起回他家，一个地级市，我一听心里就发慌，难道我这些年的打拼就成了竹篮打水一场空了？这些年我们《法制时报》走了多少家在外地的记者、编辑啊，他们栉风沐雨地采写稿子，点灯熬油地编辑版面，可依旧买不起车，买不起房，谈了恋爱的也难免分手，最后只能黯然地离开这座城市——一个人活着，最可怕的是什么？是站在这里，就能看到十年后的自己：依然没有稳定的工作，依然没有自己的房子，依然没有任何保障，辛辛苦苦地挣钱只够勉强糊口，所有的理想和爱情都在日复一日的忙碌中荡然无存……"

听着郭小芬的喃喃自语，蕾蓉不由得辛酸起来，她想起高大伦来，那个对法医事业一片痴情的汉子，兢兢业业，一丝不苟，可是挣的那点工资，也就将将够租房子和吃饭，由于他没有编制，评奖和提干根本没有他的份儿，这么下去，再过十年，甚至二十年，他还不是要回到小县城去。

想到这里，蕾蓉一声长叹。

"姐姐，你是个法医，你听说过用简单的口诀就判断一个人的死亡吗？"郭小芬突然问道。

蕾蓉哆嗦了一下。

郭小芬说："微博上都传开了，说有人在钱承倒下的前一刻，听到两个人用口诀特别准确地预测了他的死亡，你当时在现场，不知道这件事吗？"

蕾蓉僵硬地摇了摇头。

"还有人跟帖呢，说前两天地铁里发生了一起婴儿死亡的事故，事故发生前，也听到两个人预测说婴儿会被人群踩踏而死，精准绝伦！"郭小芬完全没有发现蕾蓉惨白的脸色，兀自扶着阳台围栏说，"我还想呢，假如感情方面也有这么个断死奇术该多好,算一算我和男朋友的感情是不是真的无可挽回……让我不要再在这半死不活的状态中受煎熬。"

就在这时,蕾蓉发现,下面的院子里,三个身穿便衣的人向住院部的楼门走来,路灯的照射下,为首一人分明就是四处的谢警官!

他们这么快就追到这里来了?!

蕾蓉马上把郭小芬拉回楼道,对她说:"小郭,我有点急事,要马上离开,你见到呼延云,一定告诉他,说我回江南去了,他知道什么意思。"

说完,她钻进安全出口的步行梯通道,匆匆下楼去了。

下到一层,听那三个人上了电梯,电梯门关上之后,蕾蓉三步并作两步地出了住院楼,飞快地在医院院区里奔走着。

子夜时分,院区里的每条路都空空如也,蕾蓉胡走一气,直到撞上一堵围墙,才发现自己迷了路,但是能感觉出,墙的外面应该就是街道了。

眼下要尽快找到出去的门。

她往右看了一眼,只见不远处开着一道小门,旁边低矮的平房上压着一蓬松枝,路灯照耀下,在暗夜中放射出阴森森的绿色。

"这小门可走不得,面朝西南,在奇门遁甲中属于死门,旁边就是太平间,除了死人、家属和工作人员之外,从这个门往外走会伤元阳的……"

多年前姥姥的叮咛,突然回响在耳畔。

什么死门!要再不赶紧出去,被四处的人抓住,那我才真是死定了!

这么想着,蕾蓉大步走过去,只见一个瘦高的年轻人正关上铁门，准备用一串黄铜铁链给铁门上锁。

"对不起。"她说，"我是探视病人的家属，走迷路了，能麻烦你打开门，让我出去吗？"

年轻人转过身来，煞白的脸像一具流干了血似的尸体，他看了蕾蓉一眼，点点头，然后把铁门打开了一道缝隙。

蕾蓉立刻向那道缝隙挤了过去，她觉得缝隙有点窄，窄得像不愿意让自己通过似的。

一瞬间，她想起了清洁工曾对她说的，咒死出租车司机穆红勇的小伙子"长了一张煞白煞白的脸"，还有地铁里的婴儿踩踏事件发生后，她请工作人员协助调出监控视频时，那个时尚女孩指认出的年轻人：个子比较高，脸白得一丝血色都没有……

她知道自己错了，可一切都太晚了——

"呼"的一声！

一股凶狠的风冲她的后脑狠狠砸下，剧痛之后，她彻底失去了知觉。

第十三章 营救老马

凡他物伤，若在头脑者，其皮不破，即须骨肉损也。若在其他虚处。即临时看验。

——《洗冤录·卷之四（验他物及手足伤死）》

郭小芬郁郁不乐地下了楼，埋着头向医院大门口走去，突然听见身后有几个人的脚步声，他们边走边谈论着什么，其中一个人的声音听起来很耳熟，回头一看，竟是姚远。

两个人都是一愣。姚远赶紧跟身边的王雪芽介绍道："王总，这是我女朋友，她……她来接我。"王雪芽笑道："小两口还挺恩爱，你先陪她吧。"然后和另外一个又瘦又矮的人匆匆向停车场走去。

"你怎么在这里？"姚远有点不高兴，"这都几点了，你还不回家，出点事儿咋办！"

"我是记者，再晚的时间都有在外面采访的，你要是担心我，前两年就不应该丢下我一个人去上海！"郭小芬没好气地说。

深夜的医院格外安静，两个人的争吵像撕破了什么，接下来的沉寂显得空空荡荡。

很久，他们面对面站着，谁也不看谁的眼睛，最后还是姚远先说话了："小小，我们能好好说话，不吵架吗？"

郭小芬深深地吁了一口气:"我是来医院看望一个病人……你这么晚了怎么也在这里?"

姚远说:"我们公司上午不是开记者招待会,与这家医院达成战略合作,一起启动那个'健康更新工程'合作项目了吗?我是和刚才的王总一起来找院长敲定合作细节的。"

郭小芬有点惊讶地问:"上午的记者招待会上,你们公司总裁钱承不是刚刚猝死吗,怎么还有心思办这事?"

"八宝山天天烧人,地球还不转了?"姚远说,"治丧的事情公司有专人办理,'健康更新工程'是大事,不能停的,董事会已经授予王总全权处理。这家医院也非常重视这次合作,刚才那个又瘦又矮的是院长助理张文质,专门和我们对接此事的。"

"'健康更新工程'到底是个什么东西啊?"郭小芬问。

姚远大致介绍了一遍,郭小芬越听,眉头皱得越紧,听完了说:"姚远,我是做法制报道的,医疗的事情不是很懂,但是近几年人体器官倒卖活动十分猖獗,不法分子为了追求暴利,都到了光天化日劫持路人麻醉取肾的地步。你们那个'健康更新工程',说白了就是给人换零件,那么零件从哪里来,供体是谁,你都知道吗?"

"这是公司商业秘密。"

"这不应该是秘密!"郭小芬严肃地说,"这就好像上市新药不标药品成分、饮料食品不写添加剂含量一样,都是不可以的事情。说不清供体来源的器官移植手术是非法的,你可要加小心,别涉入太深,如果发现什么不正常的情况要及时跟我说——"

"然后你写完稿子,拿出去扬名?"姚远讽刺地说,"郭大记者真是敬业啊!"

郭小芬只觉得心头腾起一股火儿,她提醒姚远,纯粹是担心他被牵扯进违法事件，竟被如此误解："姚远，大学毕业之前咱俩谈过，假如将来找到一份很不错的工作，但职业要求与基本道德相违背该怎么办？我记得你那时特别坚定地说：宁可辞职，也要捍卫道德的底线，现在你怎么变成了这样？！"

"你当你还是大学刚毕业？你当你还是不谙世事的学生？"姚远冷笑道，"基本道德，基本就是胡扯，还不如五分钢镚儿值钱呢！过去我确实觉得活在世上要遵守基本道德，后来发现行不通，我稍微有点道德我就是地铁上永远没有座儿的那个，接下来我想，退一步吧，活着又不是为了脑袋上总要套一光圈，遵守基本规则就行，结果在股市里折腾一年，股民们倒是挺遵守规则呢，架不住那些操纵股市的大鳄，靠着不守规则套我们的钱啊，结果你看我赔的，连媳妇儿都要跑了……"

郭小芬越听，身上的血越冷，她很悲哀，又无能为力，只能看着这个曾经熟悉的陌生人，很久，转过身走出了医院的大门。

姚远一直站在原地，望着她的背影，好像看着一段已经逝去的时光。

郭小芬沿着医院的围墙走出很远，忽然想起蕾蓉临别的嘱托，拿出手机给呼延云打了个电话，半天才接通，话筒中的声音沉闷而含糊，显然是从梦中被拖醒的："小郭，啥事？"

"打扰你睡觉了，不好意思。"郭小芬把蕾蓉刚才来医院看姥姥、匆匆离去前留言的经过说了一遍，电话那边半天没有声音，她以为是断了，连忙"喂，喂"了两声，呼延云有点烦躁："我在，等一下，我想一想……你说蕾蓉走得很急，当时发生了什么特殊情况吗？"

郭小芬想了想说："没有啊，她走后我有点糊涂，还打她手机来着，关机。"

"她应该有手机，却不亲自给我打电话告别，也不发短信，还关机了，难道是手机没电了？她走得很急，又说要回南方，这是面临极大危险时才会采取的办法，那么她的手机就不是没电，而是担心被跟踪……"呼延云自言自语道，"对了小郭，这两天我在医院看护我姥姥，没有看新闻，是不是又发生了什么和蕾蓉有关的事件？"

"有的。"郭小芬就把钱承之死、蕾蓉在现场验尸、有人传闻听到"死亡预测"等事，给呼延云讲了一遍。

呼延云顿时紧张了起来："你现在还在市第一医院附近对吗？好，旁边有个特别大的肯德基，二十四小时营业的，你到那里面等着我，我马上打车过去找你。"

放下电话，呼延云赶紧穿好外衣准备出门，只觉得脑袋昏沉沉的，又有些口渴，拿了大玻璃杯子来到厨房，想接点清凉的自来水喝，不知哪根筋搭错了，竟把一缸子水举过额头往下倒，被淋得"哎哟"一声惨叫，他哭笑不得地抹了把脸，反倒清醒了一些。

他想：蕾蓉最近面临的压力既有舆论，也有源头不明的构陷，而她匆匆逃避的肯定不是前者，应该是后者——担心手机被追踪更说明了这一点。那么蕾蓉要想"回南方"，肯定不会坐飞机、坐火车，应该是通过溪香舍走"秘密渠道"……

想到这里，他给"玉浮阁"茶楼打了个电话——那里是溪香舍在本市的联络处，接电话的是茶楼的经理侯志华，外号叫"猴子"的，最是聪明伶俐的一个人，这时在电话里却一肚子火气："呼延，我们这儿被人抄了。"

呼延云大吃一惊："怎么回事？"

"刚才，茶楼正要打烊，突然冲进来几个人，不分青红皂白就说要搜查，我让他们出示搜查证，他们说是名茗馆派来的，我说既然是'四大'的兄弟，更要给面子啊，不能说搜就搜，好嘛，卡着我后脖子甩到一边，所有员工都集中到一楼，电话只让我接，不让我往外打，现在还在这儿翻箱倒柜呢！"

呼延云勃然大怒："你把他们领头的叫来，我和他说话！"

猴子直接把电话给身边的郭炜，不屑地一努嘴道："呶，找你的。"

郭炜接过电话刚说了一个"喂"字，呼延云就恶狠狠地说："带着你的人，滚出去！"

郭炜火了："你是谁？"

"我叫呼延云，不知道就去问问爱新觉罗·凝！"呼延云道，"如果是她让你来搜玉浮阁的，你马上打电话告诉她，'四大'之间只协作不拆台，是中国推理界最起码的规矩，她要想破坏，就考虑清楚，有没有能力承担破坏的后果！"

电话"啪"的一声挂上了。

郭炜愣了片刻，他一向做事周密，这回却惹上了大麻烦，搜查玉浮阁的命令的确是凝下的，发现蕾蓉逃走后，凝马上想到蕾蓉可能会利用溪香舍的"秘密渠道"南下，所以让郭炜速去玉浮阁，装成客人闯进去查看，但是等赶到了，一看玉浮阁要打烊，情急之下管不了许多，带人就冲了进去，并亮出了字号。

"我说，还不带着你的人走？"猴子说。

郭炜瞪了她一眼，打了个手势，带着人离开了玉浮阁。

猴子赶紧打电话给呼延云报告，这时呼延云已经坐在了出租车上："他们走不远的，肯定还在附近埋伏着呢。"

"到底出了什么事情？"猴子一头雾水。

听她的口气，似乎完全不知道蕾蓉的事情，难道蕾蓉根本没有来过玉浮阁？那她要怎样南下？名茗馆夜闯玉浮阁，莫非是要搜寻那份绝密的档案？他们应该知道那份档案不可能放在那里啊。

呼延云越想越凌乱，只好含混地说："猴子，你给溪香舍总部打个电话，告诉余柔：保护好蕾蓉——遇到解决不了的困难，就来问我。"

呼延云是独立的推理者，拒绝加入"四大"中的任何一派，也和每一派都多少有些交往，其中与溪香舍最是亲近，所以猴子痛快地答道："你放心！"

望着车窗外深沉的夜色，呼延云知道这是异常凶险的一刻，一步也不能走错。郭炜带人退出了玉浮阁，但他们肯定还要在附近监视，等待蕾蓉自投罗网。这种情况下，必须有个警界内部的帮手，这个帮手要有不顾一切保护蕾蓉的胆识和义气，过去，可以找林香茗，而现在，他能想到的，只有刘思绡。

郭小芬坐在肯德基的窗边，慢慢地啜着一杯热朱古力，望着大街对面一溜嶙峋的平房，深邃的胡同里异常的幽暗，几棵枝丫伸展的大树犹如裂开了夜幕……正在出神间，对面一个人坐了下来，一看竟是刘思绡，心中便是一暖，微笑道："你怎么来了？"

"有人给我打电话，说蕾蓉出事了，要和你一起商量一下，我刚好在市局值班呢，反正也不远，就开车过来看看。"刘思绡说。

这时，呼延云也走了进来，来到她们近前。这是个四人桌，刘思绡和郭小芬对面而坐，他犹豫了一下，在刘思绡的身边坐下，刘思绡立刻将椅子挪到一旁，弄得呼延云十分尴尬。

郭小芬知道因为林香茗的缘故,刘思缈恨透了呼延云,只当作没看见,把蕾蓉来市第一医院的经过讲了一遍。

刘思缈越听越惊讶,待她讲完了,把自己两次被蕾蓉找去鉴定人骨快递的事情也细细说了一番,郭小芬拿着一支笔在纸上勾勒着时间和要点,最后皱着眉头说:"短短几天时间,蕾蓉姐咋被弄得内外交困的——还有第三次装着人骨什么的包裹投递过来吗?"

刘思缈摇摇头说:"这几天市里发生了几起流动人口失踪案,我忙得不行,蕾蓉没有找我,我也就没有主动问,没听说什么新的消息。"

呼延云把蕾蓉前两天来医院找自己的事情也讲了一下,郭小芬和刘思缈听完,沉默了很久。

"你说的那句'并不是每块人骨的后面都有一个受害者'——是至理!"郭小芬望着呼延云说,"问题在于,如果快递人骨真的仅仅是一种陷害她的手段,那么要怎样才能达到目的呢?"

刘思缈也说:"那几个包裹虽然简陋,但也正因为简陋,我没有从上面提取到什么证据——包括微量证据。"

"寻找证据固然重要,但有时候,寻找那些本该存在却没有存在的证据,更重要。"呼延云随口说了一句。

刘思缈冷冷地说:"用不着你提醒我!"

呼延云无奈地撇了撇嘴,正在这时,手机响了,他一看是个不认识的号码,接听之后,话筒里传来一个猫咪般绵软甜腻的声音:"是呼延老师吗?"

"哪位?"

"爱新觉罗·凝。"

呼延云吃了一惊,名茗馆馆主,以前通过一两次电话,却并没有见过面。"这么晚了，你找我什么事？"

"我是专门来给呼延老师道歉的，名茗馆做事不周，误闯玉浮阁，还请您海涵。"

话里有话，明着道歉，暗里分明点出呼延云偏向溪香舍。但呼延云坦然道："这歉道得及时！溪香舍和我有非同一般的情谊，就是容不得你们乱闯……这话先放下，蕾蓉的事情是怎么回事？谁给你们的权力抓她？！"

"您误会了，我们不是抓蕾蓉，而是要保护她。"爱新觉罗·凝从收到三个装有尸骸的包裹说起，一直讲到利用"弧矢七"锁定蕾蓉为疑凶。"最近一段时间，围绕她出了一系列的恶性事件：对穆红勇的不当言论引发舆论批评，连续收到不明尸骸却不上报，目睹马笑中杀人却不检举，钱承死亡时她又莫名其妙地身在现场……再这样下去，恐怕会有更严重的事端，这种情况下，我们征求了四处的意见，决定对她进行保护性拘留。"

呼延云说："凝，你是名茗馆的馆主，应该具备高人一等的逻辑推理素质。这个事情中，你用的是比对推理——推理形式为：已知对象 A 具有特征 a、b、c，被考察对象 X 具有特征 a、b、c，所以 X 就是 A——你给嫌犯设置的三个特征是：1. 家住西丰路附近，2. 工作地点在平实路附近，3. 喜欢到莲玉街一带休闲娱乐——蕾蓉——符合，所以你得出结论：蕾蓉就是嫌犯。问题在于，你给已知对象 A 设置的特征，只是 A 的部分特征，而非充分特征，我敢和你打个赌，就按照你列的这三个特征来套，我至少能再找出一百个人来，蕾蓉并不具有唯一性，所以'蕾蓉就是凶嫌'这个结论根本站不住脚！"

凝一时间哑口无言，但小姑娘毕竟聪灵过人，很快就说："所以，我们对她仅仅是保护性拘留，而不是抓捕啊……我刚才已经说了，即便三个装有尸骸的包裹真是蕾蓉递出的，我也不认为她是杀人之后干的，而是为了保住职位，掩盖自己杀害钱承罪行所采取的一种手段！"

呼延云大怒："你凭什么说钱承是蕾蓉杀害的？！"

"这就是我今天给您打电话的第二个原因。"凝笑着说，"我已经给另外三大推理咨询机构发出邮件，请求他们明天各自派出代表，在名茗馆会商十四年前的'吴虚子案件'，不知道呼延老师有没有兴趣参与？"

呼延云身子不由得微微一颤。

夜色苍茫，天幕下，兀立于对面胡同中的几棵老树，在风中泼墨一般，摇摆着枝叶。

该来的，终于还是来了。

"吴虚子一案不是早就结案了吗？"呼延云装糊涂，"还有什么会商的必要？"

凝轻轻一笑道："案子嘛，确实早就结了，但据我所知，那案子牵涉到四大推理咨询机构之一的某个天大的秘密，而这个大秘密出于某种原因，一直被千方百计地遮掩，十四年过去，到了今天这个份儿上，该是让它大白于天下的时候了。"

挂断电话，呼延云半天沉默不语，两个女孩子看他神情恍惚的样子，竟不知道该说什么好。

终于，呼延云长叹一声道："这个节骨眼儿上，怎么把这笔旧账翻出来了！"

郭小芬小心翼翼地问："吴虚子案件……是什么啊？"

呼延云的眼神一阵迷离，片刻，他苦笑道："还是想想怎么找到蕾蓉吧，她既然要回江南，为什么没有抓紧和玉浮阁取得联系呢？"

"也许,她是预料到名茗馆会派人埋伏在那附近抓她吧。"刘思缈说,"我倒觉得,事到如今,还蕾蓉清白比找到她更为重要。"

郭小芬说:"思缈这话有道理,要是不能还蕾蓉一个清白,就算找到她,也只能帮她东躲西藏的,不是长久之计。"

呼延云揉了揉酸痛的眼眶。"两天没睡,脑子里都是糨糊……应该从哪里找到突破口呢?"

刘思缈用指尖轻轻地点着桌子,说:"蕾蓉遇到的四个麻烦:第一个,穆红勇事件,属于舆论问题,短时间谁也改变不了;第二个,系列尸骸投递案,案情过于复杂,不妨谋定后动;第三个,钱承死亡事件,恐怕只有一流的法医才能解析得清楚,所以真相到底是怎么回事,还是等蕾蓉自己破解吧……我们要把案件的突破口锁定在马笑中案件上。"

"马笑中案件?"呼延云一愣。

刘思缈把脸转向郭小芬说:"此案我已要来了全部资料,如果能够尽快找出疑点,洗清老马,就等于在套住蕾蓉的铁链上打碎了一环,而且,老马一旦自由,我们这盘棋就下活了。"

郭小芬眼睛一亮,她听懂了刘思缈的意思:蕾蓉遇到的麻烦来自各个层面,所以解救她的办法也应是不拘一格。作为市局刑事技术处副处长,刘思缈的工作有诸多限制,而马笑中就不同了,他在社会上混得更开,能量大得惊人,一旦把他救出来,不仅可以添一只臂膀,而且很多渠道都能顺利打开,加以利用。

这时,刘思缈已经从黑色挎包里拿出了自己的平板电脑,调出了马笑中一案的电子资料,给郭小芬详细地讲解了一番,最后说:"有人证,有物证,有法医学证据——那证据还是蕾蓉自己做的尸检,我翻来覆去审查了好几遍证据链,实在是没有发现什么矛盾之处。"

"证据链……"呼延云盯着刘思缈的电脑屏幕，忽然说，"思缈，你说的证据链是不是如下这些：举报人看见马笑中用一块砖头连续击打那个袭击者，造成袭击者死亡；蕾蓉的尸检结果表明，袭击者死于砖头连续击打导致的外伤性硬膜外血肿，引发动脉性出血死亡；犯罪现场提取的物证表明，死者周围确实留下了总体积为一块砖头大小的黏土碎块，成分包括页岩、煤矸石等粉料？"

刘思缈"嗯"了一声。

"不妨分析一下你说的证据链。"呼延云站了起来，一边挤按着睛明穴，一边绕着桌子喃喃自语，"举报人的口供，口供是最不可信的，扔到一边去；蕾蓉的尸检结果，那是科学，科学也需要质疑，不过可信度要高得多；犯罪现场提取的物证，嗯，所有证据中，物证是最可靠的一种。那么，问题出在证据链的逻辑关系中，连续用砖头砸击，创腔多个层次中提取到砖头粉末，也就是说砖头随着击打，散碎程度很高——思缈，你听说过折纸定律吗？"

刘思缈点了点头："任何纸张，对折不能超过九次。"

"为什么啊？"郭小芬不大明白。

刘思缈道："一般的纸张，对折八次就是极限，有二百五十六层了。"

"你肯定没用板砖拍过人，板砖也有这样的定律。"呼延云拍着后脑勺说，"第一次拍，一般就断成两半了，接下来用巴掌那么大的断砖击打，随着砖块的体积变小，断裂的可能性就很低了，击打起来也很吃力，再往下就更难断裂了，就算断裂了也没意义，你想啊，你手里握着一萨其马砸人，可能吗——也就是说，真凶在马笑中走后，搬来很多砖头继续击打受害人同一个创腔，才造成受害人死亡，并将马笑中用过的砖头弄得更碎，妄图给警方造成'一切都是马笑中用一块砖头连续砸击造成的结果'……"

"可是，这仅仅是从逻辑上证明了举报人的口供不成立。"

"逻辑上的缺口，永远会有证据来填补。"呼延云说，"既然我们推理：凶手是搬来很多砖头才砸死受害人的，那么犯罪现场就少了一些东西——"

"多余的碎砖块。"刘思缈说。

呼延云点了点头："既然犯罪现场留下的砖块刚好可以组合成一整块砖头，那么我们可以推理，在那么个黑灯瞎火的胡同里，凶手不会先搬来一堆砖头砸人，然后好整以暇地从碎砖头中挑出马笑中砸人的留下，再把自己砸人的砖块拿走——他一定是先用什么垫在受害者身子下面再动手，这样完事后，只要把多余的碎砖头一兜就兜走了。"

郭小芬想了想说："难道他事先准备了塑料布？"

"不对，受害者被马笑中砸昏，是一个偶发行为，按照真凶的策划，受害者本来应该用铁棍砸死你和蕾蓉，谁知半路杀出个马笑中。"呼延云说，"由此推理，真凶杀人灭口也是突发行为，他的凶器（砖头）必然是从附近找来的，他兜砖头的用具也一定是随手就能得到的——"

郭小芬恍然大悟："我明白了，是他穿的衣服！"

"还有呢？"呼延云问。

"还有……"郭小芬想了想，"他不可能用衣服兜着碎砖头上街去，太引人注目了，所以，那些带血的碎砖头一定扔在附近了。"

"胡同再破烂，突然出现一地碎砖头，也会让人惊讶吧。"呼延云小小地伸了一下懒腰，"怎样藏起一棵树？最好的办法就是种到树林里，所以，去找找附近的砖堆，也许会有发现。"

"我给丰奇和田跃进打个电话，让他们去那个胡同的砖堆边找一找证据。"刘思缈立刻拨打手机。

丰奇和田跃进接到电话，马上动身。这空当，呼延云把爱新觉罗·凝用"弧矢七"分析出蕾蓉是快递尸骸的真凶讲了一遍，刘思缈听完，皱起了眉头："'弧矢七'我知道，在美国留学的时候，我还用它配合芝加哥警方调查过一起贩毒案件，最近一段时间，市刑警队也引进了这个系统，凡是系列杀人案都要求加以应用……但是不对啊，一来定位点太少了，符合基本信度的常规分析也至少需要五个地址，现在只有三个，怎么能做剖绘？二来，犯罪地理剖绘还不是一个成熟的技术，跟行为科学一样，只是用来缩小调查范围，用经过多次确定的犯罪人特征来排查嫌疑人的，何谈'锁定'真凶？这个爱新觉罗·凝怎么搞的，是不是以为自己会几个英文软件就可以称霸天下了？！"

呼延云也对凝十分不满："她居然还给另外三大推理咨询机构发电子邮件，要求明天会商吴虚子一案，真不知道到底想闹出多大风浪才罢休！"

"到底'吴虚子一案'是什么啊，搞得神神秘秘的？"郭小芬问。

刘思缈摇摇头："我只听说，那是许多年前发生在南京的系列杀人案，案情十分诡异，凶手已经伏法，不知道现在翻出这个旧案来做什么？"

呼延云没有说话。

这时，刘思缈的手机响了，她刚一接听，一向冷若冰霜的脸上流露出笑意:"好!太好了!你们马上带到市局去,我带你们到化验室做 DNA 比对!"

放下电话,她有些激动地说:"发现了,带血的碎砖块!"

呼延云马上说:"咱们分一下工,思缈,你回市局等丰奇他们,验一下砖块上的血液,是否和受害者的 DNA 相同,DNA 快检的结果应该在三十分钟就能拿出来吧,一旦相同,你马上向上级汇报,有推理,有物证,老马可以马上被释放,我和小郭去一趟四处,接他出来。"

刘思缈嘲讽道:"你知道四处大门朝哪边开吗?"

"我有亲戚在那里上班。"呼延云说,"思缈,老马这个事情办妥,你还有一件事情要连夜处理——"

"我知道什么事。"刘思缈说。

呼延云看着她。

刘思缈说:"连夜把那个举报人抓起来,讯问他收了谁的好处,指使他诬告马笑中,这很可能会帮我们抓出幕后的真凶。"

"这个确实需要,不过,我说的不是这件事。"呼延云看着她,一个字一个字地说,"我说的是:你办完检验的事情,要赶紧去一趟部里,利用你现有的关系,找一下课一组,和他们说明,无论如何也要在明天的投票程序中,给蕾蓉以支持,不然,蕾蓉就麻烦大了!"

刘思缈和郭小芬都有点发呆,怎么会严重到这个地步?

"我没开玩笑。"呼延云说,"爱新觉罗·凝既然召集'四大'开会,必然会对某些涉及蕾蓉的事情进行表决,按照规矩,'四大'中只要有三票通过,就必须执行,名茗馆那一票肯定要对蕾蓉不利,九十九与溪香舍长期不和,很可能也会对蕾蓉投出不利的一票,所以关键就看课一组那一票了。"

刘思绺想说话，话到嘴边，又生生咽了下去。

她站起身说了一句"好吧"，就朝大门外走去。

呼延云望着她的背影，觉得有些沉重，但看看时间，已经是凌晨两点了，事态紧迫，也顾不得许多，拉上郭小芬，打了个车就去天算大厦——那里的地下二层表面上是车库，其实是四处的办公地点。

坐在出租车里，两个人很长时间都没有说话，呼延云好像太疲惫了，把脑袋靠在车窗上眯瞪了一会儿。郭小芬满腔的心事，瞪着两只眼睛，久久地望着深浅莫测的夜色，忽然说了一句："呼延，你觉得，一个人坚持理想和信念，是不是真的很难？"

呼延云迷迷糊糊地说："世上最难坚持的就是活着，能活着，就能坚持。"

世界上最难坚持的就是活着。

郭小芬慢慢地转过头，看着窝在车座角落里的呼延云，不知是一种什么样的情愫，她看了他许久，然后深深地叹了口气。

出租车在天算大厦门口停下，郭小芬跟着呼延云下了车，朝地下车库走去。车库虽然亮着灯，但那些或闪烁，或呆滞，或飘忽，或凄迷的灯光，活像是恐怖电影中的布景，令她有点害怕，不由得往呼延云的身边靠了靠。

呼延云看了她一眼问："怎么了？"

"这里面怪瘆得慌的……"

呼延云挽住她的胳膊说："别怕，一起走。"

郭小芬紧紧地挽着他，一起往前走去。

走到一堵墙的前面，呼延云将墙角一块青色的砖往右挪动了一下，墙上立刻出现了一道液晶显示屏，呼延云朝它挥了挥手，那堵墙的中间部分整体向上抬起，一条明亮的甬道展现在眼前，门口的持枪武警将呼延云和郭小芬带到哨卡旁边的值班室等待。郭小芬好奇地透过窗户往外面看，看到的只是一片迷宫似的隔间。

好安静啊，静到能听到自己的呼吸声。

突然，泄洪似的，甬道的远处传来了一阵噼里啪啦的脚步声和喧哗声。便见到一大片人由远处一点点走近，快到眼前了郭小芬才看出，被众人簇拥在中间的矮胖子正是马笑中。几天不见，似乎他又胖了一点，满面红光、得意扬扬的样子仿佛是从前线归来的一级战斗英雄。

"兄弟们留步，留步！"马笑中劝着身边那一大堆人，"再送，马某就真的愧不敢当了。"他抬眼看见郭小芬目瞪口呆地站在值班室门口，把手一指对众人道："看见没有，你们嫂子来接我了，我得赶紧回家了。"

于是，那一大帮子人都走过来管郭小芬叫"嫂子"，有几个看上去比马笑中年龄还大的，也叫得有模有样，弄得她哭笑不得。

"大家就送到这儿吧！"马笑中对着众人拱拱手，"这几天承蒙兄弟们照顾，好酒好菜供应着，老马都记在心里了，我们家地址刚才不是抄给你们了吗？赶明儿都做客去，我给你们做我最拿手的涮羊肉！谁不来谁是孙子，谁空手来谁他妈是重孙子！"

涮羊肉不就支一锅，搁好底料，倒上开水，往里面扔买来的羊肉片吗，哪里有什么"拿手"不"拿手"。郭小芬强忍着笑，和呼延云一起把马笑中接到外面，走出车库，马笑中呼吸了一口清新的空气，仰头感慨了一句："高处不胜寒啊！"

"死胖子，你嘚瑟什么嘚瑟，咋的，住拘留所还住出感情来了？"郭小芬不屑地瞥了他一眼。

"我的感情都在你小郭妹妹身上啊。"马笑中哈哈大笑,拍拍圆滚滚的肚皮道,"主要是这几天结交了不少四处的朋友,估计将来更有的混了。过去听李三多那老小子吹牛,说他'文化大革命'时被抓进劳改农场,第一天晚上闭上眼就能打呼噜,显摆自己心胸宽广,这一次,老马可没有输给他。不过,也还真要谢谢他,要不是他跟四处打了招呼,要他们照应着点儿,这回我没准儿还真折里面呢!"

李三多是市政法委副书记,一把年纪了,却是个老小孩,不知什么机缘,竟和马笑中成了忘年交,经常在一起喝酒吹牛,货真价实的铁哥们儿。

"你要感谢的人多了。"郭小芬说,"第一个该感谢的是呼延,要不是他推理出举报人口供与物证间的矛盾,然后思鄃去帮你申冤,你呀,说不定得把牢底坐穿呢。"

马笑中走上前来,紧紧握住呼延云的手,嘴唇嚅动了半天才说出一句:"代我谢谢思鄃!"

"快滚!"呼延云啼笑皆非地甩开他的手,"你个没良心的东西!"

"你们俩就别闹了。"郭小芬说,"老马你不知道,你在里面这几天,发生了好多事:蕾蓉被人诬陷为杀人犯了!"

马笑中满不在乎地竖起大拇指,指指自己鼻尖说:"甭担心,四处咱有人!"

"老马。"呼延云拍拍他的肩膀,"这回,蕾蓉遇到的可不是一般的麻烦,不然我们也没这么着急把你捞出来,因为很多事还真得需要你帮帮忙。"

"我说哥们儿,你不用把话说得这么实在吧!要是蕾蓉不出事,敢情你们根本没打算捞我啊。"马笑中把眼一瞪,旋即摆了摆手道,"罢了罢了,我大人有大量,这三更半夜的,不好老在这里站街,回头再给扫黄的抓了去。走,到我派出所去,那是老马的地盘儿,咱们商量商量怎么救蕾蓉。"

就在马笑中带着呼延云和郭小芬大摇大摆地回到望月园派出所的时候,刘思缈正在公安部门口的汉白玉石阶上踟蹰。

刚才,她回到市局,一面让技术科对砖头上的血迹做DNA快检,一面派人将那个举报人从家里"请"了过来。快检结果一出,和受害者符合,她马上给上级领导汇报,获准释放马笑中。同时,举报人被拉到审讯室严讯,很快他就招认,当时他经过胡同,确实看到马笑中用砖头砸受害者了,但只看到砸了一下,一时害怕就走掉了,第二天听说死了人,认定是马笑中干的,而且他以前因为小偷小摸被马笑中处理过,正好通过举报"报复马所长一下"。

这让刘思缈有点惋惜,因为不能指望通过举报人挖出后面的真凶了,赶紧驱车前往公安部,却终究止步于门口。

唉,呼延云只晓得我和课一组有联系,他哪里知道,我是为了寻找香茗的下落,经常来这里"闯宫",才偶尔接触了曾在课一组工作的一位文职警官,刚才打他的手机,关机……事实上,这个国家最高级别的刑侦咨询机构,一直笼罩着一层神秘而厚重的面纱,既没有人知道他们的最高指挥官是谁,也没有人知道他们是什么样的组织结构,更没有人知道他们的工作方式——这么晚了,让我到哪里去找他们啊!

一想到这里,她又惦念起林香茗来了,这种惦念就像此时此刻街上的灯火,湮没在苍茫的夜色中,却又星星点点,连绵不断……

"思缈?"身后传来一声呼唤。

刘思缈转过身,竟然看到了楚天瑛,十分惊讶:"这么晚了,你怎么在这里?"

每次见面,都是刘思缈闪躲楚天瑛的目光,因为他的目光实在太灼热,但是今天,不知道为什么,倒是楚天瑛的目光在闪躲:"我就是过来办点事。"

不对。

刚才听呼延云讲起,爱新觉罗·凝打电话来,提到了在锁定蕾蓉为凶嫌一事时,"楚天瑛警官也在场列席观看了我们使用'弧矢七'软件的过程",也就是说他也参加了针对蕾蓉的缉捕行动,那么,他连夜赶到部里,意欲何为?就是一件不能不追问的事情了。

"天瑛,你有事瞒着我,对不对?"刘思缈盯着他说。

楚天瑛抬起头,望着刘思缈:她不仅曾经是他在警官大学培训时的老师,还是他一见钟情、爱慕已久的女子,曾几何时,为了她,他连豁出命去都毫不犹豫——

楚天瑛叹了口气,把昨晚发生的事情大致讲述了一番:"郭炜他们进了蕾蓉家,发现她已经走脱之后,凝就让他们尽快到玉浮阁去,也许蕾蓉藏在那里,张燚劝她说这样可就彻底得罪溪香舍了,凝说无所谓,她正要让溪香舍出面向'四大'公布一些事,然后就给另外三大推理咨询机构写了一封相同的邮件,发过去后又让张燚短信各位领导者……"

"等一下。"刘思缈说,"难道凝知道课一组领导人的手机号?"

楚天瑛连忙说:"不是的,邮件她是发到课一组、溪香舍和九十九的公共邮箱,短信她只发给了溪香舍舍主余柔和九十九的掌门鹿婷。过了大约半个小时，溪香舍和九十九都回复了邮件，说同意明天召开'四大'紧急会议，余柔和鹿婷虽然不能亲自到场，但会派代表参加。又过了半个小时，课一组的回复邮件也到了，只说了一个'好'字，并没有说是否派代表参加。当时，名茗馆的几个人还颇为激动地讨论了一下，说不知道课一组究竟会派什么人出席。"

说到这里，楚天瑛咽了口唾沫说："正在这时，我的手机响了，一看号码就十分吃惊，那是部里的特别专线，一接听，是一个中年女人的声音，问我是不是楚天瑛，我说是，她说你马上到部里来一趟。我挂上电话，开着车就过来了，一到门口的值班室，报上名字，稍微等了一会儿，就有一位看上去在四十岁左右，面容非常安详的女子走了进来，一说话，我就听出她就是给我打电话的人。她引我走进办公大楼，在一个很小的侧厅里落座之后，让我陈述一下个人履历。我慢慢地讲述了一遍，那女子一直静静地听着。等我讲完了，她问：你被调到本市之后，对自己的个人发展有什么规划？我说我要努力工作，业余时间自修各项刑侦技能，提高破案率，等等，听完她又问我：你和蕾蓉的关系怎样？我就把和蕾蓉的几次交往和见面说了一遍，最后还补充了一句：我和蕾蓉没有什么私交，也谈不上关系怎样，只是对她在法医领域取得的成就十分钦佩。那女子点了点头，把一个牛皮纸信封递给了我说：明天，你代表课一组，去参加'四大'的联席会议。"

刘思缈不禁目瞪口呆！

楚天瑛苦笑道："我当时比你还震惊呢，说话都有点结巴了，连说自己恐怕不能胜任，那女子说：明天，你当着所有人打开这个信封，念一遍里面的信即可，信封上只有一句话，非常简单的任务，必须完成。"

说着他拿出了那个信封，很普通，摸上去比其他的牛皮纸信封要厚一些。

引人注目的是：信封的两头封口处粘得异常紧实，还都加盖着"课一组"三个字的红色火漆。

刘思缈将信封拿在手中，下意识地掂动着，仿佛里面是一张给危重病人开的秘方：是一丸攻心猛药，还是一剂凉血苦饮？没有人知道，她很想打开看看，但是"课一组"三个字的红色火漆像军事管理区门口的警告标识，令她不敢妄动。里面到底写了些什么？为什么要让楚天瑛来承担这一工作？"课一组"对蕾蓉的遭遇到底是个什么态度？明天的"四大"联席会议上到底要做什么表决？既然还不知道表决的内容，"课一组"为什么就已经给出了表决的意见？

"思缈，太晚了，我先送你回家吧。"楚天瑛说。

"不用，我自己有车。"刘思缈咬了咬嘴唇，突然抬起头对楚天瑛说："天瑛，我想求你件事。"

楚天瑛一愣。

他从来没有想到，刘思缈会对他说"我想求你件事"。

"天瑛，我可以用我的人格担保，蕾蓉是一个品格高尚的人，她可能会犯这样或那样的错误，但是绝对不会有一点点违法乱纪的行为，不管爱新觉罗·凝想用怎样的方法证明蕾蓉犯了罪，哪怕用美国的'深蓝'计算机反复验算并肯定了这个结论，我也坚信蕾蓉是无辜的，对她的刻意陷害，不仅仅隐藏着卑鄙的阴谋，还是对每一个有良知的警务人员的侮辱。"刘思缈一口气讲完了这些话，用诚挚的目光望着楚天瑛，"所以，天瑛，我恳求你，无论这信封里的信件上写的是什么，明天的会议上，你都要想方设法保护蕾蓉不受到伤害，你能答应我吗？"

刹那间，楚天瑛的神色变得异常冷峻。

他伸出手，从刘思缈的手上拿走了信封，转过身，向台阶下面大步走去。

第十四章 溪香密档

若究得行凶人，当来有窥谋、事迹分明、又已招伏，方可检出。若无影迹，即恐是酒醉卒死。

——《洗冤录·卷之一（疑难杂说上）》

"到现在为止，都没有蕾蓉的消息吗？"站在玉浮阁三层的阳台上，呼延云眺望远方，紫玉公园北边的长河尽收眼底：初春时节，微风徐徐，万千柳枝直垂水面，掀起无数涟漪。

猴子摇了摇头。

"她已经失踪快十个小时了。"

"呼延，你别怪我多嘴。"猴子说，"我知道你很替她担心，但是等会儿'四大'的会议上，你可千万记住规矩，无论争论什么话题，无论吵成什么样子，无论最后做出的决定是什么，你都不能擅自发言。"

按照"四大"默认的规矩，凡是非"四大"的成员，可以列席会议，却不可以在会上发言。所以呼延云今天来，心里很郁闷，好像赴宴却只许看不许吃一样，但涉及蕾蓉的安危，他宁可郁闷也要参加。

"呼延，猴子，名茗馆的人到了。"楼梯口出现了刘新宇的面容。他本是呼延云的中学同学，博学多才，却也因此而放浪形骸,大学毕业后一直没个稳定工作,前一阵子玉浮阁缺伙计,呼延云就把他推荐了过来。

呼延云和猴子一起沿着楼梯下到二楼,只见古香古色的厅堂里,已经按照东南西北的方位,布置了四张红木八仙桌,每张桌子边配了八把官帽椅。其中正东的桌子周围已经坐满了名茗馆的人,爱新觉罗·凝在上首的位置,捧着茶杯品茶,一派怡然自得的神情。而正南的桌子边也聚满溪香舍的人,时不时站起来引客或沏茶,一尽主人之道。正西的桌子边,有六七个人刚刚落座,上首位置是一个俊朗的男青年,穿着一件深灰色衬衫,右手无名指上一颗戒指银光闪闪,引人注目,看来他就是九十九派出的最高代表。

而正北留给课一组的位置上,还空无一人。

本来定在名茗馆总部举办的"四大"会议,是今早临时改在玉浮阁召开的。

溪香舍舍主余柔,年仅十七岁,以一介少女而执掌中国第一大推理门派,其才能可想而知。召开"四大"会议她应允了,但是一听说在名茗馆召开,断然拒绝,从无锡打电话给猴子说:"要开就在玉浮阁开,其他的地方不去!"

猴子明白她的意思。一来,商讨蕾蓉的事情,其他三大派的态度尚不可知,占据"主场"比较有心理优势。更重要的是:昨夜名茗馆一班人马擅闯玉浮阁,今天把"四大"的会议地点定在这里,就是明确向名茗馆重申:这儿是溪香舍的地盘,断不容胡来!爱新觉罗·凝何尝不知道余柔的用意,但眼下开会要紧,不能因小失大,只好同意。

猴子刚刚走下楼梯,九十九的代表就站起身来,走到她面前,微笑道:"我叫田笑强,是鹿婷姑娘派出的代表,鹿姑娘让我代她向您问好。"

九十九素以攻克不可能犯罪而闻名,门下集结了一大批一流的魔术师。猴子与田笑强握手时,感觉他的手指粗壮有力,料想他的魔术水平也一定不凡。只是九十九一向与溪香舍不和,今天讨论蕾蓉的事情,不知道他们会拿出怎样一个态度,须得多加小心。

正想着,爱新觉罗·凝已经走到了猴子的面前,笑着说:"会议开始前,我就昨天的事情,向溪香舍公开道个歉吧!"说完轻轻将身一躬。

这是名茗馆馆主的道歉,来得实在太突然,不禁引起一片惊讶的赞叹,更令秉性厚道的猴子有点惊惶,忙说:"不敢当,不敢当,没关系的,都是误会……"

"误会吗,倒未必。"凝嫣然一笑,"我道歉,是因为名茗馆馆员不应该擅闯溪香舍的领地,是因为'四大'的情谊,但是说到底,如果你们真的藏匿蕾蓉,或者协助她逃避法律的制裁,那么名茗馆一定会再闯玉浮阁。"

猴子才知道自己被她耍了,正要反唇相讥,突然听见一楼有人唱报:"课一组代表到!"

气氛陡然变得紧张起来。

虽然同列"四大",但此时此刻,厅堂里聚集的众人之中,见过课一组真面目的屈指可数,以至于许多人都屏住了呼吸,想一窥这中国顶级推理咨询机构的真面目。

啪嗒,啪嗒,啪嗒,啪嗒。

只有单一的脚步声,拾级而上。

然后,每个人都看到了登上楼梯口的楚天瑛。

一些认识他的人,不约而同地发出了"咦"的一声,倒是爱新觉罗·凝一笑,仿佛早就知道此事。

楚天瑛神情有点尴尬,轻轻一咳,将手中盖有"课一组"火漆的牛皮纸信封掏出,像请民警检验身份证一样呈现出来,低声说:"我是课一组代表楚天瑛,来参加今天的会议。"

有人在偷偷地笑。

倒是呼延云看不下去了,上前一把抓住楚天瑛的手,拉他到正北的八仙桌边,笑道:"楚兄,这里是给课一组预设的席位,请这边落座。"

宛如身穿单衣站在冰天雪地里,正瑟瑟发抖时,有人给自己披上了皮袄,一股暖流立刻涌上楚天瑛的心头。他无比感激地望了呼延云一眼,在正北的八仙桌边坐下,而呼延云也看似很随意地坐在了他的身边,与他寒暄起来,一如久违的朋友。

"四大"代表俱已到齐,会议开始了。

爱新觉罗·凝站起身道:"感谢诸位推理界的朋友于百忙之中参加今天的会议,会议是我昨晚突然召集的,想必大家还不大清楚缘由,这里就由我来做一阐释,中间如果有什么问题,请大家随时提出——"

她正要开讲,猴子忽然扬了一下手道:"稍等,我们舍主要求通过视频了解会议现场的情况。"说罢将笔记本电脑一个翻转,摄像头对准了厅堂的中心。

众人纷纷向电脑屏幕望去,想一睹溪香舍舍主余柔的真容,然而视频是单向的,余柔的电脑摄像头没有开。

爱新觉罗·凝便将"蕾蓉法医研究中心"近几天来连续收到装有尸骸的包裹,而后自己用"弧矢七"锁定蕾蓉为疑凶的前后经过,详细讲述了一遍,又请王文勇出来,把尸骸的法医学证据做了一番陈述,接下来又将市局刑技处对快递包裹的外包装的鉴定结论宣读了一番,最后说:"综上所述,我认为,蕾蓉是投递尸骸包裹的重要嫌疑人,她为了能在杀害钱承之后顺利脱罪,就在媒体对她口伐笔诛的情况下,寄出包裹,让警方误以为一起连续杀人案正在发生,从而保住自己的位置,好跻身钱承的尸检过程中,在第一时间毁灭杀人证据,但是由于她畏罪潜逃,所以她杀害钱承的具体方法、动机,还要等她归案之后才能了解清楚。"

猴子拍案而起:"凝馆主,请你说话注意一点!你说蕾蓉杀害钱承,却又找不出她的杀人动机,这算什么?这是赤裸裸的污蔑!"

"我今天来,就是为了找出这个动机啊!"凝一笑,"不过在此之前,我倒先要追溯一件旧案——整整十四年前,轰动南京的吴虚子案件。"

呼延云的眉宇微微一蹙。

"想必在座的,十四年前大多还是一群娃娃,至于我,那时也才刚刚上小学二年级,所以这件事只是听一些前辈提起,细节不是十分清楚,我只能大致勾勒如下。"凝的口吻变得沉重,"整个事件的起初,是南京夫子庙发现了一具尸体,死者为一名晨练的建筑公司老总,经过法医检验,死因不明;几天之后,迈皋桥一带出现了第二位死者,是国营第一食品厂的经理,尸检结果,依然没有发现死因,目击者只是说,死者好像中枪一般,突然倒毙——当然这两位死者的身上不要说弹孔了,连最浅的切割伤都没有发现。正在警方困惑不解时,集庆门游园附近又出现了第三位死者,是市服装厂的厂长,同样的猝死,同样的死因不明……"

"我有个问题。"楚天瑛打断了她。

"请讲。"凝说。

"三个地点,三起死亡——警方凭什么将它们并案呢?"

凝点了点头说:"这个嘛,说来好笑,但诸君听完,未必笑得出——因为三起死亡的现场,都在相对繁华、人群流动比较大的地点,所以都有目击者,而目击者在讲述案发情况时,都说:听到有人先低声吟诵了一首预测死亡的歌谣,然后死者就一命呜呼了,而且据他们回忆,歌谣中的字句准确地道出了死亡的时间和方式。"

"啊?!"

满厅堂爆发出一片惊呼,这岂不是和钱承死亡现场发生的一模一样吗?

"当然,警方对这种说法嗤之以鼻,谁会在二十世纪末相信什么巫蛊之术?但是不久之后,南京大学历史系专家找到警方,提供了一个重要的线索,那就是在中国古代,确实有一种神奇的'断死术',通过中医望诊的方式,判断出一个人死亡的时间、地点和方式,准确率相当高。当然,其中也有一些不可探究的诡异之处,比如有些死者生前面相健康、毫无疾病的征兆,却被断死的口诀硬是给'咒死'——从现代科学的角度看,这可能是利用了心理作用,即用某种恐怖预言诱发本来就患有心脑血管病的患者猝死,不过新中国建立以后,这种'断死术'就彻底失传了,不知怎么的竟又突然重现在这金陵古都……"

停了一停,凝继续说:"消息迅速扩散,一些居心叵测的人编造了各种'断死秘诀',口耳相传,有些人就给自己平时相处不睦的同事、亲友或者上级匿名邮寄或张贴'断死传单',有些收到传单的人真的被吓得心脏病发作,一命呜呼。这一下,南京警方重视起来,但是又不知该从何查起,最后还是请来了溪香舍协助办案。溪香舍那时的舍主是陈泰来先生,他带了几个年轻的弟子从无锡赶到南京，看了一遍材料就抓住了疑点——为什么那些目击者听到了有人念断死口诀，却都没有看到念口诀的人呢？"

厅堂里的人们都有恍然大悟的神色。

"陈泰来进一步调查表明：三位死者死亡的地点，都是他们每天有规律的晨练或散步的地方，也就是说，如果凶手是用某种固定的手段杀人，那么死者死亡的时间、地点、死亡方式，都可以编成口诀，提前用录音机录下，届时再在现场播放。"凝摊开手说，"但陈泰来依然困惑，即便凶手把录音机装在身上，周围的人不是也很容易就能发现声源吗？为什么现场就是没人发现声源在哪里呢？"

仿佛是给现场所有的推理者提出了一个问题，每个人都陷入了思索。

倒是田笑强气定神闲道："这还不简单，反差大一点就可以了。"

许多目光一下子集中到了田笑强的身上。看大多数人依然不明白自己的意思，他笑道："比如，录音机的声音是男的，那就让一个女孩子放在衣兜里，录音机的声音是成人的，就让一个小孩子拿着。"

凝咯咯一笑道："田老师说得没错，陈泰来也是这样认为的。他建议警方去夫子庙一带寻找线索，那里是南京流浪儿的聚集地，结果很快就找到了帮凶手在犯罪现场播放录音的孩子，并由此发现了嫌犯的踪迹，令警方惊讶的是，这个人名叫吴虚子，是个'老南京'，独身，有个二十多岁的徒弟，两个人一直在夫子庙靠着与人占卜算卦为生，谁也没有想到他竟然是这场大风波的始作俑者。警方立刻展开缉捕行动，只可惜，吴虚子突然奇怪地死去,他的徒弟逃走了,从此不知去向,而吴虚子珍藏的一本名为《断死诀》的古书也不知下落,于是也就留下了一个谜:那些被'咒死'的人,真实的死因是什么,就无人知晓了。"

"钱承的死亡现场,也有人听到了一首预测死亡的口诀,也就是说,这一新的罪行,很可能是吴虚子的徒弟干的⋯⋯"田笑强沉吟片刻,猛地抬起头,"难道蕾蓉就是当年那个逃跑的徒弟?"

"你胡扯什么?十四年前,蕾蓉才上初中,刚刚加入溪香舍!"猴子按捺不住了,怒气冲冲地说,"再说了,吴虚子案件当年莫要说南京,整个江苏都知道,哪个人模仿不来?凭啥说这事儿和蕾蓉有关?"

"是啊。"凝一笑,"说起来,这事当年确实曾传遍江南,如果钱承死亡的现场没有蕾蓉在,谁也不会想到与她有关,但既然她在,那她就断断脱不了干系!"凝的口吻和神情,刹那间变得狞厉,她大步走到猴子近前,伸出右手道:"现在,请你交出溪香舍当年为这一案件建立的密档!"

猴子猛地站了起来,脸涨得通红:"溪香舍哪里有什么密档?蕾蓉和这事有什么关系?!"

满厅堂一片嗡嗡声,名茗馆和溪香舍的人争执了起来:"是啊,这事跟蕾蓉有什么关系?""到了这个份儿上,你们溪香舍就别遮遮掩掩的啦!""滚一边儿去,我是溪香舍的人,我都不知道有什么密档!""蕾蓉都不是舍主了,你们还替她隐瞒个啥?"

爱新觉罗·凝冷眼旁观着这一幕,看看差不多了,才冷笑一声道:"侯经理,我相信你心里是有数的,当年蕾蓉也参与进了这个案件中,后来为了让她顺利当上舍主,陈泰来将吴虚子一案中的部分内容封入溪香舍密档,如今,该是公开这份密档的时候了,我想你不会拒绝吧!"

猴子咬了咬牙说:"溪香舍根本就没有什么密档!"

"这个嘛,侯经理恐怕是言之有失吧。"田笑强突然说话了,"据我所知,溪香舍确实有一套密档,记录了贵舍在协助警方办案过程中,不愿为外人所知的办案缺憾或奇闻逸事。'四大'互不干涉内部事务,尊重彼此的隐私,但是既然凝馆主言之凿凿,说蕾蓉在办理吴虚子一案中有不可告人的秘密,更牵涉到眼下的钱承一案,为了还蕾蓉以清白,贵舍何妨公布一下那份密档呢?"

"请溪香舍公布档案!""有什么见不得人的,不能拿出来亮亮?""十四年过去了,你们还想瞒多久?""若想人不知,除非己莫为!"

厅堂里乱成一片,这回不光是名茗馆在"逼宫"了,连九十九也齐声应和。

空气沉重,仿佛无数把利刃压在了猴子的脖子上,逼她就范。她脸色铁青,一言不发。

"好吧,既然侯经理是这个态度,那么就按照'四大'的规矩来办吧!"凝微笑着将结局引入她预设的船港,"由'四大'各派一位代表投票来表决,只要三票通过,溪香舍就必须公布那份档案——侯经理,溪香舍是否赞同公布档案呢?"

"当然不!"猴子高声道。

爱新觉罗·凝一笑:"溪香舍对公布吴虚子案件密档一事,投出了反对票,但名茗馆坚持认为,蕾蓉是快递尸骸包裹、杀害钱承的重要嫌疑人,这一点,相信密档一旦公开,就会真相大白,所以,名茗馆投下赞同票。"

这是意料之中的事，人们将目光转向了九十九的代表田笑强。

田笑强啜了一口茶，将盖碗轻轻地放在八仙桌上说："九十九支持名茗馆的要求，希望溪香舍公布密档。"

这时，玉浮阁里聚集的推理者们，有的高兴，有的愤怒，有的感慨良多，有的黯然神伤……但没有一个人能够感受到楚天瑛的感受，那是一种硕大无朋的压力猝然压在了肩膀上——众目睽睽之下，他将宣读那封决定蕾蓉命运的信件。如果课一组支持溪香舍，那么密档将不会被公布；如果课一组支持公布密档，那么蕾蓉也许会被推进万劫不复的深渊。

而他，只是一个莫名其妙被推上舞台的临时演员。

他暗叹了一口气，站了起来，撕开信封，抽出那封折叠得很整齐也很严密的信件，慢慢地打开，看了一遍。

所有人都试图从他的神情中，提前一步捕捉到答案，然而他们失望了，楚天瑛的眉目如铁铸一般，纹丝不动。

良久，他如释重负地松了一口气，朗声念道——

"课一组反对名茗馆提出的不合理要求！"

"太好了！"溪香舍那一桌的所有人都高兴得跳了起来。

爱新觉罗·凝呆呆地站在原地，一副雷击过的样子，田笑强也不敢相信自己的耳朵一般，瞪圆了双眼。

就在这时，楚天瑛很沉稳地拿起了桌上的打火机，划着，让火苗舔上了那封信。

"这不可能，等一下，等一下！"凝如梦初醒，冲上前来，然而为时已晚，信已经化为灰烬。她气急败坏地对楚天瑛喊道："你撒谎！你居然敢违背课一组的意旨，宣读假的命令！"

"凝馆主。"楚天瑛注视着她的眼睛，"请问，你有什么证据说我宣读假的命令？"

凝瞪着他，喃喃道："不会有好结果的，你不会有好结果的……"

"好了！"楚天瑛轻松地挥了挥臂膀，对呼延云笑道，"我已经完成了任务，这就告辞了，咱们后会有期！"言罢走下楼梯，扬长而去。

一场纷纷扰扰的会议，就这样戏剧性地结束了。名茗馆和九十九离去后，呼延云向猴子告辞，也走出了玉浮阁，一直等在外面的马笑中迎上来问咋样，呼延云一说，他大大地松了口气。"只可惜，我把手下的弟兄们都撤出去了，但依旧找不见蕾蓉的踪影。"

呼延云愁得说不出话来。

马笑中不知劝他什么好，只好把话题岔开："你还是给小郭打个电话吧，她上午不是去逐高公司采访了吗？也许会有什么收获吧。"

呼延云这时才想起，今天早上几个人分工的时候，郭小芬说：业内盛传钱承并不十分赞同逐高公司与市第一医院合作搞"健康更新工程"，而她的男朋友姚远又说钱承一死，双方加快了合作进度，"这里面一定有鬼，我还是去摸摸底吧"。呼延云有点担心她的安全，她却笑着说："没关系，我以姚远女朋友的身份联系采访，对方一定会同意，并放松警惕的。"

打通了郭小芬的电话，她却带来了令人失望的消息，上午她跟王雪芽联系，介绍自己是姚远的女朋友，想就"健康更新工程"做个深度报道，王雪芽很愉快地接受了，到了逐高公司，刚巧姚远外出办事去了，这倒让她少了些不必要的障碍。王雪芽在会客厅接受了专访，谈起慢性病高发和器官移植的重要性，他说得头头是道，但是当郭小芬问及"更新的器官从何而来"时，王雪芽的话一下子就变少了，只说是来自正规渠道……郭小芬从他的眼睛里看出警惕的光芒时，知道不大可能再有什么收获，就告辞了。

"这倒让我更加确信，他们的器官来源有问题，只是怎样才能找出真相呢？"郭小芬在电话里显得很烦躁，"我正在去市第一医院的路上，想和负责这个项目的一位姓张的院长助理谈谈，但是恐怕依旧套不出什么有价值的东西。"

马笑中一把从呼延云手里抢过电话："小郭，警察有句俗话：审偷车的不如问丢车的，问丢车的不如找卖车的。"

"有道理！"郭小芬一下子醒悟过来，"我干脆直接去采访他们医院肾移植科主任——谢谢你老马！"

来到市第一医院，她直接去肾移植科找科主任。那主任姓匡，刚刚做完一台手术，累得头昏眼花，见到这么一漂亮的女记者，顿感精神一振，领她到办公室闲聊了起来，给她从一九○五年阿历克西斯卡·雷尔的小狗心脏移植术开始讲起，聊到一九五四年美国波士顿医生约瑟夫·默里成功地做了世界上第一例同卵双胞胎之间的肾移植手术："随着可以抵抗各种排斥反应的免疫抑制剂的问世，如今人类自身间的器官移植已经非常普遍，每年全世界要进行一万多例肾移植、四千例肝移植和两千例心脏移植，无数人得益于他人捐献的器官而重获新生。"

"前两天逐高公司和你们医院合作搞健康更新工程，请问从医学的角度讲，器官移植真的能延长人的寿命吗？"郭小芬问。

匡主任喝了一口茶水，慢条斯理地说："事实上，人体内各个器官的使用寿命是不一样的，有些会提前衰竭，往往连累其他器官一起步入死亡，比如我们经常听到说某个人心梗死亡、肾衰竭死亡,这其实并不代表他的其他脏器也过了保质期。好比一部汽车,某个部件坏了,换个新部件,汽车照样能开吧?人也是一样啊,某个器官老化了、生病了,换个新器官,照样可以活下去。"

郭小芬故意装糊涂:"这不是一件很好的事情吗?如果大量开展这种健康更新的手术,岂不是能让很多人长寿?"

"大量开展?"匡主任哈哈大笑了起来,"你这姑娘真会开玩笑啊。好吧,我这么说,某个人需要移植一个肝也好、一个肺也罢,哪怕只需要移植一个小小的角膜,总要有另外一个人捐献出来吧?谁活得好好的愿意把自己的器官捐献给别人?卫生部有个统计数字:在中国,每年有约一百万患者需要肾移植,约三十万终末期肝病患者需要肝移植,但全国能开展的各类移植手术每年不过约一万例,做做加减法,你就知道了,每年中国有上百万人因为等不到器官移植而死亡。"

"不是有尸体捐献的吗?"

"中国的传统观念,有几个人愿意死后把自己分得七零八落的?"匡主任打了个哈欠,"再说了,就算是死亡后移植器官,那也要分脑死亡移植,还是心脏死亡移植,脑死亡者的循环系统正常,器官处于生命状态之中,移植效果要比心脏死亡者好得多。可是咱们国家现在还没有给脑死亡立法。"

"那,这个'健康更新工程'不就是一句空话?"

匡主任神秘地一笑,说道:"在我看来,那个什么'健康更新工程'纯粹是胡搞,因为就目前预约手术的'客户'情况看来,大多完全没必要做移植,就是说,他们的某个器官有点病变,手术或用药可以治疗,但不,非要直接换一个……也就是说,他们其实是和无数挣扎在死亡线上的患者抢本来就稀缺的器官资源。"

有那么几分钟，甚至更长也说不定，郭小芬就和匡主任这么面对面坐着，看着窗外的杨树上挂满了吊死鬼一样的杨树花。

匡主任站起身说："走吧，我带你去参观一下我们肾移植科的住院病房，你可以亲眼看看那些等待着器官来救命的人。"

两个人来到住院部，门口集聚着一些鬼鬼祟祟的面孔，望见匡主任来了，呼啦一下子散开。

"这些都是器官贩子，想和住院患者的家属做生意。"匡主任对郭小芬说。

"做什么生意？"

"当然是器官买卖。器官移植，最好的还是在亲属间进行，成功率高、排斥反应也小，比如女儿尿毒症肾坏死了，父亲就把一个肾捐给她，反正人有两个肾，剩下一个也能活。否则就只能等待合适的供体，这个真的是靠运气，比购车摇号的成功率还要低。病情特别重的、生命已经进入倒计时的，就只有从这些器官贩子手中买器官。"

"那么，器官贩子们手中的'货'是从哪里来的呢？"

"这可就不好说了。"匡主任耸耸肩膀，"大多数是从自愿卖器官的人那里买的，还有的就是把人迷昏了切割的，跟杀人差不多。这已经形成产业链了。"

对他调侃的态度，郭小芬有点吃惊："形成产业链？这些器官贩子难道不该抓起来吗？法律是不容许器官买卖的啊！"

"是啊，公安部门一直严厉打击这种犯罪行为，可是这些人跟毒贩子差不多，受利益驱动，难以彻底铲除。"匡主任叹了口气说，"我们做医生的，总不能眼睁睁看着那些嗷嗷待肾的人活活等死吧，所以很多时候，只要你有供体，我们就来负责移植。"

郭小芬沉默了，跟着匡主任走进了住院病房。

病房虽然宽大，却挤满了床位，放眼望去，皆是倒卧的患者和脸上写满愁苦的家属，病床之间的过道十分逼仄，一个个输液架有气无力地支撑着黑压压的天花板。每个病人的眼睛都黯淡无光，他们的白色床单下摆处大多沾有咖啡色的污渍，大大小小的盘碗摞在床脚，里面盛的不知是方便面的汤水还是尿液，散发着臭烘烘的气味儿。

一个脸像松树皮一样刻满了皱纹的农村老人，正在给病床上的年轻人倒水，见到匡主任，放下暖壶，走过来问："大夫，你给想想办法行不？"

匡主任叹了口气，拍拍他的肩膀："不行啊老大爷，配型检查的结果，证明您的肾没法移植给您的儿子，您只能再等等，看看这几天有没有合适的肾源。"

"等不起啊，住院费、透析费都太高了，这么下去，就是有了肾，我们也移植不起了……大夫，你给想想办法行不？"

"再等等，再等等吧……"匡主任目光闪躲着走开，开始逐个床位地查房，帮病人掖掖被角，调整一下输液瓶的高度，看一下患者手背上的预留针有没有水臌，查问抗排斥药物的服用情况，了解移植后患者的尿量，轻声安慰那些透析患者耐心等待……有一个肚子鼓得很大的女人，是肝病合并肾衰的患者，必须实施肝、肾联合移植术才能救命，可是遥遥无期的供体已经彻底摧垮了她的精神，她伸出瘦成皮包骨头的手："大夫，我尿不出来，我难受死了，你救救我啊……"

"再等等，再等等吧……"匡主任握住她的手，轻声安慰了几句，叮嘱护士想办法减轻她的痛苦，然后走开。

那一瞬间，郭小芬在他的脸上，看到了落寞。

大概他已经习惯了说"等等",而他自己也知道,其实除了死亡,这些可怜的患者根本等不来什么。

正在这时,匡主任望见一个穿着夹克衫的人正坐在一张病床边,对床上的患者说着什么,他走过去拍拍夹克衫的肩膀:"我说,你跟我出来一下。"夹克衫回头看了看他,放肆地一笑,跟着匡主任走出了病房。

来到楼道里,夹克衫以为匡主任要说话了,但是匡主任接着往前走,他也只好跟着,一直来到住院部的门厅外面,匡主任才停下,转身对夹克衫说:"你是不是过分了一点儿?"

"哎呀我的主任大人,我这也是在做善事啊,反正她活不成了,我让她死后把角膜卖给我,还能给她置副好棺材板呢。"夹克衫嬉皮笑脸道。

匡主任看着他,一笑:"讲点良心吧,那女的够苦的了,你就让她走安泰点儿,不行吗?想赚钱,别在我这病房里赚。"

夹克衫咧了咧嘴:"主任大人,我说句找抽的话,这种事儿,将来多了去了,您还真得慢慢适应。你们医院'健康更新工程'已经启动了,就说眼巴前儿这住院部,不也重新装修了吗?按规矩,肾移植监护室、透析室和病房本应分开的吧,现在怎么样,不是压缩到一个大病房里了吗?腾出来的屋子不是要建设六星级的VIP病房吗?到时候您在供体来源上打打马虎眼,有的是Money赚。我这小商小贩的,就中间赚点差价,不容易,您别拦着我生意,行吗?"

"不行!"匡主任又是一笑,"没得谈。"

"实话跟您说了吧。"夹克衫笑得极其无耻,"这个角膜,是我特供给一老板的,他酒后开车出事故了,眼睛出了点儿问题,就在咱们医院眼科急等移植呢,这样,您开个价,帮我谈成这笔生意，到手的钱我一分不要，都孝敬您，行不行？那女的也就这一两天的事儿了，您还不如给她减减药，让她早点儿给人类造福呢——"

话音未落，只听"啪"的一声巨响！那夹克衫的脸上五个血红的指印！抽得他捂着腮帮子差点坐倒在地上。

"操你妈的，人渣！"匡主任突然露出了狰狞的面目，"再让老子看见你一次，剁碎了喂狗！滚！"

"匡一刀，你给我等着！"夹克衫恨恨地跑掉了。

匡主任嘴里兀自骂骂咧咧，一转身，看见郭小芬站在门口目瞪口呆地望着他，不由得搔搔后脑勺："暴力了点儿哈……"

"哈哈！"郭小芬不禁笑了起来，"我觉得您好威风呢——他怎么管您叫匡一刀呢？"

"嗨，江湖朋友的谬奖。"匡主任得意起来，"说我肾移植手术做得好嘛，还有，本人在解剖刀竞技比赛中曾经拿过亚军！"

"解剖刀竞技比赛？"郭小芬闻所未闻。

匡主任正要继续吹牛，突然神色一变，望着郭小芬的眼睛里出现了一丝恐惧。

郭小芬很诧异，我的脸上难道有什么吓人的东西？

然后，她就在侧前方的玻璃门上看到了一个倒映出的影像，那影像幽灵一般飘飘忽忽，看不清楚。但郭小芬还是想了起来，他就是昨天晚上在医院门口遇到过的院长助理张文质。

第十五章 蔚山原则

  春三月、尸经两三日、口、鼻、肚皮、两胁、胸前，肉色微青。经十日，则鼻、耳内有恶汁流出。胖胀肥人如此。久患瘦劣人，半月后方有此证。

      ——《洗冤录·卷之二（四时变动）》

  "郭记者，你采访'健康更新工程'，怎么不来找我呢？"张文质有气无力地说，套在衣服里的瘦小身躯活像一推就能散架似的。

  郭小芬想：看来自己离开逐高公司以后，王雪芽感到不大对劲，猜到她可能要到市第一医院采访，就让张文质来找她。可以想见，张文质这副阴森森的样子，肯定比王雪芽还难采访出什么，就不必在这里浪费时间了，于是挥手告辞。

  刚刚出了医院大门，就看见姚远迎面跑了过来，不知是着急还是生气，脸涨得通红："你太不像话了！怎么能打着我的名义去采访王总，这样会害死我的你知不知道？！"

  郭小芬一愣，然后想到他肯定也是被王雪芽支使过来的，有点不好意思地说："对不起……"

  "什么对不起！"姚远气急败坏地说，"王总在电话里冷嘲热讽地问我是不是来逐高公司做卧底的！你要知道我没日没夜地在公司打拼，好不容易才混到一个中层的职位，这下子全被你毁了，天底下有哪个公司会重用一个不忠的职员？！"

郭小芬冷静下来。"我看这样也好。"

"你说什么？！"

郭小芬不愿意路人看到他俩斗嘴，把他拉扯到一个树丛的后面。"我承认我打着你的名义去你们公司采访，确实不对，但你也要相信我多年做记者的直觉，你们公司的那个'健康更新工程'肯定有问题。"然后她把自己采访的经过详细讲了一遍，最后说，"核心的问题就在于器官的来源，匡主任说器官来源非常紧张，我在病房里也看到了，好多患者说是在等待移植，可是没有器官，几乎就是在等死——而那个'健康更新工程'却说器官充裕，而且只要需要，随时都能搞到，这怎么可能呢？"

"怎么不可能？有钱能使鬼推磨，你懂不懂！"

"但这是犯法的！人体器官本身就不够用，很多得了重病的人还等不到供体呢，你们公司却纯粹为了一些人的保健需要，在他们并没有那么迫切需求的时候，就进行器官移植，占有和掠夺稀缺的器官资源，这是一种卑劣的行为！而且必然会大开非法盗卖人体器官的路子，不知道有多少人会因此受害呢！"

"很多事情不要搞得那么清楚，也许活得会好过一点。"

"不……"郭小芬望着他，摇了摇头，"我是一个推理者。"

"什么？"姚远没听清楚。

"我是一个推理者。"郭小芬慢慢地说，"姚远，你知道我这些年在做法制报道上取得了一些成绩，那是因为我观察仔细，并热爱推理。对于推理者而言，至高无上的使命就是发现真相，而真相永远只有一个——清清楚楚、简简单单、明明白白的一个，对就是对，错就是错，不对的事情，就是不应该做。这是个幼儿园孩子都懂得的道理，只是现实中很多人都向错误妥协……可你知道有多少罪恶都是从向错误妥协的那一刻开始酝酿的吗？！"

"你以为我想妥协？不妥协我就没工作，不妥协我都不知道明天的早饭在哪里！"姚远拿指尖戳着自己的胸膛说，"公司做的是对是错，关我什么事？他们盗卖器官也好，谋财害命也罢，和我八竿子打不着！我需要的是工作，是升职，是有房有车，是养家糊口！"

郭小芬望着街道。初春的树枝像睡眠不足者的睫毛一样耷拉着，每辆驶过的汽车车灯都眼圈发黑，行色匆匆的人们脸上写满了困倦，然而他们还是成群结队地从一个起点奔向一个终点，没有对错，也无论是非，只是被现实所驱驰的一群妥协者……

曾经，学生时代的我们怎样鄙视过这些浑浑噩噩的人啊，我们用吹口哨扔酒瓶摇滚乐烫烟头来捍卫我们决不妥协的清醒，而现在，我们却变成了我们曾经嘲笑的他们。

姚远，难道你已经离我如此遥远了吗？

有句话，也许早就该说了，而现在，是必须说了。

"姚远……"郭小芬叫了他一声，声音很轻，也很温柔。

姚远一愣，看到她美丽动人的双眸里闪烁着一丝哀伤。

"我想……我们还是分开吧。"郭小芬突然发现，原来她一直以为世上最难说出口的话，真正说出来的时候，竟是如此的简单、容易和轻盈。"对不起，假如你非要我给你一个理由，那么我只能说，我们的爱情已经死掉了，我不再爱现在的你了。"

我不再爱现在的你了。

就在这一瞬间，姚远突然感到心被剜了一下似的，疼得他眼泪差点儿流出来，从大学到现在，这么多年，和郭小芬在一起的一幕幕景象，无论花前月下小桥流水还是凄风苦雨鹅毛雪飞，那些甜蜜的牵手快乐的私语绵长的倾诉惆怅的离别，都如将逝者最后的回忆，在眼前迅速闪回了一遍，然后就像被风吹落的花瓣，凋谢了，破碎了，零落成泥，再也不能复原……他一点也不惊讶，他早就预感到会有这么一天，但是当它到来时，他还是为它来得太快、太猛而心悲欲碎。最近两年，他在上海苦苦地打拼，直到不久前，他才发现她与自己渐行渐远，他不想失去她，不想，但这些年来工作和生活的沉重压力以及对改变命运的绝望，早已经阉割净尽了他的热情和斗志，他没有力量更没有勇气去挽回什么，他终于还是失去了她……

这个时候，除了默默地转身走掉，别无选择。

望着姚远慢慢远去的背影，郭小芬咬着嘴唇，任泪水无声地滑下面颊……曾经多少次我生气了、郁闷了、向你哭、跟你吵，你都能哄到我破涕为笑，你都能让我相信虽然没有钱没有房没有车，但是我们一定能幸福地走下去。时至今日，你怎么连试图拯救爱情的勇气都没有，是谁让你的背影如此苍老和沉重？要知道你还只是一个刚刚二十七岁的年轻人啊！

医院门口的吉他手，低低的吟唱飘过耳际：

青春如同奔流的江河，
一去不回来不及道别，
只剩下麻木的我没有了当年的热血，
看那漫天飘零的花朵，
在最美丽的时刻凋谢，
有谁会记得这世界她来过……

世上最隐秘的声音就是分手恋人的心声。姚远和郭小芬就这样猝然崩解了他们的爱情，在一个突然黯淡的春天里，朝不同的方向走去。

　　说是突然黯淡，并非什么隐喻，而是上午还晴朗的天空，骤然阴晦起来，浮动着寒冷的铁青色。姚远像逃亡一般走了很久，忽然被树梢异样的摇摆吸引住了，他停下脚步，看着地上的各种纸片和塑料袋像长了腿一样狂奔起来，甚至向半空飞跃，这起风的景象不知触动了他的什么心事，竟让他呆滞了很久，直到打了个寒战，他才发现自己原来站在两座楼之间的风口处，连忙走开。

　　也许是实在烦乱的缘故，他一头钻进街边一个黑暗的小网吧里，打起网游来。

　　玩了一会儿，他又觉得百无聊赖。他失恋了，这时他渴望分神，麻醉隐隐作痛的伤口。他想不妨把自己分手的消息发到微博上去，让那些对自己抛过媚眼的单身女孩子都知道，也许今晚就能约到一场肉欲的狂欢，反正每个刚刚失恋的男人都有权过一段放荡的生活。

　　于是，他关掉游戏，登陆了微博。

　　纯粹出于习惯，他没有着急写自己一百四十个字的失恋通告，而是想浏览一下网友们发布的最新微博有哪些，稍微一浏览就觉得有点不对劲，首页上七十条微博中，除了新闻、广告、菜谱、健康常识以及各种成功学之外，至少有一半以上都是这样的内容——

　　"@某某，我断定你某月某日某时必定死于车轮的碾压之下（或刀砍斧剁或失足落水或心梗暴病）！尸首分家、腹裂肠出、脑浆四溢、血流满地（或其他可怕的场景）！"

扑面满是浓重的血腥——这是怎么了？！

姚远揉揉眼睛，定睛看去，没错，这些暴戾的微博在页面上像一片片没有擦干的血迹般横陈着！更新键一按，转瞬间又有四五条这样的微博翻滚了出来，有如突然爆发的电脑蛆虫病毒。博主的名字不同、工作五花八门，所在地更是天南海北，但却如此统一地用怨毒至极的语言诅咒着真实的人早一点夭亡！而死亡的方式则千奇百怪、惨烈不堪，大多都是让被诅咒的对象受尽折磨才咽气。

姚远不停地更新着微博页面，当越来越多的诅咒在电脑屏幕上蔓延开来时，他感到巨大的恐惧，就算生活不是一帆风顺、境遇十分坎坷，不是有很多方式可以发泄和纾解吗？怎么能动辄就诅咒别人死亡？怎么能通过消灭别人的肉体和灵魂来达到泄愤的目的？

在这黑暗、肮脏、除了烟臭就是脚臭的网吧里，姚远感到不寒而栗。电脑屏幕上的字迹像泡在水里一样，颤抖而模糊，他感到脑袋越来越沉重，耳畔仿佛听见了越来越宏大的噼里啪啦的键盘敲击声，还有浅浅的、低低的、却是无数人恨恨的狞笑，一些人就在这敲击声和狞笑声中毙命，但是当诅咒者欣喜若狂地为此翩翩起舞时，新的敲击声和狞笑声又让他们迅即倒毙。于是死尸越堆越多，重叠成了一座座腐臭的肉山，肢体纠缠在一起，分不清谁是诅咒者谁是被诅咒者，长得可都是一模一样的嘴脸……

"我们的爱情已经死掉了，我不再爱现在的你了……"

难道，那时，郭小芬对我，也施加了死亡的诅咒吗？

一股恨意顿时浮上心头：你居然不顾那么多年的感情，像丢弃垃圾一样把我甩掉，我真想掐死你，我一定要掐死你！

他站起来，手指痉挛着，像只发瘟的病鸡一般，摇摇晃晃地走出了网吧。街上的人们看着他这副样子,都躲得远远的,而他却咬牙切齿地兀自往前,挪动着愈来愈沉重的步子,他想象着郭小芬突然在眼前出现,他会立刻掐住她雪白的脖子,绝不放松,用力掐下去,掐下去!看着她张大嘴巴、伸出舌头、眼珠爆裂,听到她颈骨被掐断时的"咔嚓"声,那是何其快意的事情啊!

前面,有个穿着粉色针织开衫的女孩急匆匆走着,那应该就是她,就是郭小芬,她意识到我的追击了,她想逃跑!你跑不掉的,我要追上去掐死你,你绝跑不掉的!

该死,腿脚像灌了铅一样沉重,越来越不听使唤。

快一点,用力,再快一点,就要追上你了,你死定了,你死定了!

他奋力向前冲着,像一辆失控的轿车,在离那女孩只有不到两米远的地方,他伸出了手臂,十根指头像狼爪一般掐向那个女孩的脖子——

"扑通"!

巨大的倒地声,震得地面一颤。

女孩回过头,见一个男人直挺挺地摔倒在地上,吓得大叫一声跑掉了。

该死,就差一点,我竟然自己绊倒了自己……姚远昏死前最后看到的景象:是一片匆匆逃散的小腿。

一阵咯噔咯噔的声音将他吵醒。睁开酸痛的眼皮,他发现自己躺在一间低矮的砖房里,头顶一盏发黄的灯泡照着糊满旧报纸的四壁,一个中年汉子正踩着老式缝纫机缝制一条西裤,一个梳着羊角辫的小女孩抱着个破旧的小布熊睡在旁边。

忽然,耳畔传来一个声音:"醒啦,喝碗水吧。"

这是一个脸孔瘦黄的女人，手里端着一个装着白水的玻璃瓶。姚远从生硬的木板床上挣扎着爬起，喝了一口水，感觉整个身体像在火炉上烤一般滚烫。

"谢谢您……"他对那个女人说，几个字吐得格外吃力。

"没啥，你摔我们家门口了，发着烧，三月，地还寒着呢，就把你抬进来了。"黄脸女人说。

姚远这才慢慢醒悟过来。他和郭小芬分开后，本来心口就憋着火，在两座楼之间的风口处站了一会儿，又在冰冷的网吧里待了很长时间，内外一激就发了烧，所以才有那许多幻觉……但是，杀死郭小芬的恨意到底是因为生病，还是潜意识的真实流露？他不知道，只感到一阵阵心悸。

姚远问了一下时间，才知道已是晚上十点多了，他从床上爬起，要回公司宿舍去，黄脸女人把桌子上的东西递给他："呶，这是你的工作证吧，从你口袋里掉出来的——你是逐高公司的？"

姚远一愣："是啊，您知道我们公司？"

黄脸女人点点头："前一阵子你们公司给我们这片儿的住户免费体检来着，谢谢你们啊！"

免费体检？公司里开展过这个公益项目吗？

一想事情，脑袋就疼得像要裂开，姚远匆匆告辞了他们。

走出砖房，伫立在一条阴暗的巷子里，仰头可见几蓬荒草佝偻在一溜碎瓦上，两只野猫喵呜喵呜地从身边走过，毛上粘着油漆似的秽物，一股劣质牙膏的气味蹿入鼻孔，仿佛整条小巷是一条永远也刷不干净的牙床……看来这里是一个城中村，怎么走出去？不辨方向的姚远有些踌躇。

正在这时，身后突然有人叫他的名字。

姚远惊讶地回过头，竟是黄静风。"你怎么在这里？"

"我是抄近路去医院上班，你呢？"

姚远和他并肩向前走，把自己在网吧受寒，发烧，昏倒在地又被人搭救的经过讲了一遍："微博上铺天盖地，除了钱承被死亡口诀咒死的消息，就是把断死咒语@自己恨的人然后复制转发，看得我心惊肉跳，真不理解他们怎么会相信这么荒诞的事情。"

哈哈哈哈哈！

黄静风仰天大笑起来，笑声犹如发狂一般。

看着他那张在太平间里熬得惨白的脸，因大笑而扭曲变形，姚远打了个寒战："静风，你怎么笑成这个样子？"

"我是笑你不懂。"黄静风轻蔑地看着他，"诅咒，真的可以杀人！"

姚远怔怔地看着这个熟悉而又陌生的老同学。

哈哈哈哈哈！

黄静风继续大笑着，向远处走去，瘦长瘦长的影子宛若拖曳着黑夜最深最暗的一截肢体……

黄静风笑得没有力气的时候，才发现自己已经走出了很远。

在路边的便利店，他买了一包垃圾袋、一件塑料雨衣，往背包里一揣，就从医院西南的小门走进了小平房，和工友办好了交接班，然后顺着南墙边的台阶走下地下室，推开玻璃门——

和往常不一样，他把玻璃门反锁上了。

不知是真实感觉还是心理作用，反锁后的太平间里，死寂的更加死寂、阴冷的越发阴冷，就连天花板上那根长长的大管灯也"滋滋滋"地哆嗦得更加厉害了，低头看看胳膊，汗毛孔上渐渐蒙上一层绿色的冰碴，不知是流出的汗液，还是寒魂的蒙覆。

太平间的门，按照规矩是绝对不可以反锁的，这是这里的诸多规矩之一。因为"阴气过盈易损阳、阴魂太窘则交遁"，意思是如果阴气和阴魂不能自由地流通，那么在太平间里的活人不但容易折寿，还可能生出癔妄的狂病——但是今天，黄静风管不了这许多了。

他径直走到冰柜的最里面一竖排，蹲下，拉开标号为"T-B-4"的冷冻屉，露出高霞的尸身，轻轻掀开蒙在她脸上的白布，盯着那张墨绿色的脸庞看了很久，然后将冷冻屉推进冰柜，站起身，右手从腰间拔出一把雪亮的尖刀，左手掏出钥匙，来到太平间深处的一扇铁门前，把钥匙插进锁孔，试了几次才听见"咔嗒"一声——门打开了。他走进这间设备室，拉开灯绳，蒙着一层污垢的灯泡，颤抖了很久才"嗡"地点亮，由于成年累月无人问津的缘故，阴冷潮湿的地面和墙上都已长满了霉斑，一些莫可名状的虫子黏糊糊地向背光处蠕动。

他绕过好几排停放在这里的、生了锈的备用停尸柜，在最后一道墙壁的死角处，看见了被绳索紧紧捆缚在地上、嘴巴用破布塞住的蕾蓉。

他把裹在她腿上的一大块旧窗帘解开，这是为了防止她踢踏造成声响，又松开捆住她两只脚腕的绳索。昨天夜里把她捕获之后，她就一直被关在这里，这间设备室只有他有一把钥匙，而且另外那个五十岁上下的老工友听力不好，所以这里就成了一个完美至极的临时监狱——使用时限到今晚为止。

他抓住她胸口的衣服，提起她的上身，向墙上一搡，"哐"的一声，蕾蓉就这么背靠着墙坐起。

指尖感受到丰满而柔软的乳房，这让黄静风有点焦躁，不过更加让他焦躁的是蕾蓉的目光，那目光太沉静了，沉静得像把他当成烤肉放在微波炉里、听着收音机偶尔看一下时间的主妇。

他妈的，你有什么资格用这种目光看着我？！

昨天晚上打昏了她以后，黄静风将她拖到这里，正准备用铁棍再狠狠砸几下，结果她的性命，她却悠悠地醒了过来，尽管后脑还在流血，她却一声痛苦的呻吟也没有，只是用平静的目光注视着他问："你是谁？为什么要打我？"

也许是马上就要大仇得报，抑制不住欣喜若狂的心情，黄静风劈头盖脸地用最难听的话骂她，骂完的时候，他充血的头脑已经记不得自己都说了些什么了，然而蕾蓉却听得很认真，听完想了一想，说："你说的是不是今年一月十五日发生在西望桥的那起车祸？死者名叫高霞？"

她居然还记得出事的时间、地点和死者的名字！

这倒让黄静风大吃一惊，他以为在突遭绑架，命悬一线的情况下，一个弱女子要么哭叫、要么求饶，要么就使劲为自己辩驳，没想到蕾蓉居然还能沉静地思考和回忆。

更加让他吃惊的是，蕾蓉耐心地给他讲解了起来："你误会了，这是你对法医学不了解造成的。你女朋友确实是因惊吓引起冠状动脉痉挛，导致急性心肌梗死，这在尸检中已经得到证明。她的胸骨骨折并不是车撞的，而是一二〇急救医生赶到现场之后，在抢救时实施心肺复苏术造成的，按照我国的心肺复苏操作标准，实施胸外按压时的频率是每分钟一百次，每次按压的力度是使胸骨下陷四到五厘米，这相当于四十五公斤的力量，如果操作不好，会大大增加胸骨骨折的风险。因此，你认为我在尸检中出示虚假的报告，是不正确的——你为什么不来一趟我们的研究中心，直接向我质询呢？我会给你解释的。"

黄静风愣住了。蕾蓉说得似乎有那么点儿道理，但假如她说的是真的，那自己沉积了这么久的仇恨和愤怒，岂不都毫无意义？他恼羞成怒，一把抓住她的脖领子大吼道："你以为你说了这些话，我就会放了你？我他妈为什么要相信你？！你闭上眼等死吧！"然后把她推倒在地，用绳索紧紧地捆绑住她的手脚。

让他再一次暗暗惊讶的，是在这一过程中，蕾蓉似乎并没有反抗的意图，只在神情中流露出一丝疲惫。

她一点儿都不怕死吗？黄静风突然有些沮丧。他渴望听她的尖叫、听她哀求饶命，再毫不留情地把她杀死，但是他失算了，眼前这个女人压根儿就没觉得自己身临绝境，反倒是他黄静风有一种走投无路的感觉……杀生的快感，全在剥夺生命时，控制欲获得的极大满足，现在，杀这个样子的蕾蓉，还有什么意思？

于是他没有杀她，只是把她捆缚好之后扔在这里。他觉得她似乎什么都想明白了，而他却什么都没有想明白，现在杀了她，只会让自己的余生纠结在一堆谜团之中，很烦。

今天白天，他忙忙碌碌的，脑子里却在不停地找一个杀死蕾蓉的理由，直到出发上班之前，他才想明白了，哪里需要什么理由啊，他恨她，这个理由还不够吗？

于是他准备了工具，来实施这场杀戮。

他把她上半身捋到墙上靠着，不去看她的眼睛，慢慢地、炫耀似的戴上橡胶手套，穿好雨衣，这样就保证杀她的时候，衣服不会被喷溅上血液，然后他把刀抓在了手里。

他想是一刀插向她的心口呢，还是抹了她的脖子，还是一下一下活剐了她呢？论痛苦当然是最后一种的效果最好，可是在绑缚中，他已经充分感受到她的身体是多么的丰满和温软了，一想到这里他下体就一阵阵发热，不，还是给她个痛快的吧！

看着他做着屠宰的准备，蕾蓉倒是很安静，歪个脑袋，想着什么。

这个女人到底在想什么？

黄静风握着刀柄，手在微微地颤抖，也许是太沉重的缘故，他把手放了下来。

他从来没有杀过人，小时候他在村子里杀过鸡，也曾经把一只很肥大的耗子的皮剥下来卖给小贩，但那和杀人是两回事，尤其是一个活生生的女人。

他咬了咬牙，重新握紧了刀柄。

"最近，你有没有给我快递过东西？"蕾蓉突然问。

太平间原本就布满阴气，而这设备室则比太平间更加阴冷，死寂中突然发出这么一声疑问，吓得黄静风一哆嗦。他猛地回过头，以为身后有人！然而看到的只是一排铁青的备用停尸柜。

蕾蓉是在跟谁说话，难道是在问我？一句提问竟令我如此惊慌失措？

他气得低吼一声："没有！"

"那倒怪了。"蕾蓉喃喃自语道，"我们研究中心最近接连收到装有人骨的包裹，指名道姓地快递给我，我想来想去，自己并没有什么私敌，直到昨天才发现有一个你，而你却又没有快递过。"她用疑惑的目光看着黄静风："你不会是在骗我吧？"

黄静风把刀尖顶在她雪白的脖子上，咬牙切齿地说："你给我闭嘴！你他妈的就要死了，我要放光你的血，让你很快变成一具干瘪的女尸！"

蕾蓉摇了摇头："这个不大可能。"

黄静风把刀一个翻转，冰冷的刀刃在蕾蓉的脖子上一压，一道红色的血痕立刻浮泛了出来！他狞笑着，把脸几乎贴到她的鼻尖上说:"你以为我不敢?"

"我是说你很难达成目的。"蕾蓉似乎并没有感到脖子上的伤痛,也不介意黄静风的神情是如此可怖,只是沉静地说,"你杀死我以后,支配肌肉的神经都会丧失作用,因此我的身体会迅速松弛,这样经过一到三个小时,随着三磷酸腺苷酶的消耗,各肌群逐渐僵硬,发生尸僵;如果你把我置于这种寒冷的地方,那么经过四个小时左右的时间,我颜面、手掌等裸露部位的温度基本上会与这里的环境温度持平,也就是尸冷;接下来应该是出现尸斑了,本来尸斑形成的时间应该再早一些,但既然你要放光我的血,尸斑出现会晚而弱;与此同时,我肠管内的腐败细菌开始产生以硫化氢和氨为主的腐败气体,出现尸臭,大量的腐败气体会使我的各器官组织胀气,特别是胃和肠管,并在表皮和真皮间形成大小不等的气泡,当腐败扩展至全身时,就会出现'巨人观',表现为颜面膨大、眼球突出、口唇外翻。你昨天说你为了保存女友的尸体,来这里打工,那么届时你可以把我的尸体和你女友的尸体并排放在一起做一下比较,你会发现你根本分辨不出我们的容貌有什么区别……抱歉,我忘记大出血这个要素了,腐败细菌是随着死后血液的再次流动在全身繁殖和分布的,那么我的尸体腐败会慢一些,轻一些,但是——你说让我很快变得干瘪,这确实是不大可能的。"

蕾蓉兀自侃侃而谈,由于声带的颤动,压在脖子上的刀刃也渐渐将肌肤的创口撕裂,鲜血把刀刃染成红色,但是蕾蓉的脸上看不出一点痛楚,她缓慢、清晰、精准的讲述活像是在大学法医系的讲台上授课。

一个女人,面对迫在眉睫的死亡,居然会栩栩如生地描述自己死后的尸体变化过程,凶手听得都要吐了,受害者却讲得津津有味——当她讲完的那一刻,整个设备室陷入了死寂。

滴答……

天花板上,不知渗出了一滴水还是一滴血,冰冷地滴进了黄静风的脖领子,刹那间他全身的寒毛都竖了起来!

"闭嘴!你他妈的给我闭嘴!"他惊恐地大叫着,挥舞着刀子向后退却,不像是要杀人,倒像是在自卫。

他动摇了。

蔚山三原则,果然是有效的!

蕾蓉用尽力气压抑着内心的激动,神情上依旧水波不兴。

两年前在韩国蔚山市召开的国际刑警年会上,林香茗和蕾蓉作为中国代表出席。一次午餐中,他们和几位国外同行谈起女性在遭到变态杀人犯劫持后如何自救时,林香茗旁征博引、侃侃而谈,列举了世界各国的数十起此类案件的犯罪事实,论述了获救女性的行为模式,归纳了犯罪嫌疑人的心理特征,最终得出了三项原则。女性一旦被劫持,要依次做到:扰乱、认同、接纳。扰乱是指不进行反抗行为,不激怒也不迎合罪犯,与此同时,通过与情境差异巨大的言行,干扰罪犯的思维方式,不管他的欲望和目的是什么,最终要让他在困惑中逐渐变得被动,不再想"我要做什么",而是想"她这样做我该怎样应对",这样就可以牵住罪犯的鼻子,让他短期内不会实施伤害行为。

"接下来的'认同'才是最困难的。"林香茗说,"由于变态杀人犯都存在人格不健全的现象,那么就要让他相信你和他具有相同的某项罕见特征,同属于被公众不能理解的'另类',让他在你身上看到'镜像化'的自我,这样他就不再当你是他的泄欲工具、玩物或者报复目标,而是一个可以交心的伴侣,对你予以认同——当然这绝不像说起来那么简单,你要完全通过眼睛和感觉对罪犯进行测评，适时发现他的心理短板，并牢牢把握，这非常危险，近似赌博，一旦他发现你和他的'特征'根本不一样，或者暴露出你的真实意图不过是为了逃生，那么他会马上对你实施杀戮——须知变态杀人犯大都自视甚高，怎么能容忍你用智慧'戏弄'他。"

第三是接纳。认同就像你披上兽皮混入兽群，也许野兽会把你当成同类，但依然会看你的毛色、嗅你的气味，怀疑你只是个山寨货，这需要时间和一丝错误都不能犯的耐心，直到真正相信你是可以和他一起茹毛饮血的家伙，他才会给你自由，是谓接纳。到了这个阶段，你就有很多机会逃离魔爪了……

林香茗这一番茶余饭后的闲谈，以其论据的丰富、论证的严谨，深深吸引了在场的听众，法国著名的犯罪学家托皮纳尔建议他就这三条原则做一个专题报告，林香茗觉得有点草率，又盛情难却，就在年会最后一天做了个"茶歇演讲"，引起轰动，这就是犯罪心理学界著名的"蔚山三原则"。

这也正是蕾蓉被绑架后，用惊人的意志力支撑自己的全部原因。

她很容易就发现，这个阴郁的绑架者并没有性变态特征，他对自己的侵犯纯粹出于复仇的狂想，她反复回忆着自己曾经学过的一点犯罪心理学，对于这种动机单一的复仇者，你不要在乎他把刀磨得多快，他的复仇决心越强，说明他对靶心盯得越紧，过分专注的视线恰恰构成了他的弱点，只要轻微晃动标靶，就能使他眩晕，甚至达到催眠的作用……现在看来，已经达到扰乱黄静风思维的目的了，接下来该是争取"认同"了。

他的"短板"是什么？

蕾蓉认为是那两个装有骨头的包裹。

此时此刻的蕾蓉,并不知道第三个装有躯干的包裹快递到了法医研究中心,她凭借对前两个包裹的回忆,得出了如下的结论:这个小伙子是和自己有私仇的唯一一个人,所以那包裹必定是他快递的,尽管他刚才断然否认,蕾蓉依然对此坚信不疑。他把骨头上的肉剔得如此干净,他用人骨来标记自己的犯罪特征,他把女友的尸体存放在工作地点夜夜相伴,也许他有轻微的恋尸癖倾向,那么,就这样——

"刚才我和你说的,是尸体随着时间推移发生的一些正常的现象,既然你在医院的太平间打工,那么你所见的主要是冷冻的尸体,他们的腐败过程要比常温条件下慢得多。"蕾蓉盯着他的眼睛,继续说道,"不过,假如有一天你突然被辞退了,医院方面办交接时检查冰柜,一定会发现你女友的尸体,到时候就会要求你把尸体带走,甚至不必通知你,直接火化了事,这个你难道没有担心过吗?"

黄静风打了个哆嗦,这确实是他一直担心的事情。

"亲人去世了,每个人都希望多看一眼她的遗体,好让感情的纽带慢一点剪短,这个我非常理解。"蕾蓉说,"在我们法医研究中心,每次尸检完成以后,我都会要求下属缝合刀口,将尸体整容后再交给家属火化。我想你也希望多学一点简易的尸体保存方法,这样万一你女友的尸体被强行要求挪出时,你还能和她继续厮守——除非你想在自己家安装一个大号的冰柜。"

黄静风的刀尖明显地垂下了。

"一般来说,如果尸体受某些内外因素的影响,腐败过程中断,软组织免于崩解破坏而被不同程度地保存下来,被称为保存型尸体。"蕾蓉说,"最常见的保存型尸体有干尸和尸蜡。干尸,简单地说就是把尸体置于通风、干燥、高温的环境下,使腐败过程中断，尸体以干枯的状态得以保存，木乃伊你肯定知道，说的就是干尸，不过，你女友的尸体一直藏在冰柜里，这么长的时间，已经失去了制作干尸的最好时机；相比较之下，尸蜡的可能性要大得多。埋于湿土或浸在水中的尸体，皮下及脂肪组织因氢化或皂化作用，形成灰白色或黄白色蜡样物质而被保存，称为尸蜡。你可以多买几只白瓷浴缸，填上土，将尸体放进去掩埋好，在缸底开一个可以插入塑料管的口，从下向上往土里注水，保证土里的湿润度，成人形成全身尸蜡需要一年左右——"

黄静风忍不住问："这样的话，高霞的尸体就能永远得到保存，是吗？"

他的声音在微微颤抖……"认同"比想象得要来得容易来得快，蕾蓉压抑着内心的兴奋，淡淡道："理论上是可行的，不过我只给形成尸蜡的尸体做过尸检，并没有制作过尸蜡，尤其是冷冻了那么久的尸体，放在湿润的土里，也许尸温反而会升高，加速腐烂。"

黄静风喃喃道："我不想让她腐烂，我不想让她腐烂……"

蕾蓉轻声说："要是你愿意，我倒可以和你合作，一起制作尸蜡，你是太平间工人，我是法医，我们加在一起就整合了正常死亡和非正常死亡，也许所有的死亡到了我们的手里都会不同寻常，比如……比如让死亡永生。"

黄静风抬起头，呆滞的双眼里焕发出被线牵着一般直挺挺的光芒——而线头尽在蕾蓉的手中。

"我的家人都死了，埋在那个铺满落叶的沟里，我很孤单很孤单，我什么都没有了，我只有高霞了，我不想让她腐烂……"

蕾蓉听得有点心酸，他其实是个很可怜的人……这一念头刚刚从脑海里冒出，她赶紧摄定心神，对于罪犯，这时不能有任何同情，虽然认同的目的已经达到，但是毕竟还没有到"接纳"，也就是说自己还没有真正脱险。

"我会帮助你的。"蕾蓉的声音依旧很轻，也很亲切。

黄静风扳过蕾蓉的肩膀，让她侧过身，然后握住刀柄，刀刃压在绑着她的手的绳索上。

只要割开，我就得救了！

请你快一点割开……

"哎，刚才你说什么来着？"黄静风的脸上突然笼罩上一层困惑，"你说，多买几只浴缸？我为什么要多买几只？"

这个人真是……没办法，还得继续和他周旋，蕾蓉平静地说："因为你不止要保存一具尸体啊。"

"啊？"黄静风张开嘴巴，愈发的困惑了。

"我深信，你给我快递的那些骨骼，并不是你杀人之后切割、剔骨的，而是这家医院里的某些患者死后，尸体存放在太平间，长期无人认领，成为'无主之尸'，任凭你'使用'了。他们既然断头少肢，与其继续存放在这里，有朝一日被发现后报警，还不如搬回你家中去保存，用来给制作尸蜡做试验——"

蕾蓉的声音戛然而止！

她打了个寒战。

她猛地意识到，自己被绑架到这里之后，得知黄静风是想替女友复仇之后，满脑子都是怎样用"蔚山三原则"应对，以至于把被黄静风打昏前的一幕忘得干干净净，而就在此时此刻，那幕景象却异常清楚地出现在眼前——

黄静风转过身来，煞白的脸像一具流干了血似的尸体，他看了我一眼，点点头，然后把铁门打开了一道缝隙。

我立刻向那道缝隙挤了过去，觉得缝隙有点窄，窄得像不愿意让我通过似的。

在一瞬间，我想起了清洁工曾对我说的，咒死出租车司机穆红勇的小伙子"长了一张煞白煞白的脸"，还有地铁里的婴儿踩踏事件发生后，我请工作人员协助调出监控视频时，那个时尚女孩指认出的年轻人：个子比较高，脸白得一丝血色都没有……

该死，我怎么忘记了，他是那个预测了穆红勇和婴儿的死亡的人！

穆红勇的事情姑且放到一边。那个婴儿被踩踏事件，发生时间是三月九日上午早高峰时段，在八点半到九点之间吧，自己追踪过黄静风和他的同伙，在地铁机房里调出监控视频，再问完目击的时尚女孩，她从北通道口的楼梯追出地铁时，无论如何也要九点十分了，就算那两个人拐了个弯儿，重新下到地铁里面，可是要想在九点半赶到平实路，依然是不可能的。平实路在法医研究中心不远处，那里相对比较僻静，没有公交直达，下了地铁也要步行一刻钟，打车要穿过一段极其拥堵的市区，至少要半个小时，也就是说，黄静风和他的同伙都不可能在九点三十分到达平实路的公用电话亭，把装有尺骨的包裹交给快递员！

所以，黄静风不是恐怖包裹的投递者。

所以，自己抓住的"短板"是错的。

所以，"认同"失效了！

"这非常危险，近似赌博，一旦他发现你和他的'特征'根本不一样，或者暴露出你的真实意图不过是为了逃生，那么他会马上对你实施杀戮……"

虽然只有短短的一瞬，但牵引风筝的线断了！

黄静风捕捉到了蕾蓉眼中的惊惶，刹那间，他像苏醒的野兽般怒吼一声，"哐"地把蕾蓉推倒在地！卡住她的脖子，刀尖扎进她的伤口,一双眼睛瞪得像要爆裂:"你他妈的居然敢耍我!你想花言巧语让我放掉你,还想把更多的罪行嫁祸在我的头上!我宰了你!我宰了你!"

"不……不是的。"蕾蓉喘不上气来,脸上浮现出十分痛苦的神情。

"你把我当傻瓜!你骗我说高霞确实是死于心脏病,我他妈的还真差一点儿就相信了你。"黄静风脖子上的青筋根根绽开,"你以为你是谁?你不过是一个靠着在尸检时作假混饭吃的骗子!法医?死亡到了你的手里会不同寻常?我呸!"黄静风把一口唾沫吐在蕾蓉的鬓角,然后伏下身,肌肉痉挛的脸贴在蕾蓉的脸上,用发黄的牙齿咬着她的耳垂说,"死亡,死亡,你能改变死亡吗?你能让死人活过来吗?你不能,你不能!你那些本领有个屁用啊!可你知道我是谁吗?可你他妈的知道我的本事吗?!我能提前预测出一个人会在什么时候什么地方什么样的死!精确得就像这把马上要戳烂你喉管的刀!我比你强一千倍一万倍,因为我是断死师,断——死——师!"

"断什么……"蕾蓉几近窒息,脸已经渐渐变成了青紫色。

"断死师!断死师!"黄静风对着她的耳道喊道,"你还记得穆红勇吗,那个被你说成'自己找死'的出租车司机,其实是开车差点儿撞到我,被我断死的!还有一个在地铁里哭闹的孩子,那个孩子哇哇哇的,搞得我头都要爆炸了,我盼着他安静,安静——"他把右手食指竖在唇边,仿佛嘶叫的蕾蓉就是那个婴儿,"嘘,嘘,安静……可是他不停地哭叫,我知道所有乘客都盼着他快点死,能让拥挤的车厢里消停一点儿,于是我就断死了他!还有逐高公司的总裁,叫什么来着?好像姓钱……他的公司专门买卖人体器官!我念了断死诀,他嘎巴一下子就死在了我的面前！你现在倒是猜猜，我下一个断死的目标是谁？我肯定你猜不出来，我肯定你猜错了，你以为是你？不对，是你的姥姥！你的姥姥！"

我的姥姥，那个用大勺子给我挖苹果吃的姥姥，那个牵着我的手去"核桃社"买糖的姥姥，那个整天咯噔咯噔踩着缝纫机的姥姥，那个在胡同口的电线杆下擦拭着泪水目送我远去的姥姥……

"我跟护士打听过了，我知道你探望的那个老太太就是你的姥姥！"黄静风鼓着眼球，嘴角像抽羊角风一样狠狠地抽搐着，泛起白沫，"我们断死师，看一眼就能断定一个人什么时候死，那个老太太整个脸都是黑的，瘦成一把骨头，都脱了相了，这正应了《黄帝内经》上的话'面黑如漆柴者，血先死……大骨枯槁，大肉陷下，目眶陷，真藏见，目不见人，立死'！我来念一首断死诀，断死诀一念，老太太归西，然后我就送你到下面陪她去吧！"

不，不！不能让他念断死诀！姥姥不能死啊！

蕾蓉缺氧的大脑里残存的意识，使她拼死挣扎，两条腿"哐哐哐"的踢在备用停尸柜上！

丰满的双腿在蹬踹中反复摩擦着黄静风的下体，令他浑身燥热，一种本能的兽性过电般穿透了脊髓，他忍不住扳过蕾蓉的脸，把双唇压在了她的嘴唇上，舌头像撬杆一样撬开了她的牙齿——

嗷！

黄静风向后弹起，仰面坐倒在地上。

蕾蓉大口大口地喘息着，背靠着冰冷的墙壁，坐了起来。

黄静风也慢慢地坐起，看着蕾蓉，惨白的面孔蒙着霜一样发青,冷酷的双眼放射出凶残的光芒。

"扑"的一声,蕾蓉狠狠地把他的舌尖吐在地上:很小的一块肉,似乎还在蠕动。

"你敢咬我?"黄静风张开嘴,然后尽力地撑大,撑大,牙齿和舌头上全都是鲜血,"怎么样,我的血,味道好吗?"

"有点腥,有点苦,还有一点点甜……"蕾蓉看着他的眼睛,一个字一个字地说,"这是死亡的气息,就像雨后的大地!"

当啷啷,那把尖刀掉在了地上。

"这句话是断死师之间识别身份的暗语",这是段石碑曾经亲口告诉过他的——蕾蓉为什么会说出这句暗语?!

黄静风惊恐万状地看着眼前这个被绑缚的、手无寸铁的女人。

"你还不明白吗?"蕾蓉狞笑着,从来都是沉静贤淑的脸孔,此时此刻如厉鬼一般可怖——"我才是真正的断死师!"

第十六章 尸体失踪

> 如医师讨论古法，脉络表里，先以洞澈，一旦按此以施针砭，发无不中。则其洗冤泽物，当与起死回生同一功用矣。
>
> ——《洗冤录·序文》

十四年前。

南京。

他们走了吗？

蕾蓉蹲在荆棘丛后面，探头探脑地向外望去：黑黢黢的树林，茫茫的大雾，一切都被笼罩如梦境。

也许，走了吧。那些警察，后半夜突然包围了夫子庙一带，多亏一起流浪的伙伴们提醒得及时，她才逃了出来，一直藏身在这片密林之中，忍受着蚊虫的叮咬，硬是大气也不敢出一口，直到万籁俱寂。

她慢慢站起，揉着已经麻木的腿，小心翼翼地向树林外走去，不知怎的，走了半天，却怎么也走不出去。望着雾气中那无数张牙舞爪如妖怪般的树木，她有点儿害怕，不由得轻轻地抽泣起来。

"你为什么要哭？"

突如其来的声音，吓得她倒退了一步，瞪圆了眼睛看去，才发现不远处的一块大石头上，竟坐着一个中年男人，身穿白色的褂子，仿佛被雾融化了一般，眉眼有些模糊，也许过于飘逸的缘故，犹如一个正在吐纳修道的神仙。

蕾蓉警惕地看着他："你是谁？"

"我叫陈泰来，受一位小友所托，一直在这里等你。"

"小友，谁？"

"呼延云。"

什么？弟弟竟然委托这人来找我？蕾蓉的目光里充满了怀疑。

"你离家出走之后，他急得不行，就给我打了个电话，让我想办法找到你。"陈泰来平静地说，"我颇有些为难，跟他说我正在南京承办吴虚子一案，暂时回不到苏州去。谁知我们和警方一起包围夫子庙，从流浪儿口中，竟得知你就是那个帮凶手在犯罪现场播放录音的孩子，我赶紧将警察们统统支开，单独循着踪迹来这里等你。"

陈泰来？难道他就是那个执掌江南第一推理咨询机构溪香舍的陈泰来？

蕾蓉知道当年拖着鼻涕和自己抢糖吃的弟弟，因为跟同班同学林香茗一起侦破了几个案子，已经在推理界小有名气，却没想到他居然会委托陈泰来寻找自己，心中不由得一暖，离家出走这一个月来的艰难困苦不由得一起涌上心头，双眼再一次盈满了泪水。

"别哭，女孩子从小就应该学会不哭，不然眼泪会伴你一辈子。"陈泰来说，"你为什么要离家出走？"

"我不喜欢苏州的新家,不喜欢从小不管我、然后突然把我带到这么远的爸爸妈妈,我想姥姥姥爷,想呼延云,想万东路的老楼,想门口那棵弯着腰的大槐树。"蕾蓉抽泣着说,"我学习本来就不好,转学之后我连老师的苏州话都听不懂,根本跟不上课程,同学们都不理我,我很孤单,就跑出来想坐火车回姥姥家去,可是回去又能怎样?早晚还是要被抓回来,我一咬牙就开始流浪,一直走到了南京……"

"那么,你是怎么认识吴虚子的呢?"陈泰来问道。

"我在夫子庙这边讨饭时认识的他。"蕾蓉说,"他是个很不错的人,把这一带的流浪儿都管了起来,从来不要他们讨来的钱,只供他们吃喝——"

陈泰来纵身一跃,从石头上轻盈地下来,站在蕾蓉面前道:"你带我去见见吴虚子吧。"

"这不行。"蕾蓉断然拒绝,"我不能出卖师父。"

"哦,你已经拜他为师了啊,这倒是件麻烦事……"陈泰来沉吟片刻道,"这样吧,我向你保证,我只是去和他会面,绝对不带警察,更不会拘捕他,你看怎么样?"

以陈泰来的鼎鼎大名,既然有此承诺,断不会出尔反尔,而且,他身上那种洒脱的气质,也令蕾蓉十分信任。她点点头,带着陈泰来向树林外面走去。

雾气聚了又散,散了又聚,仿佛凭空有一只手在反复擦拭着夜色,每一次聚散之后,夜色就变淡了一点……这样不知走了多久,他们踏上一条坎坷的土路,路旁蜿蜒着一泓溪水,潺潺的水声和清澈的虫鸣,宛如梦呓一般。溪水渐渐开阔起来,拐过几蓬低矮的小树,前面忽然浮出一个土台,土台上有一座老朽不堪的三官庙,庙中烛光未歇。

一座很小的石桥横在溪上，将土路和土台连接起来。蕾蓉和陈泰来刚刚跨过去，便听到庙中传来一声叹息："你终于还是来了。"

陈泰来走进庙门，只见庙内供奉的天、地、水三官塑像早已腐朽不堪，掉光了漆的神案上没有香炉，只插着两根蜡烛，一个蒲团上坐着一位须发斑白的老人，他抬起头看了看陈泰来道："可惜没有地方请你落座。"

陈泰来一笑，将衣袖一挥，便在他的对面盘腿席地坐下："我叫陈泰来，是溪香舍舍主，阁下近日在南京掀起风波，我专程为此而来。"

"我掀起了风波？话怕是不能这样讲吧。"

"难道我追踪错了对象？"陈泰来道，"难道不是阁下用断死的方式谋杀了那三个人？"

吴虚子又是一声叹息，沉默片刻道："我听过你的名字，你是溪香舍的第四代掌门吧，溪香舍的开创者霍桑也曾经是一位断死师，可惜后来被逐出师门……那么，请问你知不知道——究竟什么是断死？"

"愿闻其详。"陈泰来将手一拱。

"凡将死者，必生欲死之病，必有应死之因，必入当死之境，犹如嬉水自溺、玩火自焚，倘若一开始就远离水火，那么就算千万人诅咒其死，又可奈何？"吴虚子说，"死，只是生的一种结果，断死，只是提前觉察到这种结果，并告知他人。你看到一个人站在悬崖边要往下跳，就说他将会摔死——这难道有罪吗？"

"有没有罪，要看他是真的自己跳下去的，还是你在他后背上推了一把。"陈泰来冷冷地说，"不错，一个被断死的人，必然是一脚踏入了死境，站在了危险的边缘，可是纵使他真的十恶不赦、死有余辜，不代表断死师就可以出手杀人！"

"你说我出手杀人，有什么证据？"吴虚子神情平静地问。

"我只是基于一些最基本的常识和最简单的推理，比如单单靠语言的诅咒，不可能夺去一个人的生命，这在霍桑先生破获的'催命符'一案中已经得到证明了，正是那个案件，标志着断死师的时代已经一去不复返了。"

呵呵呵呵！

吴虚子发出一阵怪笑，烛光像被阴风掠过一般摇了两摇，险些熄灭。

"我不知道，我刚才那番话，究竟有什么可笑的？"陈泰来说。

"你们推理者，只会在死亡之后寻找凶手，而断死师却在死亡之前就预知了一切。"吴虚子轻蔑地说，"谁说单单靠语言的诅咒不能夺去一个人的生命？你没有听说过'千夫所指，无病而死'这句古语吗！谁说断死师的时代一去不复返了？你没有看到那三个腐败无能导致国企衰败，却让大量工人下岗失业的老总被断死后，多少百姓欢欣鼓舞，并纷纷自发地学习断死奇术，给那些恶人断死吗？"

"不要自欺欺人。"陈泰来说，"那三个人到底是被你断死的，还是被你谋杀的，你心里比谁都清楚。你说霍桑先生当年是被逐出师门的，胡说！明明是霍先生通过在东吴附中旁听生物、医学、化学等现代科学的课程，逐渐悟出，张其锽给他讲的种种所谓'断死奇术'，不过是通过观察病人五官、呼吸、汗液、肤色、心跳、毛发等症状，结合其年龄、体型、体态、既往病史，推导出一个大致的死亡时间和地点，并没有什么稀奇，而其中某些死得'极其精准'的案例,则包藏着断死师一些不可告人的手段。霍先生认为在科学昌明的二十世纪,不应该再用传统医学的诊断术来故弄玄虚、蛊惑人心,这才主动离开的——既然你说诅咒真的可以杀人,那么现在,我就是你最大的敌人,你来断死我一个看看!"

吴虚子猛地瞪圆了双眼,恶狠狠地盯住陈泰来,嘴唇嚅动着,然而陈泰来镇定自若,毫无惧色地望着他。

三官庙里一片死寂。

多年以后,蕾蓉回忆起这一幕,依然心惊胆寒。畏缩在墙角的她,以为陈泰来会突然倒地毙命,甚至化为一摊血水——做了吴虚子几天徒弟,帮他播放断死咒语的录音,亲眼看到那些被断死者一个个按照咒语所预言的猝死,她已经坚信断死术具有神奇而可怕的力量——然而时间过去了很久,小庙里什么都没有发生,只有两个对峙者的影子被摇曳的烛光照映得虚实不定。

咳咳,咳咳咳咳!

突然,吴虚子狠命地咳嗽了几声,犹如气球泄气,整个人也干瘪了下来。

"怎么,断死术不灵了?"陈泰来问。

"你不应该这样,不应该……"吴虚子喘息着说,"断死师,是绝望者的唯一希望,是弱小者的唯一武器,除了诅咒,他们还能做什么?"

"诅咒的尽头就是杀戮!"

"那又怎样?"

陈泰来有些激动地说:"起初,因为仇恨而诅咒,诅咒他死,诅咒他亡,然而他不死、不亡,怎么办?不知不觉之间就拿起刀，从诅咒者变成杀人者，最终同归于尽、玉石俱焚，难道这是好的结果吗？"

吴虚子爆发出一阵剧烈的咳嗽，突然吐出一口血，白色的胡须被鲜血染红。

蕾蓉扑了过去扶住他，哭着大叫起来："师父！师父！"

一时间，陈泰来竟不知所措。

吴虚子惨笑着："我那个跟了我多年的徒弟，给我的饭菜里下了毒，偷走了我的《断死诀》……多么可笑啊，隐姓埋名了一辈子，就想找个机会让断死术重现昔日的辉煌，却这么快就一败涂地。"

陈泰来上前扶住吴虚子，老人支撑不住，歪倒在他的怀里。

"三起断死的案子，都是我和那个徒弟做的……"吴虚子喘息着说，用尽全力抬起胳膊，指着蕾蓉道，"和这个小女孩无关。"

陈泰来郑重地点了点头，突然想起了什么，用急促的口吻说："告诉我，你们到底是用什么方法，让那些死者准确地死于'断死时间'的？"

然而吴虚子已经一瞑不视了。

蕾蓉想起自己离家出走之后，孑然一身、受尽欺凌、忍饥挨饿、一路漂泊，直到被这个名叫吴虚子的老人收留，才算稍微安定下来，而今却眼睁睁看着师父离去，不由得泪如雨下。

想着被吴虚子带走的"断死之谜"，陈泰来无限怅惘。三官庙里静悄悄的，只能听见外面溪水潺潺的声音，以及蕾蓉的哭声。渐渐地，一切都沉寂下来，东方的鱼肚白将这座小庙笼罩上了病恹恹的灰色。

陈泰来去神像的后面把吴虚子的衣物找出来，捡了最干净的一套给他换上，又找了块白布覆盖上他的尸身。蕾蓉眼睛红肿着坐在一旁看他忙忙碌碌，等到一切收拾停当，陈泰来上前说："咱们走吧，先联系警方来验尸，然后把你师父的遗体找个墓地安葬——费用我来出。"

蕾蓉和他一起走出三官庙，陈泰来问道："你那个师兄叫什么名字？他有什么特征吗？"

"师父只让我管他叫师哥，没说过他的名字。"蕾蓉说，"而且，我和他没见过几次面，只记得他弯腰时，天灵盖上有一道很长的刀疤，师父说是他小时候被人砍伤的。"

"你师父刚才提到一本叫《断死诀》的书，我听说过，却没有看过，难道你师哥真的会为这么一本书毒死你师父吗？"

蕾蓉想了想说："最近几天，我偶尔听到过他们吵架，师哥说警察快要发现我们了，最好赶紧逃走。师父说不要紧的，师哥就逼他把那本《断死诀》交给自己带走，以防失传，师父就骂他心术不正什么的——"

陈泰来打断她："他有没有告诉过你，怎么样才能用一种很难让人发现的方法杀死一个人？"

蕾蓉摇了摇头。

看来，除非抓到吴虚子的徒弟，否则那三个受害者的死亡之谜，真的要和他一起埋到地底下去了。陈泰来满脸的失望。作为一个推理者，他当然从一开始就不相信诅咒能够夺去一个人的生命，他考虑过是否凶手使用了延时毒药或者可溶性物质制作的箭头或弹头，但是法医的尸检结果，既找不到毒物反应，也找不到任何创口——众目睽睽之下，怎么可能让某人在没有任何外因和外力作用下"准时猝死"？！

秘传了上千年的"断死术"，大部分都是中医精妙的诊法，但是其中最隐秘的——当"断死"不准时，断死师为了验证"断死"的效力而出手杀人的方法，究竟是什么呢？如果找不到这个谜底，看起来主犯已死，案子破了，但其实只是用柴火盖住了火苗，天知道什么时候又会燃起熊熊烈火！

陈泰来一面给专案组的刑警打电话，请他们抓紧赶过来，一面思忖着案子。东方，太阳只露出一线，但漫天的朝霞已经将天际染成了一片火红。陈泰来余光一瞥，忽然发现，蕾蓉雪白的面庞，竟笼上了一层浅浅的金黄色，湿漉漉的睫毛犹如挂着露水的花蕊，然而那双眼睛，那双美丽而青涩的眼睛里，却充满着仇恨……大概就是从那一刻起，陈泰来下定了决心：我得救救这个孩子，也许还有很多幼小孩子的心中充满了与年龄不相宜的仇恨，但是这一个，我无论如何也要救一救。

"蕾蓉，一会儿警察来到的时候，你就说，你是我的徒弟，是在我的命令之下潜入到吴虚子身边打探消息的。"陈泰来说，"至于那个带着录音机在人群里播放断死咒语的孩子，你随便编一个名字就行，剩下的事情由我来和警方交涉——换言之，从现在起，你就以溪香舍的一员的面目出现。"

蕾蓉咬着嘴唇，摇了摇头："不，你不是我的师父，我有自己的师父，何况，师父曾经告诉过我，你们推理者是我们断死师的敌人。"

普天之下，不知有多少人想给溪香舍看门都没机会，成为陈泰来的徒弟，更是无数推理者不敢奢望的梦想，而今这小女孩竟一口回绝，令陈泰来啼笑皆非。不过大约也正是她的硬气，让陈泰来很是喜欢。"好吧，我不强求你，咱们讨论个问题，你觉得什么是推理？"

蕾蓉歪着脑袋想了想说："就是根据几个线索推导出真相的

办法吧？"

"不错。"陈泰来点点头，"推理大致可以分成两类，一种是喜欢看侦探小说的人都了解的，根据已知的片段还原整个事情，就是用推理来追溯过去的真相。还有一种呢，就是我们生活中用得最多的，用已知的片段推理出未来的真相。比如，你看现在东边朝霞漫天，就知道太阳快要升起了；再比如，你看到某个楼群上方升腾起大量的黑烟，而救火车的声音正从远方不断接近那里，你就知道肯定是其中某一座楼着火了；再比如，急诊室的医生经常会遇到送来时已经无法言语的急症患者，这时，医生只要看看他的症状，就能大致知道他有无生命危险，以及该用什么方法施救——我说得对吗？"

蕾蓉"嗯"了一声。

"所以，从某种意义上说，断死师其实也就是推理者。"陈泰来说。

蕾蓉惊讶地瞪圆了眼睛。

"难道不是吗？你仔细想想，断死师是靠着什么推断一个人会在某个时刻某个地点以某种状态死亡？'断死之道，一病一境'，无非是根据某人的症状和所处的环境，做出的一个推理而已。"

蕾蓉怔怔的，双眸中原本凶狠的光芒，似乎纷乱了一些。

"我相信你师父在世时，给你讲过一些断死师的历史，我也略知一二。这确实是一个很古老的职业，但是为什么到民国年间就迅速衰落，这里面一个很重要的原因，就是现代科学进入中国，让原本很玄妙很神秘的断死术，大部分都能用科学——尤其是医学来解释，魔术手法被拆穿，魔术师就只能悻悻地下台。这期间有一个很著名的案子叫'催命符'的，不知道你听没听说过。"

蕾蓉摇了摇头。

"那还是在一九二七年,位于上海市爱文路七十七号的断死师总部被警方以'封建迷信、妖言惑众'的名义查封,当流落街头的断死师们一年后发现,房子的新主人竟是昔日背离师门的霍桑先生之后,便决心与其做生死一搏。

"这一年的深秋十月,一位叫甘汀荪的人连续收到用毛笔蘸着红墨水写在白色信笺纸上的符,字体为传统的符咒型草书,虽然每次只有寥寥数字,但大多不祥。特别是最后两张,分别写着'七日死'和'三日死'。甘汀荪十分惊恐,便找霍桑请求帮助,霍桑起初认为这只是仇家的恐吓,没有太当回事,谁知符咒预言死亡的那一日,甘汀荪竟真的在厢房的短梁上上吊而死。这件案子一发,舆论一时大哗,断死师们个个兴高采烈,说甘汀荪是被断死的,而霍桑对此完全无能为力……对此,霍桑倒满不在乎,他在接受记者采访时说,断死师只是旧时代投下的最后一注阴影,现代医学和刑侦科学可以解释一切,接下来,霍桑和他的好友包朗展开了调查,最后发现,原来是一位名叫华济民的大夫和甘汀荪的妹妹私订终身,却被甘汀荪破坏,华济民对他怀恨在心,知道他非常迷信,就写了断死式的符咒寄给他进行恐吓,而真凶看到这些符咒以后,加以利用,就在符咒上说的那天早晨吊死了他[①]。

"警方公布了破案的消息之后,断死师们齐刷刷成了哑巴,因为那个华济民供称,自己与断死师没有任何关系。他用符咒'断死'的行为完全是一种偶然。霍桑先生在警方召开的记者会

[①] 此案详细内容及真凶身份,读者可阅读程小青先生著《霍桑探案集》中《催命符》一章。

上,没有给自己夸功,倒是大力推荐汉司格洛使著的《检验应用科学》一书,说正是这本法医学著作,帮助他找到了甘汀苏的真实死因……"

听完陈泰来的讲述,蕾蓉愣了许久,才慢慢地说:"你讲的,全都是真的吗?"

"堂堂溪香舍舍主,哄你一个小姑娘做什么?"陈泰来说。

一阵清冽的晨风吹过,如拂尘一般,令蕾蓉的心刹那间一片清明。是啊,我只是个小女孩,没有家财万贯,没有花容月貌,陈泰来是中国推理界的一代宗师,若不是为了将自己从困境中救出,何苦花这么长时间和自己大费口舌?这么一想,她不禁羞惭起来,但是师父刚刚身故,她就投入"敌营",总觉得不大妥当。

陈泰来看出了她犹疑的原因,正想继续劝说她,突然听溪边的芦苇丛中,传来几声很响亮的呼哨。然后,跳出十几个蓬头垢面、衣衫褴褛的孩子,他们手持各种各样的"武器"——铁棍、菜刀、竹竿什么的,把他俩包围在中间。为首一个看上去年龄最大的少年道:"蕾蓉别怕,我们来救你了!"然后对陈泰来说:"你带着一帮警察搜查夫子庙,现在又想把蕾蓉抓走吗,信不信我们打死你?"

看得出,这是夫子庙一带的流浪儿来救他们的小伙伴。陈泰来自然毫无畏惧,但还是低声对蕾蓉说:"你快点儿想办法让他们离开吧,不然警察一来,他们的麻烦可就大了。"

这话没错。蕾蓉上前对着连月来一起餐风饮露的小伙伴们说:"这位叔叔并不是抓我,而是保护我,准备带我回家去呢!"

流浪儿们面面相觑。为首那少年把陈泰来上上下下打量了几番,摇晃着一把菜刀吩咐道:"你,留下名字和地址!我们都知道蕾蓉家在苏州,你把她送回家,一个月后我们会去看她,要是她没到家,仔细我们跟你算账!"

"溪香舍,陈泰来。"

流浪儿们个个都是"江湖通",一听这名号,都惊得目瞪口呆。

陈泰来看他们的样子,劝说道:"你们这么流浪下去,也不是个办法,都回家吧!该上学上学,该工作工作,不然将来怎么办?"

"我们没有家,也没有将来!"为首那少年斜睨着他道,"你名气很大,可是说话很犯嫌,用不着你教我们怎么混,把蕾蓉平平安安带回去是正经。"说完来到蕾蓉面前,低声说了句"你好好的",就带着一帮流浪儿向远处走去。

蕾蓉不禁眼眶一热,上前迈了一步,肩头却被陈泰来的手扳住了:"让他们走吧!"

望着流浪儿们在晨曦中渐去渐远的背影,蕾蓉感到肩膀上,陈泰来的手越来越沉重。

听完蕾蓉的讲述,黄静风低声问:"后来,那些流浪儿真的来苏州找过你吗?"

"回到苏州不久,我休息了一段时间。有一天我在阳台上晒太阳,发现楼下有几个当初一起流浪的小伙伴正往楼上看,我确信他们也看到我了,因为他们的目光十分惊喜。我也欣喜若狂,跑下楼去找他们,可是他们已经不见了……他们再也没有来找过我,我知道,他们希望我过上有家的日子,他们不想再让我和他们有一丝牵连。"说着,蕾蓉的眼睛里一片水光。

"你为什么要帮我?"

"因为我怀疑那本书是我自己丢在自习室了,如果你拿走看,那不算偷,充其量是借——我不喜欢看别人被冤枉。"

"谢谢你。"

"你好,我叫姚远。"

"黄静风。"

然后他们的手紧紧地握在了一起。

在所有的亲人——包括高霞在内,全部死去之后,黄静风已经很少再有什么情感的波动了,然而此时此刻,他忽然想起了姚远,想起了大学时代的友情,冰冷的心颤抖了一下,他赶紧把心一硬道:"可是,你却背叛了他们!背叛了那些和你一起流浪的朋友们!"

"我没有。"

"你就是背叛了!"黄静风眼露凶光,"当高霞被人用车撞死的时候,你替他们遮挡罪行;当逐高公司贩卖人体器官的时候,你却加盟他们助纣为虐,你以为我不知道?我什么都知道!"

"高霞的真实死因,我已经讲过了。至于你说的逐高公司贩卖人体器官什么的,我不知道。"蕾蓉说,"那天你在会场上,给逐高公司总裁钱承断死的时候,我就坐在你的前面,亲耳听到了你念的断死咒语——"

"你当时也在?对啊,他们要开始那个什么该死的'健康更新工程',当然得请你这个狗腿子出席。"黄静风扭曲着脸孔道,"我念断死咒语时,你是不是听起来很熟悉?很恐惧?想起了你的师父吴虚子,想起了你曾经就是我们中的一员。"

"不,不是的。"蕾蓉平静地说,"我当时只是很惊诧。"

"你惊诧什么?"

"我没有想到这么多年过去了，居然还有人会念断死咒语，还以为这种咒语真的能咒死人。"蕾蓉说，"我回到苏州之后，开始和陈泰来先生系统地学习，很快就认识到，所谓断死术不过是运用中医知识做出的一种推理，根本就没有什么了不起的！"

"住嘴！"黄静风狠狠地把蕾蓉往后一推，蕾蓉的后脑"哐"的一声撞到墙上，脸上顿时露出痛楚的神色。

黄静风站了起来，居高临下地看着她，像屠夫在看一只待宰的羔羊。

杀了她，或者不？

她肯定以为我马上要杀了她，可我偏不，我不能让她在这个世界的最后一瞬成功地为自己断死，我要在她想不到的时候再割断她的喉咙！

想到这里，黄静风蹲下身子，把她重新捆绑结实。

蕾蓉依旧异常冷静，没有做任何反抗，只是在黄静风要拿破布塞住她的嘴巴之前，好像很随意地问了一句："那天在大德酒店萃华厅，我听见你断死的时候，身边还有一个人在和你对话，他大概就是你的师父吧，他叫什么名字？"

"他叫段石碑。"黄静风觉得对一个必死之人没必要隐瞒什么，"他是一位了不起的断死师。"

这个"段石碑"会不会就是当年毒杀了吴虚子的师哥呢？如果是的话，应该提醒一下黄静风，告诉他一旦被段石碑利用完毕，可能有生命危险，但是还没来得及说话，嘴巴就被堵上了。

黄静风走出设备室，将铁门锁上，原本狞厉的神情，突然变得颓废起来。他晃晃悠悠地走到冰柜最里面一竖排，一屁股坐下，拉开标号为"T-B-4"的冷冻屉，对着高霞的尸体想说什么，但是嘴唇嚅动了半天，却什么话都没有说出，记忆中这是他第一次面对高霞的尸体无话可说。

他闭上眼睛,脑子里混沌得像一锅煮沸的水,于是又睁开眼,望着天花板上那根长长的管灯,张开嘴,合上,再张开嘴,再合上,嗓子眼里发出和灯管一样的滋滋声。在这白得发绿的刺眼光芒中,他开始想象每种死法的不同感觉:病死在床上那绵绵无休的折磨,绞死的人脖子被勒断一刻的痛苦,溺死者窒息时的挣扎,还有被刀刺穿肚肠时的血如泉涌,他都一一体验着……越这么遐想,越觉得断死不如亲手杀人来得痛快。

这么幻想着,不知道是梦还是醒,总之就一夜过去。

当晨光在窗棂涂抹上一层白垩的时候,市公安局围绕钱承命案召开了一整夜的专项会议,终于告一段落,责成相关警力全力追寻"首要犯罪嫌疑人"蕾蓉的下落。

散会前,刘思缈突然站起,呼吁领导们重视一下本市最近接连发生的流动人口失踪案。

走出会议室,刘思缈接到了郭小芬打来的电话,问她有没有蕾蓉的消息。刘思缈不能向她透露刚刚结束的会议内容,只能告诉她没有,并说最近好像地面发生了塌陷一样,许多人都莫名其妙地失踪了:"我不清楚蕾蓉算不算其中之一,但我有一种直觉,这两者之间应该存在着一定的联系。"

挂断手机,郭小芬手拄着下巴思忖起来。昨晚熬夜写稿子,没有写完,今天在家继续写,写到中午,饿了,就来楼下这家肯德基点餐吃。吃到一半,忽然惦念起蕾蓉来,先给呼延云和马笑中打了电话,他俩都在想方设法寻找蕾蓉,但一无所获,刘思缈那边的消息也令人失望,这不禁令她深深叹了一口气。

尽管餐盘上的新奥尔良烤鸡腿堡只啃了一半，尽管芙蓉鲜蔬汤还没喝净，她却已经没有食欲，站起身往外走了几步，忽然听见身后传来一个很低的声音——

"时间？"

"八个小时以内。"

"地点？"

"随便什么地方。"

"方式？"

"过劳死！"

"五官？"

"黑色出庭大如指，眼窝凹陷目无神。"

"毛发？"

"头发枯槁失其华，眉毛蹙皱双睫苒。"

"躯干？"

"颈痛时而仰天望，腰酸不已手乱捶。"

"肢体？"

"腿脚交错时磕绊，甲根月牙浅若无。"

"行式？"

"哈欠连天泪眼朦，恢恢不乐挤睛明。"

"情境？"

"倒行逆施咎自取，多行不义必自毙。"

"断死！"

"疲惫不堪心交瘁，夜半三更尸首横！"

这是——断死咒语？！

这两天虽然忙着赶写一篇大稿子，但闲暇之余，郭小芬还是关注了一下微博上铺天盖地的断死讯息，其中被转载最多的一条记述逐高公司总裁钱承死亡经过的长微博，详细地描写了断死过程，其中半文半白的断死咒语给郭小芬留下了深刻的印象。现在听到这番对话，她不禁大吃一惊！

尽管微博上充斥着大量冒充断死师的人，但他们胡编乱造的断死咒语都没有这段对话"规范"——这两个人应该才是"真身"，他们到底在给谁断死？

中午，这家位置偏僻的肯德基餐厅里，根本就没有几个客人，而且坐的位置零散，一眼望过去，大多脸朝着窗外。

腿脚交错时磕绊。

这应该是在说站立行走的姿态，可是从刚才到现在的一刻钟左右，并没有什么人站起或走动啊。

刹那间，她打了个寒战。

除了我以外。

眉毛蹙皱双睫耷，颈痛时而仰天望，腰酸不已手乱捶，哈欠连天泪眼朦……这些说的不都是熬夜写稿的我吗？

难道，我被断死了？！

一种巨大的恐惧像冰锥一般刺中了她的心腔！她拔腿就冲出了肯德基，一口气跑回家，把门反锁，拿出手机，颤抖的手指竟然半天按不中键盘，很久才拨通了呼延云的电话："呼延，救救我！"

"你怎么了？"

"我，我被断死了！"郭小芬几乎是带着哭腔，把经过大致地讲了一遍，"你快点来，我很害怕，我非常害怕！"

"小郭，你应该知道那只是个恶作剧，不必大惊小怪。"

"可是，那两个人真的是断死师，真的——"

"小郭！"呼延云粗暴地打断了她，"我正在寻找蕾蓉的下落,你帮不上忙也就算了,能别再给我添乱吗?"

一瞬间,郭小芬感到全身像沉进了冰河之中,从皮肤到骨髓都寒透了:当我面临危险的时候,当我最需要你的时候,原来你的心里根本就没有我……

当晚九点半,市第一医院太平间。那个有点耳背的老工友正等待着十点一到,黄静风来交接班,突然发现黄静风像幽灵一样出现在了眼前,呆滞的目光和惨白的脸孔活像是被吸血鬼咬了一口。

老工友有点奇怪:"你咋这么早就来了呢?"

黄静风却只吐了两个字:"你走!"

老工友有点害怕,赶紧出了太平间。

黄静风把门关上,走到冰柜的最里面一排颓然坐下,浑身有气无力的他,没有拉开"T-B-4"冷冻屉,而是喃喃自语起来。

"高霞,今天是我成为断死师以来最烦躁的一天。中午,我接到了师父的电话,他让我给一个人断死,我就跟着他到了一家肯德基,他指着一个正在用午餐的女孩说,来,你给她断死吧!那是个很漂亮的女孩,和我无冤无仇的,我不知道为什么要断死她,师父说她是个媒体记者,不但和蕾蓉一起支持逐高公司的'健康更新工程',还呼吁有关部门将所有流浪人群像野狗一样囚禁起来,作为器官移植的供体,甚至她还提出:把各大医院太平间里的无主尸体清理一遍,从这些尸体上面切割有用的器官移植给有钱人,这就叫'尸源经济'……

"我一听火冒三丈,马上准备给那个女记者断死,可是仔细一看她,又有点犹豫,因为觉得她很面熟,似乎以前见过,但是在师父的催促之下,我还是给她实施了断死,她听见了我的咒语，吓得马上逃出了快餐店。望着她的背影，我忽然想到了一个问题，我问师父：假如我断死她以后，她到时候没有死怎么办？我以为师父会安慰我说断死师也有看走眼的时候，谁知他竟然斩钉截铁地说———个真正的断死师，宁可用杀戮证明诅咒的正确，也绝不能允许已经断死的对象活下去！"

黄静风把头往冰柜上一靠，又慢慢地将脸碾压在冰冷的柜门上，闭上了眼睛，一副疲惫已极的样子。"高霞，你走了以后，我很孤单很孤单，我本来就是一个孤僻的人，遇到事情了就会钻牛角尖，过去还有你宽慰我，现在，我什么都没有了，只剩下了断死，只剩下了断死……我是一个断死师，我宁可用杀戮证明诅咒的正确，也绝不能允许已经断死的对象活下去——对吗？"

你说，对吗？

他把枯槁的手像病狗一样搭在"T-B-4"冷冻屉的拉手上，轰隆隆地拉开。

空的！

没有尸体，甚至连盖尸布也荡然无存！只剩下一个空荡荡的屉板，飘出白森森的寒气。

高霞呢？

高霞的尸体呢？！

他发疯一样把冰柜的所有冷冻屉都拉开！整个太平间瞬间变成了集体宿舍，一具具尸体都安卧在自己的白色"床铺"上等待熄灯……黄静风扯掉蒙住它们脸孔的盖尸布，寻找着高霞，然而那些铁青的淤黑的惨白的墨绿的脸孔之中，没有一个是高霞！它们或者半睁着眼，或者微张着嘴，或者吐着舌头，或者神秘微笑，仿佛都目睹了高霞的尸身推开冰柜柜门，自己跳下冷冻屉逃走的一幕，但是谁也不想告诉黄静风真相。有一具因车祸挤爆了头颅、牙齿从鼻孔突出的尸体，表情最像嘲笑，被黄静风一巴掌扇到地上，本来就撞得稀松的尸身，稀里哗啦散碎得一地骨殖……

直到确信高霞的尸体不在太平间了，黄静风才打电话给老工友，狂暴的声音令耳背的老工友一下子听清楚了他的问题："'T-B-4'冷冻屉的女尸呢？！"

"下午，来了几个人，说什么'健康更新工程'需要器官移植，那具尸体不是无主吗？就给拉走了。"

"啪！"

黄静风把手机往地上一摔，粉身碎骨的外壳和元件爆炸一般飞溅开来。

"健康更新工程"！！！

愤怒有如火山爆发，直冲头顶！他把牙齿咬得咯吱咯吱一片响，突然，他像踩到电门一样全身颤抖起来，"扑通"一声倒在地上，上肢和下肢开始剧烈地抽搐，弯曲，绷直，弯曲，绷直……犹如被不断拉弓射箭的弓弦，他的喉咙里发出奇怪的咕噜声，喉结吞蛋似的鼓动，嘴角先是吐出白沫，接着喷出血沫。

不远处那具散了架的车祸尸体，以平行的视线，依然嘲笑着他。

很久很久，一切才沉寂下来。

蠕动了一下，黄静风用手撑着地板，慢慢地爬起身，半边脸上沾满了自己吐出的血沫。他的双眼已经没有了眼白和瞳孔的色差，只见一片血红！

"扑！"

他狠狠地吐出一颗刚才咬断的牙齿，拔出腰间的尖刀，大步向设备室走去。

第十七章 活人解剖

凡检刀枪刃斫剔，须开说：尸在甚处向？当着甚衣服？上有无血迹？伤处长、阔、深分寸？透肉不透肉？或肠肚出，膋膜出，作致命处。

——《洗冤录·卷之四（杀伤）》

我完了！

当蕾蓉看到黄静风手握尖刀、双眼冒火地走进设备室的瞬间，这个念头像电钻一样钻进了她的脑海。

黄静风一把拎起她的脖领子，怒吼起来："高霞的尸体呢？你把高霞的尸体还给我！你们这群魔鬼！魔鬼！"他把刀子在蕾蓉的脸颊左右戳来戳去，有好几次那锋利的刀刃差一点就划开她白皙的面庞，蕾蓉不禁闭上眼睛听天由命了，但是很快，她就听见黄静风的咆哮变成了恸哭："你们怎么能这样？你们什么都有了，为什么就不能给我们留一点啊……呜呜呜，活着要受你们欺负，死了还要被你们切割了一寸寸卖，你们还是不是人啊！你们这些魔鬼！魔鬼！呜呜呜呜！"

蕾蓉慢慢地睁开眼睛，看着这个脸色惨白、泪流成河的人，不知为什么眼睛突然湿润了。

她想：得要多少痛苦和悲惨的经历，才能把这么年轻的一个小伙子变成这样啊!

狂暴的内核永远是软弱,当黄静风看到蕾蓉眼中的泪花时,不知是一种什么样的情愫攫住了他的心,他放下刀子,开始抽泣着讲起自己的故事来,从大学时代半夜捡垃圾挣学费,到毕业后找不到工作潦倒他乡,从梦想破灭回到家乡,到积满落叶的深沟里那几座新坟,从和高霞再一次来城里谋生,到她去世后为了给她的尸体找一个"住处"而应聘做殡仪工……

蕾蓉听得十分用心,仿佛又回到了那座小小的三官庙,听吴虚子在烛光中讲授断死师的历史。

等一等,你说什么?

黄静风突然提到了一个姓郭的女记者,说她和自己都是推动"健康更新工程"的黑手,她提议把各大医院的无主尸体拿出来切割器官做移植用,所以今晚要去亲手宰了她……蕾蓉的嘴被堵住了,说不出话,只能拼命地摇头,脸涨得通红,额头上泛起豆大的汗珠。

黄静风看出她有话要说,把堵住她嘴的那块破布扯了出来。

蕾蓉狠命咳了两下,厉声问道:"谁告诉你,我和那个郭记者支持逐高公司的?谁说从冰柜里取出的尸体可以用来做器官供体的?!"

没想到一个要死的人还有如此的胆魄,黄静风不禁愣住了,蕾蓉盯着他的眼睛说:"我再和你讲一遍,我那天去参加逐高公司的记者招待会完全是受朋友的邀请,此前我连这个公司大门朝哪边开都不知道!你说的那位郭记者,我想我确实有这么个朋友,但她是跑法制口的记者,曝光逐高公司还差不多!至于你说太平间冰柜里保存的尸体,器官还能拿出去移植,我简直没有听过这么无知的蠢话!你以为器官移植是搭积木,把供体往受供者身上一塞就行？不要说器官移植了，输血血型不一样还死人呢！供体稍有纰漏，都会出人命的！肾移植，用作供体的肾脏要放在类似细胞内液的无菌容器中低温保存；心脏移植，供体被切取后要放进装有保存液的多层无菌塑料袋中，扎紧上口，再放进小型冷藏箱里保存；肝移植也差不多是这样；至于角膜移植，目前有很多种角膜保存方法：干燥保存、冷冻保存、湿房保存、保存液保存……但无论哪一种都要通过阻断离体组织的自融过程来实现——你难道看不出，虽然低温放慢了你女友尸体的腐败过程，可是它依旧在腐败吗？谁会用一具充满腐败细菌的尸体器官做移植？！"

黄静风目瞪口呆，蕾蓉仍在愤怒地叱责："满脑袋没有一点点科学知识，却长了一颗点火就着的心，明明变成杀人工具，却以为自己大义凛然——你被人利用了，你知道吗？！"

也许是被蕾蓉的话戳到了痛处，黄静风目眦欲裂："我是断死师，我要让每一次断死都是准的，这有错吗？！"

"当然是错的！"蕾蓉斩钉截铁地说，"每一次断死都是准的——当初我师父吴虚子也跟我这么吹过，事实上你稍微学过一点医学就知道，通过症状来判断患者得什么病都未必准确，更别说判断一个人怎么死了！你会背断死诀，那又怎么样，单一的症状可能是完全不同的疾病的表现：眼皮耷拉，既可能是糖尿病引发的周围神经病变，也可能是重症肌无力；耳垂有褶皱，可能预兆着冠心病，也可能是单纯的皮肤病；间歇性跛行，是腰椎管狭窄症的主要临床特点之一，但也有可能是下肢动脉硬化闭塞症的症状；呕吐，那预示的疾病可就更复杂了：可能是食物中毒，可能是肠胃病，可能是急性肾炎，还有可能是急性心梗的早期表现……如果光靠看一眼症状就能确认疾病和死亡，那医院还要CT、X光机做什么！我承认断死术有时会比较准确地预测出一个人的死亡，但那只是基于传统中医望诊技术的一些大概率事件，绝对做不到每一次都精准！断死失效，就像天气预报不准一样正常，你却为此要去行凶杀人，你这个疯子！"

"那钱承的死呢？"黄静风恶狠狠地说，"我对他念了断死诀，然后可是眼睁睁地看着他在我面前倒毙！"

蕾蓉一下子哑口无言，是的，这就好像当年吴虚子在南京断死那三个人一样，一直是一个谜。

"说不出来了？你也有说不出来的时候！"黄静风再一次拎起她的脖领子，用力之大，几乎要把她勒死，"我现在就来念一个断死诀，不过，不是送给你这死人的，而是送给你的姥姥的，你上次不是踢我、咬我吗？现在你只要敢，我就搅烂你的舌头！"说着他把刀尖一下子插进了蕾蓉的嘴里！

舌头感到蜇人的冰冷，蕾蓉赶紧用牙齿死死咬住刀尖，一点也不敢放松。然后，听黄静风仰起脖子吟诵起断死诀来，一个字，一个词，一句话，他像在执行绞刑的刽子手，把声腔拉得老长老长，仿佛是有意让蕾蓉看到系在姥姥脖子上的绞索一点点勒紧。

泪水从她的眼中夺眶而出：对不起，姥姥……

"阴寒彻骨面涂炭，卧榻病死不逾日！"

当念完最后一句，黄静风把刀从蕾蓉口中拔出来的一刻，她什么都没有说，只是含着泪水恨恨地瞪着他。

"别这么凶狠。"黄静风狞笑道，"现在，没人救得了你了——"

"真正没得救了的，是你。"蕾蓉说。

"好啊，不妨看看，到底咱们俩谁死在谁的头里。"黄静风抓起破布重新堵住她的嘴,"我先去宰了那姓郭的记者,然后提着她的脑袋来,让你到了下面也好有个伴儿!"说着转身走出了设备室。

就在蕾蓉惦念着郭小芬的时候,郭小芬正在焦急地等待着一个人的到来。

今天中午,当她面临危险的时候,呼延云一副置若罔闻的样子,令她浑身血冷。对呼延云的失望,对断死诀的恐惧,在她心头交织成了一片混沌,她就这么呆呆地坐了一下午,甚至忘记了暗夜的来临。

手机的铃声突然响起,她哆嗦了一下,一看来电显示是姚远,一种异样的温暖悄然浮上了心头。

刚一接通,她还没有说话,就听到了姚远气喘吁吁的声音:"小小,你在哪里?"

"我在家啊。"郭小芬有点惊讶,"你怎么了?"

"我正在去你那里的路上……也许你是对的,不!你肯定是对的!你在家等我!"说完手机就被挂断了。

我是对的?我什么地方是对的?郭小芬感到莫名其妙。

她当然不知道,就在今天傍晚快下班的时候,姚远下决心辞职了,他觉得自己再在公司里待下去前景不妙。因为知道王雪芽经常在办公室加班到很晚,他也没着急去找他,而是先把自己的东西收到一个塑料箱里,然后拿着辞职信敲了敲王雪芽紧闭的房门,没有人应声。他推开门一看,灯亮着,然而办公室里空无一人。

他想,也许王雪芽开会或者吃饭去了,也好,不用当面啰唆了,把辞职信放下,然后发个短信,就了结了。这么想着,他走到办公桌旁边，刚要把辞职信放下，忽然看见桌上有一个文件夹，夹子上写着"器官移植供体基本情况"，纯粹是出于好奇心，他掀开看了一眼，像被火烫了一样，啪地将夹子合上！

我眼花了吗？他想。

他竖起耳朵听了听，办公室外面没有脚步声，就再次打开了文件夹，快速看了一眼贴在第一份档案右上角的照片：没错，是她，就是昨天晚上把摔倒在地的自己救回家的那个黄脸女人——而这份档案上写着她已经"死亡"，死亡原因一栏是空的，最匪夷所思的是，签署这一档案的时间竟是数天以前！

也就是说，这个女人还没有死，但由于她"免费体检"合格，被选中作为器官移植的供体，所以已经被列入这张"死亡名单"上了！

姚远匆匆看了一下后面的档案，照片上那一张张脸孔，一望即知也是一些被"免费体检"后适合做供体的普通人。

这才是货真价实、令人发指的断死！

想起郭小芬此前对自己的那些告诫，姚远又羞又愤，他用手机拍下了几份档案的照片，准备去找郭小芬商量下一步该怎么办。

郭小芬在家中等待着姚远。虽然不知道他来找自己所为何事，但心里总觉得不安。从窗口向外面望去：阴暗的小街上，没有什么行人，地面有点湿，也许是下过雨，那一蓬蓬刚刚长出新叶的栾树，在路灯的照射下闪烁着幽幽的绿光。

"哐啷啷"！

厨房里传来很大的一声响动，她吓得一激灵：怎么？家里有人？不可能啊，我中午回来的时候是把门锁好的。她顺手把桌上的一把修眉剪握在手里，蹑手蹑脚地向厨房走去，开灯一看，有点哭笑不得，原来是自己养的小猫贝贝正在翻腾吃的。也是，自己一直心事绵绵，忘记给它料理晚餐了。

她弯下腰从橱柜里拿出猫粮倒在小食盆里，正要往贝贝嘴边放，忽然听见大门把手扭动的声音，她想这一定是姚远来了，拿着食盆就去开门，贝贝一见到口粮又被拿走，顿时急了，跟着郭小芬的脚后跟喵呜喵呜地叫。

郭小芬打开了门，楼道里没有亮灯，只有一条长长的黑色影子伫立在门口。

大约也就是在这一瞬间，郭小芬觉得有点不对劲，虽然贝贝胆子小怕见生人，虽然这两年姚远回来的时间不多，但是跟着自己脚下讨食的它断断不至于掉头就跑！

几乎是出于面对危险的本能反应，郭小芬将已经打开的门狠狠撞回门框，她听到"啊"的一声惨叫，和什么东西"当啷"掉在地上的声音！她已经顾不得细看了，拔腿就往里屋跑去，将门反锁上，又拉过椅子什么的堵在门口。她想拿出手机报警，可找来找去都找不到，才想起刚才查看厨房动静时，把手机落在厨台上了。

大门口，黄静风揉着险些被碾断的手腕，弯下腰，从地上捡起刀子，握紧刀柄，晃晃悠悠走到里屋门口，一推，没有推开，倒退了几步，飞起一脚"哐"地踹向木门，门的另一面立刻浮现出一个浮雕似的大脚印，而且门锁几乎是应声而断！郭小芬惊叫着跑到窗户边，打开窗户想往下跳，可这是四楼！在不知所措的一瞬间，黄静风接连几脚，将门缝踹开得大了一点，他将肩膀塞进去试了试，觉得挤进来似乎还是有点困难，就退了出去，"轰"的又是一脚——

门像山崩一样倒下。

他走进来了。

没有血色的面颊，没有翕动的口鼻，没有表情的脸孔，没有瞳孔的眼睛盯着没有退路的她⋯⋯

你是谁？你为什么要杀我？

郭小芬想喊，然而根本喊不出声音，看着黄静风瘦长的身影一步步逼近，仿佛是看着身披黑袍的死神挥舞下了巨大的镰刀。

她闭上了眼睛。

"小小快跑！"

姚远的声音霹雳一般在屋子里炸响，睁开眼睛的一刻，她看见黄静风握着刀的右手手腕被姚远抓住，向墙上磕去！那手腕本来就被郭小芬用门狠狠碾压了一下，再一撞，发出"咔嚓"的断裂声，黄静风"嗷"的一声惨叫，刀子向地上掉去——

扑哧！

不对！刀子掉到地上，应该是当啷一声，这是什么声音？！

郭小芬定睛望去，看到了她这一生都永难忘却的一幕：刀子掉落时，被黄静风用左手接住，然后狠狠插进了姚远的小腹！

"哦——"

姚远望着黄静风，嗓子里发出奇怪的一声，没有痛楚，没有怨恨，仿佛是认出了什么，又好像走得太久，累了，休息休息，就像大学时代的傍晚，和黄静风打完饭在食堂的一角坐下时那样⋯⋯

黄静风也认出了他，不禁号叫了起来："姚远！怎么是你？怎么是你啊？！"

"快走⋯⋯"姚远推了他一下，不知是让他走，还是让郭小芬走，然后背靠着墙，慢慢地坐倒在地。

黄静风跪在姚远面前，任凭扑上来的郭小芬一边大哭一边在他的后背狠命捶打着。

"快走!"姚远用尽力气,又推了他一下,这回可以确认无疑,他是让黄静风逃走。

黄静风瞪圆了眼睛看着他。

"你为什么要帮我?"

"因为我怀疑那本书是我自己丢在自习室了,如果你拿走看,那不算偷,充其量是借——我不喜欢看别人被冤枉。"

"谢谢你。"

"你好,我叫姚远。"

"黄静风。"

黄静风满眼都是泪水,站起身,飞快地冲出了屋子。

"姚远!姚远!"看到姚远慢慢闭上了眼睛,郭小芬抱住他声嘶力竭地哭叫着,然而她再也不可能唤他醒来……

借着苍茫的夜色,黄静风一口气逃回了市第一医院,当他撞开太平间设备室的铁门时,蕾蓉看到他浑身上下血迹斑斑,不由得绝望地想:完了,郭小芬肯定是遇害了……然而接下来,她却看到了无法想象的一幕,黄静风手里拿着一把剪子,一下子剪开了捆住她手脚的绳索,拔掉了塞在她嘴里的破布,然后大喊着:"你走!你走!"

直到这时,蕾蓉才看到他满脸的泪水,不禁惊讶地问:"你怎么了?"

"我杀了他!我杀了我最好的兄弟!"黄静风蹲在地上,号啕大哭起来,"大学时那么多人欺负我、看不起我,可是他从来没有,从来就没有过一次!我不是故意的,我真的不是故意的……这么多年,那么多不幸的事儿,一件接着一件,就是个铁人也受不了啊，我又有什么办法，我只能忘记，我忘记好多好多，我根本就不认得郭小芬了，我要知道是她我说什么都不会下手的啊，她是个很善良的好女孩，她根本就不可能帮逐高公司做那些伤天害理的坏事，我受骗了，我上当了……我不想做断死师，我从小就胆小，我从来都怕惹事，别人欺负我我只会忍受，可是不行啊，他们没完没了地折磨我！他们夺走了我的一切，我被逼得走投无路，就是只兔子被逼到墙角也会咬人的，何况我是个人，我就要诅咒他们死！我没想到我真的会杀人，而且，是亲手杀了我唯一的朋友！我唯一的朋友啊！可他一点都没有怨我，他让我逃走，他知道我肯定不是故意的，他怕我再被别人冤枉……"

听着他的号哭，蕾蓉感到自己也被悲伤的潮水淹没，她蹲在他面前，轻轻地抱住他。

黄静风把硕大的脑壳搭在蕾蓉的肩膀上，泣不成声，瘦长的身躯剧烈地颤抖着。

蕾蓉不知道，一向冷静而理性的自己，为什么没有迅速逃走，她只是觉得她同情这个险些杀害自己的人，同情他的遭遇、他的不幸。

很久很久，黄静风依然在抽泣。

狭小的设备室，潮湿的墙壁，生了锈的冷藏柜，禁锢的，腐烂的，冰冷的，在这抽泣声里都缄默着，像永远不能改变的铁与死。

渐渐地，他沉静了下来，抬起头，凝视着蕾蓉。

蕾蓉发现，那个冷漠、残酷、疯狂、仇恨一切的黄静风不见了，取而代之的是一个善良、温柔，目光中充满歉疚和忏悔的小伙子，尽管纵横的泪水将他的脸孔画成了一片花，但就像扑灭山火的大雨一样，让原本肆虐的暴戾化为了灰烬。

"谢谢你，蕾蓉。"黄静风低声说，"我想你说得对，不能再这样下去了，该是了结一切的时候了。"

蕾蓉有点不放心，轻声说："你已经做了错事，可千万别再做傻事，跟我一起去向警方投案自首吧，争取宽大处理。"

"不！"黄静风摇了摇头，"段石碑教会了我断死术，可是现在我把什么都看得清清楚楚，他从一开始就是为了利用我，所以我得找他算清这笔账。"

"你不能去，你不是他的对手，把一切都交给警方吧。"

"穆红勇死了，钱承死了，姚远死了……还有地铁里那个孩子，死了这么多人，我总得搞明白他们到底都是怎么死的吧？我总得知道他们到底是不是都是我杀害的吧？如果我现在就自首，段石碑肯定会闻风而逃，那么我也许永远都找不到答案了。"

"你看这样好不好，我陪你自首，把一切都告诉警方，引段石碑来找你，然后再把他抓获，这样同样能搞清真相。"

黄静风摇了摇头："对不起，蕾蓉。我杀死了自己最好的朋友，如果不亲手帮他报仇，我死了都不会心安的……你真想帮我，我倒有个事情想托付你。"

"你说。"

"你帮我找到高霞的尸体，把她安葬了吧——如果她没有被拿去做器官移植的供体。"

"好，我答应你！"

"那么，我先走一步，你也赶快离开这儿吧！"

说完，黄静风站起身，晃晃悠悠地向外面走去。

片刻，蕾蓉也走出了设备室，来到了空无一人的太平间，她看着那一排冰柜，看着头顶滋滋响的大管灯将她的影子投射于灰白的柜门，她想：我差一点也要和你们睡在一起了——当然，我终有一天也会睡在里面，但那一天还是来得越晚越好，而且，每个人死亡的时间和地点都应该是造物主的决定，决不能是某个人用嘴、用刀、用枪、用毒药或随便用什么"断"出来的。

她来到太平间门口，正要推开门，忽然有点犹豫，透过玻璃向外望去，有一条长了青苔的石头台阶向上延伸，那也许是通到地面的途径吧，但是经过这几天的囚禁，她有一种不安的预感：我怎么可能这样轻易地脱险？在出口的地方也许还埋伏着什么。余光一扫，发现身侧居然有一台电梯，她知道这肯定是医院用来运送死去病人的尸体的，这么说，如果坐电梯到一层就应该能到达门诊楼或住院部，从大门堂堂正正地走出去，岂不是更安全？

她按了一下"向上"键，电梯门打开了，很大的一个长方形箱体。

她走了进去，按下"1"，电梯门咯吱咯吱地关上，先是顿了一下，然后向上提去，在这短暂的行程中，蕾蓉竟回了两次头，明明电梯里只有她一个人，可是她总觉得，在自己空旷的身后隐藏着什么，然而她每次回头看到的，只有污浊的内壁照出的一个模糊的自己。

别再疑神疑鬼了，她想。

电梯又是一顿，电梯门却没有打开。

怎么回事？她想起了看过的几个恐怖片，不过还没等她回忆起具体的电影名字和情节，电梯门就缓缓打开了。

她迈出门，望不到头的漫长过道，寂静如死。

蕾蓉仰起头，竹节虫一样蜿蜒的管灯延伸出很远，肮脏的光芒除了把阴影照得更加清晰，什么用都没有。在管灯的两侧，还悬吊着巨蟒一样粗大的管道，不知道里面涌动着什么，不时发出肠鸣一样的咕噜声,仿佛整座楼道正在咽气。

她定了定神,想赶紧找到门口,走出这诡异的地方,于是沿着楼道向前走着,听得到自己的脚步声越来越急促。

拐了个弯,迎面是一堵墙。

怎么搞的,居然走到死胡同里来了,这个活像被遗弃的楼里怎么连个值班护士都没有?

正要沿原路返回,突然听见"咔嗒"一声。

不,不是头顶管道的肠鸣,也不是自己脚步的回音,这"咔嗒"声就像鸽子窝里传出的一声猫叫,分外异样。

蕾蓉回过头,就在刚才拐过来的墙角,有一道黑色的影子铺在地上。

我被人跟踪了,而我竟然一直都不知道!

"谁?"她问。

影子没有动。

"有人吗?"蕾蓉提高了声音。

影子蠕动了一下,然后,一个人从墙的后面慢慢地走了出来。

他穿着白大褂,身材瘦小,连说话也轻声细气的:"你是患者还是家属?怎么这么晚了还在医院里走动?"

哦,原来是个值班医生。蕾蓉觉得没必要把自己的遭遇详细对他说,就告诉他自己是患者家属,迷路了,希望他带自己走出这座大楼。

医生点点头,便带着她一路往前,走了不知多久,来到一座电梯前,医生按了"向下"键,电梯门打开了,医生说:"你下去就是出口。"

蕾蓉说了声"谢谢",抬腿便往电梯里面走,不经意地抬头,却让她毛骨悚然!

污浊的电梯内壁照出自己的影像,是那么的熟悉——

他带我原路返回!他要我下到太平间去!

蕾蓉转过身,惊恐地望着那个医生。

医生面无表情,伸出右手,做了一个"请"的手势——

蕾蓉拔腿就跑,从学校毕业后她就没有这样狂奔过,两侧的白色墙壁竟像被风掀动一般,摇摆起来,而身后却没有听到追踪者的脚步声。

难道他知道我根本逃不出去?!

管不了那许多了。

慌不择路地跑到楼道的尽头,拐弯,再跑,再拐弯……千万不要在慌乱中绕回去啊!她这么想着,突然看到前面拐角处的地面露出一个黑色的折角,显然是躲藏在后面的人的影子,奔跑得太快了,她刹不住了!于是在抵达拐角的一刻,用左脚在墙上狠命一蹬,整个身体后仰着向对面的墙壁倒去,几乎是在同一秒,一把锋利的消防斧的斧刃,贴着她的耳际狠狠劈在了她背靠的墙上,"咔嚓"一声,墙灰和水泥块爆炸一般迸出!白色的墙壁裂开一个巨大的口子——如果不是她闪躲得快,几乎可以肯定,斧头已经从侧面劈裂了她的头颅!

那个医生一拉斧柄,砍在墙里的斧头被拔了出来,带出的墙灰扑簌簌撒了一地。

他望着蕾蓉,咧开了嘴,发出狰狞的一笑。

他的瘦弱完全是一种假象,纯粹是为了掩饰巨大的力量以及比力量更加巨大的凶残。

蕾蓉注意到,他已经戴上了乳胶手套。

这样一来,他的指纹就不会留在斧柄上了。

蕾蓉想再往前跑,已经不可能了,因为前面是死路,只有侧面有一扇门，蕾蓉用尽全部力气将肩膀撞上去，轰隆一声整个门板都撞倒在地，蕾蓉也顺势摔了下去，她顾不得浑身上下骨裂般的疼痛，奋力爬了起来，向前扑去，可是一个趔趄又摔倒了，然后再一次爬起。

借着楼道射进来的灯光，蕾蓉才看清，眼前这个宽大的房间，是一个废弃了的器材室，空荡荡的，只有几个装着医疗器械的箱子堆在墙角，从窗户向外望去，能看到一丛丛灌木，只要跳出去就能得救了，然而也许是为了防盗的缘故，窗户外面都装着不锈钢护栏。

无路可退了。

蕾蓉转过身，喘着气，瞪着那个医生问："你是谁？你为什么要追杀我？"

"我叫张文质，是这家医院的院长助理，负责医院和逐高公司一起合作的'健康更新工程'。"那医生把消防斧拄在地上，轻声细气地自我介绍道，"本来你不需要死，谁知黄静风居然绑架了你，可又磨磨唧唧地不杀你，没办法，我只好弄走了他女朋友的尸体，本以为他恼羞成怒，会干掉你和那个多管闲事的郭小芬，谁知那个蠢货居然杀错了人，还把你给放了，我只好亲自动手了。"

"原来你就是那个段石碑！"蕾蓉逼视着他。

张文质重新拿起了消防斧："跪在地上不要动，我会让你死得少一些痛苦。"

蕾蓉退了几步，后背"哐"地撞在了墙上。她看见旁边的医疗器械箱上有一把不知谁丢下的解剖刀，顺手拿了起来，紧紧握在手里。

"你别过来！"蕾蓉喊道。

也许是刀子过于短小的缘故,活像是她伸出食指做了个"1"字。

张文质眯起眼睛使劲看了看,才看清她抓的是个什么,不禁发出一阵怪笑,上前一步。

"你……你别再往前走了!"蕾蓉把解剖刀对准了他,声音颤抖着说。

张文质又向前走了两步,他看着蕾蓉,像一只狼看着摔断了腿的小羊,然后,双手抓住消防斧的木柄,对准了蕾蓉的眉心,高高地举起斧头——

呼!

斧刃卷着风声,狠狠劈下!

同一刹那,蕾蓉也抛出了解剖刀!

"抛"这个字精准绝伦。是的,那不是扔,也不是投,在张文质看来,纯粹是蕾蓉在极度的惊慌失措中,把解剖刀毫无力量地抛出,刀子在半空中翻转了几圈,与斧刃擦身而过,在张文质的鼻梁下面彻底失去了力道——

蕾蓉的右脚在墙上一蹬,跳跃着闪开了斧刃。她也许想就此从我的身边蹿过,逃出这器材室——做梦!你以为当你背对着我的时候,还能躲开我利斧的第二次劈砍吗?!

然而,蕾蓉落地的瞬间,右手抓住了那把解剖刀。

难道她看似放弃的抛掷,看似逃亡的腾跃,都是为了避开消防斧沉重的力道,在某个时间和空间,让身体和解剖刀瞬间分离后,更好地聚合于一体?!

张文质还没有醒悟过来,就听见毒蛇吐信似的几下"嘶嘶"声,眼前电光火石般的一阵闪烁,瞳仁里留下了几道蓝色的闪电。

搞什么?

张文质歪过头,看着在他侧后方站定的蕾蓉,不解地抓起斧柄转过身——

也许是转身转得太猛了,他的肚兜掉了下来。

肚兜?

我哪里来的肚兜?

他惊诧地低下头,看着自己的上半身,从胸口到小腹的衣服和皮肤,都松松垮垮地耷拉在了腰部以下……

啊?

啊?!

啊!!!

他惨叫着扔掉斧头,去捧自己不断滚落的内脏,然而沾满鲜血和黏液的双手什么都接不住,只能眼睁睁看着它们滑落在地。

他身子一歪,颓然倒下。

蕾蓉没有回头,手中紧握的解剖刀,由于解剖得过于迅猛的缘故,竟然连一滴血都没有沾上……

第十八章 假作自缢

惟有生勒，未死间即时吊起，诈作自缢，此稍难辨。如迹状可疑，莫若检作勒杀，立限捉贼也。

——《洗冤录·卷之三（被打勒死假作自缢）》

大批警察赶到的时候，蕾蓉正坐在器材室门口的一张椅子上，有几个新入职的一看那内脏流了一地的场面，当场就吐了出来，被刘思缈统统轰了出去。

紧接着，呼延云和马笑中也赶到了，出乎他们意料的是，蕾蓉的神情非常平静，不像是刚刚把一个活人解剖，倒像是刚刚用刀叉割开了一块牛排，只是嫌三分熟的粉色血水不大雅致。

"姐姐你怎么样？"呼延云单腿跪在蕾蓉面前，抓着她的手问。

看着他一脸的胡茬子，眼圈发黑，蕾蓉淡淡一笑："姥姥的病好些了吗？"

"时醒时昏迷的，医生说状况还是不好……"

这时，值夜班的医生和护士们，许多都偷偷溜过来看出了什么事，被警方挡在楼道的远处，不过，肾移植科的匡主任喊了蕾蓉两声，被放了过来，当他了解到发生了什么事的时候，不禁连吐舌头："蕾蓉，你还记得那年解剖刀竞技比赛吗？我一向觉得自己的解剖刀法是最快的，可惜因为你也参加，我只拿了个亚军……"

这时，带队警官走了过来，说蕾蓉是两起命案的犯罪嫌疑人，要立刻拘捕她，被刘思缈几句话顶了回去："钱承那案子，法医鉴定结果是自发性气胸引发的死亡，和蕾蓉无关；眼下这案子，我对犯罪现场的初步勘查结果，可以认定蕾蓉属自卫杀人，并无防卫过当，所以蕾蓉是受害者，不仅不能拘捕，还应受到保护。"

这时，一个身影扑进蕾蓉的怀里，放声大哭，蕾蓉一看是唐小糖，旁边还站着高大伦，蕾蓉一面轻轻抚摩她的肩膀一面问："你们怎么来了？"

刘思缈说："他们这几天一直都在打探你的下落，我告诉他们说找到你了，他俩马上就赶了过来。"

"也好。"蕾蓉点点头，"你们两个正好帮我做一件事情，给张文质的尸体剃个头。"

在场的人都吃了一惊，不知蕾蓉意欲何为，但蕾蓉似乎不愿解释。

高大伦只好动手，没有电推子，就弄了把解剖刀一边刮一边薅的，由于尸况过于惨烈，所以没让唐小糖参与，何况唐小糖抱着蕾蓉的胳膊，一刻都不肯放松，就连刘思缈找蕾蓉单独说案子，她也绝不松手，最后还是蕾蓉好说歹说才摆脱了她。

刘思缈、马笑中和呼延云把蕾蓉带到一个单独的房间，关上了门。

"姐姐，现在这屋子里都是自己人，你说说，这几天到底发生了什么事？"刘思缈神情严肃地说。

蕾蓉本不想讲话，但她深知刘思缈办案时有多么执拗，于是把自己被黄静风绑架，中间几次险遭杀害，最终却死里逃生的过程，讲了一遍，其中，关于少年时代自己做过断死师那一段，含混了过去，毕竟，后来在陈泰来的一力栽培下，她成了溪香舍舍主，为了不影响溪香舍声誉，那段不光彩的历史被列入密档，只有极少几个人知道真相。

听完蕾蓉这席话，马笑中愤愤地说："我这就带人，把逐高公司那帮吃人不吐骨头的王八蛋都抓起来！"

呼延云摇摇头说："说逐高公司倒卖人体器官什么的，只是黄静风的一面之词，我们没有证据啊。"

"我想，我有你们要的证据。"

一个沙哑的声音突然出现在门口，大家回头一看，竟是郭小芬，她哭肿的眼睛、披散的头发和憔悴的脸蛋，好像一个刚刚从水底走出的人。

大家已经知道了姚远遇难的噩耗，一起上前安慰她。

她从怀里掏出手机说："姚远在找我的路上可能预感到什么，给我发了微信，说他用手机拍了几张逐高公司档案的照片，照片上的人明明还活着，却已经被逐高公司纳入'供体'，并把照片发给了我……出事时，我的手机放在厨房了，很晚才看到。请你们不要让姚远白白死去。"

望着掩面痛哭的郭小芬，几个朋友的神情都痛楚而愤恨。

"千头万绪的，咱们必须一样一样解决。"刘思缈看看手表，"现在是凌晨一点，距离明早上班还有七个小时，我们要利用这宝贵的七个小时，把局面扳回来。老马，你带着你们派出所的警力，兵分两路，一路对这家医院进行调查，看看那个'健康更新工程'都藏了什么污，纳了什么垢；另一路把逐高公司给我抄了，所有和案情相关的文件，全部扣押、拍照，凡是有嫌疑的涉案人员该抓就抓,然后突审,小郭你和他一起去。重要资料备份,以防万一。"

马笑中有点犹豫:"我警力不够咋办?"

蕾蓉插了一嘴:"我听说楚天瑛调到市局刑侦处了,你可以找他一下,他为人正派,是咱们可以信任的人——"

"姐姐。"刘思缈苦笑了一下,"不知什么原因,'四大'为了你的事情开会表决之后,楚天瑛突然被停职了……"

蕾蓉一惊,但这时来不及细想楚天瑛的事情,立刻说出一个手机号码:"这是玉浮阁的电话,老马你需要的话,就传达我的命令,他们会听你的调遣。"

"好!"马笑中说。

蕾蓉说:"思缈,你陪我回一趟法医研究中心吧,我要对钱承的尸体进行二次尸检,一定要找到他的真实死因,为了防止刘晓红干扰,你就假传上面命令,说我被重新任命为研究中心主任,这个谎言只能维持七个小时,希望够用。"

"嗯!"刘思缈答应道。

蕾蓉看了刘思缈一眼,她深知,无论是查抄医院和逐高公司,还是假传命令让自己二次尸检,最终的所有责任都要刘思缈来负。但是,刘思缈仿佛早就准备坦然接受一切结果了,不知道是什么情愫,让这个一向理性的刑事技术专家,变得如此义无反顾。

正在这时,有人敲门,是唐小糖和高大伦,他俩要带着张文质的尸体回研究中心去做尸检,问蕾蓉跟不跟他们一起回去。

"他的头发剃光了吗?"蕾蓉问。

"剃光了,头发都收好,准备回去 DNA 检测后归档。"

"不是……"蕾蓉知道他们误会了,犹豫了一下,低声问道,"他的天灵盖上有没有一块很长的刀疤?"

唐小糖摇了摇头。

这么说,他不是当年那个害死师父吴虚子的师哥。

蕾蓉的心一沉。

"蕾蓉姐,你到底跟不跟我们一起回去啊?"唐小糖摇着蕾蓉的胳膊问。

蕾蓉心事重重的,随口问了一句:"王文勇怎么没过来?"

"他啊,见风使舵,和刘晓红挂得紧紧的,现在是她手下的红人,才不屑于和咱们为伍呢。"唐小糖说,"今天他一个朋友的美容院开业,晚上参加庆祝酒宴去了。"

"那你和老高先回研究中心,我们随后就过去。"

唐小糖和高大伦走后,刘思缈、蕾蓉、马笑中和呼延云又围绕行动的细节做了一番探讨,证据提取、警力部署、抓捕方案、突审流程……连受到挫折的预案都考虑好了,看看表已经是凌晨两点,准备分头行动。

临别前,马笑中突然感慨了一句:"我今天才知道'敢为天下先'是多么伟大的事情!"

呼延云莫名其妙地问:"啥意思?"

"前几天我不是去四处混了一阵子么,今天行动要是失败,估计咱们几个都得去四处养老了,哥们儿我上次建立的人际关系应该还用得上,保证诸位吃的比拉的精细。"

此人说话如此不堪,大家却已经习惯,何况,至少他说对了一点,一旦失败,他们几个肯定将面临严重后果,不过蕾蓉的一句话,让所有人都坚信:这是一次不容逃避的搏斗——

"没什么,权当自救吧。"

蕾蓉和呼延云坐上刘思缈开的警车,向法医研究中心驶去。

深夜的城市，黑暗的天空散发着潮湿的雾气，每盏路灯的光芒都像缭着烟似的迷蒙，在空旷的街道上犹如撑起两排湿漉漉的肋骨。

刘思缈从车内的后视镜，望着坐在后座上神态安详的蕾蓉，不禁想：此时此刻，那些在逼仄的房间里熟睡的人们，知道有个刚刚死里逃生的女法医，正在为了他们的器官不被随意摘取，再次踏上叵测的路途吗？而就在几天前，他们还在用最恶毒的语言谩骂和攻击她。

正在这时，手机响了，刘思缈接听以后，直接把车子来了一个大掉头。

"怎么了？"蕾蓉惊讶地问。

"有警员查到了黄静风的住处，发现他已经上吊自杀了。"

很破旧的一栋楼，顶层的一居室，明晃晃的白炽灯，黄静风就吊死在横穿过天花板边沿的一根暖气管上，惨白的脸孔愈发惨白，眼睛半睁半闭，红红的舌尖吐出一点，瘦高的身体像陪葬扎的纸人。

"我一拧把手，门没有锁，黑灯瞎火的什么都看不见，用手电筒一照，就看见他吊在那里，吓了我一跳，赶紧找到灯绳，拉开灯，然后和其他几个同事保护现场，并打电话给您。"第一个进入现场的刑警向刘思缈汇报。

常见的犯罪现场搜索模式有六种：直线搜索法、网格搜索法、区域搜索法、圆周／辐射搜索法、螺旋搜索法和关联搜索法。其中，捋带子一般针对室外犯罪现场，区域搜索法往往需要多名勘查人员共同进行，圆周法和螺旋法的搜索速度比较快，只是容易遗漏物证。

一般来说，针对室内犯罪现场多采用网格搜索法，不过今天，刘思缈却决定采用区域搜索法——尽管在场的刑技人员只有她一个人。

做出这个决定是因为，她将整个房间扫视一遍之后发现：桌子上没有放东西，书架和大衣柜都是空的，床铺当然铺了被褥，但床下和床边堆着几个还没有打开的编织袋，破绽的口子露出衣服和书，这说明黄静风在这里刚刚住下没多久，还没来得及把搬来的东西归拢到该放的位置。所以，有价值物证的存在范围可能仅仅集中在几个区域。而区域搜索法的优点恰恰在于将空间划分一定区域以后（以这间屋子为例，可划分为死者周边区域、生前主要活动区域和生前较少活动区域），可以按照重要程度对某些区域重点搜索：比如一张用来睡觉的床和一张蒙着灰尘的桌子，后者简单看一下即可，而前者必须反复勘查。

当然，在勘查前有个事情最好先确定，那就是黄静风到底是不是自杀。

如果是自杀，那么这就是自杀现场而不是犯罪现场，勘查的价值和意义都立刻下降了好几个级别。

这自然需要蕾蓉来做鉴定。

按照刘思缈的要求，蕾蓉沿着墙边走到黄静风的尸体前面。她短暂地凝视了他一阵，突然抬起头，似乎不想让人看到她的眼睛，留着一道刀痕的雪白脖颈剧烈地起伏了几下，旋即恢复了平静。

她戴上乳胶手套，走上前去开始做初步的尸检：先目测了一下黄静风脚底和地面的距离，以及他踢倒的小凳子的高度，基本是相符的；然后看了一下黄静风垂下的双手的指甲，如果他不是自杀而是被勒死的，那么在与凶手的搏斗中，指甲缝内很可能留有凶手的表皮组织残片及血迹，但是也没有；接下来就是观察颈部。自缢和勒杀的鉴别绝大多数都可以通过观察颈部得出结论，比如自缢的索沟多在舌骨与甲状软骨之间，而勒杀的索沟多在甲状软骨或其下方，再比如自缢的索沟很少出血，而勒杀的索沟多出血，颜色较深，还有"八字不交"——自缢者的缢绳经耳后越过乳突，升入发际，在头枕部上方形成提空，所以索沟不闭锁，古称"八字不交"，如果"交"上了，无疑就是凶手用绳索勒住受害人，在他身后用双手向两侧相反方向用力拉紧绳索造成的。

黄静风的颈部特征显示，他应该是自缢。

但这也不一定。《洗冤录》上就有这么一句"惟有生勒，未死间即时吊起，诈作自缢，此稍难辨"，意思是说：当人被勒昏的同时马上被悬吊起而伪装自缢，上述颈部特征依然是很难辨别的。这就需要做进一步的尸体解剖了，查看黄静风的颈动脉分叉下内膜是否有横向裂伤，脑膜溢血是否明显，以及血液内有无酒精反应或其他麻醉药物反应……

然而这些都需要时间，蕾蓉不知道自己还有多少时间。

"自杀还是他杀？"刘思缈在旁边问。

"需要把尸体带回所里做检验。"蕾蓉低声说。

刘思缈听出她的无奈，正要对着门外的几个刑警发号施令，突然耳畔响起一个声音——

"黄静风的右臂，手腕这里，怎么了？"

是呼延云，不知道他什么时候溜了进来，刘思缈正要训斥他，蕾蓉答道："腕骨骨折，挺严重的，他在太平间设备室最后一次出现时我就注意到了，右前臂老是耷拉着，抬不起来。"

"会影响手指的机能吗？"

"肯定会有不小的影响啊，怎么了？"

呼延云一指黄静风的脖颈下方："那么，他是怎么打的绳结呢？那个绳结可是打了好几道，够复杂的。"

刘思缈和蕾蓉不约而同地盯住那绳结：绳结是一团死疙瘩，应该是某个人把绳子的一头抛过暖气管，然后踏着凳子在半空中打的结，如果说抛绳子还可以用左手，那么打这样一个绳结无论如何不能用单手完成。

他杀，毋庸置疑。

刘思缈看了呼延云一眼，低声说："你们俩出去吧，我要开始勘查现场了。"

黄静风的尸体被装进黑色盛尸袋，封好，挂上标签，运回法医研究中心，站在楼道里的蕾蓉望着这一幕，喃喃道："到底是谁杀的他？"

"当然是一个想让你以为整个案件到此结束的人。"呼延云说。

这时，有个警察把这一居室的房东找来了，他说是一个留着络腮胡子的男人两个月之前租的房子，一下子就交了半年的租金。把黄静风的照片给他看，他说即便粘上胡子也肯定不是这人租的，警察又拿出张文质的照片让他辨认，他揉着眼睛看了半天，说不好确认。

蕾蓉突然想起，自己在地铁里与黄静风和段石碑撞上那次，曾经到电脑机房调出通道口的监控视频来看，发现了他俩的影像，于是打电话让地铁方面将视频发过来，没多久，视频传了过来，看到黄静风和段石碑出现的时候，房东指着段石碑肯定地说："就是他租的房子，这脸型这胡子，一模一样。"

然而，那图像只是一掠而过，异常模糊，段石碑留着络腮胡子，竖起的风衣领子将脸遮了大半，还戴着墨镜，所以根本不能辨别这人是不是张文质。唯一肯定的就是这一居室是段石碑租下,然后让黄静风入住的。

一个小时左右,对犯罪现场的勘查结束,刘思缈走出了房间,将一张已经填写完毕的犯罪现场初步勘查表递给蕾蓉说:"你看看吧。"

蕾蓉接过来,呼延云也凑到她身边,两个人一起看着:

犯罪现场初步勘查表

案件编码:	BJ201X031XXS0042					
死者概况:	姓名:黄静风	性别:男		年龄:26岁	职业:市第一医院殡仪工	
死亡原因:	绳索类物勒压颈部而导致的窒息性死亡				死亡性质:	他杀
勘查地点:	××区××街道××小区7号楼601房间				勘查方式:	区域搜索法
区域一:死者周边区域,即死者陈尸周围5平方米内空间						
整体描述:死者被伪造自杀,用尼龙绳勒颈悬挂于暖气管上,"踢倒"的木凳凳面有较完整鞋印,暖气管上无指掌纹,墙面有不完整指掌纹,地面有不完整鞋印和杂乱的足迹证据,其他有价值证据较少。						
血液证据:无	精液证据:无		汗液证据:无		唾液证据:死者垂直地面有口中垂落唾液	
尿液证据:无	其他体液证据:无					
指纹证据:墙面提取到分属不同人的两组不完整指纹,A组含左右手五指指纹,初步比对结果系死者所留,B组含右手五指指纹,遗留者不详。						
掌纹证据:墙面提取到分属不同人的两组不完整掌纹,A组含左右手掌纹,比对结果系死者所留,B组含右手掌纹,遗留者不详,但掌纹形态与B组指纹构成一体,系一人所留。						
鞋印证据:A组鞋印系42号球鞋鞋印,左脚前尖外侧有一边沿条裂缝特征,长2.2厘米,与死者脚上所穿鞋鞋底特征吻合。B组鞋印系43号皮鞋鞋印,右脚脚弓处有一缺损小圆圈特征,经查,死者遗留的鞋只均为42号,且均无此鞋底特征,疑似犯罪嫌疑人鞋印。						
足迹证据:因需对连续足迹做综合分析,此处略。						

毛发证据：无	纤维证据：无	武器证据：尼龙绳一根，与索沟内花纹印痕相符。

区域二：生前主要活动区域，包括卧室床铺周边、洗手间，以及常用通路

整体描述：死者床铺凌乱，被害前疑似面窗背门而坐，床铺周边堆放编织袋四只，装有换洗衣物、日用品、书籍等，垃圾筐内无有价值证物，洗手间无最近使用迹象。

血液证据：墙面血迹多为陈旧蚊虫血迹		精液证据：被褥有陈旧精液	其他体液证据：无
汗液证据：被褥有陈旧汗液	唾液证据：枕巾有陈旧唾液	尿液证据：便池有陈旧尿液	

指纹证据：多处提取到分属不同人的两组不完整指纹，A组含左右手五指指纹，初步比对结果系死者所留，B组含左右手五指指纹，遗留者不详。

掌纹证据：个别处提取到分属不同人的两组不完整掌纹，A组含左右手掌纹，比对结果系死者所留，B组含左右手掌纹，遗留者不详，掌纹形态与B组指纹构成一体，系一人所留。

鞋印证据：有多处42号鞋鞋印，与死者遗留鞋只可配伍，有少量43号鞋印，均为前述右脚脚弓处有一缺损小圆圈特征皮鞋印，疑似犯罪嫌疑人遗留。

足迹证据：提取两组足迹：A组足迹多见，双足外踏，内蹬，大外展步，步短而宽，步行姿态应为运足迈步缓慢，躯干后仰，左右摆动明显；B组足迹少见，双足正踏，正蹬，直行步，步长而窄，步行姿态应为运足迈步较敏捷，躯干前倾，摇摆幅度小，微低头。经鞋印比对，A组足迹为死者所留，B组足迹系43号鞋印遗留，疑似犯罪嫌疑人鞋印。

毛发证据：床铺无毛发，地面有较多脱落毛发。	纤维证据：地面发现少量长短不一黑色化纤丝

区域三：生前较少活动区域，包括厨房、卧室的书架、桌子、大衣柜以及房屋边角。

整体描述：厨房很少使用，卧室的书架、桌子、大衣柜都呈空置状态，没有提取到体液证据，提取到少量指纹证据、掌纹证据、鞋印证据、足迹证据、毛发证据和纤维证据，性质与区域二相同，故不详述。

初步分析：1.受害者与凶手较熟悉，曾同处一室，主要居住人为受害者；2.犯罪现场无搏斗痕迹，疑为受害者坐在床上时，被凶手用麻醉品瞬间致昏后吊死；3.黑色化纤丝应为假发或假胡须的材料，而整个房间内并未发现假发和假胡须，故可能是凶手化装用物品；4.从受害者个人物品的摆放情况看，他入住时间不长；5.从鞋印情况分析，凶手与受害人身高应相等或略高；6.在区域一发现地面有多处X形花纹，对称轴附近有较多灰尘聚集，成因不详。

看完这张表格，蕾蓉指着最后一行问刘思缈："这个 X 形花纹到底是什么啊？"

刘思缈摇摇头："我还没有想出来。"

蕾蓉说："你这里写道：黄静风是被凶手麻醉后吊死的，这个我同意，因为黄静风的后脑等致昏部位并无外伤，我马上回研究中心进行尸检，看一下他到底是被什么药物麻醉的。"

刘思缈点了点头："我跟你一起过去吧，把尼龙绳、假发再做个详细的检验，指纹、掌纹、毛发DNA信息什么的，也要在数据库里搜索一下，看看能不能找到配伍。我倒是很好奇，这个凶手为什么这么大的胆子，平时来往也不戴个手套，留下这么多指纹，作案后也不擦拭一下——呼延云，你在干什么？！"

她的责问声让蕾蓉吃了一惊，定睛一看，不知什么时候，呼延云再一次钻进了屋子，半跪在黄静风吊死的地方，用一只放大镜一寸寸地查看着附近地面，沙里淘金一般的专注。

"呼延云，我问你在干什么？"刘思缈生气了，声音猛地提高了八度。

呼延云理都不理她，伸出手："姐姐，把那张《犯罪现场初步勘查表》再拿来我看一下。"

蕾蓉看了刘思缈一眼，走进去把勘查表交到呼延云手里。

呼延云拿着勘查表，视线盯住一个地方，仿佛要把纸看透一般。蕾蓉想顺着他的视线，看看他关注的是哪里，他却已然抬起头来，目光中充满了困惑。

"思缈，你的笔记本电脑里有没有拷贝名茗馆做的那个《弧矢七分析基础资料表》？"他问。

刘思缈拿出电脑，打开表格，递给了他。

"这是什么啊？"蕾蓉没见过这表格，惊讶地问。

呼延云很粗鲁地甩了一下手,意思是让她闭嘴,蕾蓉知道他从小就是这么个臭脾气,便不再发问,静静地在一边看着他。

寂静的、刚刚发生过凶案的房间,连一根针掉在地上都能听见。

时间一分一秒地过去,呼延云把左手的《犯罪现场初步勘查表》和右手的《弧矢七分析基础资料表》看了又看,双眼中的雾气,犹如被风拂过一般渐渐散去,终于闪烁出明亮至极、堪透一切的光芒。

"也不知道你要看什么!"刘思缈忍不住道,"凶手非常狡猾,根本就没有留下什么线索。"

"没有线索有时就是最大的线索。"呼延云说,"你还记得不记得,你、我和郭小芬在肯德基餐厅分析案情时,你说快递到法医研究中心的那几个包裹过于简陋,没有提取到任何微量证据时,我跟你说了什么?"

"你说:寻找证据固然重要,但有时候,寻找那些本该存在却没有存在的证据,更加重要。"

呼延云站起身,蕾蓉不禁问道:"呼延,莫非你已经知道了真相?"

"这是个非常简单的案子,只是逻辑上有一点微不足道的小复杂,不过,很难说现在还能不能找到让凶手低头认罪的证据。"他对蕾蓉说,"姐姐,麻烦你把刘晓红的手机号给我好吗?我要给她打个电话。"

他与刘晓红素不相识,为什么要给她打电话?蕾蓉十分好奇,但还是说出了一串电话号码。

呼延云拨通刘晓红的手机之后,只说了一句:"我叫呼延云,正式通知你,奉上级指示,蕾蓉恢复工作与职位,请你马上回到研究中心，启动一切设备，做好准备，等待蕾蓉对钱承的尸体进行二次尸检。"说完就挂断了电话。

刘思缈惊诧莫名："你疯了！我们不是说好的，要在今天八点上班前对蕾蓉的行动严格保密，避免受到阻挠吗？你怎么能把这个消息透露给最最不该透露的对象？"

呼延云看了她一眼，平静地说："现在，我们可以回法医研究中心去了。"

正如刘思缈所预料的，当他们一行回到法医研究中心的时候，这里已经停了好几辆警车，在黑漆漆的夜色中，车顶灯闪烁着红蓝不定的光芒。

蕾蓉下了车，在呼延云和刘思缈的陪伴下走向大门，门口的两个警察伸手要拦，被刘思缈瞪了一眼，赶紧让开了。

推开楼门，一层门厅灯火通明，刘晓红站在最中间，把宋慈的铜像都挡住了。只见她抱着胳膊，身边站着研究中心的几个工作人员，其中包括已经换上工作服的唐小糖和高大伦，都神情紧张地看着渐渐走近的蕾蓉。

"我已经打听过了，你依然在停职审查阶段，根本没有恢复原职和工作！"刘晓红狞笑道，"你的犯罪嫌疑也没有洗清，钱承没准儿就是你杀的，你有什么资格给他做二次尸检？难道你想借着尸检的机会，彻底销毁犯罪证据？"

蕾蓉还没有说话，呼延云抢先一步道："我们没时间和你废话，马上把钱承的尸体推出来，让蕾蓉做尸检。"

"想得美。"刘晓红冷笑一声，"在你们来之前，我已经将全部设备都关闭了，除了这个门厅以外，所有的电力资源都切断了，配电室的密码重置，我倒要看看，没有设备你怎样做尸检！"

"所有的电源都切断了？"蕾蓉大吃一惊，"那样一来，冷冻尸体的冰柜逐渐升温，不规范的解冻会导致尸体变质的！"

"这我可管不着——"刘晓红正要继续说话，突然感到右手手腕被人狠狠一拧，顿时剧痛钻心，不禁"哎哟"一声惨叫，"扑通"跪在了地上！

"说出配电室的密码，不然我废掉你这只胳膊。"刘思缈用拇指扣住她的掌根，不断地施压，疼得刘晓红额头上冒出豆大的汗珠。

养尊处优惯了的她，哪里受得了这个苦，马上说出了配电室的密码。

"敬酒不吃吃罚酒！"刘思缈轻蔑地说，然后问领头的一位警官，"你们是怎么来的？"

"是廖处长给我打的电话，让我带一队人来配合刘晓红主任工作。"

刘思缈命令那个警官："听我指挥，立刻解除对法医研究中心的包围，你和一个手下留下，把刘晓红暂时拘押在值班室，没有我的命令，她不许迈出门口半步——还有，没收了她的手机，不许她和外面联络。"

"刘思缈，你敢非法拘禁我！我早晚会让你好看！"刘晓红抚摸着红肿的手腕，被警官推到值班室看押了起来。

"小唐，你马上去配电室，恢复尸体储藏室、尸体解冻室和第一解剖室的电力，将钱承的尸体进行快速解冻，然后推到第一解剖室来。"蕾蓉沉稳地说，"老高，你准备一下，和我一起对钱承的尸体进行二次尸检。"

"是。"他俩齐声说。

蕾蓉抬脚正要往楼上走，突然想起了什么，问道："王文勇一直没有联系上吗？"

"他的手机关机了。"唐小糖说。

去更衣间换上工作服，再套上经过消毒的蓝色手术服，戴上乳胶手套，做好其他相关准备，走进解剖室的时候，快速解冻后的钱承的尸体，已经放在了不锈钢验尸台上。

蕾蓉看着钱承的尸体，一种莫名的紧张突然袭上了心头：我真的能在二次尸检中找到他死亡的真相吗？

第十九章 真相大白

须勾医人验针灸处，是与不是穴道。虽无意致杀，亦须说显是针灸杀，亦可科医"不应为"罪。

——《洗冤录·卷之四（针灸死）》

"你给钱承做的第一次尸检，结论是什么？"

蕾蓉问高大伦。

"体表没有发现机械性损伤，体内检材未发现毒物反应，初步认定是自发性气胸引发的死亡——我和王文勇一起尸检得出的结论。"

蕾蓉拿起了解剖刀，准备沿着第一次解剖后缝好的切口，重新切开，却突然陷入了沉思。

不应该把钱承的死亡看成一起单纯的猝死，必须要联系起黄静风的诅咒，当然，这不是说真的相信诅咒能够置人于死地，而是应该统筹考虑到，什么样的方法能让诅咒起效，确切地说，什么样的原因能够在十分钟左右的时间，让一个意识清醒的人突然毙命。

如果考虑疾病的话，包括心血管及中枢神经的病变，比如冠心病、肺动脉栓塞、脑出血等，还有呼吸系统的急症，比如自发性气胸、急性呼吸衰竭、急性上气道阻塞等，此外还有急性坏死性胰腺炎、过敏性休克，等等。

但是上述这些致死原因，往往死者本身都有其他的原发病——换言之，炸的是炸弹，但导火索另有其他。以自发性气胸为例，多见于患有慢性支气管炎、肺气肿、肺结核的病人，而钱承曾经长年抽烟，患有严重的慢性支气管炎。

但这真的是诱发他自发性气胸的原因吗？

答案当然为否，因为慢性支气管炎诱发的自发性气胸，无论怎样高明的断死师，也绝无提前预测的可能。

那么，暴力性外力致死呢？尸检中并没有发现钱承体表存在电烧伤、电击纹、刺创、射入口创啊，你就是给他打血糖针也要留个小创口不是？

剩下就是毒死了，实验室检查已经彻底排除了这种可能。

自发性气胸，自发性气胸……什么样的疾病，容易和自发性气胸混淆？

蕾蓉开始在大脑数据库中搜索医学知识：肺大疱、胸腔积液、心肌梗死、支气管哮喘，但这些都是疾病，非人力所能操纵，何况高大伦和王文勇的鉴定结论非常明确，肯定是自发性气胸而不是其他疾病。

再剖析一下，自发性气胸，可以肯定的是"气胸"，那么，如果不是"自发性"的呢？

蕾蓉放下了解剖刀。

她慢慢地走到窗边，望着苍茫的夜色，习惯性地撕扯着乳胶手套的指尖部分。

气胸如果不是"自发性"的，就应该是创伤性气胸。创伤性气胸的发病原因主要有三种，第一，暴力击打导致肺组织挫裂伤，或因气道内压力急剧升高而引起肺破裂；第二，刀或锥子这样尖利的凶器穿通胸壁，在肺脏引起较大的撕裂伤；第三就是枪击，打到肺上。但是这三种都会造成肉眼就能看出的外伤或创口，法医解剖绝无忽视的可能。

高大伦和唐小糖站在验尸台边，望着蕾蓉的背影，从玻璃窗上倒映出她的影子，可以看见她苦苦思索而异常深邃的双眸。

那么，有没有一种东西，可以造成非常细微的创口呢？

"老高。"她突然说，"我记得《洗冤录》中专门有一小节提到'针灸死'？"

高大伦立刻背诵道："卷之四，第三十节：须勾医人验针灸处，是与不是穴道。虽无意致杀，亦须说显是针灸杀，亦可科医'不应为'罪——说的是检验针灸致人死亡的案件时，必须把医生针灸处做上记号，看看是不是致命的穴道，如果是，就算是医生无意中导致的医疗事故，也要问罪。"

"我记得《黄帝内经·素问》第六十四篇，名叫《四时刺逆从论》的，有过这么一句话：'刺五脏中心一日死，其动为噫。中肝五日死，其动为语。中肺三日死，其动为咳。中肾六日死，其动为嚏欠。中脾十日死，其动为吞'……这里的'刺'不是刺杀，而是针灸的意思，说的是针灸误刺五脏之后导致的死亡。"蕾蓉转过身说，"我记忆中，新中国成立后记载的针灸不当引起的创伤性气胸致死，一共有一百二十六例，大多不需要等三日才死，很多是非常短的时间就会毙命。"

高大伦点点头说："从中医的角度讲，背部第十胸椎以上，侧胸第九肋以上，前胸第七肋以上，以及锁骨上窝、胸骨切迹上缘的穴位，都属于针灸必须谨慎的区域，稍有不当，比如针刺过深，就有可能刺伤或割破肺组织，使肺脏层胸膜和肺泡损伤，最终形成气胸。如果受伤者本身就患有原发病，已经形成肺心功能障碍，那么这种创伤性气胸在非常短的时间，就可致命。"

唐小糖十分惊喜地说："这么说，钱承的死因，就是有人在他背后用针灸刺伤了他的肺部，导致气胸？"

高大伦摇了摇头："如果是那样，就算毫针再细，在钱承的脊背刺入，也应该留下针孔啊。退一步说，就算针孔再小，那么，不锈钢材质的毫针既然能刺伤肺组织，在刺透的肌肉上，也不可能发现不了创壁啊——可是我们在尸检中，没有在钱承的背部肌肉发现任何针孔与创壁。"

是的，致命的针刺，由于毫针出入迅速，往往很难发现针孔，但是，只要结合受伤的位置，将疑似针刺通路的肌肉拿到病理实验室检查，就肯定能发现创壁。

又是"此路不通"。那么，凶手到底是用什么方法杀害了钱承的呢？

站在窗口向外望去，黑暗犹如最浓稠的柏油，凝滞住了整个城市。蕾蓉看了看手表，已经是凌晨四点了，还有三个小时，就到上班时间了，她对局面的控制已经可以倒计时了。

怎么办？

正在这时，有人敲门，唐小糖开门一看，是刘思缈。

刘思缈说："蕾蓉姐，能出来一下吗？我有点事情和你说。"

蕾蓉走出解剖室："什么事？"

"马笑中打来电话，说事情进展得非常顺利。"刘思缈说。

"那可太好了，具体是什么情况？"

马笑中那边按照刘思缈的布置，兵分两路：一路让丰奇带着望月园派出所的警力，以查办张文质死亡一案为名，对市第一医院设立的"健康更新工程办公室"进行了搜查。尽管闻讯而来的院长横加阻挠，但一个令警方没有想到的人帮了大忙，那就是肾移植科匡主任，不知道这个家伙是正直惯了，还是跟院长有仇，总之，在他的主动协助下，警方的搜检像工兵挖地雷一般精准高效，他们找到了等待"器官更新"的"患者"的名单，相关资料显示：他们想置换任何器官都可以即时提供，这让匡主任惊诧不已。"全国的供体都告紧，供这帮人移植的器官从哪里来的呢？就算是器官贩子也不能保证'即时供应'啊——当务之急是必须搞清他们的供体是从哪里来的，不能再以'商业秘密'为借口藏着掖着了。"

再大的商业秘密，到马笑中这里也能捅破。他和郭小芬一起赶到逐高公司的时候，猴子带着溪香舍一班人马已经在门口等他。玻璃门上着电子锁，大家找到大厦的管理员，让他开门，那管理员一个劲儿地搪塞。马笑中抓起一把椅子砸过去，门哗啦啦被砸得稀烂，众人目瞪口呆，他把手一扬："都傻站着干吗？给老子搜！"

这回的搜查比不得市第一医院那边顺利，大部分电脑，尤其是王雪芽的电脑都加了密，根本打不开，最后还是郭小芬在姚远的电脑密码输入框上，敲击了自己的生日，才算进去，这让她再一次泪如雨下……

在姚远的电脑里，居然发现了一张公司所有电脑的密码表，于是，犹如开闸泄洪一般，真相终于呈现在了他们的面前："健康更新工程"的所需器官，大部分来自和黄脸女人一家相类似的边缘人群，还有一些竟来自乞丐、盲流甚至智障人士。

"在王雪芽的办公室里，发现了极其重要的文件，表明逐高公司的总裁钱承从一开始就反对开展这个项目，后来虽然勉强同意，但依然在内部会议上强调要'严格监管、依法经营'——很可能就是因为这个原因，他才被该项目的倡导者王雪芽加害的。"

刘思缈已经了解到王雪芽和蕾蓉是故交，看了她一眼，见她神情平静，才继续说下去："马笑中给我念了几个供体的名字，我核对了一下信息，发现竟然就是最近失踪的几个流动人口。刚才我已经协调市局刑警队，派出大量警力，逮捕王雪芽等涉案人。"

昏暗的楼道里，蕾蓉沉默很久，才低声说："有个问题，我搞不懂：器官移植手术非常危险，有些器官的摘取，必然是以供体的死亡为前提的，那么，他们打算怎样杀死供体？毒杀？不可能，毒液会损害用来移植的脏器，勒杀？刺杀？溺水？流动人口的死亡，也要法医尸检后开死亡证明书的啊，这几个杀人方法，哪个也逃不过法医的眼睛……难不成他们想把尸体直接拉去掩埋？一个可以，两个可以，多了还能瞒住吗？一旦被发现怎么办？这么大的一个'工程'，不可能永远不见太阳啊。"

"所以就要让那些供体'正常死亡'。"一个声音突然响起。

蕾蓉一看，是呼延云。

"正常死亡？"她困惑不已。

"我不是说真的正常死亡，我是说用一种法医永远检查不出的手段杀死供体，而看上去供体像是自然死亡的，这样一来，每一个死亡的供体都能得到一张合法的死亡证明书。"

蕾蓉摇摇头："哪里会有法医永远检查不出的杀人手段？！"

呼延云用手一指解剖室："那里面的死者，死因你查清了吗？"

如梦初醒！只要逐高公司利用断死师杀死钱承的方法来杀人，那么就是有再多的供体毙命，也只能被法医鉴定为"自发性气胸"导致的自然死亡。

蕾蓉转过身，踉踉跄跄地走回了解剖室。

"蕾蓉姐，你没事吧？"看着她的样子，一直等待着的唐小糖有点担心。

蕾蓉不愿向她解释自己内心的忧愤,她盯着解剖台上钱承的尸体,尖锐的目光像无数根探针一般,刺入他的每一个毛孔……多年来学习和实践中掌握的所有法医学知识,集中到大脑的核心,然后用全部力量将它们迅速排列组合成最强的螺旋CT,一毫米一毫米地扫描着这个人的真实死因。

抖动了一下,眼前有些模糊。

怎么搞的?

她生气地轻轻晃了一下脑袋,继续观察尸体。

又一次抖动,原本高度聚焦的目光,刹那间散碎得不可收拾。从被绑架到现在,一直高度紧张的精神和无法休息的身体,终于在这最需要专注的时刻,开始摧毁她的专注……

大脑越来越沉重,螺旋CT的扫描成了梦游一般的散光,于是一些记忆的碎片接连出现在了视网膜上,取代了现实的映照:姥姥那张慈祥得像烤面包似的圆脸蛋,大槐树的树冠向街心探出,洒满阳光的胡同,墙头的残砖,屋顶的碎瓦,还有在砖瓦上随风飘扬的衰草……望着站在胡同口的姥姥,手指死死地抠住车窗,心窝窝里发出哭泣,就这样被剥离了童年的我,终于在来到苏州之后,让自己和新的家庭再一次剥离,流浪太湖边,浪迹夫子庙,和那些小伙伴一起乞讨、盗窃、流窜、奔逃,直到走进断死师的队伍。

是的,我曾经是一位真正的断死师,我曾经以为生命能够被刻毒的诅咒扼杀,直到后来,直到成为一位推理者,我才明白所有的非正常死亡——除了自然灾害与意外事故——都是人为造成的,无论怎样玄妙叵测神秘难解,最终都可以用科学的方法找到一双罪恶的黑手。科学,科学,科学的价值远远超越了科学本身，尤其在断死师依旧可以一呼百应的地方，一个最最普通的血痕吸收－解离试验，可以让多少麻木不仁的肉体不再任人宰割；一个最最简单的凶器形态比对，可以让多少愚昧不堪的灵魂不再引颈就死！他们畏惧死亡，更加畏惧关于死亡的科学，在他们眼里，死亡是一件神秘莫测，且最好让它永远神秘莫测的事情，是一件尽量遗忘，或者假装被遗忘的事情，而法医的职责就是为了让死亡变得平等、透明、深刻而真实，让活着时丧尽尊严的人们在死后享受那么一点点尊严。所以，一个法医永远不能容忍死亡的真相被遮蔽或埋没，那么，为了断死的诅咒不要再在我们的头顶密布，为了黄静风们不要再把断死作为人生唯一的希望，我真诚地祈求你们：宋慈、林几、马修·奥菲拉、卡尔·兰德斯泰纳、伯纳德·斯皮尔斯伯里、埃德蒙·洛卡德、比尔·巴斯……你们这些法医史上熠熠生辉、烛照千古的巨人们——给我疲惫的身体一点力量，给我混沌的头脑一点灵感，启发我思考出钱承死亡的真相吧！

她用右手的拇指和食指使劲挤压着睛明穴，咯吱咯吱的，重新睁开眼睛的时候，视线稍微清晰了一点。

还好，要不是姥姥当年逼着我去贴耳豆，也许我的眼睛早就不行了吧。

从很遥远很遥远的地方，有什么声音清切地响了一下，有如拨动了一根古老的琴弦，余音袅袅，而又不可捉摸。

蕾蓉抬起头，望着窗外的夜色，又看了看伫立在身边等待着配合她尸检的高大伦和唐小糖，茫然地问："什么？"

"啊？"唐小糖莫名其妙。

哦，也许是我出现幻听了，那就不必在意了。蕾蓉想，然而对一切都要追根究底的职业习惯，又强迫症一般让她开始想那声音,她竖起耳朵听了听,感觉袅袅的余音似乎依然在回荡,但回荡之处并非是外面,而是在室内,似乎就在身后,她猛地回过头,看到的却只有解剖室冰冷的大门。

"你怎么了?"高大伦有点担心地问。

不,不对,不是那个位置,她凝神静气,等待着,等待着……终于,那声音再一次出现,这一秒,她准确把握住了它的所在,它居然就在自己脑仁的最深处——"很遥远很遥远的",只是记忆而已。它是什么?一个音节?一声呐喊?一次警告?一句提示?都是,抑或都不是?它源自何方?用解剖刀剖开自己的丘脑寻找着它的源头:对眼睛没有更糟的感慨,这有什么关系?怀念姥姥逼我去贴耳豆的事情,那有什么要紧?近了,近了,我快要抓住你了!

她果断地挥起了解剖刀。

嚓!

再一次凌厉地切开了记忆的硬壳——

是姥姥和那个老中医的对话。

"老祖宗神的东西多了,现在丢得没剩下几个了。过去在农村,哪儿有医生啊,有个头疼脑热的,家里的姑嫂们拿个锥子放点血,用艾灸烤一烤,至多请个游方郎中埋个羊肠线,可别说,好多病真就那么给治好了……"

就是这个!

"老高。"蕾蓉突然叫了一声,吓了高大伦一跳,"你知道埋羊肠线是怎么回事吗?"

高大伦扶了扶眼镜:"大致了解,那是中医的一种很古老的治疗方法,就是用一种很特殊的针,这个针非常非常细,但中间是空的,也就是说,实质是一个超级细的针管,在针管的上端配有一个针芯，治疗前先把一段羊肠线塞进针管，然后在针灸过程中，用快速的手法，在针头刺入肌肤的一瞬间，用针芯将羊肠线埋填在穴位的皮下组织或肌层内……"

"啊？"唐小糖十分好奇，"这个有什么用啊？"

"针灸，大部分是通过对穴位的点刺起作用的，但是也有一些难治的病，需要在穴位上长期刺激才有疗效，就是所谓的'深纳而久留之，以治顽疾'，但是总不能把针扎在身上以后，就让患者干躺着一动不动十几天啊，于是中医就发明了穴位埋线，就是把羊肠线埋填进穴位下面，好像留了一根针一样，持续刺激穴位。"高大伦说，"这个疗法用途挺广的，比如减肥、治便秘什么的——"

蕾蓉打断了他："那么老高，假如我用埋线专用针从钱承的背部刺入，刺伤他的肺部，然后迅速出针，并在创道上埋填羊肠线，法医还有可能在尸检中发现创壁吗？"

"啊？！"高大伦惊讶得瞪圆了眼睛，张大了嘴巴。很久，他才摇摇头，"很难发现，因为整个创腔和创壁已经被羊肠线堵上了啊。"

"太好了！"唐小糖高兴得喊了出来，"总算破解了钱承死亡之谜啦！"

"等一等。"高大伦望着蕾蓉，谨慎地说，"这仅仅是一种推测，需要法医学证据来证实才可以啊。"

蕾蓉点点头，想了一想道："羊肠线应该是用羊的小肠黏膜下层制成的吧，那么相对人体而言，就是一种异体蛋白了。把这种异体蛋白填埋进皮下组织或者肌层内，相当于异种组织移植，肯定会使埋填部位产生抗原刺激物——穴位埋线之后，羊肠线被人体吸收的时间大约多长？"

"一般四到五天……不过，如果钱承被埋线后迅速死亡，那么随着生命功能的永久中止，组织、细胞受自身固有的各种酶的作用而发生结构破坏、溶解、吸收的程度会大大放慢，甚至停止。"

"你和唐小糖马上再对钱承的背部肌群进行检测，将可疑的部位化验：一个是检测有无异体蛋白产生；其次，既然埋线会使人体产生抗原刺激物，必然导致局部组织产生变态反应和无菌性炎症，即便钱承已经死亡，在他死亡的前期，抗体和巨噬细胞依然会在创腔、创壁的周边区域留下生物学证据。"

高大伦和唐小糖立刻依照蕾蓉的命令行事，在解剖室里忙碌不停。

蕾蓉反倒沉静下来，坐在椅子上，看着他们的身影在白色的墙壁上晃动。

她不知道离天明还有多长时间，也不想去看手表了，这是她的最后一个推测，如果错了，一切皆输，她已经开始想如果输了怎样独自承担起一切责任了：找不到钱承的死因，就证明不了逐高公司利用断死师的特殊手法杀人，逐高公司肯定会反咬一口，动用各种关系，将我彻底驱逐出法医界，再也不能回到这个一砖一瓦都付出了巨大心血的研究中心……到那时，我会不会也像黄静风们一样，怀着满腔的愤恨，重新成为一个断死师？

不，不要再让这些想法占据头脑了，如果真的到了那个时候，我宁愿每天守候着姥姥，直到她的身体恢复健康，重新搀着她走在洒满阳光的胡同里。

就在这个时候，她看见两个影子一起来到了她的面前，站定。

"结果出来了？"蕾蓉问。

"出来了。"高大伦的声音激动，"发现可疑部位有明显的异体蛋白产生,无菌性炎症也已得到证实,在创壁内提取到羊肠线残留物质。"

刹那间,蕾蓉几乎瘫倒在了椅子上,她知道自己赢了,从少年时代起就困扰自己的谜团,终于在这一刻找到了答案。原来许多年前,吴虚子就是采用这种方法杀掉那些被诅咒了的人,同样,就在黄静风对着钱承念出断死咒之前,段石碑就已经用特殊的针灸针,从钱承的背部刺穿了他的肺脏,并用羊肠埋线的方法,彻底堵塞了法医们勘查时苦苦寻觅的创腔和创壁——古语所谓天衣无缝,而被羊肠线堵塞的创道,才真的是无缝可寻啊!

闻讯而来的呼延云和刘思缈一左一右把蕾蓉从椅子上搀了起来:"找到了断死师杀人的方法,整个案子就都破了!"

蕾蓉只是淡淡地说了一句:"我累极了。"

高大伦和唐小糖把相关的检验报告、取材样本都做好封存,看着他们熬了一夜略显憔悴的面容,蕾蓉说:"你们俩赶紧回家休息吧,剩下的事情就交给我来处理了。"

这时,一个研究中心的内勤进来询问:"主任,刘晓红把电力资源都切断了,按照你的要求,只恢复了尸体储藏室、尸体解冻室和解剖室的电力,其他屋子的电力什么时候恢复啊?消毒室没法消毒,洗衣间没法洗衣服,废料处理室没法对医疗垃圾及污染物做初处理,六点整,十八里乡生化焚化场就要来装车啦。"

按照蕾蓉的要求,所有法医研究中心的工作人员,只要进入或离开工作岗位,之前必须在消毒室消毒,并在更衣室换穿白大褂,更衣室有两个圆形通道直接连接地下一层的洗衣间,一个通道是把穿过的白大褂扔进去清洗,另一个通道是个"福利",供工作人员免费清洗自己的脏衣服,洗衣间内置两台全自动消毒洗衣机,每天上午十点开始,根据投入的衣物量自动清洗烘干;而废料处理室,则是每天晚上十点前,由相关工作人员经过两道分拣程序之后,将确认无用的医疗垃圾及污染物投入紫外线杀菌箱做初处理,第二天早晨六点,十八里乡生化焚化场会装车拉走焚化。

蕾蓉打了个哈欠,对那内勤说:"消毒室和洗衣间的电力先恢复吧,废料处理室先等一等,明天……对不起,是今天,我要亲自分拣,这几天我不在,抽查一下大家的工作有没有懈怠,如果在分拣上不够认真,把有用的证物送去焚化了,那可是不能原谅的错误啊。"

内勤知道蕾蓉虽然性情宽和,但在工作上一丝不苟,连忙点头称是。

这时,刘思缈对蕾蓉说:"我去逐高公司一趟,看看老马和小郭那边的调查进行得怎么样了。"言罢便要转身离去,呼延云说:"思缈,你顺路的话,开车带我和蕾蓉去市第一医院吧。"蕾蓉知道这是要去看看姥姥的病情,赶紧到更衣室换了衣服,就和他搭刘思缈的车一起离开了研究中心。

高大伦和唐小糖处理完手头的工作也各自回家。研究中心小楼的灯光随即熄灭,宛如倦态至极的人,终于闭上了眼睛。

凌晨五点,黑暗依然如黑铁铸就的面具,笼罩并禁锢着这座沉睡如死的城市。

一个影子。

不知何时出现,仿佛是黑夜的一个片段,忽然自我裂解开来。

影子先是在研究中心楼后的角落里凝滞了一会儿,一只野猫路过它的身边,似乎感觉到了某种可怖的异样,喵呜叫了一声就径直逃掉了。

影子依旧一动不动，直到确信周围再无一点生灵，才轻轻拉开一道小门，走进了楼里。这扇小门直接通往地下一层。影子沿着石阶向下走去，一点脚步声也没有，仿佛在半空中滑行。

来到地下一层，影子再一次凝滞于伸手不见五指的黑暗中，继续它的等待，死寂的楼道活像是被埋于地下五米的棺材，一丝声息都没有。

很久很久，影子颤抖了一下，犹如没有脚的幽灵一般，向楼道的前方飘去，先飘进了废料处理室，打开紫外线杀菌箱，翻检了一番，摸到三样东西，拿在手里，然后出了门，继续飘进了洗衣间，打开了洗衣机的舱门。这一回光靠手摸可不行了，于是他拿出一个小型手电，"啪"地打开——

一瞬间，刺眼的光芒照亮了整个洗衣间！

小型手电怎么会有如此巨大的照明？

影子惊诧地捂住了眼睛，当他回过头的时候，发现呼延云就站在门口，手指还放在电灯开关上。

他的身边，站着蕾蓉和刘思缈。

"怎……怎么会是你？"蕾蓉震惊得几乎说不出话来。

影子沉默着。

"介绍一下。"呼延云下巴颏一扬，"这位就是段石碑先生，他往日出现在你们面前，只不过是没有佩戴假发和假胡须而已。"

"段石碑？"刘思缈也一头雾水，"段石碑不就是张文质吗？他不是已经被蕾蓉杀死了吗？"

"张文质当然不是段石碑，这是个稍一思考就能得出的结论。"呼延云说，"黄静风曾经对蕾蓉说，是段石碑给了他房子住，而房东又通过查看地铁监控视频的截图，确认段石碑正是房子的租赁人，所以，黄静风所住房屋里的两组鞋印，B组必然是段石碑无疑,那么思缈,你还记得你在勘查黄静风受害现场时,发现的 B 组鞋印的尺寸是多少吗?"

"四十三号皮鞋鞋印。"

"足部的大小与身高是成一定比例的,我记得有个公式:身高 =63.7+4.45X,X 就是赤足的长度,对不对?"呼延云见刘思缈点了点头,继续说,"当然,赤足长和鞋印长不是一回事,但是从现场遗留的鞋印来看,犯罪嫌疑人并没有小脚穿大鞋的痕迹,所以他穿四十三号鞋是合适的,既然这样,他的身高应该比黄静风还高——至少也是相等吧,可是你看看张文质,又瘦又小,穿四十号鞋都大,怎么可能是穿四十三号鞋的段石碑呢?"

刘思缈点了点头:"好吧,你的推理确实可以证明张文质不是段石碑,但却无法证明另外两件事——"

"哪两件?"

"第一,现场有段石碑的足迹,不见得段石碑就是杀害黄静风的真凶。"刘思缈说,"第二,如果张文质不是段石碑,你又凭什么说眼前这个人是段石碑?"

影子继续沉默不语。

呼延云淡淡一笑:"好吧,那么我就用逻辑推理,证明眼前这位先生,不仅是段石碑的真身,也是谋杀钱承和黄静风的罪魁祸首!"

第二十章 雨后大地

  遂博采近世所传诸书，自《内恕录》以下，凡数家，会而萃之，厘而正之，增以己见，总为一编，名曰《洗冤集录》，刊于湖南宪治，示我同寅，使得参验互考，如医师讨论古法，脉络表里先已洞澈，一旦按此以施针砭，发无不中。则其洗冤泽物，当与起死回生同一功用矣。

——《洗冤录·序文》

  也许是突然打开的灯光过于刺眼，趴在外面窗台上的一只野猫，烦躁地眯起了眼睛，重新睁开后，恶狠狠瞪着室内这一群人。

  "所有纷纭复杂的现象，都是为了掩饰本质。"呼延云在一张椅子上坐下说，"对于这个由无数事件组合而成的断死师一案，我们不妨分析一下每个事件的本质是什么，就好像猎人追逐猎物时，要搞清眼前的无数条道路上，哪条留下的是人踪，哪条留下的才是真正的兽迹。"

  段石碑面无表情。

  "首先，穆红勇事件。我对蕾蓉说过：抛开那些故弄玄虚的东西，其实这就是一场出租车司机因为劳累和争吵引发的心梗。根据黄静风对蕾蓉的讲述可以得知，段石碑，你利用这一偶然事件，挖下了第一个陷阱，你就是坐在出租车里的那个乘客，目睹了穆红勇心梗，看到了神经质的、社会地位低下的黄静风，一眼就认定，他正是你长期寻找的最合适的木偶。

"其次，地铁婴儿被踩踏致死事件，无论蕾蓉还是地铁里其他乘客的回忆，都提到当时的拥挤让每个人都产生一种濒死感，这时，孩子的哭闹确实让人感到无法容忍的烦躁和痛苦，如果当时地铁里有人趁着拥挤，用力拉扯一下包裹孩子的衣被，把他弄掉地上，无疑每个希望他闭嘴的人都有可能趁乱踏上一脚，就像他们自己在生活中经常被莫名其妙地踏上一脚一样——我不能肯定是段石碑把婴儿从母亲的怀抱中扯下，不过，可能性很大。

"再次，茂藏家日本料理店事件。这一事件可以分成两个部分：第一部分是记者左手设局，妄图通过微博直播败坏蕾蓉的形象，请注意这个事情的本质，是要把蕾蓉'搞臭'；第二部分则是蕾蓉和小郭逃出料理店之后，在胡同口受到袭击，请注意这个事情的本质，是要把蕾蓉'杀死'——搞臭一个人与杀死一个人，目的是天壤之别，并不存在必然的递进关系，于是我猜想，左手和袭击者可能根本就不是一伙人。而那个袭击者失败后，被真凶杀人灭口，更加证明真凶包藏的祸心远远不是搞臭蕾蓉那么简单，他是真的想要杀死蕾蓉的。

"注意，真凶雇用了袭击者在日本料理店附近埋伏，说明他事先知道蕾蓉要来赴左手的饭局，所以我认为，有一个中间人把左手这伙人的计划及时传递给了真凶——根据马笑中和小郭他们在逐高公司搜寻到的材料，左手、王雪芽、张文质和刘晓红的老公廖处长，早就勾结成了一伙，他们的目的就是把蕾蓉赶出法医研究中心。已经被捕的王雪芽还供述，杀死钱承的具体执行，以及投递尸骸陷害蕾蓉，是张文质联系他的一个朋友做的，于是可以得知,张文质就是那位中间人——"

"张文质是中间人?"蕾蓉有些惊讶。

"左手那伙人中,只有张文质拥有在市第一医院工作的身份,高霞的尸体当然是他弄走的,然后让段石碑煽动黄静风杀郭小芬,也只有他才可能长时间在太平间附近潜伏,知道黄静风放过了你之后,第一时间打电话告诉段石碑,让他杀黄静风灭口,而自己去亲手加害你啊!"

蕾蓉点了点头。

"再来看尸骸连续投递事件。这个事件应该说做得相当漂亮,投递了三个包裹,什么证据都没有留下,还埋下了一招早晚要起作用的妙棋。不过,也正是这个看上去天衣无缝的事件,让我第一次锁定了真凶的范围,这个等下我会详细说明。"呼延云说,"然后是钱承遇害事件,这个事件的本质,是段石碑行凶杀人——"

"等一下。"刘思缈打断道,"你为什么不说段石碑和黄静风两个人是共同的凶手?"

"在新闻发布会的现场,黄静风念的那首口诀,断定钱承的死因是什么?"

蕾蓉低声说:"心梗。"

呼延云点点头:"这就是了,蕾蓉已经证明,杀死钱承的手段,是用羊肠埋线的方法,用针灸刺伤了他的肺脏,造成创伤性气胸,假如黄静风真的是加害者的话,那么他应该念一个气胸的口诀吧。既然他断定钱承的死因是心梗,那么就证明,段石碑压根儿就没有告诉他,钱承的死亡是人为'制造'出来的,他完全被蒙在鼓里,只是根据断死诀的教条,根据一些症状断定钱承的死因。所以,黄静风是段石碑的同伙不假,却算不上帮凶。

"钱承遇害时,蕾蓉也出现在了现场。据王雪芽供述,他邀请蕾蓉参加逐高公司的工作,是出于往日的情谊,不忍心看到她就这样失业。但是得知这个邀请后,张文质马上就意识到大错特错,以蕾蓉的品行,一旦发现逐高公司的'业务'是怎么开展的,岂有不揭发的道理?王雪芽也有点懊悔,但狡猾的张文质却把这变成了彻底毁掉蕾蓉的好机会,特别是在钱承的遇害现场:无论是安排钱承坐到蕾蓉身边,还是黄静风在他们身后念起断死诀,以及利用蕾蓉的职业习惯——发现钱承猝死后必然会主动上前勘验——这些加到一起,无疑加大了蕾蓉谋杀钱承又抹杀犯罪证据的嫌疑。

"接下来,一切按照预先设定的程序发展,随着警方对蕾蓉的调查深入,尸骸连续投递这步棋,终于开始发挥作用了,这种连续变态杀人犯罪,行为科学专家早晚要介入,而且一定会注意到投递地点这个'线索',所以,爱新觉罗·凝把蕾蓉锁定为投递的凶嫌,就是一个必然的结局。"

呼延云停了停,接着说:"最后一个:蕾蓉被绑架事件。这个事件的起因是黄静风对蕾蓉巨大的误解和仇视;而姚远的遇害,是黄静风在段石碑的煽动之下,误以为郭小芬勾结逐高公司拿走了高霞的尸体,愤而去杀郭小芬,结果误杀了姚远。段石碑之所以这样做,一来是张文质发现郭小芬的采访对'健康更新工程'逐渐不利,让段石碑设法激怒黄静风,由黄静风动手杀人灭口;二来,蕾蓉被绑架也好、钱承遇害也好,万不得已时都可以推到黄静风一个人的身上。

"好了,案情梳理完毕。"呼延云将手掌轻轻一合,"于是得出结论:整个案件的本质,就是一群人为了谋财害命,铲除可能阻碍他们的法医;另一个人趁机浑水摸鱼,想结果了这个法医的性命——姐姐,这是为什么,你有没有想过呢?"

蕾蓉说:"因为我担任法医研究中心的主任。"

"准确的答案是,你是法医研究中心的主任,同时你还曾经是一位断死师。"呼延云说。

刘思纱惊讶地瞪圆了眼睛。

洗衣间里,突然响起了一阵咯咯咯的恐怖而古怪的声音,是段石碑仰起头,喉咙里发出狞笑。

连外面窗台上的野猫都被惊动,打了个哆嗦,不安地喵呜一叫。

"思纱你不要太震惊,回头,蕾蓉会把一切详细地讲给你听。"呼延云平静地说,"左手、王雪芽、张文质、廖处长那一伙儿人很清楚,他们实施'健康更新工程'的最大障碍,不是供体的来源,而是蕾蓉,因为一旦出现连续几具流动人口的尸体,死因不明,蕾蓉所主持的研究中心,一定会追查到底,只有搞掉蕾蓉,才是踢走了最大的绊脚石,才可以为所欲为。所以,他们在媒体上造谣污蔑,煽动公众对蕾蓉进行攻击,利用马笑中砸昏袭击者的事情,将蕾蓉停职审查……这一系列行为的目的十分明确,就是要把蕾蓉从主任的岗位上拉下来,从此无法在法医界立足——请注意,不管这种行为多么卑鄙龌龊,但也就到此为止了。

"而段石碑,从一开始就想置蕾蓉于死地,他是不达目的誓不罢休的。我不解的是,真凶到底和蕾蓉有什么深仇大恨?要知道蕾蓉几乎没有任何私敌,直到我听说钱承遇害时,有人在附近念起了断死诀,我才恍然大悟,因为蕾蓉曾经是一位断死师,因此她必须死!

"不妨做个比喻,段石碑是一位魔术师,而黄静风是魔术中的道具。段石碑把断死师这一古老而玄妙的魔术，描绘成超人的紧身衣和斗篷，穿上就能维护正义，令黄静风甘心为他驱使，然后，他让黄静风没有化装地出现在地铁监控视频中、让黄静风在钱承受害现场念咒语，让黄静风出手杀害郭小芬……总之，一切罪行都是人们看得见的黄静风所为，而牵线木偶的人则躲在幕后不露踪迹——所有运用愚昧和迷信蛊惑人心的人，终究不过是把傀儡当成道具加以利用，一旦有暴露的风险，又嫁祸给他们。"呼延云望着段石碑说，"那么在这台精彩的魔术中，魔术师最不能容忍的是什么？"

刘思缈略一思索，道："现场还有另外一位魔术师。"

"准确地说，是了解魔术手法的另外一位魔术师。"呼延云说，"我们不妨设想，一开始，是王雪芽、张文质那伙人要杀害反对'健康更新工程'的钱承，张文质找到段石碑策划杀人手法时，段石碑打算用断死师的方式迷惑住一个替死鬼，让他在必要时背黑锅。段石碑唯一担心的是，如果谋杀钱承时念起断死咒，一旦被媒体爆出来，蕾蓉知道了，一定会追查到底——段石碑早就了解蕾蓉曾经是一位断死师，她怎么可能相信什么诅咒杀人？她不破解杀人手法肯定不会罢休。恰在这时，王雪芽、张文质那一伙人又觉得，必须搞掉蕾蓉才能确保阴谋不会败露，于是段石碑下定了决心，既然他们要把蕾蓉推下井，我不妨顺势往井里扔石头，彻底砸死她以保万全，混乱中，谁知道那块石头是我扔的？

"段石碑答应张文质，配合他们的行动，条件是张文质必须对他的身份绝对保密，张文质同意了，我做出这个推论，是因为王雪芽供述，他们只知道张文质找人去杀死钱承和整掉蕾蓉，却并不知道这个人是谁。于是，在左手发表第一篇攻击蕾蓉文章的当天，段石碑快递出了第一块头骨，不过他始终没有想到，这个看似完美的尸骸投递行为，却让我第一次捕捉到了他的踪迹……"

段石碑的嘴角抽搐了一下。

"在爱新觉罗·凝用犯罪地理剖绘，将尸骸投递案的真凶锁定为蕾蓉之后，他们用一个方法，证明了自己的论断。"呼延云拿起了早已摆在桌上的一个本子，"这是法医研究中心的考勤本，上面清楚地记载着这样一个事实：在快递员接收包裹的三个时间段里，蕾蓉一律没有上班，她去哪里了呢？没人知道。这说明什么？恐怕只能得出如下三种结论：第一，蕾蓉本人确实是投递包裹的真凶；第二，这是一串巧合，真凶投递包裹的时候，蕾蓉恰恰都处于一个没人可以证明的区域；第三，真凶精心策划，一定要选择蕾蓉证明不了自己在什么地方的时间来投递。第一个结论，去他的吧！第二个结论：巧合——包括投递时间和投递地点的巧合，却不能一笔抹杀。这让我有些犯难，真凶化了装，戴着手套，在包裹上没有留下指纹，骨头都经过处理，连微量证据都没有留下，怎么能找出他的踪迹呢？"呼延云说，"这里就要重复我对思缈讲过的一句话——寻找证据固然重要，但有时候，寻找那些本该存在却没有存在的证据，更加重要！"

呼延云从怀里掏出了一页纸："这是《弧矢七分析基础资料表》，注意看第三个尸骸投出的记载，也就是'三月十一日下午一点半'这一栏，物证概况这一项上是这样记载的'珍珠板材料匣子内，装有人体躯干一段。匣子结合部用透明胶条密封，内外无指纹，最外层用快递公司专用纸盒包装，没有提取到其他微量证据'。"

刘思缈看了半天，也看不出个所以然："这个怎么了？"

"请注意最后一句——最外层用快递公司专用纸盒包装,没有提取到其他微量证据。"呼延云说,"我想问一个常识,快递公司的专用纸盒,是不是快递员收货时,现场包装密封的?"

"一般情况下,是这样。"刘思缈说。

"这个包裹的快递地点是——"呼延云又看了一眼那表格,"莲玉街乐乐熊西饼屋门口。也就是一个室外场所。这就出现了一个不可思议的事情了,怎么可能专用纸盒内没有提取到一个十分重要的微量证据呢?"

"什么东西?"刘思缈提高了声音。

"二氧化硅,俗称沙砾——也许非常微小,但是一定会有。"呼延云说,"三月十一日,有气象记录表明,当天上午十点半开始,本市突然刮起大风,到当天傍晚,一直被沙尘暴笼罩,如果是在室外进行的包装,那个专用纸盒内怎么会没有发现任何的沙砾呢?"

刘思缈不禁目瞪口呆。

蕾蓉略一回想,点点头说:"没错,那天我去大德酒店参加逐高公司的记者招待会,记得漫天黄沙——可是这又能说明什么?"

"这说明,包裹也许是三月十一日下午一点半快递出去的,但肯定不是这个时间包装的!"呼延云说,"我后来向快递公司核实过,那个包裹是三月十一日上午九点半在莲玉街乐乐熊西饼屋门口交给快递员包装递出的,奇怪的是,十点半左右,客户突然打来电话,说要收回,于是中午十二点半左右,快递公司又把包裹在莲玉街乐乐熊西饼屋门口还给了客户。接下来,这个客户换了一家快递公司,在下午一点半,老地点,重新投递出了这个包裹,而包装盒都没有更换,只把原来那个快递公司的标签撕下,换上了新的快递公司的标签。

"他为什么要这样做呢?如果包裹本身没有问题,交货地点也没有变动,仅仅推迟了交货时间,那么很简单,问题就出在时间上。"呼延云说,"我们来看一下,发生了什么事情,让包裹的投递被中止?答案很简单,从莲玉街乐乐熊西饼屋到万东饭店,无论使用何种交通工具,时间都要在四十分钟以上,也就是说,假如蕾蓉九点半在乐乐熊西饼屋投递出的包裹,那么她无论如何都不可能在十点整出现在大德酒店萃华厅。如果说,前两次投递,只要蕾蓉不在工作区,就没有人可以给她做证的话,这回可不行了,萃华厅那么多的摄影、摄像都可以证明蕾蓉的到场,一下子就否定掉了段石碑连续投递尸骸的目的——给行为科学专家们的犯罪地理剖绘提供参照的时间和地点。"

面对蕾蓉和刘思缈恍然大悟的神情,呼延云继续说:"我推想,造成这种情况的根本原因,是段石碑与张文质的失算。当天上午段石碑先在乐乐熊西饼屋投递出包裹,然后与黄静风在大德酒店门口汇合,一起走进会场,这时张文质才告诉他们,蕾蓉早在十点就来了,段石碑一下慌了手脚,马上打电话取消了包裹的投递,然后张文质和王雪芽一起,找了个借口,让不喜拘束的钱承离开嘉宾席,到蕾蓉身边就座……等钱承倒下后,段石碑带黄静风离开会场,自己赶往乐乐熊西饼屋收回包裹,接下来只要等着张文质的电话即可。他们都知道,刘晓红很快会赶到会场,驱走蕾蓉,到那时再重新投递出这个包裹——上述都只是我的推测,但有一点是确凿无疑的,那就是通过包裹投递时间的更改,可以认定:真凶的投递时间和地点绝对不是什么巧合,而是经过精密计算的行为。

"于是,第三个结论的正确性,浮雕一般凸显出来:真凶精心策划,一定要选择蕾蓉证明不了自己在什么地方的时间来投递。那么,他是谁?蕾蓉现在单身,又好静,大部分业余时间都是独来独往,所以一般来说,只要她不在研究中心,基本上没人能证明她在哪里,所以真凶只要在她没有上班的时间投递包裹就是了,这样一来,真凶恐怕只能是她的亲友和同事,而且也只有亲友和同事,才清楚她的活动空间和区域,给犯罪地理剖绘留下充分的'参照'。

"不过,这个推理划定出的范围太大了,一个到处都不树敌的人,势必会有无数的亲友,我、思缈、小郭、老马……都是蕾蓉的亲友,如果说同事,那么整个研究中心的工作人员全都要算上。刑侦工作说到底就是一个把嫌疑人范围不断缩小,缩小,再缩小的过程,那么按照现在这个范围找真凶,肯定很难,还好,他在谋杀黄静风的时候,终于一不留心,露出了狐狸的尾巴。"

野猫支棱起了耳朵,聆听着什么,突然张开嘴,白森森的牙齿对着虚空狠狠地咬了一口。

"对黄静风遇害现场的勘查表明,室内的鞋印和指纹只有黄静风和疑似凶手两组,黄静风是坐在床上被麻醉昏厥的,室内无搏斗痕迹,说明凶手是他熟悉的、对室内环境很了解的人。这一切都证明,杀害他的必然是他一直信赖的、承租这间房屋的段石碑,于是,下面一个问题就摆在了我的面前——这个段石碑究竟是谁?"

呼延云看了一眼段石碑,从怀中掏出了第二张纸。

"这是思缈在黄静风遇害现场填写的《犯罪现场初步勘查表》,全部的答案就在上面。"

刘思缈接过表格,又浏览了一遍:"这个确实是我亲手填写的,可是我怎么什么都没有看出来?"

"你过分关注了你看到的,而完全忽视了你没有看到的。"呼延云说,"我还要把我的话再重复一遍:寻找证据固然重要,但有时候,寻找那些本该存在却没有存在的证据,更加重要!"

这时,蕾蓉也走了上来,看着那表格,甚至把纸翻过来看了一看,摇摇头:"本该存在却没有存在的证据——很明显吗?"

"再明显不过。"呼延云轻轻扬了一下手,"好吧,我做一个小小的提示,现场勘查表明,黄静风是坐在床上被麻醉昏厥的,然后被吊死在暖气管上,那么请重点看表格上的这两个区域,什么是其他区域都有,而这两个区域绝对没有的物证?"

刘思缈把表格抓在手中,瞪大了眼睛看了又看。

段石碑的嘴角流露出一丝无奈的苦笑,仿佛站在舞台上眼睁睁看着手法被人现场拆穿的魔术师。

"难道是——"刘思缈抬起头,望着呼延云:"毛发?"

呼延云从椅子上站了起来:"没错啊,表格上写得再清楚不过,在区域一和区域二的床铺上,都没有发现任何毛发,要知道人就是在正常情况下每天都要脱落五十到一百根头发,而黄静风这种神经质的人,由于内分泌紊乱,脱落得会更多,而区域一,整整五平方米,竟然连一根毛发都没有发现,这是为什么?好吧,就算在那个区域内黄静风确实没有头发脱落,那么床铺呢?请给我找一张男士睡过两晚以上的、未经清扫的,却没有一根毛发的床铺,岂不是比在汉墓中找到唐三彩的概率还要低吗?"

"结论只能是——真凶在杀害黄静风后,把犯罪相关区域内的所有毛发都一根根捡走了,那个在区域一发现的地面多处X形花纹,更是证明了这个结论。可能你们一直迷惑,这个花纹到底是什么?我第一眼看到它,就明白它的由来了。"呼延云打开窗户,那只野猫龇着牙齿,紧张地看着他,然而他只是在窗台上撮了一点沙土,就把窗户关上了,然后将沙土撒到了桌面的玻璃板上,撒成均匀的一层,接下来,他用拇指和食指轻轻一捻,一个X形花纹自然而然地显现了出来。

"啊!就是这个!"刘思缈不禁轻呼了出来。

"这正是真凶在一根根捻起地上的头发时造成的痕迹。"呼延云将手一摊道,"按照常识,杀人之后,应该尽快离开犯罪现场,真凶为什么有闲情逸致来捡头发呢?"

蕾蓉和刘思缈面面相觑,然后不约而同地摇了摇头。

"好吧,我们换一种思路,既然真凶把犯罪相关区域内的头发一根根地捡起带走,这些头发必然具有重大的物证意义,那么它们究竟是谁的头发?"呼延云一面在屋子里踱步,一面自言自语,"黄静风的头发吗?肯定不是,因为他的头发说明不了任何问题,倒是地上没有他的头发才奇哉怪也,何况,真凶并没有捡起他脱落在其他区域的头发;真凶自己的头发吗?不对,他每次在黄静风面前出现时都戴了假发套和假胡须,在其他区域发现的黑色化纤丝就是明证,他并没有把这些黑色化纤丝一一捡起啊。"

"也许他去杀害黄静风时过于匆忙,忘了戴假发套和假胡须呢?"刘思缈突然打断他道。

"好,我们顺着你这个思路进行推理,真凶去杀害黄静风时过于匆忙,忘了戴假发套和假胡须,所以他必须把杀人时由于种种原因自己掉下的毛发都捡走,请注意,这个推理有一个重要的前提,那就是法医在对头发根部毛囊的DNA提取之后,搜索法医DNA数据库,能否发现此人以前由于犯罪留下的DNA记录——姐姐,我说得对吗?"

蕾蓉点点头说:"没错,否则即便是提取到了DNA也没有用。"

呼延云说："那么，姐姐，我再问个问题，在我国目前对犯罪嫌疑人的身体证据取样存库中，是不是如果留有他的DNA资料，就一定会有他的指纹资料呢？"

"这个是当然。"蕾蓉不假思索地说，"指纹取样是最基本的，而且要比DNA取样容易得多。很多地方公安机构不具备DNA取样的条件，就只对犯罪嫌疑人做指纹取样。"

"那么，思缈，如果真凶是为了不让警方在法医数据库中找到自己的DNA，而捡走自己的头发，他为什么没有擦掉室内遍布的自己的指纹呢？"

刘思缈说不出话来。

"既然真凶没有擦掉自己的指纹，也就是说他的指纹根本不在法医指纹数据库中，换言之，他此前根本就没有因为犯罪被警方拘捕留样，既然他连指纹都没留过，那么他的DNA肯定更加不会在法医DNA数据库中留样了，所以，真凶捡走的绝对不会是自己的头发。"

"该否定的都否定掉了，剩下的就是肯定。"呼延云说，"凶手捡走的既不是黄静风的毛发，也不是他自己的毛发，而是一个第三者的，这个第三者的毛发大多根部带着毛囊，保存有大量DNA信息，也就是说，不是自然脱落的而是拔掉的，真凶出于不得已的原因，衣服上带着这些头发到了犯罪现场，杀人过程中，他突然意识到这些头发可能会掉在地上，哪怕只掉了一根，只要警方一检测，马上就会发现自己的真实身份——"

"这回我可是真的听糊涂了。"刘思缈说，"既然不是真凶的头发，他怎么会随身携带？我们又怎么可能一检测就知道他的真实身份？"

呼延云问蕾蓉："我国的法医DNA数据库的库存有多大？"

"极少，美国和英国的库存量也都没超过200万，更别提咱们国家了。"

"搜索比对费劲吗？"

"需要比较烦琐的手续。"

"那么，凶手拿走的头发，DNA信息可能根本就不在法医DNA数据库里……也就是说，我们只要检测出DNA信息，甚至不需要到法医DNA数据库中寻找，就一定能够马上找到吻合的对象。"

"这怎么可能？"蕾蓉瞪大了眼睛，摇了摇头，"没有入库的DNA信息，提取到了也无法比对啊。"

"这当然可能。"呼延云慢慢地说，"世界上只有一个人的DNA信息具备这样的'条件'——难道你忘了？昨天晚上你下令，让某位同事把一个人的头发剃光，而这位同事由于没有电推子，就弄了把解剖刀一边刮一边薅的，搞得自己衣服上到处都是头发——"

蕾蓉怔了一怔，如梦初醒般地喊了出来："原来你说的是——"

"我说的是张文质的头发，他的头发DNA检测结果一定会第一时间送到你手里，假如，在黄静风受害现场提取到的头发DNA信息，随后也交到你手中，你一看居然一模一样，这个时候，那位负责给张文质尸体剃头的同事该作何解释呢？"呼延云转身，望着墙角的段石碑，"是不是啊，段石碑——高大伦先生？"

高大伦恶狠狠地瞪着呼延云，皮包骨头的黄色脸孔异常狰狞，满眼凶光，犹如两把要剖开他肚肠，再搅上几搅的尖刀。

然而呼延云毫无畏惧地逼视着他。

终于，凶光退缩，化为两道冰冷的孔隙。"早就听说过你的鼎鼎大名，没想到你的推理能力真的这么厉害！可惜，可惜，我本来为了以防万一带走的头发，竟然成了证明自己身份的铁证——我只有一个问题想要请教。"

"说。"呼延云道。

"你怎么会猜到我要来洗衣间？"

"当我在黄静风遇害的现场推理出你是凶手之后，立刻想到一个问题，你把地上的头发一根根捻起时，为了不让头发重新掉在地上，恐怕是在掌心里预先放了一张纸垫着，最后把这个装着头发的纸包带走的吧——那么你会把纸包扔在哪里呢？我从唐小糖那里了解到，你和她一起在运送张文质尸体的路上，说家里有事，急着去办，办完就回单位。我猜，你中途下车之后，打车到黄静风那里把他杀害，然后就匆匆打车回到研究中心，以你的谨慎细密，不可能把纸包扔在犯罪现场附近，大概也不至于就把纸包扔在研究中心门口，最稳妥的方法，就是把纸包和你随身携带的假发套和假胡须（黄静风遇害时没有提防，说明你是化装后去见他的），一起扔进废料处理室的紫外线杀菌箱，当时时间已经超过十点，没人再进行分检，等早晨十八里乡生化焚化场来车装走焚化，一切物证就消失得干干净净了。

"这个时候我又想起，还有一样东西，你肯定比纸包、假发套、假胡须还急着处理——那就是你的外套。"呼延云说，"两个原因：第一，你和唐小糖一起来到市第一医院的装束我见过，从领子上可以推断，外套下面就是毛衣、衬衣，那些都装不了什么东西，只有你的条绒外套是内衬有很大的口袋那种，你的假发套和假胡须一定装在里面，如果是这样，即便把假发套和假胡须扔到废料处理室，从上面脱落的黑色化纤丝依然会留在口袋里；材质相同、耗损相同，就连褪色程度也相同——这可构成了一个完美的证据链。第二是因为你再一次担心起了'埃德蒙·洛卡德法则'①。

"你之所以捻走那些头发，就是担心杀人时，把张文质的头发掉了进去，而你现在更加担心自己的外套，因为你害怕你勒毙黄静风时不小心撕扯了他的头发，粘在了外套上，要知道黄静风遇害后，你并没有给他做尸检，也没有其他任何接触，如果他的头发在你的身上发现，你浑身是嘴也说不清了。

"怎么办？匆忙中来不及细细挑拣化纤丝和头发了，你只好脱下外套，把内兜翻卷出来，扔进洗衣机里。

"一想到这个我心急如焚，如果你的外套被清洗，将缺失一项重要证据。我知道研究中心的洗衣机是根据投入的衣服量自动清洗的，深夜的投入量应该比较少，为防万一，我还是立刻打了个电话给刘晓红，告诉她蕾蓉要回研究中心对钱承尸体做二次尸检，以刘晓红的为人和做派，一定能马上查出蕾蓉复职是谎言，为了阻止她尸检，刘晓红势必会关闭所有设备——因为我在电话中特地提醒她'做好准备，启动一切设备'，当时蕾蓉和思缈都奇怪我为什么要给刘晓红打这个电话，因为在研究中心，你的业务地位仅次于蕾蓉，我如果安排其他人关闭全部设备，一定会引起你的怀疑，只有刘晓红这个行政领导最合适。

"果然，你没有产生疑心。当我和蕾蓉回到研究中心，得知洗衣机已经很久没有启动时，心中长出了一口气。这时蕾蓉的主要工作是给钱承做二次尸检，为了不让她分心，我没有马上拆穿你的罪行，只是告诉蕾蓉要让你做尸检助手，稳住你。而你虽然

---

①法国著名刑事鉴识科学家埃德蒙·洛卡德提出的重要法则：只要罪犯出现在犯罪现场，总会留下一些痕迹，并带走一些证据。

知道洗衣间和废料处理室的设备停了，但早晚还会启动，也就没有在意，直到蕾蓉尸检结束，按照我教的，说出了那句引你上钩的话——'废料处理室先等一等，我要亲自去分拣'。

"你当然知道大事不妙，蕾蓉的分拣是何等认真，一定会发现纸包、假发套和假胡须，地铁监控视频再不清楚，头发和胡须的大致轮廓还是能看出来，她肯定会怀疑真凶就在研究中心，并把整个研究中心一寸一寸地放在显微镜下检查……你只有抓住唯一的机会了，在蕾蓉去市第一医院看姥姥的时间，去废料处理室拿走纸包、假发套和假胡须，然后再回到这里，拿走那件致命的外套。"

……

静静的，很久很久。

外面窗台上的野猫冷冷地注视着屋子里定格一般的人们，忽然它站了起来，拱起脊背，然后前腿伸展，后腿蹬开，抻拉着身体，仿佛要把这死寂延展得更长一些。

高大伦长叹了一声，一直抓得紧紧的手绝望地松开：假发套、假胡须和一个小小的白色纸包，滚落在地上。

蕾蓉注视着他问："为什么？"

高大伦扶了扶眼镜。

"是我发现了你的才干，是我把你引进了我的研究中心，我自问没有什么亏待你的地方，你为什么要杀我？难道仅仅因为我曾经是一位断死师？"

"谢谢你对我这个县城小法医的怜悯，谢谢你赏我这个怀才不遇的人一碗饭吃。"高大伦冷笑一声，"可你不要忘了，你是有编制的，而我只是个聘用工，同样是法医，你们可以公费医疗公款吃喝公房分配公车私用，像刘晓红那样不学无术，照样可以升官发财获大奖,而我们拿着少得可怜的工资,做着又脏又累的工作,却怎么努力都没有升迁的机会!也许在你看来,这没什么,可是蕾蓉,像我这样一个小县城的法医,如果再埋首《洗冤录》这样的古籍,你知道他会受多少欺负吗?你知道他会遭多少白眼吗?你知道他会被多少愚昧的蠢货当成不祥之物轰来赶去吗?你知道他在这个世界上会有多么的孤独、苦闷、无奈和痛楚吗?你不知道!你根本不知道!"

"不是所有编制内的人都是你说的那样,你应该清醒地知道我就不是。"蕾蓉脸色苍白地说,"何况,你为什么要杀黄静风,他是比你的处境更悲惨的弱势群体啊!"

高大伦仰起了头颅,喉结剧烈地蠕动着,眼中闪烁着泪光:"是啊,那小子人挺不错的,我教他的那些断死诀他记得很牢,也很用心地学,我曾经想过,把我师父教我用羊肠埋线杀人于无形的妙法传给他,但是……但是我没有办法,我如果想达到目的,又掩护自己,只能利用他的愚昧,并在行将暴露时杀掉他……"

"你师父的头顶,有没有一道长长的刀疤?"蕾蓉问。

"这我可不知道,但他知道你。他告诉过我,你曾经是一位断死师,后来背叛了我们,成了一位推理者,让我对你多加小心。"高大伦眯起眼睛,"所以,当我的老同学张文质来找我,说起逐高公司的计划,让我加入进来,一起发财,前提是我要策划出一种杀人无形的方法时,我知道,如果不杀掉你,你早晚会找出杀人方法的真相。我要求张文质要绝对保密我的身份,并把两股对付你的力量拧成一股合力,让你根本辨别不清明枪暗箭的来源,他痛快地答应了……没错,是我找到了黄静风,是我雇用了袭击者,是我在地铁里把那个婴儿撕扯到地上,是我把市第一医院无人认领的尸体切割后快递给你，是我杀了钱承，是我煽动黄静风去杀姓郭的记者，也是我在他失手后又勒死了他……我推开门，看见他呆呆地坐在床上，他说他杀了自己最好的朋友，他说他放掉了你，他问我为什么利用他？我知道你已经剪断了他身上的傀儡线，那么，他就只有死路一条了。"

"够了！"屋子里突然传来一声厉喝。

是呼延云。

"你讲了这么多，我听来听去，只留下了一个印象——"他盯着高大伦说，"你根本就不配做一个断死师！"

"你说什么？"

"我说你根本就不配做一个断死师！"呼延云一个字一个字地说，"蕾蓉给我讲过断死师的事迹，李虚中为什么断死，他要教训那些破坏永贞革新的贪官污吏；叶天士为什么断死，是为了让患者早一点知道自己的病情，抓紧治病；张其锽为什么断死，是为了在传统文化日暮西山时尽力挽救这个岌岌可危的奇术；就算后来的吴虚子，他断死的目的也是惩治那些挥霍国有资产，却让工人下岗的国企老总——他们每一个人的身上，都多少闪烁着正义的光芒——尽管有些光芒不合时宜。而你算什么，你看看你断死和杀害的都是些什么人？是地铁里无辜的婴儿，是天良未泯的钱承，是正直的记者郭小芬，是穷困潦倒把你当成精神依托的黄静风！"

高大伦颓然地低下了头。

"你以为我没有挣扎过吗？你以为我没有受过良心的谴责吗？"高大伦低声说，"你什么都说对了，唯独说我从始至终想杀害蕾蓉，不是这样的……一开始我确实觉得还是杀掉她保险，但是后来，特别是她被逐出研究中心的时候，安慰我不要自责，劝我忍辱负重地留下，还鼓励我要继续研读《洗冤录》，我简直想把自己撕裂开来，我不知道我究竟是一个用死亡来迷幻世人的断死师，还是揭开一切死亡真相的法医，这两种身份太矛盾了，像两个咬合的锯齿一样没日没夜地在我的心口摩擦……当我得知黄静风仇恨蕾蓉的时候，我甚至劝他放弃杀害蕾蓉的打算，我想只要把蕾蓉彻底逐出法医界，让她不再干扰'健康更新工程'也就行了。后来黄静风绑架了蕾蓉，并没有告诉我。真的，我压根儿就不知道这个事情，还是张文质给我打电话，说黄静风绑架了蕾蓉又把她放了，必须追上去杀掉她才行，我那时根本就拦不住张文质了，我只想杀死黄静风，掩护自己……"

刘思纱给他戴上手铐，拉着他往外面走，快到门口的时候，蕾蓉突然上前问："等一下，有一个问题。三月九日上午九点，我在地铁里撞见了你和黄静风断死那个婴儿，时间是九点左右，你怎么可能在半个小时内赶到平实路的公用电话亭，把装有尺骨的包裹交给快递员？"

"那天我约好了黄静风第一次'上课'，分身乏术，就委托了张文质戴上墨镜、粘上大胡子去把包裹交给快递员。"

还有第二个问题，更加重要的问题。

"那么，你知道你师父在哪里吗？如果知道，请你告诉我吧！"蕾蓉盯着他的眼睛问。

高大伦摇摇头，目光呆滞地说："我知道你想找到他，你想让这世上不再有断死师，不可能的，没用的，没用的……"

蕾蓉身子一歪，险些昏倒在地，呼延云连忙扶住了她，她踉踉跄跄地跟着高大伦的背影，穿过黑暗的楼道，登上台阶，走到外面。

这是一个寒冷的清晨,早春三月,空气中却散发着冬天遗落的腐烂气息,天空亮了一点,可是却更加阴郁,抬眼望去是硬邦邦的铅灰色,仿佛覆了一层永远也不会化掉的残雪。蕾蓉看着刘思纱把高大伦带上警车,回过头凝望着她的研究中心小楼,久久地望着,望着……像望着自己走失而又归来的孩子。

呼延云站在旁边,默默地守候着她。

这时,又一辆警车驶了过来,停下,马笑中和郭小芬走了下来,看着蕾蓉。

蕾蓉转过身。

马笑中打开警车的后门,戴着手铐的王雪芽走了下来,对着蕾蓉低声说:"蓉蓉,对不起……"

蕾蓉什么都没有说。

突然传来一阵喧哗声,大家朝着声音的方向望去,原来是刘晓红被几个警察从楼门口带出来,涨红了长脸泼骂着:"你们敢这样对我?啊?看我老公回头不收拾你们的!"

"你住嘴!!!"

蕾蓉大步冲了上去,满面怒火,好像一头发狂的母狮,吓得刘晓红差点儿一屁股坐倒在地上:"都是你!都是你们!从一开始就是你们埋下的祸根!你们什么都有了,为什么还不知足?居然要把他们杀掉,挖他们的器官去赚钱,让他们死都没有一具全尸……你们就不能少贪一点,少霸占一点,少劫掠一点,哪怕少一点点呢,何至于死这么多人,流这么多血!你们还是不是人,还有没有一点儿人性?我的天啊!你们就不能饶他们一命,给他们一条活路吗……"

说着说着,她号啕大哭起来。

所有人都吓呆了,他们从来没有见到一向理性、宽容、沉稳、矜持的蕾蓉，变成现在这个样子。

呼延云走上前，低声劝道："姐姐，你别这样……"

蕾蓉还是在哭泣着，满脸都是泪水。"你们就不能饶他们一命，给他们一条活路吗……"

呼延云无能为力，只能轻轻地将她抱在怀中。

很久很久……蕾蓉终于停止了抽泣，伏在呼延云的怀中，仰起湿漉漉的脸蛋，看着依然没有解冻的天空。

"呼延。"她说，"市局四处第一次来调查我的时候，一位警官跟我聊了几句，现在想来，那也许是一种提示吧，他说坚持理想是多么的不易，我说我不怕，鲜花、掌声、挖苦、嘲讽，都干扰不了我，这时，他突然问了我一个问题：'假如我们剥夺了你的全部意义呢？'当时我就怔住了，我回答不出。我曾经是一位断死师，后来变成了一个法医，这是两个截然相反、不共戴天的职业，在转变的过程中，我其实也经历过高大伦说的锯齿摩擦式的创痛，我把这创痛一直深埋在心里，不断激励着自己发奋研究法医科学，洗血亡魂的冤屈，让这个世界不再有断死师式的愚昧、诅咒和杀戮——而这，就是我的全部意义。可是，最近这场长长的噩梦一路做下来，我更加困惑了，仿佛所有的人都在剥夺我的意义：左手、王雪芽、张文质、刘晓红和她老公，还有黄静风、高大伦，尤其是在日本料理店外向我扔燃烧瓶的人，以及发疯一般彼此断死的人们……他们让我觉得，原来我的一切努力和奋斗，都是毫无意义的……"

呼延云想劝蕾蓉，可是话到嘴边，却又发现什么语言都是苍白无力的。

正在这时，他的手机响了，拿起接听了没几秒，他的脸色就变得异常难看，拉起蕾蓉就往研究中心外面冲去，拦了一辆出租车,跳上去对司机说:"市第一医院,快!"

蕾蓉一下子就明白了:"是不是姥姥——"

"三舅打来的,口气很急,让我带着你赶紧过去,然后就把电话挂断了,不知道是什么事。"

蕾蓉像得了疟疾一样浑身发抖:"黄静风当着我的面,给姥姥念过一段断死咒,我没有拦住,我没有拦住……"

呼延云抓住她的手,感到她的手心滚烫。

出租车刚刚在医院门口停下,他们就像离弦的箭一般冲进住院部二楼,病房里,姥姥躺过的那张病床已经空了,一个护士正在低头更换新的褥子。

蕾蓉站在门口,扶着门框,说不出话,也再迈不出一步。

呼延云走了进去,艰难地问出一句:"这张床上的病人呢?"

"走了。"护士头也不回地说。

蕾蓉的泪水夺眶而出。

呼延云用尽全部力气才压抑住涌到喉咙的哭泣,声音嘶哑地问:"什么时候走的?"

护士回过头说:"刚刚走的,家属都在门诊楼办手续呢。"

呼延云搀扶着蕾蓉,姐弟俩跌跌撞撞地走到门诊楼,被泪水模糊的视线根本看不清家人在哪里,只看到无数穿梭的人影,仿佛时光在流逝。

"呼延!蕾蓉!"有人在呼唤他们。

呼唤声似乎在门诊楼的外面,姐弟俩循着声音望去,只见一大家子人正把坐在轮椅上的姥姥往一辆面包车里抬呢。

他俩呆住了……然后,不约而同地拔腿冲上前去!

"姥姥!姥姥!"蕾蓉抓住姥姥瘦得皮包骨头的手,泪水扑簌簌地往下掉,"您没事啊,可吓死我了!"

"没事儿啦，医生说我病好了，虽然还很虚弱，但可以回家养着啦。"姥姥摩挲着蕾蓉的手说，被疾病折磨得脱了相的脸蛋，笑得依然那么慈祥。

"老太太牵挂着你呢，说生病的时候，你来看她，好像听你说受人欺负什么的，让我赶紧把你叫过来。"一个鼻梁高挺，上唇留着小胡子的中年男子微笑着对蕾蓉说。

蕾蓉定睛一看，吓了一跳："你……你不是四处的谢警官吗？"

"这是三舅啊，好多年不见，你都把他忘了。"呼延云说，"小时候他抱着咱俩到院子里逮蛐蛐、摘葫芦，还有印象不？"

想起来了！蕾蓉怔怔地望着谢警官，过去只知道他在市局的秘密机关工作，一晃多年未见，没想到他竟然在四处。

突然，她悟出了什么，低声问谢警官："有一个陌生的手机号，发过我一条短信，上面只有四个字——"

谢警官微笑着点点头。

"快走，往南。"

一股暖流顿时涌遍了全身。

现在想来，当初自己被四处拘押后，能够很快被释放，也一定是他给胡佳等人施压的结果。

这时，姥姥已经被抬上了车，几个舅舅都坐了进去，面包车里没有空位了，三舅说："呼延，我们先带你姥姥回家，你和蓉蓉打个车也过来吧，咱们一大家子包顿饺子，好好庆祝一下！"

面包车缓缓地往医院外面开去，蕾蓉还依依不舍地跟在后面，直到出了大门口，望着车子渐渐地远去。

收回视线的一瞬，她忽然看见了他。

那是一个瘦瘦高高的年轻人,左手拿着一份鸡蛋灌饼,右手揉着因为值夜班而异常酸涩的眼睛,摇摇晃晃地向马路中间走去,惨白的脸上充满了麻木和绝望……

眨眼间,他不见了。

蕾蓉知道那是黄静风,许多天前,就是这样一个早晨,当他走过马路的时候,遇上了开着出租车的穆红勇,车里面坐着高大伦,于是整个故事就发生了……这个故事也许结束了,也许还没有结束:教给高大伦断死术的究竟是谁,是不是杀死吴虚子的大师兄?恐怕将成为一个永远的谜。这个世界上还有多少断死师,还有多少想成为断死师的人?恐怕也将成为一个永远的谜。还有最最重要的,在经历这一切之后,我还有没有勇气做回一个法医,还能不能找回自己被剥夺了的意义?我不知道,完完全全地不知道……

就在这时,一阵歌声飘过耳际——

> 当初的愿望实现了吗?
> 事到如今只好祭奠吗?
> 任岁月风干理想再也找不回真的我。
> 抬头仰望这满天星河,
> 那时候陪伴我的那颗,
> 这里的故事你是否还记得……

是医院门口的吉他手,站在这里吟唱了一夜而无家可归,他的歌声令人心碎,仿佛是在悼念无数默默死去而无人悼念的黄静风们。

一滴……

两滴……

三滴……

蕾蓉抬起头,看到天空在融化,春天的雨滴就这样悄然飘落。她闭上眼,闻到了泥土中散发的湿润的苦香,闻到了被积雪埋葬了一个严冬的青草在发芽。

她微笑着,喃喃着:"有点腥,有点苦,还有一点点甜……这是生命的气息,就像雨后的大地!"

修订版后记

  黄静风是我的大学同学，我是中文系的，他是生化系的，本属老死不相往来，却因为大一暑期的军训，有了相识的机会。

  本来，各个系以班为单位，在训练场上各自为战，但到了军训的尾声，需要给校领导展示一下操练半个月的成果，教官们便精挑细选，找了各个班军体拳打得好的，组成一个方阵，集中训练，我也忝居其列。队列打头的是个瘦高个子，有点歪的脖子习惯性地向后梗着，顶起一张苍白的长脸，他不爱说话，更不爱笑，一双眼白居多的眼睛总是朝上看，一副孤傲的样子。他训练特别努力，动作特别到位，有点儿强迫症似的认真，加之体形瘦，军训的衣服穿在身上显得宽裕，打拳时有呼呼的风声，颇有武林高手的气势，只是在我等滥竽充数者的眼中，不免可笑。

  军训结束后，大家各回各家。开学前学校组织挂科的同学补考，我英语不及格，羞愧万分地走进考场，入耳便是一片欢呼和掌声，定睛一看，军体拳队的队友们竟一个不少，全在补考之列，顿时感慨"头脑简单、四肢发达"的古训诚不我欺，也暗戳戳地赞叹当初遴选我们的教官真是好眼力。

  这之后，军体拳队的兄弟们便日益亲近起来，除了在校园勾肩搭背、吆五喝六之外，就连去食堂吃饭都凑成一堆。唯独那瘦高个子和我们很是疏远，生化系的同学说起他的怪僻，也有很多故事。我自己就够各色的了，见到比我还不通人情世故的，大起好感。一打听才知道他叫黄静风，从此见面，主动点头示好，一来二去也就认识了。偶尔聊上几句，总觉得他对一切都有着与年龄不相称的消极，别看我动辄悲观失望，却属于给点儿阳光就灿烂的，而他大约是苔藓，生性喜欢在背阴的角落里待着，我们不是一种人，所以始终没有走得太近。

大三时，黄静风的头顶上忽然包裹了几层白布，本来他个子就高，再这么一拾掇，好像根带橡皮头的铅笔似的，在校园里晃来晃去的格外惹眼。据说是他和同学去中关村海龙大厦买电脑配件时，同学不知怎么跟人家打起来了，对方人多势众，老拳相向，黄静风本来在其他摊位，见同学被欺负，冲了过来和那群人对打，终因寡不敌众，被打翻在地，倒下时还用身体护住同学，结果那同学并无大碍，他的脑袋却被人开了瓢……这件事让黄静风在学校出了名，有人觉得他讲义气，更多人却不免笑他太迂：不会大事化小，小事化了，反而自不量力，自讨苦吃。

大约就是那前后，他身边多了一位女生，我对她的相貌实在是一点儿印象都没有了，只记得她个子不高，也瘦瘦的，也不爱说话不爱笑，跟黄静风走在一起时，正面和背影，都是相同的两注晦暗。

大学毕业前夕，大家各自寻找单位实习，直到毕业典礼才重聚在一起，拍完毕业照，我和黄静风在图书馆楼下的花园里撞见，他问我怎么样，我大致说了说，又问他怎么样，也许是对未来感到迷惘吧，他难得地多说了几句，关于自己，关于前途……我才悟出并不是苔藓专挑阳光照不到的地方生长，而是阳光照不到的地方才生出苔藓，不免替他神伤。见了我的样子，他反倒劝起我来，说赶明儿都会好起来的——"赶明儿"是北京话，字面的意思是明天,更准确地说是将来——现在想来,那里面蕴含着的,其实是对当下不再抱有任何希望。

临别时没握手,也没说再见,好像就一个说了句"走了啊",另一个点点头,从此天各一方。

再次听到他的消息是在二〇〇五年。

那时我做纯文学失败,办杂志也中途流产,在报社里的编辑生涯更是日渐无聊,还有一些更堪凄恻的事情,让我的情绪坏到极点。一位大学同学怕我出事,经常陪我散散心什么的,大约是五六月份的样子,有一天我们俩沿着长安街往西溜达,看到一个种满松柏、郁郁苍苍的小山包,一溜台阶之上,有一栋青灰色的仿古建筑,我以为是什么古迹,就和同学走了上去,登顶才知道竟是老山骨灰堂。

同学有些尴尬,我却无所谓,倚着石栏闲聊起来,因为这位同学是生化系的,说起旧识,我随口提到了黄静风,同学一时语塞,片刻,一指身后的骨灰堂,声音低沉地说:"他就在这里面呢。"

我以为黄静风是在老山骨灰堂工作,谁知同学的下一句话竟是:"他是去年死的。"

无论用怎样的笔墨也无法形容我的震惊,我问同学到底是怎么回事?同学给我说了经过,归根结底,就是黄静风在毕业后的五年里,经历了一次又一次的挫折和失败,对现实彻底地绝望了……

多年以后,在《嬗变》里,我这样描写了那天的情景:

眼前横着一座丘陵,上面既密布着苍郁的松柏,也覆盖着青翠的小草,绿得有些斑驳。抬眼望去,山顶卧有一栋庙宇模样的青灰色仿古建筑。

林香茗一时想不出来这是什么地方，问："这是哪里啊？"

"冥山骨灰堂。"呼延云低低地回答了一句。

他为什么要来这里？林香茗吃了一惊。但看呼延云的神色，知道问也无用，索性不发一言地跟着他拾级而上。

也许是左右的松柏绿得太凝重的缘故，林香茗的心随着脚步，每上一阶，就更沉下去一点。到了山顶，骨灰堂就在眼前了，沐浴在阳光中的这所建筑显得很安详，并没有想象中那般阴森、可怖。但林香茗的视线还是躲避着它。

呼延云却直视着骨灰堂，很久很久，才喃喃了一句："死的人……越来越多了。"

"你说什么？"林香茗没听清楚。

呼延云说："你留学回来后，咱俩见面的时间不多，我一直没有告诉你，咱们高中的同班同学，已经死掉不少了……"

突然，平地刮起了一阵狂风，扯过头顶的一片云，将太阳遮住，眼前的万物顿时都如抹了铅灰一般，变得极其晦暗。

林香茗不禁打了个寒战："你……没开玩笑吧？"

呼延云摇了摇头。"岂止高中同学，我的小学、初中和大学的同学，这几年之间，也是死讯频传。"他把手向骨灰堂一指，"他们中，不少人就安息在这里。"

冥山骨灰堂就是老山骨灰堂，平地刮起的狂风和被阴云笼罩的万物，也是实况的描绘，只是人物的身份有了改动，原本是听到凶讯的人，变成了讲出凶讯的人。

黄静风的死，给了我巨大的震撼，回想起来，其实我们很难算是朋友，只是聊过几次的同学，而在那之后的几年间，我听过、见过更多熟识的年轻人的消逝，但于我的冲击，却都没有黄静风大,想来,也许是因为他是我大学同学中第一个去世的,而且是以极为激烈和决绝的方式。

还有一点,是他那种对人生的态度,给我留下的印象格外深刻。早在大学时代,早在二十出头的年纪,他就表现出了过度的消极,很多老同学聊起他,觉得那样的消极必然导向那样的结局,我却不以为然,因为我觉得他并不是从头到尾都消极的,就像在军体拳队,他曾经是最认真最努力的一个,把每一个动作尽可能做到规范,哪怕被我们嘲笑,也绝不更改;走上社会之后,他同样的认真和努力,恪守着做事的准则和做人的底线,却被视为幼稚可欺,终于走到绝境——所有历经颠踣而万念俱灰的人,往往并非不热爱生活,他们选择放弃,恰恰是因为太热爱生活的缘故。

得知黄静风的死讯后,我总想写点什么纪念他,后来终于写了一篇《悼黄静风》,发在天涯论坛上,阅读量寥寥无几。于是我把这份情感封存起来,随着时光的流逝,尤其是耳闻目睹了更多的死亡与不幸之后,所谓封存就变成了一种积压,一种不再以发掘为目的的埋葬。

二〇一一年,《不可能幸存》出版后,我一直在构思下一部小说,却始终找不到合适的题材。有一天傍晚,我沿着街道散步,忽然下起了小雨,我找了个公交车站,一边坐在椅子上避雨,一边听随身听,忽然被下载了很久却一直没有听过的一首歌吸引住了。我设定了单曲循环,不停地播放着,望着被蒙蒙细雨打湿的世界,望着在雨中疾走穿梭的人们,有那么一瞬间,有几句歌词,让我久违地想起了黄静风,想起了他苍白的脸庞,想起了他孤傲的目光,想起了他瘦瘦高高的身影,还有我们没有握手告别的永诀：

> 看那漫天飘零的花朵，
> 在最美丽的时刻凋谢，
> 有谁会记得这世界他曾经来过……

很多朋友问我，这么多年，无论在任何环境下都坚持创作，源源不断的动力来自哪里？

我想让人们记得：这世界，他们曾经来过。

呼延云
2023 年 8 月 28 日

图书在版编目（CIP）数据

黄帝的咒语 / 呼延云著 . — 北京：新星出版社，2024.1
ISBN 978-7-5133-5381-6

Ⅰ .①黄… Ⅱ .①呼… Ⅲ .①推理小说 – 中国 – 当代 Ⅳ .① I247.5

中国国家版本馆 CIP 数据核字 (2023) 第 223682 号

黄帝的咒语
呼延云　著

责任编辑	王　萌
责任校对	刘　义
责任印制	李珊珊
装帧设计	人马艺术设计·储平

出 版 人	马汝军
出版发行	新星出版社
	（北京市西城区车公庄大街丙 3 号楼 8001　100044）
网　　址	www.newstarpress.com
法律顾问	北京市岳成律师事务所
印　　刷	北京天恒嘉业印刷有限公司
开　　本	910mm×1230mm　1/32
印　　张	12.75
字　　数	224 千字
版　　次	2024 年 1 月第 1 版　　2024 年 1 月第 1 次印刷
书　　号	ISBN 978-7-5133-5381-6
定　　价	59.00 元

版权专有，侵权必究。如有印装错误，请与出版社联系。
总机：010-88310888　　传真：010-65270449　　销售中心：010-88310811